Jürgen Alberts

Fatima

Ein katholischer
Schelmenroman

Rowohlt

1. Auflage August 1992

Umschlag- und Einbandgestaltung
Kathrin Kreitmeyer
Satz aus der Linotype-Walbaum (Linotronic 500)
Gesamtherstellung Clausen & Bosse, Leck
Printed in Germany
ISBN 3 498 00034 9

«Ich glaube, daß Newton an dem Busen eines Mädchens nichts anderes sah, als eine krumme Linie, und daß ihm an ihrem Herzen nichts merkwürdig war, als sein Kubikinhalt. Bei den Küssen seines Weibes denkt ein echter Chemiker nichts, als daß ihr Atem Stickgas und Kohlenstoffgas ist. Wenn die Sonne glühend über dem Horizont aufsteigt, so fällt ihm nichts weiter ein, als daß sie eigentlich noch nicht da ist. Die Gegend ist dem Mineralogen nur schön, wenn sie steinig ist, und wenn der alpinische Granit von ihm bis in die Wolken strebt, so tut es ihm leid, daß er ihn nicht in die Tasche stecken kann, um ihn in den Glasschrank neben die anderen Fossile zu setzen – O wie traurig diese zyklopische Einseitigkeit.»

Heinrich von Kleist an Adolfine von Werdeck,
Paris, 29. Juli 1801

1

Löschen Sie das Licht», befahl Augusto Benini, «ich will etwas sehen.» Nach und nach wurden die glitzernden Kronleuchter ausgeschaltet, die mit goldenen Blättern verzierten Wandlampen erloschen, Glühfäden glimmten nach. Nur die vierzehn hohen Kerzen gaben dem Restaurant ein wenig Helligkeit.

Benini überprüfte jede einzelne von ihnen. Befühlte den Mechanismus im Kerzenständer. Langsam glitt sein Zeigefinger den elektrischen Kontakt entlang.

«Senhor Benini, wir können die Gäste nicht mehr länger warten lassen.» Der Oberkellner drängte.

«Ich schon», gab Benini zurück und ließ sich nicht unterbrechen. Nach ein paar Minuten rief er: «Licht an!»

Die roten und weißen Blumen, die er auf den runden Mitteltischen drapiert hatte, würden im Laufe der Nacht ihre Farbe ändern. Zwei riesige Sträuße künstlicher Tulpen, die von einem holländischen Handwerker so exzellent gearbeitet waren, daß keiner der Gäste sie nicht für echt hielt. Ihn störte eine Pflanze, die zu gerade herausragte. Mit sicherem Griff bog er sie zurecht.

Vor dem «Tavares» wurde es laut. Das Lissaboner Restaurant in der Nähe der Praça Camões war für diese Premierenfeier geschlossen. Zutritt nur mit der violett umrandeten Einladungskarte.

Der Oberkellner, dessen Schnauzbart hin- und hertanzte, kleine Schweißperlen auf der schmalen Nase, sah sich hilfesuchend nach dem Besitzer um, der aufgeregt jede Bewegung des Magiers verfolgte. Sie tuschelten miteinander.

Augusto Benini wandte sich seiner schwarzen Katze zu. Er holte hinter einem Vorhang das Piedestal hervor. Mit einem gewaltigen Satz sprang die Katze hinauf, drehte sich einmal, zweimal um sich selbst, rollte sich dann ein.

Benini wartete geduldig, bis das große Tier richtig lag.

Die ausgelassenen Premierengäste verlangten Eintritt. Sie trommelten an die Scheibe.

Der Oberkellner faltete die Hände.

Langsam erhob sich der Besitzer des «Tavares» und ging auf Benini zu.

«Wird es noch lange dauern, verehrter Meister?» fragte er mit sanfter Stimme. Sein Englisch klang wie das Anschlagen einer Harfe.

«La gatta frettolosa fece i gattini ciechi», Benini lächelte, «ich wünsche keine blinden Augenblicke. Noch ein paar Minuten.»

Der Besitzer entfernte sich, demütig.

Augusto Benini stand schweigend im hohen Raum, in dem sich die feine Lissaboner Gesellschaft traf. Nur die Decke mit ihrem goldglänzenden Stuck hatte er nicht in seine Dekoration einbeziehen dürfen. Die weißen Tücher, die er für die Ausübung seiner Wassertricks brauchte, waren an langen Stahlseilen aufgehängt.

In Gedanken ließ er die nächste Stunde Revue passieren. Das Büfett hatte er mit keinem Blick gewürdigt. Es würde exquisit sein.

Die Kerzen, die Blumen, die Spiegel, die eine viertel Stunde später Bilder freigeben würden, die explosiven Stühle, die Katze, die auf ihrem Piedestal schlief.

«Wo ist Jeremy?» fragte er leise.

Der schwitzende Oberkellner zuckte mit den Achseln. Auch der Besitzer schüttelte den Kopf. Sein Manager, der ihn seit mehr als zehn Jahren begleitete, hatte die Eigenheit, die wichtigsten Momente zu verpassen. Nicht daß er seiner Anwesenheit bedurft hätte. Es wird ihm entgehen, wenn die ersten Gäste hereinkommen, wie sie sich umsehen, wie sich ihr Erstaunen ausdrückt, wie sie etwas zu ergründen suchen und doch nicht wissen, wonach sie suchen müssen.

In jedem Land war das Erstaunen verschieden. Die Italiener hielten die Spannung nicht aus, spitze, kleine Schreie, die Deutschen verhielten sich ruhig und applaudierten dann um so heftiger, die Schweden ließen sich nichts anmerken, bis sie ihrer Verwunderung durch exaltiertes Klatschen freien Lauf gaben. Benini hatte in den langen Jahren seiner Karriere eine Typologie des Erstaunens zusammengetragen. Das fast andächtige Zusehen der Belgier, große Gesichter, offene Münder, sich gegenseitig versichernd, daß sie nicht träumten. Das verdutzte Grinsen der Engländer, die bis zum Schluß skeptisch blieben, als hätten sie bemerkt, wie ein Trick funktionierte. Wie würden die Portugiesen sein? Augusto Benini wartete gespannt.

Vor der Tür nahm der Tumult zu.

Der hagere Besitzer des «Tavares» flehte den Magier an, nun doch bitte die Türen öffnen zu lassen. Schließlich stehe draußen, und er sagte das ganz feierlich, die Macht von Lissabon. Er sagte nicht die Mächtigen, nicht die feine Gesellschaft, nicht die Reichen, die sich leisten konnten, soviel für ein Dessert auszugeben, wie ein portugiesischer Bauer im Monat verdiente.

Augusto Benini erwiderte nichts.

Er war konzentriert. Überlegte ein letztes Mal die Reihenfolge, den Ablauf seiner zweiten abendlichen Vorstellung.

Auf diese Präsentation kam es noch mehr an als auf die Premiere im «Coliseu», die ein vollkommener Erfolg geworden war. Er hielt für die Premierenfeier stets ein Sortiment von Tricks bereit, ein paar handfeste Überraschungen, von denen man noch sprach, wenn er das Land verlassen hatte und schon wieder in einer anderen Hauptstadt auftrat.

Während der Vorstellung im ausverkauften «Coliseu» hatte es einige unsichere Lacher gegeben, die ihm ungewohnt vorkamen, ihn irritierten, er wollte ihnen nachgehen, es war an Stellen gelacht worden, an denen kein Lacher vorgesehen war. Er würde das mit Julia besprechen, seiner portugiesischen Assistentin. Das mußte geändert werden.

Augusto Benini hob den rechten Arm und verschwand hinter dem Vorhang aus golddurchwirktem rotem Brokat.

Als würde der Schieber eines Bienenkastens geöffnet, strömten die Besucher herein, ungestüm, laut, erregt gestikulierend. Die weißen Pelze der Damen schimmerten, die grünen Uniformen der Militärs mit ihren lackierten Ehrenzeichen, zwei kirchliche Würdenträger in schlichtem Schwarz, mit dicken, rotbesteinten Ringen.

Sie hatten die Katze entdeckt.

Zeigten mit Fingern auf sie.

Das Piedestal war hoch genug, daß die Premierengäste auf einen Stuhl hätten steigen müssen, um sie zu streicheln.

Die schwarze Katze spielte in Beninis Vorstellungen eine wichtige Rolle. Mal war sie auf ihrem Platz, dann plötzlich verschwunden, dann wieder anwesend. Ein Blick genügte. Ein winziger Blick zu ihr hinauf. Die Zuschauer erschraken. Eine kurze Irritation. Niemand hatte bemerkt, wie sie verschwand. Und niemand bemerkte, wie sie wieder auf ihren hohen Sockel kam. Den Einfall zu dieser Verblüffung hatte Benini bei Lewis Carroll gefunden, die «cheshire cat» aus «Alice in Wonderland». Der Trick, sie unbemerkt von der Bühne verschwinden und wieder erscheinen zu lassen, war sehr simpel, die Wirkung phänomenal.

Augusto Benini genoß die Szene. Sie waren gekommen, um sich illusionieren zu lassen, um dem Magier zu huldigen. Sein internationaler Ruf hatte tagelang vor seinem ersten Auftritt für Schlagzeilen gesorgt. Als Probe seines Könnens war er mit verbundenen Augen durch die Stadt gefahren, in Begleitung des obersten Polizeichefs von Lissabon. Eine Aktion, die er auch schon in anderen Städten durchgeführt hatte. Die Presse berichtete ausführlich.

Auch der Polizeichef, dessen Körpergeruch während der Autofahrt immer süßlicher, penetranter wurde, war zur nächtlichen Feier eingeladen. Der feiste Portugiese hatte im Wagen kein Wort mit ihm gesprochen. Ängstlich. Starr auf die Straße konzentriert. Er rechnete jede Sekunde mit einem Unfall. Mit beiden Händen klammerte er sich an den Elfenbeingriff des Benz. Benini hatte ihn während der kleinen Reise genüßlich beobachtet.

«Wann wollen Sie mit der Vorstellung beginnen?» fragte der Besitzer des «Tavares», als er hinter den Vorhang trat.

«Sie hat schon begonnen», sagte Benini und wies auf die hohen Kerzen, die mit einem kurzen Knall zu metallenen Schwertern wurden.

Sofort setzte Applaus ein.

Der Besitzer ließ den Magier stehen und verbeugte sich, als gelte der Applaus ihm.

Dann hob er die Stimme zu einer kleinen Ansprache. Eine besondere Freude, in diesem festlichen Rahmen, die ehrwürdigen Gäste, die Tradition des Hauses, der ganz besondere Künstler, der selbstverständlich zum Ehrenmitglied des Restaurants ernannt werde...

In diesem Augenblick explodierte ein Stuhl.

Gelächter, Beifall.

Der Besitzer wirkte leicht verstört.

«Er wird Sie nachher persönlich begrüßen, denke ich», nun stotterte der sonst so selbstsichere Chef des Hauses, «wenn er seine Anwesenheit nicht schon...»

Die Katze war verschwunden.

Die Gäste hatten das Büfett kaum beachtet, die gefüllten Champagnergläser standen unberührt. Niemand wollte auch nur einen Trick verpassen.

Augusto Benini erkannte sie sofort. Die Frau in der rotseidenen Stola. Isabela. Sie war ihm vor vielen Jahren nachgereist. Isabela. Wie kam sie zu einer Einladung? Benini glaubte nicht an Zufälle.

Der leichte Silberblick. Die schwarzwelligen Haare. Konnte sein Manager wissen, daß er diese Frau kannte? Isabela. Seit damals war sie noch schöner geworden. Benini hätte beinahe seinen Auftritt verpaßt. Mit einer eleganten Begrüßung trat er vor den Vorhang. Er konnte den Blick nicht von Isabela nehmen.

«Ich dachte, Sie wären stumm», sagte eine Dame in gurrendem Ton.

«Nein, nein», erwiderte Augusto Benini, «ich kann sprechen. Nur leider nicht die Landessprache. Aber das wird sich ändern. Ich habe schon begonnen zu lernen. Bemvindo com muito gosto.»

Er verbeugte sich.

So hatte er es immer gehalten, wenn er in ein Land kam, dessen Sprache er nicht beherrschte. Augusto Benini, der stumme Magier, das erhöhte seine Attraktivität. Während der Vorstellung sprach nur seine Assistentin. Der Text war ausgefeilt, exzellent übersetzt, die Pausen in Sekundenlänge angegeben.

«Ach, die Katze», sagte Benini, jetzt wieder in Englisch, «wo ist sie nur hin? Keine Angst, sie findet immer wieder zurück.» Er lächelte ein wenig, als er zum leeren Piedestal hinaufschaute.

Isabela stand mit dem Rücken zum Büfett, sah ihn aber nicht an. Die Portugiesen schienen, wie die Spanier, ihr Erstaunen kaum verbergen zu können.

Aufregung.

Sie hatten entdeckt, daß die weißen Tulpen plötzlich violett waren.

Augusto Benini nahm sich ein paar Stückchen in Limonensaft gegarten Fisch und ein wenig Salat.

«Wir kennen uns.» Jetzt stand er neben Isabela. Dieser Blick.

«Wirklich? Woher?»

«Später», erwiderte Augusto Benini, «lassen Sie uns später reden.» Er wollte nicht verpassen, wenn sein Publikum die großen Wandspiegel in Augenschein nahm, die nun Bilder zeigten. Meisterwerke von Tizian und Rembrandt, da Vinci und El Greco. Bisher hatte sie niemand bemerkt.

Es wurde Zeit, die Katze wieder erscheinen zu lassen.

«Welchen Trick werden Sie diesmal enthüllen?» fragte ein rundlicher Herr im weißen Smoking, «ich war in Paris dabei, als Sie der Presse offenbarten, wie das mit den drei Tennisbällen in der kleinen Flasche funktioniert.»

«Wer weiß», gab Benini zurück. Er bedankte sich für das Interesse an seiner Arbeit. Es war nicht das erste Mal, daß jemand ihn auf die Enthüllung eines Tricks ansprach.

Entgegen der Gewohnheit aller Magier, niemals zu verraten, wie ein Trick funktionierte, beschäftigte Augusto Benini die Phantasie seines Publikums wochenlang damit, einen noch nie gesehenen Vorgang zu erklären. Zum einen wurde gerätselt, welches seiner vielen Kunststücke er preisgäbe, zum anderen hielt sich in der Presse die Debatte, was die Leser und die Zuschauer gerne erklärt haben wollten. Benini spielte mit den Erwartungen.

«Ich hätte eine Frage», ein Mann, dessen kurzgeschnittenes Haar an einen Strafgefangenen erinnerte, stellte sich dem Magier in den Weg.

«Bitte, heute keine Fragen journalistischer Art. Es ist doch bekanntgegeben worden, daß ich morgen für Interviews zur Verfügung stehe.»

«Ich weiß», sagte der Mann, dessen Äußeres nicht ins «Tavares» paßte. Sein Anzug leicht abgeschabt, die Krawatte locker geknotet. «Mich würde nur eins interessieren: Warum sind Sie so lange Portugal ferngeblieben?»

Benini zögerte ein wenig, bevor er antwortete.

«Ich hatte meine Gründe. Aber wollen wir nicht später, oder morgen, ich meine...»

Ein neuerlicher Applaus unterbrach das Gespräch.

Der Polizeichef hielt statt eines Champagnerglases eine Kerze in der Hand. Sofort bildete sich ein Kreis. «Ich hab doch gar nichts gemacht», sagte er ängstlich.

In diesem Moment löste der Magier eine Kaskade von kleinen Verblüffungen aus. Die Blicke wanderten hin und her. Ein Aquarium mit buntschillernden Fischen, ein Springbrunnen aus einer Weinflasche, die Wassertricks.

Augusto Benini goß jedem Gast das Getränk ins Glas, das er am liebsten trank. Immer aus derselben Karaffe.

Die Katze saß wieder auf ihrem Sockel. Sie schlief.

«Sie wollten etwas über die Gründe sagen...» Der Mann nutzte einen Augenblick der Ruhe.

«Morgen, morgen können Sie mich alles fragen! Bitte, haben Sie Verständnis.»

Augusto Benini mochte zudringliche Fragesteller, besonders wenn es sich nicht um Journalisten handelte. Wenn sich einer abspeisen ließ, interessierte er ihn nicht mehr.

Die Gäste amüsierten sich, redeten laut über diesen und jenen Trick. Sie tranken wenig, immer bereit, sich weiter überraschen zu lassen. Benini hatte seine Atmosphäre verbreitet: die andauernde Gespanntheit, etwas Ungewöhnliches zu erleben. Die Augenblicke des Surprise, die Erwartung des Schocks.

«Hatten Sie keine Angebote aus Portugal, bei Ihrem Renommee?»

«Ich habe hier eine große Enttäuschung erlebt. Reicht Ihnen das?»

«Keineswegs», sagte der Mann, der Benini vorkam wie der ungeratene Sohn einer reichen Familie. Die kurzen Haare ließen zwei Narben am Kopf erkennen. Sein Englisch war in Oxford poliert.

«Es war an einem 12. Oktober, das weiß ich genau. Ich habe nie wieder an einem 12. Oktober gespielt, das steht in meinen Verträgen», der Magier senkte die Stimme, als gelte es, die illusionierten Gäste nicht zu stören, «ich stand auf der Bühne eines städtischen Theaters, und nicht ein Zuschauer war erschienen. Nicht einer. Wir haben schnell abgebaut. In der gleichen Nacht habe ich Portugal verlassen. Ich war damals noch nicht so bekannt wie heute...»

Augusto Benini zeigte das Lächeln, das er auf der Bühne einsetzte, wenn anscheinend ein Trick mißlungen war.

«Wann war das?» Der Kahlgeschorene flüsterte jetzt.

«Lange her, sehr lange her. Entschuldigen Sie mich.»

Der Magier ließ den Mann stehen, denn er sah, daß Isabela das «Tavares» verlassen wollte.

Er nahm ihre Hand. «Schön, daß Sie gekommen sind... Sie wollen doch nicht gehen... Der Höhepunkt steht erst bevor.»

«Leider müssen wir uns verabschieden, wir haben eine lange Fahrt vor uns», radebrechte der Jüngling, der seinen Arm um Isabelas Schultern legte.

Isabela blickte Benini nicht an. Als sei sie gekommen, ohne anwesend sein zu wollen.

«Ich werde mir Ihre Show noch des öfteren ansehen», der Jüngling trug einen Binder, der silbrig glänzte, blaue Sternenmotive, «so etwas sieht man selten, sehr selten.»

«Und Sie?» fragte Benini. Er ließ Isabelas Hand nicht los.

«O ja, auf jeden Fall. Ich habe mich gut amüsiert. Und ich weiß, wovon ich spreche. Ich stehe selbst auf der Bühne.»

Der Magier wollte die beiden nicht gehen lassen, aber sein Manager bat ihn, sich den anderen Gästen zu widmen. «Da hinten wartet seit geraumer Zeit der Bürgermeister, seine Tochter möchte ein Autogramm haben.»

Der Magier verharrte einen Augenblick. Vielleicht war es doch nicht Isabela, dachte er. Es war selten vorgekommen, daß er Gesichter verwechselte. Schon um die Skeptischen im Publikum zu beobachten, diejenigen, die reserviert blieben, genau hinschauten, für deren Verblüffung er besonders gerne arbeitete, prägte er sich Gesichter ein. Ein kleines

Merkmal genügte. Ein Muttermal, ein schmaler Mund, ein Ohrläppchen, das größer war als das andere. Es bereitete ihm Vergnügen, die Zweifler auf die Bühne zu holen, damit sie aus der Nähe sahen, daß sie nichts erkennen konnten. Zweifler nannte er seine Lieblinge.

Dann kamen die Pflichtübungen: Autogramme, Händeschütteln, freundliche Worte in vielen Sprachen, wieder Autogramme auf dem Photo, das ihn als Vierzigjährigen zeigte. Die immer gleiche Frisur, der Pagenschnitt, wie ein Fenster für seine bräunlichgrünen Augen, die an die Farbe tropischer Gewächse erinnerten. Die Falten auf der Stirn, um Nase und Mund, überschminkte er. Vor einigen Wochen war er einundfünfzig geworden.

Genau siebzig Minuten nach Öffnung der Türen ließ Benini das Licht löschen. Die spitzen Lacher verstummten, ebenso die schrillen Gespräche.

Der Magier stellte sich vor sein Publikum. Die vielen Spiegel im Raum zeigten ihn von allen Seiten.

Die Katze erhob sich auf ihrem hohen Sockel.

Die Assistentin Julia erklärte, daß Benini nun verschwinden werde, aber keine Sorge, man könne ihn jeden Abend im «Coliseu» bewundern. Niemand lachte, die Gespanntheit war zu groß. Zusammen mit dem Manager legte sie eine portugiesische Fahne über den Zauberer.

Hinter dem Vorhang schlug jemand einen Trommelwirbel.

Die Kerzen flackerten. Ein Lichtblitz.

Jeremy und Julia rissen die Fahne hoch.

Augusto Benini hatte sich entmaterialisiert.

2

Einen solchen Ansturm hatte der Portier des «Avenida Palace» lange nicht erlebt. Dabei versah er schon mehr als dreißig Jahre den Dienst an der Drehtür des ehrwürdigen Hotels. Operndiseusen, Schlangenbeschwörer, aufgetakelte, mondäne Damen und angetrunkene ältere Herren, die meist den Austritt verpaßten und eine weitere Runde Drehtür laufen mußten, junge Schnösel, die nicht das Geld für eine Nacht besaßen – er hatte gelernt zu unterscheiden. Die Herrschaften, die sich jetzt an der Rezeption tummelten, gehörten zu den schlimmsten Zeitgenossen. Er nannte sie Verleumder.

«Sie werden sich ein wenig gedulden müssen», sagte Jeremy Snow in den Hörer, «aber ich komme rechtzeitig hinunter.» Dann legte er auf.

Sein großer Auftritt. Er durfte auswählen, arrangieren, vorlassen und abweisen, er durfte regulieren, wer mit dem großen Magier wann und wie lange sprach. Am zweiten Tag ließ Benini stets seine Vorstellung ausfallen, um auszuruhen und sich völlig der Presse zu widmen. Sein Manager Jeremy dirigierte die Bittsteller. Ein wenig gedulden, er ließ die Worte nachklingen, das gehörte zum Konzept. Warten steigerte die Emotionen, die Gespanntheit, die Aufmerksamkeit, Warten schuf die gewünschte Atmosphäre. Schon lange hatten sie aufgehört, alle Journalisten zu einem gemeinsamen Pressetermin einzuladen. Jeder wurde einzeln hereingebeten, mit ein paar Details versorgt, die er exklusiv bekam. Ihre Eitelkeit mußte genutzt werden. Jeremy nannte sie nützliche Feinde.

Augusto Benini war gerade aufgewacht. Er haßte diesen Tag, dieses andauernde Wiederholen von tausendmal gegebenen Antworten. Am liebsten hätte er Jeremy gebeten, ihn mit Unpäßlichkeit zu entschuldigen. Konnte er nicht einmal allein die gierige Meute abspeisen? Photos gab es genug von ihm. Wahrscheinlich wollten diese einfaltslosen Amateure wieder, daß er mit seiner Katze posierte. Benini sah auf die Uhr. Noch eine Stunde, bis die Langeweile begann. Er zog an der grünen Kordel.

«Meine Herrschaften, Mister Snow wird gleich hier sein. Ich bitte um etwas mehr Ruhe und Contenance, Sie befinden sich nicht auf dem Cais do Sodré. Mister Snow lädt Sie zu einem Kaffee und einem Cognac in den blauen Salon. Wenn Sie mir bitte folgen wollen.»

Der Portier sah den Verleumdern nach, ungehobelte Horde, die ihn nie eines Blickes würdigte. Nun wurden sie auch noch eingeladen. Werden sich besaufen. Und wenn die Kritiken schlecht waren, wer bekam es zu hören? Natürlich er. So war es immer gewesen. Eine Operndiseuse hatte ihm geschworen, nie wieder nach Portugal zu kommen, es sei denn, sie brächte einen von diesen Kritikern um.

«Ich hoffe, der französische Cognac ist zu Ihrer Zufriedenheit, meine Herrschaften. Wir wollen es so halten. Ich habe hier Nummern, die Sie ziehen dürfen, damit bestimmt sich die Reihenfolge der Interviews.» Der Manager trug bei seinem großen Auftritt einen silbergrauen Blazer mit rosafarbenem Einstecktuch und seidener Fliege. Der weit heruntergezogene Backenbart war gestutzt und auftoupiert. Er überblickte die nützlichen Feinde – die Schar war ausgesprochen zahlreich –, prägte sich die Gesichter ein, er wußte, welcher wichtig war und welcher nur ein Provinzblatt vertrat. Benini hatte ihm den Trick gezeigt, mit dem man Nummern in einer gewünschten Reihenfolge verteilen konnte.

Das fiel niemandem auf. Nur einen der Anwesenden kannte der Manager nicht. Ein Mann mit kurzgeschnittenem Haar. Snow ging auf ihn zu: «Welche Zeitung?» Ohne zu antworten, zog der Mann eine Nummer. Es war eine blaue 22.

Im Bett studierte Augusto Benini die Einladungsliste für die Premierenfeier. Jeremy hatte hinter jedem Namen sorgsam aufgeführt, warum er wen zu der nächtlichen Show ins «Tavares» gebeten hatte, auch Titel und Profession waren notiert. Das Frühstück im «Avenida Palace» ließ nichts zu wünschen übrig. Es half ein wenig, über den Tag der Amateure hinwegzugelangen. Die Lissaboner feine Gesellschaft hatte klangvolle Namen, ganz anders als in London oder Paris. Adelstitel, Reynolds de Brandão, Doppel-, ja Tripelnamen. In Paris hieß jemand Colbert oder Landru, damit hatte es sich. Isabela konnte der Magier auf der Liste nicht entdecken.

Eine halbe Stunde später saß ihm im Empfangszimmer der Suite ein Redakteur von «O Século» gegenüber. Er spreizte beim Notieren den kleinen Finger ab.

«Ich kenne keinen Blinden, der Auto fahren kann», wiederholte er, «und Sie sind nicht blind. Es gibt nur eine Möglichkeit: Sie haben etwas gesehen, als Sie durch Lissabon gefahren sind.»

Augusto Benini nahm sich eine kleine Zigarre aus dem silbernen Kästchen, das auf dem Beistelltisch stand. Dieses Grandhotel wußte, welchen Service seine prominenten Gäste bevorzugten, sie hielten sogar seine Lieblingsmarke bereit. In aller Ruhe knipste er das eine Ende ab und steckte sich die Zigarre kunstvoll an. Ein gemütlicher Raum, ein gemütlicher Sessel und das dumme Gesicht dieses Redakteurs. «Nun ja, Sie haben keine Erklärung dafür, wie ich es schaffe, ohne etwas zu sehen Auto zu fahren. Aber das heißt doch nicht, daß ich blind bin. Zwischen Sehen und Nichtsehen gibt es eine Menge Möglichkeiten.»

Der Magier liebte das Spiel, mehr Verwirrung zu stiften

als Klärung. Nur selten war jemand auf der richtigen Spur. Er begeisterte die Amateure durch Verwirrung. Gab ihnen Rätsel auf.

Wie hatte sein Lehrer in Ascona gesagt? «Il tempo tutto cancella. Il tempo non aspetta nessuno.» Manchmal wiederholte er diese Sätze und ließ sie in die Landessprache übersetzen. Der Redakteur notierte eifrig: Zeit, Geschwindigkeit, Verblüffung.

Im Sonnenlicht reflektierte der bläuliche Nebel der Zigarre.

«Ich verstehe», gab der Redakteur selbstbewußt von sich. Der Magier sah, daß sein Gegenüber nichts verstand. Er ließ es ihn nicht merken.

Julia übersetzte, was der Magier von sich preisgab: die Kindheit in der italienischen Schweiz, der strenge Vater, ein erfolgloser Versicherungsvertreter, der zu Hause von seinen Siegen berichtete, der Zauberlehrer Agostini, der ihm beibrachte, wie man Milch in eine Tüte goß, ohne daß sie feucht wurde.

Er beherrschte diese Sätze, ohne sich konzentrieren zu müssen. In Gedanken war er bei einem Trick, der daraus bestand, Wasser aus einem Stück Eisen zu pressen.

«Noch eine Bitte. Unsere Leser hätten gerne ein Photo von Ihnen und Ihrer Katze.»

Der Manager ließ den Photographen eintreten. Benini sah aus dem Fenster. Wie gerne würde er jetzt auf der Praça Rossio sitzen, einen schwarzen Kaffee trinken und vor sich hin dösen.

Dann mußte er posieren.

Das Magnesiumlicht flammte auf.

Die Katze öffnete nicht einmal die Augen.

Die Nummer Zwei war einer Journalistin von «A Lanterna» zugeteilt worden. Sie liebte die Wassertricks. Hatte auch eine Theorie über das plötzliche Auftauchen des mit fünfhundert Litern Wasser gefüllten Aquariums, mitsamt den buntschillernden Fischen. Sie freute sich, daß der Magier nachdenken mußte, bevor er antwortete. Sie zeigte ihre Freude, ihr rechter Fuß wippte, als wolle sie zum Tanzen aufgefordert werden.

Julia übersetzte, daß Beninis Mutter, eine schweigsame Sardin, ihn gegenüber dem Vater verteidigt hatte, ihr Sohn würde Uhrmacher werden und sei noch nie eine Minute zu spät gekommen. Kurz vor seinem Tod erfuhr Francesco Petri, daß dies nicht der Wahrheit entsprach. Er starb am Weihnachtstag 1910, erschreckt von einem Trick seines ältesten Sohnes – damals hieß er noch Carlo –, der einen Stuhl explodieren ließ.

«Ist die Katze immer die gleiche? Ich habe im «Tavares» genau hingesehen. Mal war ihr Fell ein wenig heller, mal kam es mir dunkler vor?»

Augusto Benini zog an seiner Zigarre. Er versuchte, eine komische Antwort zu geben, aber es fiel ihm nichts ein. Also antwortete er mit seinem Standardsatz.

«Katzen mögen es gar nicht, wenn sie verschwinden. Das geht nicht nur meiner Cheshire so.»

Die Journalistin freute sich über das Zitat, wollte es auf jeden Fall in ihrem Artikel verwenden.

Mittels einer Vorrichtung am Stuhl gab der Magier im Vorzimmer Jeremy ein Zeichen. Kurz darauf erschien er.

«Wünschen Sie ein Photo von Senhor Benini?» fragte der Manager in näselndem Ton.

Die Journalistin bedauerte, daß ihre Interviewzeit beendet war. «Ja, ich hätte gerne eins, allerdings von ihm und der verschwundenen Katze.» Sie lachte und zeigte ein schlechtes Gebiß.

Benini posierte.

Ohne Katze.

Das Magnesiumlicht flammte auf.

Wie viele von diesen Photos gab es wohl? Immer der gleiche Gesichtsausdruck, der romantisch verträumte Blick, still, konzentriert. Die Pagenfrisur, die er schon in seiner Jugend getragen hatte, die graue Samtjacke mit den farbigen Schnüren. Ein ernster Herr, knapp über fünfzig, der seinem Publikum Rätsel aufgab. Wo lag das Geheimnis dieses Magiers?

«Sehr wichtig», raunte Jeremy, als er die Journalistin hinausbegleitete, «Dr. Chorias kommt von ‹A Ordem›, ein sehr einflußreicher Mann.»

Nummer drei, dachte Benini. Er blinzelte Julia zu. Ein verschmitztes Lächeln. Diesmal würde er die Geschichte erzählen, wie er ausgerissen war, um Agostini, den Zauberlehrer in Ascona, zu besuchen.

Dr. Chorias verbeugte sich, sprach seine Bewunderung aus, zollte Applaus für ausgezeichnete Leistungen, er habe noch nie einen Zauberer gesehen, der mit einem solchen Tempo auf der Bühne arbeite. «Ich habe alle Großen in Europa erlebt. Ich sage, Benini ist der Größte.»

Dann setzten sie sich.

«Welchen Trick werden Sie denn verraten, Senhor Benini?» Sein Englisch war ohne Akzent.

«Das weiß ich leider noch nicht. Aber auch wenn ich es wüßte, Sie kennen mich doch, ich werde es erst am Ende meines Gastspiels im ‹Coliseu› verraten.»

«Aber ein kleiner Hinweis für unsere Leser könnte die Spannung erhöhen.»

«Ich gebe Ihnen das Versprechen, daß Sie als erster in, sagen wir, vierzehn Tagen einen Hinweis bekommen.»

Dieses Verfahren hatte der Magier zusammen mit seinem Manager schon in verschiedenen Städten ausprobiert, eine wunderbare Wirkung ging davon aus: Kaum hatte eine Zeitung begonnen, etwas zu berichten, zogen die anderen nach.

«Was halten Sie vom Krieg, Senhor Benini?»

«Wie kommen Sie darauf?» Den Magier überraschte diese Frage.

«Wundert es Sie nicht, daß Portugal bisher verschont geblieben ist?»

Benini zuckte mit den Schultern. Julia saß auf ihrem kleinen Sessel und träumte vor sich hin.

«Ich bin Schweizer und ein ziemlich unpolitischer Mensch. Ich weiß nur eins, dieser Krieg wird die Völker wieder ein Stück unzivilisierter machen.»

«Unsere Liebe Frau von Fátima hält die Hand schützend über Portugal, wir beten alle zu ihr für den Frieden. Und das Wunder von Fátima», Dr. Chorias strahlte den Magier an, «ist sogar Ihren Zauberkünsten überlegen.»

Benini ließ sich erklären, wer die Frau von Fátima sei. Dr. Chorias war Katholik, das verlangte seine Zeitung von ihm. Wieder so ein Wunderglaube, dachte Benini. Aber warum sollten in Portugal nicht ebenso viele Abergläubische leben wie in den USA!

«A Ordem» hatte bereits während der Vorstellung photographieren lassen. Dr. Chorias bat allerdings um ein signiertes Bild des Magiers für seinen Neffen.

«Und vergessen Sie bitte nicht: Wir sind die erste Zeitung, die erfährt, welchen Trick Sie bekanntgeben wollen!»

Der Magier versprach es.

«Zeit zum Essen», sagte Benini aufatmend, als der Redakteur gegangen war, «ich habe einen Hunger, als hätte ich die ganze Woche nichts bekommen. Julia, ich lade Sie ein.»

Die portugiesische Assistentin war verlegen. «Ich bin nicht, ich...» Zum erstenmal an diesem Tag geriet sie ins Stocken. Benini gefiel die Frau. Feuerrotes Haar, das in gekräuselten Löckchen herunterhing, ein kräftig geschminkter Mund, ein leichter Gang.

Immer wenn er in einem Land auftrat, dessen Sprache er nicht beherrschte, mußte eine Assistentin gefunden werden. Der Manager suchte per Inserat und Agentur geeignete Schauspielerinnen, ließ sie vorsprechen. Die letzte Auswahl traf Benini selbst. Er saß in einem abgedunkelten Raum und hörte sich die Stimmen an. Er traf seine Auswahl ohne Zögern. Julias leichter Alt war genau richtig für die jedes

Kunststück begleitende Erzählung. Natürlich ging der direkte Kontakt zum Publikum verloren, aber je länger das Engagement dauerte, desto besser wurden die Assistentinnen. Als spräche Benini durch sie zu seinen Zuschauern. In Stockholm hatte er nach sechs Wochen den Text phonetisch so gut erfaßt, daß er es wagte, die letzten Vorstellungen selbst zu bestreiten.

Der Magier und sein Manager mußten alleine speisen, da Julia eine andere Verabredung hatte.

Lange blieb Benini schweigsam, er hatte genug geredet. Journalisten zu begeistern war ebenso schwierig, wie einen Abend lang auf der Bühne zu arbeiten. Der von «O Século» war ein Ekel gewesen, er behauptete, alle Tricks schon einmal gesehen zu haben. Seit Houdini habe es nichts Neues auf dem Gebiet der Magie gegeben.

«Kannst du herausfinden, wer diese Frau war, die gestern abend so früh die Feier verließ? Ich glaube, daß ich sie kenne.»

Jeremy feixte. «Kaum ein Tag seit deinem ersten Auftritt hier und schon kennst du wieder eine interessante Frau.»

Benini schnitt das rosasaftige Fleisch an. «Ich kenne sie, ganz sicher, ich glaube nicht, daß ich mich irre. Sie ist mir vor Jahren nachgereist. Ihr Name ist Isabela.»

«Soll ich sie zu einem nächtlichen Soupé bitten?» kicherte Jeremy, nachdem er einen großen Schluck Wein getrunken hatte.

«Ich würde gerne wissen, warum sie so tat, als hätte sie mich nie gesehen.»

«Es ist viele Jahre her, daß du in Portugal warst. Vielleicht bist du nicht so beeindruckend gewesen wie heute.»

Ein anderer Gedanke beschäftigte Benini gleichermaßen, aber über den sprach er nicht mit seinem Manager. Dr. Chorias von «A Ordem» hatte in einem Punkt recht gehabt, Lissabon war eine gute Wahl für ein längeres Engagement, weil hier kein Krieg war. Als sie die Angebote durchsahen, hatte dies für den Magier eine Rolle gespielt, obwohl die Gage nicht ganz seinen Forderungen entsprach.

Der Krieg hatte ihn erreicht, und er konnte es nicht vergessen, als mitten in einer Vorstellung in Frankreich die Soldaten den Kirmesplatz stürmten und Jagd auf junge Frauen machten. Er mußte seine Assistentin schützen, indem er ihr befahl, einen Anzug zu tragen und sich einen Schnauzer zu malen. Seit drei Jahren gab es diesen Krieg, und er breitete sich immer weiter aus. Augusto Benini glaubte nicht an Zufälle, auch dieser Krieg war kein Zufall gewesen, sondern eine Folge von erklärbaren Ereignissen. Die gewalttätigen Deutschen rächten sich für die demütigende Niederlage im letzten Krieg. Hitler führte einen Kampf um Vorherrschaft; am meisten jedoch interessierte Benini die Tatsache, daß der Führer sich von Astrologen beraten ließ. Das mußte in den Ruin führen.

«Wissen Sie, es gibt ein Bedürfnis nach Illusionen, es ist der Wunsch, verzaubert zu werden, von mir aus auch betrogen», dozierte der Magier am Nachmittag, als ein Journalist vom «O Mensageiro» ihn befragte, «ich habe immer wieder festgestellt, daß manche Leute davon überzeugt sind, daß ich wirklich zaubern kann. Dem ist natürlich nicht so. Nur weil sie sich nicht erklären können, wie etwas funktioniert, muß ich noch keine übernatürlichen Kräfte besitzen.»

Julia hatte den Kopf ein wenig zurückgelehnt, sie übersetzte mit fester Stimme. Während der Mittagspause hatte sie sich umgezogen, sie war eine Spur zu elegant. Der schmächtige Journalist musterte sie, wollte gar nichts mehr von dem Magier wissen.

Nachdem sein Vater beerdigt war, kehrte Beninis Mutter nach Sardinien zurück. Sie verlangte von ihm, daß er fortan die Familie unterhalte. «Diese Menschen im Tessin sprechen alle Italienisch, aber sie sind keine Italiener», sagte sie. Der neunzehnjährige Carlo beruhigte sie. Seine Zauberei werde genug abwerfen. Sie ließ ihn gewähren.

«Ich muß Ihnen gestehen, daß meine Kunst soviel abwirft, daß ich mir eine bescheidene Villa auf Sardinien bauen lassen konnte.» Benini schaffte es nicht, die Aufmerksamkeit des Journalisten zurückzugewinnen. Er sah seine Augen, hellbraun das eine, leicht bläulich das andere, eine schöne Irritation, die Julia offensichtlich gefiel. Er erhob sich.

«Ein Photo brauchen Sie auch, oder?»

Benini räusperte sich.

Der Journalist schaute nicht auf. Als könne er mit Julia sprechen, ohne etwas zu sagen.

Jeremy kam herein.

«Das Interview ist beendet. Benötigen Sie weitere Unterlagen?» Er zog den Schreiber aus dem Sessel, mußte ihn hinausdrängen. Der Magier verabschiedete sich, beinahe unfreundlich.

Er bat Jeremy um eine kleine Unterbrechung.

«Julia, wir müssen miteinander sprechen. Warum haben die Leute gelacht, als ich gestern abend mit dem Fahrrad auf der Bühne erschien? Was hat du da gesagt? Im Text steht: Hier kommt Benini, diesmal auf zwei Rädern und nicht auf zwei Beinen. Ist das so komisch für portugiesische Ohren?»

Sie errötete.

Immerhin ließ er eine verschleierte Frau auf diesem silbernen Fahrrad hochschweben. Auch da hatte es noch Lacher gegeben.

«Senhor Benini, das ist nicht komisch. Aber wenn einer auf dem Fahrrad kommt, dann denkt man hier, er ist... wie soll ich das ausdrücken ... ein Liebhaber von Männern.»

Benini war empört.

«Warum hast du das nicht während der Proben gesagt, das ist unverzeihlich! Julia, ich muß dich bitten, der Arbeit mehr Aufmerksamkeit zu widmen. Wenn in der Presse steht, ich sei homosexuell, wäre das entsetzlich.»

Der Magier rief Jeremy herein. Sie besprachen die diffizile Situation. Der englische Manager, der ein untrügliches

Gespür dafür hatte, was Presseleute herauszufinden suchen, war ebenfalls alarmiert. «Ich lasse mir noch heute etwas einfallen, wie wir kontern können, Carlo. Eine dumme Geschichte.»

Sie durften die anderen Journalisten nicht warten lassen, aber von nun an war Benini sehr konzentriert. Zum erstenmal hatte er Angst vor dem nächsten Tag. Auf jeden Fall würde die Fahrradnummer ersatzlos gestrichen. Sollte das Publikum nichts zu lachen haben. Nicht auf seine Kosten.

Am nächsten Morgen ließ sich Benini die Schlagzeilen vorlesen.

«Der Zauberer, der gar nicht zaubern kann.»

«Ein Magier muß die Zeit überwinden.»

«Benini und die Jungfrau von Fátima.»

Als Jeremy begann, die Artikel auszuschneiden, unterbrach ihn der Magier.

«Hab ich dir eigentlich erzählt, was Amateure auf italienisch heißt? Nein? Dilettanti.»

Jeremy hatte sich diesen Witz schon mehrfach anhören müssen. Er paßte nicht auf alle nützlichen Feinde.

3

Die schwere Limousine sah aus wie ein weißes Schiff, bereit, über jeden Ozean zu fahren. Der Chauffeur hielt den Wagenschlag auf und ließ den Magier einsteigen. Seine devote Haltung paßte zur mausgrauen Uniform, auf der goldene Litzen glänzten.

Augusto Benini auf dem Weg zum Reichtum. «Ich lasse Sie abholen, sagen wir gegen elf» – die Stimme eines Mannes, der so viel Geld in seinem Leben verdient hatte, daß er ein eigenes Stadtviertel in Lissabon hätte aufkaufen können. Über seine Herkunft wurde gerätselt. War er ein armenischer Franzose oder ein arabischer Grieche? «Ich konnte leider nicht zur Premiere kommen, habe auch die anschließende Feier verpaßt. Man hat mir Wunderdinge erzählt. Deshalb würde ich Sie gerne ein paar Stunden bei mir haben.» Öl war das Zaubermittel, mit dem er sein Geld verdiente. Öl, verschifft an die Stellen, wo es gebraucht wurde. Während der Fahrt auf den riesigen Tankern vervielfachte sich sein Preis.

Augusto Benini sah die Stadt jetzt ganz entspannt. Während er mit verbundenen Augen an der Seite des Polizeipräsidenten gefahren war, hatte er sich konzentrieren müssen. Im Rückspiegel beobachtete er den Chauffeur, der ein gerötetes Muttermal am Kinn hatte. Hätte er nicht mit ein wenig Schminke diesen Fleck überdecken können?

Lissabon war eine Mischung aus verschiedenen Städten und Kontinenten, als gebe es hier Rom und Buenos Aires,

Paris und Kairo gleichzeitig. Vieles erinnerte an London – rote Telephonhäuschen und Briefkästen, Doppeldeckerbusse. Benini hatte in den ersten Tagen seines Gastspiels einen kleinen Teil erkundet, die unterschiedlichen Stile waren schon auf engstem Raum auszumachen. Wie immer, wenn er in eine unbekannte Stadt kam, ließ er sich treiben. Ohne Manager und Assistentin, versteckt hinter einer Sonnenbrille, mit grauem Bowler, war er losmarschiert, um sich zu verlaufen. Wie in jeder Stadt erwartete er, irgendwann einen schon bekannten Ort zu entdecken, und war immer froh, wenn er Unbekanntes sah. Häuser, die glanzvoll herausgeputzt waren, neben abbruchreifen, in denen es lautstark zuging; Häuser, die an maurische Königszeiten denken ließen, neben modernen, in denen gerechnet und verdient wurde.

Der Chauffeur beschleunigte, als sie auf der Hafenstraße nach Cascais waren. Diese Straße hatte Benini bei seinem Spektakel ausgelassen. Er blickte hinüber zur riesigen Christusstatue auf der anderen Seite des Tejo, die an Rio de Janeiro erinnerte. Es kam häufiger vor, daß die Reichen ihn einluden, die Mächtigen, die feine Gesellschaft. Benini war das durchaus recht, denn so erfuhr er ohne Umschweife, wie man auf sein Gastspiel reagierte. Es sprach sich schnell herum, ob er akzeptiert wurde oder nicht. Diese Herrschaften versteckten sich nicht hinter Floskeln.

Die Villa des Milliardärs lag in einem Park, direkt oberhalb der Bucht. Grasland mit symmetrisch angeordneten Bäumen, europäische und afrikanische Gewächse. Die Zufahrt schlängelte sich in leichten Kurven bis zu dem dreiflügligen Gebäude. Der Kiesweg glitzerte.

Augusto Benini verzog keine Miene, als der Chauffeur die Limousine stoppte und er eine Zeitlang warten mußte, bis der Wagenschlag geöffnet wurde. Erst als aus dem hohen Portal ein Mann trat, beeilte sich der Fahrer, den Magier aussteigen zu lassen.

«Das ist ein begnadetes Fleckchen Erde, das Sie da ausgewählt haben», begann Benini und reichte dem Mann die Hand, «man könnte direkt Lust bekommen, auf ein paar Tage hier einzuziehen.»

«Ich bin nicht der, für den Sie mich halten», antwortete der Mann lächelnd, «Sie sprechen mit seinem Referenten.»

Benini stutzte. Ein Referent, der so aussah wie der Milliardär selbst?

«Ich darf Sie durch das Haus führen. Senhor Lossenkian wird gleich bei uns sein.»

Die Villa glich eher einem Museum als einem Wohnhaus. Weite Hallen, große, lichte Räume, die voller Bilder hingen. Jeder Stil war hier vertreten. Skulpturen, Plastiken, Möbel, die dazu paßten. Der Referent hielt sich nicht mit Erläuterungen auf, sondern ging mit raschen Schritten durch die Säle, gewohnt, in diesem Ambiente zu arbeiten.

«Herzlich willkommen», rief Lossenkian, der fast einen Kopf kleiner war als sein Sekretär, ein Gesicht mit Vollbart. Benini verglich die beiden Männer, stellte fest, daß wohl häufiger das Bild des Referenten in den Zeitungen verwendet wurde als das des Milliardärs. Er wollte danach fragen.

«Schön, daß Sie Zeit gefunden haben. Es ist mir eine ganz besondere Ehre, Sie ein wenig… was halten Sie von meiner Neuerwerbung?»

Der Milliardär, der einen seidenen Bademantel in den Blaufarben des Mittelmeeres trug, zeigte auf ein Ölgemälde.

Zwei sich liebende Zentauren vor erotischer Landschaft.

«Finden Sie es anziehend?» fragte Lossenkian, der liebkosend über das Gemälde strich, «ich wollte es schon lange besitzen. Ein Rubens, kein bekannter allerdings. Die beiden haben es mir angetan, seitdem ich das Bild zum erstenmal in Rotterdam ausgestellt sah. Gefällt es Ihnen?»

Augusto Benini trat ein paar Schritte zurück, brauchte einen Moment, um eine Antwort zu formulieren. Der Milliardär beeindruckte ihn mit seinem eckigen Schädel, der gezackte Scheitel war pomadisiert, das Gesicht sonnenverbrannt, keine Falte auf der Stirn.

«Was darf ich Ihnen bringen lassen? Ich hab eine Idee.»

Der Milliardär schnippte mit dem Finger. Benini sah, daß ihm an der rechten Hand nur die Hälfte des Ringfingers geblieben war.

«So ein Bild braucht Liebe. Ich habe immer nur Kunst gekauft, die mich beeindruckt hat. Ganz gleich, ob sie wertvoll ist oder nicht. Wenn wir Zeit finden, sollten wir ein bißchen spazierengehen. Aber wir können uns auch die Blumen in der Estufa ansehen. Oder die Münzen? Ich habe gehört, daß Sie ein Freund von Jazz sind. In der Zeitung steht, Sie wollen das Wunder von Fátima lösen. Das wäre eine Aufgabe für einen Mann Ihres Könnens.»

Lossenkian legte den seidenen Bademantel ab, hängte ihn über einen Stuhl. Er trug ein schwarzweißgestreiftes Badekostüm. Als wolle er einem Maler Modell stehen.

«Sie begeistern sich für Fátima? Ich auch. Es ist das einzige Wunder, das wir in Portugal haben.»

Was diese Amateure alles in den Zeitungen schreiben, dachte Benini, der sich nun an die Schlagzeile erinnerte.

«Glauben Sie, daß man siebzigtausend Menschen täuschen kann?» fragte der Milliardär und stellte sich in Pose. Er ahmte eine seiner griechischen Statuen nach.

«Man kann eine Million Menschen täuschen, aber Eintritt müßten sie schon bezahlen.»

Lossenkian lachte. «Sie glauben nicht daran?»

«Woran?»

«An das Sonnenwunder. Das haben siebzigtausend Menschen gesehen. Wie die Sonne ins Tanzen geriet.»

Der Milliardär tänzelte ein wenig vor seinem Gast auf und ab, dann schlug er ein Rad. Der Magier klatschte Beifall.

«Sie können das nachlesen, in meiner Bibliothek. Ich habe alles sammeln lassen, was es darüber gibt. Ein großartiges Wunder.»

Augusto Benini erwiderte, die Nazis hätten die ganze Welt glauben gemacht, daß nun für immer Frieden sei, aber dabei den Krieg vorbereitet. «Ein Täuschungsmanöver ganz anderen Ausmaßes.»

Lossenkian nahm seinen Gast an der Hand. Durch einen Gang gelangten sie ins Freie.

Der Pool hatte die Größe eines Handballfeldes.

«Brauchen Sie eine Badehose? Bedienen Sie sich.»

Lossenkian war wie Quecksilber. Der Magier mußte sich erst daran gewöhnen. Er hatte gelesen, daß der Milliardär manchmal an mehreren Orten gleichzeitig auftauchte.

«Welche Sprachen können Sie lesen? Ich lasse Ihnen die Bücher heraussuchen, Sie können gleich heute beginnen. Bis jetzt gibt es keinen Wissenschaftler, der eine Erklärung für den Sonnentanz gefunden hat.»

Augusto Benini wies bescheiden darauf hin, daß er Schweizer sei. «Wir sprechen immer ein Idiom mehr als unsere Gesprächspartner.»

«Aber Armenisch können Sie nicht! Schwimmen wir?»

Das Bad war angenehm. Der Magier paddelte wie ein Dackel, Lossenkian schlug vor, um die Wette zu schwimmen. Benini lehnte ab. Das Wasser duftete, mit einer Essenz angereichert.

«Ich setze zehntausend Pfund aus, wenn Sie das Rätsel lösen. Nein, sagen wir, das Doppelte.» Dann tauchte der Milliardär, schwamm unter Wasser, fast eine Minute lang.

Kein schlechter Nebenverdienst, dachte der Magier.

Fátima, der Name klang rätselhaft. Ein himmlisches Wunder, ein christliches, mit einem arabischen Namen.

Als sie aus dem Wasser stiegen, ließ Lossenkian Portwein mit Champagner und Limonensaft servieren.

«Die meisten würden so etwas ablehnen. Aber sie haben es auch nicht gekostet. Um diese Uhrzeit mag ich diese Mixtur am liebsten. Ich habe ihr den Namen ‹Morgentau› gegeben. Was halten Sie davon? Trinken Sie erst mal.»

Sie stießen an.

Es schmeckte süß und bitter, prickelnd und schwer.

«Gibt es etwas, das Sie sich nicht leisten können?» fragte Benini, den das Bad erfrischt hatte.

«Ja, sicher», antwortete der Milliardär, «meine Schulden. Die übersteigen mein Vermögen bei weitem.»

Benini schmunzelte über diese Koketterie.

Lossenkian fragte, ob der Magier bereit sei, eine Gala in seinem Stadthaus zu geben, ähnlich der Premierenfeier.

«Lassen Sie uns nicht über Geld sprechen. Ich unterzeichne einen Blankoscheck, und Sie setzen die Summe ein.»

Benini hatte noch nie ein solches Angebot erhalten. Nicht ungeschickt, dieser Milliardär. So mancher würde in bescheidener Selbsteinschätzung eher zuwenig kassieren als zuviel. Benini war großzügig in dieser Beziehung. Die Bibliothek zu nutzen kam ihm gelegen, so konnte er ab und zu die Annehmlichkeiten dieser Villa genießen.

«Wie machen Sie das, mit verbundenen Augen durch die Stadt zu fahren? Ich würde es gern mal versuchen.»

Der Magier lehnte sich zurück, lächelte milde.

«Es ist ein Trick, nicht wahr? Man kann Straßen nicht auswendig lernen. Jede Kurve, ohne anzuecken, das ist nicht möglich. Also, wie geht es?»

Lossenkian schenkte die Gläser wieder voll. Sein bärtiges Gesicht und seine verwegenen Augen ließen ihn wie einen Piraten aussehen. Einer, der es gewohnt war, andere Schiffe zu versenken.

Benini schwieg. Er mochte dieses Spiel, kannte seit vielen Jahren auch die überraschendsten Nachfragen, wußte die Fallen zu meiden, die feingesponnenen Netze.

«Sie haben den Polizeichef bestochen. Aber nein, ich kenne den Mann persönlich, er ist integer. Einer der wenigen, wohlgemerkt. Ich habe mit ihm telephoniert. Er war völlig davon überzeugt, daß Sie, ohne etwas zu sehen, den Wagen durch die engen Straßen gesteuert haben.»

Augusto Benini sah auf das ruhige Wasser des Swimmingpools. Obwohl ein paar Kilometer vom Meer entfernt, konnte er das Rauschen der Wellen hören. Wie angenehm das alles war. Er liebte das Meer, haßte jedoch die Sandstrände. Salzige Luft wehte herüber.

«Oder haben Sie den Wagen manipuliert? Das wäre eine Möglichkeit. Alle schauen auf Sie, aber keiner hat den Benz untersucht. Ist es so?»

Der Magier wehrte ab: «Der Wagen ist vorher von einem Mechaniker begutachtet worden. Keinerlei Eingriffe.»

Lossenkian nahm einen Schemel, setzte sich darauf, band sich ein Handtuch um den Kopf. Er spielte blinder Chauffeur, brummte das Motorengeräusch, die Hände fest am Steuer. Jetzt beschleunigte er. Trat aufs Gaspedal.

«Und nun ein Unfall.»

Bremsenquietschen. Er ließ sich vom Schemel fallen.

Mit der rechten Hand zog er das Handtuch vom Kopf und blinzelte Benini zu.

«Ich könnte es nicht.»

Der Magier nickte. «Weil Sie den Trick nicht kennen. Ich kann Ihnen soviel verraten: Man muß in der Lage sein, einen Zufall herzustellen, so, daß jeder glaubt, es handle sich wirklich um einen Zufall. Chi tiene la padella dal manico la gira come vuole.»

Lossenkian schüttelte den Kopf.

«Sie können doch nicht alles inszenieren!»

Benini ließ sich nicht davon abbringen. Es gehe um die Vorspiegelung von Zufällen, um das Vortäuschen von Handlungen, die so nicht geschehen, den Zuschauern immer einen Schritt voraus.

Lossenkian unterbrach ihn. «Sie wollen mir also den Trick nicht verraten?»

Benini lächelte.

Zwei erfolgreiche, fast gleichaltrige Männer in einem paradiesischen Garten, keiner, der dem anderen etwas neidete. Benini hoffte, daß der Milliardär ihn nicht fragte, was der Trick kosten würde. Auch das hatte er schon erlebt.

«Ich will nicht unhöflich sein, Senhor Lossenkian...»

«Nennen Sie mich John, bitte, es würde mich freuen.»

«Ich heiße Carlo.»

«Nicht Augusto?»

«Nein, Carlo.»

«Aber auf den Plakaten steht Augusto!»

«Ich heiße Carlo. Augusto Benini ist mein Künstlername. Ich habe ihn ausgewählt, weil darin alle Vokale vorkommen.»

Der Milliardär erhob sich, dehnte seinen Rücken.

«Wollen wir reiten?»

«Bitte nicht.»

«Tennis spielen, vielleicht?»

«No sports.»

«Können Sie Schach?»

«Wenn Sie verlieren können.»

Sie spielten, ohne ein weiteres Wort zu wechseln. Ein stummer Kampf. Als brauchten sie den Vergleich, das gegenseitige Messen der Kräfte.

Augusto Benini war kein Theoretiker, kannte die besonderen Regeln schwieriger Kombinationen nicht, erfand aber mitten im Spiel oft eine Wendung, die den Gegner so verblüffte, daß er einen falschen Zug machte.

John Lossenkian spielte nach einer anderen Methode. Er führte schnelle Angriffe durch, um so viele Figuren wie möglich zu schlagen. Blitzkrieg, effektiv.

Die Partie ging remis aus.

Lossenkian schlug vor, nach dem Lunch ein wenig hinauszufahren.

«Verfügen Sie über mich! Aber ich will Ihnen gleich sagen, ich möchte Ihnen eine Augenbinde umlegen, und dann setzen Sie sich ans Steuer. Ich vertraue Ihnen voll und ganz.»

«Das wird nicht gehen. Ich muß nach dem Lunch zurückkehren, schließlich habe ich heute abend Vorstellung. Wollen Sie nicht kommen?»

Benini sah auf das Schachbrett.

«Ich habe Gäste, Carlo.»

«Die können Sie mitbringen. Ich lasse Ihnen eine Loge reservieren, und wenn Sie wollen, hole ich Ihre Gäste auf die Bühne, das haben die meisten noch nicht erlebt.»

«Ertappt», sagte Lossenkian schnell, «so machen Sie es. Sie lenken ab. Warum wollen Sie mir nicht eine Probe Ihres Könnens geben? Ich hätte gerne gewußt, ob Sie blind durch die Gegend fahren können. Und dann kommt, ganz überraschend, diese Einladung Ihrerseits.»

Augusto Benini verteidigte sich, er müsse am Nachmittag ausruhen und sich auf die abendliche Vorstellung konzentrieren. «Wir können gerne ein andermal dieses Experiment zusammen wiederholen. Nur heute nicht.»

Zum Lunch gab es Mariscos: Seespinne, Hummer, Langusten. A la nature gekocht oder gegrillt. Sie tranken Vinho verde, der im silbernen Kübel kühl gehalten wurde.

«Sie arbeiten mit einem Doppelgänger, John?» fragte der Magier, nachdem er den Pudim flan probiert hatte.

«Woher wissen Sie das?»

«Mir scheint, daß ich das Bild Ihres Referenten in der Zeitung gesehen habe und darunter stand Ihr Name.»

Benini war erstaunt, daß Lossenkian so ohne weiteres sein Geheimnis preisgab.

«Ich habe noch zwei weitere Referenten.» Er lächelte und sah dabei so aus, als erlaube Zeus sich einen Scherz. «Manche meiner Geschäftspartner vermuten es ebenfalls, aber solange genügend Geld verdient wird...»

Wie auf ein Stichwort erschien der Referent. Wenn er sie jetzt nebeneinander sah, hatte der Magier das Gefühl, daß man sie niemals verwechseln könnte.

Der Milliardär besprach in griechisch etwas mit seinem

Sekretär. Als der Referent gegangen war, wandte sich Lossenkian an den Magier.

«Sie bekommen den Blankoscheck, bevor Sie nach Lissabon zurückkehren. Und denken Sie daran, daß ich herausfinden werde, wie Sie es machen. Und wenn es mich mein ganzes Vermögen kostet.»

«Das wäre wirklich zuviel», erwiderte Benini, «das ist der Trick nicht wert.»

Er hoffte, daß der Milliardär nicht auf die Idee kam, mit ihm in die Stadt zurückzufahren. Er war auf die Probe seines Könnens nicht vorbereitet.

Als sie sich verabschiedeten, sagte Lossenkian: «Sie machen sich etwas vor, Carlo. Sie denken, daß die Welt so leicht zu betrügen ist. Aber es gibt mehr Menschen, die Ihr Spiel durchschauen, als Sie glauben.»

Einen Scheck in der Tasche, von einem der reichsten Männer der Welt, gesättigt von einem Lunch, wie er ihn nicht im besten Restaurant der Stadt bekommen hätte, ließ sich der Magier vom Chauffeur nach Hause bringen.

Er war sich nicht sicher, ob dies der Anfang einer Freundschaft sein konnte. Dem Milliardär war nicht aufgefallen, daß Benini während des Schachspiels eine eigene Figur vom Feld genommen hatte.

4

Wir konnten, ohne geblendet zu werden, in die Sonne schauen. Sie schien auf und ab zu flackern, schoß in Strahlen in verschiedene Richtungen und tauchte alles in schöne Farben, die Bäume, die Menschen, die Luft und die Erde. Was das Erstaunlichste war, die Sonne tat den Augen nicht weh. Stille ruhte über der ganzen Szene. Alle schauten in die Höhe. Mit einemmal schien die Sonne stillzustehen, dann begann sie zu tanzen, als löse sie sich vom Himmel und stürze auf uns. Es war ein schrecklicher Augenblick. Die Sonne schien zu zittern und zu beben, sie wurde zu einem Feuerrad, das drohte, auf die Menge zu stürzen. Die Menschen schrien: «Wir werden alle getötet werden!» Andere riefen Unsere Liebe Frau um Hilfe an und forderten Akte der Reue. Endlich hielt die Sonne in ihrer Bewegung inne. Wir alle atmeten erleichtert auf, wir lebten noch. Das Wunder, das die Kinder angekündigt hatten, war geschehen.

Ganz ungewohnt war diese Tätigkeit, die Augusto Benini nun begann. Seit Jahren hatte er sich nur noch für Bücher interessiert, die von Zauberern und Zauberei berichteten, die Sammlung in der großzügigen Villa auf Sardinien füllte schon viele Buchregale. Er liebte es, die neuen wie die alten Tricks auszuprobieren. Die meisten kannte er.

Lossenkian ließ ihm die Bücher über Fátima ins Hotel bringen. Der Magier fand einen Zettel: «Lesen Sie! John.»

Begonnen hatte es im Jahre 1915, als drei Hirtenkindern

ein Engel auf der Weide erschien. Sie hüteten Schafe, als sie eine Statue so weiß wie Schnee erblickten, eine Statue, die von Sonnenstrahlen durchleuchtet war. Benini notierte sich in eine Kladde, die Jeremy ihm in die Suite brachte: «Überlegung zu einem neuen Trick: eine Person wird auf der Bühne plötzlich durchsichtig.»

Ein Jahr später, es war im Frühling, sahen Lúcia, Jacinta und Francisco über den Olivenbäumen die Gestalt eines Jünglings, strahlender als ein Kristall, vom Sonnenlicht durchleuchtet. Sie waren wie gebannt und konnten nicht sprechen. Der Engel rief: «Seid ohne Furcht! Betet mit mir!» Er lehrte sie ein Gebet: «O mein Gott, ich glaube an Dich, ich bete Dich an, ich hoffe auf Dich, ich liebe Dich, ich bitte Dich um Verzeihung für jene, die nicht an Dich glauben, Dich nicht anbeten, nicht auf Dich hoffen und Dich nicht lieben.» Die Hirtenkinder waren ganz benommen von der Erscheinung. Sie begannen, Opfer zu bringen, sich zu peinigen, zu geißeln. Francisco trug Tag und Nacht eine Kordel, die ihm ins Fleisch schnitt; sie tranken kein Wasser trotz der großen Sommerhitze und opferten geschenkte Trauben.

Benini notierte: «Religiöser Wahn.» Er dachte an seine enthüllenden Experimente in den USA. Was stellte man in Portugal mit armen Kindern an?

Noch einmal erschien der Engel den Kindern, in den heißen Mittagsstunden. «Was tut ihr?» sprach er. «Betet viel. Die heiligsten Herzen Jesu und Mariä haben mit euch Pläne großen Erbarmens. Bringt dem Herrn ständig Opfer dar. Ich bin der Schutzengel des Friedens, der Engel von Portugal. Nehmt alle Leiden an, die der Herr euch schicken wird.» Bei der dritten Erscheinung, im September 1916, sahen sie den Engel, der einen Kelch in der Hand trug, darüber eine Hostie, aus der Blutstropfen in den Kelch fielen. Er feierte mit ihnen die heilige Kommunion.

Der Magier legte das Buch zur Seite, belustigt, daß es schwebende Kelche gab und eine schwebende Kommunion, schwebende Wesen, die sich mitten im großen Krieg als Friedensengel ausgaben.

«Jeremy», rief er in den Hörer, nachdem er die Zimmernummer gewählt hatte, «ich will in den nächsten Stunden nicht gestört werden. Hast du eigentlich etwas über Isabela herausgefunden? Manchmal denke ich an sie. Donne e bicchieri sono sempre in pericolo.» Jeremy erwiderte, daß er noch keine freie Minute gehabt habe, da er in Verhandlung mit Buenos Aires stehe, um die nächste Station der Gastspielreise zu planen. «Die machen Schwierigkeiten, Carlo.»

Im Jahre 1917, an einem Sonntag im Mai, erschien den Kindern zum erstenmal über einer Steineiche eine Frau von unvergleichlicher Schönheit. Erst sahen sie einen Blitz und dann die Dame, die in noch hellerem Licht strahlte. Lúcia sagte später: «Sie war kaum größer als einen Meter und etwa achtzehn Jahre alt.» Sie trug ein Kleid aus reinstem Weiß, einen Rosenkranz mit weißen Perlen in den Händen, ein mit Gold verbrämter Mantel bedeckte Kopf und Körper. Die Dame sprach nur mit Lúcia, die damals zehn Jahre alt war, Jacinta, neun Jahre, hörte sie sprechen, Francisco, sieben Jahre, hörte nichts. Die Dame befahl den Kindern, immer am Dreizehnten eines Monats zu dieser Stelle zu kommen, immer zur gleichen Stunde. Die Kinder fragten, ob sie in den Himmel kämen. Die Dame sagte es ihnen zu. Dann fragte Lúcia nach zwei Freundinnen. «Ist Maria das Neves schon im Himmel?» Die weiße Dame bejahte es. «Und Amalia?» Die Dame antwortete: «Die wird für immer im Fegefeuer bleiben.» Nachdem sie die Kinder zum Beten und zu Opfern aufgefordert hatte, verschwand sie im Sonnenglanz. Die Kinder blieben erstaunt zurück.

Augusto Benini notierte: «Der Spiegeltrick. Eine neue Variante, verbunden mit der schwebenden Jungfrau.»

Obwohl die Kinder sich geschworen hatten, nichts zu erzählen, verpetzte Jacinta ihr Erlebnis. Die Mutter der beiden jüngeren Kinder hielt alles für pure Einbildung, auch die

Mutter von Lúcia war der festen Überzeugung, daß ihre Tochter log.

Einen Monat später waren sechzig Neugierige an der Cova da Iria, auch diesmal erschien die Jungfrau in Weiß und wiederholte ihre Bitte, an jedem Dreizehnten zur Stelle zu sein, täglich den Rosenkranz zu beten, sie kündigte an, daß die beiden jüngeren Kinder schon bald in den Himmel kämen und nur Lúcia noch eine Weile auf der Erde bleibe. Dann öffnete die Dame ihre Hände und zeigte ein Herz, von Dornen umgeben, die es von allen Seiten verwundeten. Lúcia sagte später: «Wir erkannten, daß es das Unbefleckte Herz Marias war, betrübt durch die zahllosen Sünden der Welt.»

Der Magier hatte noch nie etwas von einem unbefleckten Herzen gehört, er notierte das in der Kladde. Ein blutendes Herz mit Dornen auf der Bühne erscheinen zu lassen kam ihm unappetitlich vor.

Nun schaltete sich der Pfarrer der Gemeinde ein, der Beichtvater, redete den Kindern ins Gewissen, es könne auch der Teufel gewesen sein, der sein böses Spiel mit ihnen treibe.

Die Gläubigen begannen, an der Mulde der Erscheinungen einen steinernen Bogen zu errichten, um die Steineiche wurde eine kleine Mauer gezogen.

Am 13. Juli waren es bereits viertausend, die mit den Hirtenkindern auf die Dame warteten. Aber auch diesmal sahen nur die drei Auserwählten die strahlende Jungfrau. Sie gewährte ihnen einen Blick in die Hölle. Das erste Geheimnis von Fátima. Ein großes Feuermeer, das sich unter der Erde befand, eingetaucht in dieses Feuer trieben Teufel und Menschenseelen, schwarz oder bronzefarben, wie durchscheinende, glühende Kohlen. Die Körper wurden hochgeschleudert und fielen dann wie Funken einer riesigen Feuersbrunst hernieder, gewichtslos. Lúcia sagte später: «Sie stießen so entsetzliche Klagelaute, Schmerzensrufe und Verzweiflungsschreie aus, daß wir vor Grauen erzitterten.»

Augusto Benini ließ sich vom Zimmerservice einen Drink bringen. Portwein mit Champagner und Limonensaft. Dann notierte er in seine Kladde: «Höllenvisionen von Bosch, naiv christliche Angstmalerei.»

Bei dieser Erscheinung sprach die Dame zum erstenmal davon, daß nun bald der Krieg zu Ende gehe, aber wenn man nicht aufhöre, den Herrn zu beleidigen, werde bald ein neuer, noch schrecklicherer Krieg kommen. Dazu sei es notwendig – zweites Geheimnis von Fátima –, daß Rußland, von dem alle Irrlehren ausgingen, dem Unbefleckten Herzen geweiht werde und für die Kommunisten eine Sühnekommunion eingeführt werde. Portugal werde der wahre Glaube immer erhalten bleiben. Die Dame verriet ihnen noch ein drittes Geheimnis und bat sie, darüber zu schweigen. Lúcia sagte später: «Das dritte Geheimnis kennt nur der Papst.» Die versammelten Gläubigen sahen von dieser Erscheinung nicht viel, die Temperatur sank ein wenig, ein sanfter Wind kam auf und linderte die übergroße Schwüle, bei Beendigung der Vision wurde ein leichtes Geräusch vernommen. Dennoch waren die meisten begeisterte Zeugen eines übernatürlichen Phänomens geworden. Die drei Geheimnisse stellten die Botschaft von Fátima dar.

Um ein Uhr nachmittags hörte der Regen auf. Der Himmel war grau und die Landschaft in einem eigenartigen Licht. Alles schien verschleiert. Der Perlmutt-Ton verwandelte sich in Silber, wie der Mond, dann teilten sich die Wolken und die Sonne brach hervor, ein Kreisen setzte ein. Ein Aufschrei ertönte aus aller Munde, das Volk fiel auf dem schlammigen Boden auf die Knie nieder. Das Licht wurde wie das Blau in Kathedralenfenstern und hüllte alle Anwesenden ein, dann ging es in Gelb über, als schiene es nun durch gelbes Glas. Und gelbe Flecken fielen auf die weißen Taschentücher und die schwarzen Röcke der Frauen. Die Menschen weinten und beteten entblößten Hauptes während des Wunders, auf das sie gewartet hatten. Sekunden wurden zu Stunden, so intensiv war das Erleben.

Am Morgen des 13. Augusts 1917 wurden die drei Seherkinder vom Bezirksvorsteher aus Vila Nova de Ourém, zu dessen Distrikt Fátima gehört, unter Arrest gestellt und verhört. Sie sollten die Geheimnisse preisgeben, wenn es welche gebe, oder sagen, warum sie so viele Menschen belügen würden. Man drohte ihnen, sie in eine Pfanne mit siedendheißem Öl zu werfen und darin zu braten. Zur gleichen Zeit waren wieder ein paar tausend Menschen an der Erscheinungsstelle, Cova da Iria. Sie hörten einen Donnerschlag und sahen einen Blitz sowie eine liebliche Wolke über der Steineiche. Jetzt waren es nicht mehr nur die Kinder, die etwas gesehen hatten, sondern viele Gläubige.

Benini überlegte, ob er eine Wolke herstellen könne, die wie ein Regenbogen strahlte. Er mußte mit seinem Freund, dem Chemiker Brander, reden, es gab bestimmt ein Verfahren. Der Magier notierte nichts.

Am Sonntag, dem 19. August, erschien dann, wie ein Ersatz für Entgangenes, nur den Kindern die Dame, an einem anderen Ort, in Valinhos, wohin sie ihre Herde trieben. Sie sprach vom großen Wunder für alle, das sie im Oktober vollbringen werde, ermahnte die Kinder, den Rosenkranz zu beten und sagte, an der Stelle der Erscheinungen solle eine Kapelle errichtet werden. Inzwischen flossen die ersten Spenden. Die Kinder sprachen über ihre Vision.

Einen Monat später die fünfte Erscheinung, die Pilgerzahl stieg auf zwanzigtausend. Alle wollten die Kinder sehen, sie um Fürbitten angehen, die Rückkehr der Soldaten erflehen oder die Heilung eines Kranken. Mitten in der Erntezeit standen sie auf dem Feld der Familie Santos und erwarteten das Wunder. Manche hatten das Glück, gegen

Mittag am wolkenlosen Himmel eine Lichtkugel zu sehen. Plötzlich fielen weiße Blumen vom Firmament, die sich, sobald sie den Boden erreichten, auflösten. Die Dame sprach, wieder nur zu den drei Kindern, daß sie im Oktober zum letztenmal erscheinen werde, zusammen mit dem heiligen Josef und dem Jesuskind, sie erneuerte die Bitte, daß eine Kapelle errichtet werden möge und dafür Geld zu sammeln sei. Der Blumenregen hörte auf, als die weiße Lichtkugel verschwand.

Augusto Benini rechnete. Zwanzigtausend Besucher à fünfzehn Escudos, das machte dreihunderttausend Escudos. Keine schlechte Abendgage.

Siebzigtausend waren es, die am 13. Oktober zur Cova da Iria kamen. Eine kaum zu übersehende Menschenmenge. Ein kalter, regnerischer Tag. Leute aus allen Ständen. Die Lissaboner Zeitungen schickten Reporter.

Die Menge sah eine weiße Wolke über der Steineiche, die sich dreimal hob und senkte, dann auf fünf Meter stieg. Wie eine Weihrauchwolke. Die Dame kündigte den Kindern das Kriegsende an, man solle fortfahren zu beten. Lúcia sagte später: «Das dringlichste Anliegen war, und das sprach sie mit Trauer in der Stimme, man solle nicht länger Gott, den Herrn, beleidigen, er sei schon genug beleidigt worden.» Und dann geschah das Sonnenwunder.

Der Magier war nicht wenig erstaunt, wie viele Leute es gesehen haben wollten. Das lichtgrüne Buch, in dem er las, zitierte eine Menge Zeugen. Darunter auch den Professor Dr. Almeida Garrett aus Coimbra, einen geachteten Wissenschaftler in jenen Jahren.

Ich stimme mit dem Vergleich, den ich in Fátima hörte, wonach die Sonne wie eine matte Scheibe aus Silber war, nicht überein. Die Farbe war klarer, intensiver, leuchtender, hatte den Glanz einer Perle. Sie glich durchaus auch nicht dem Mond in einer klaren Nacht. Sie sah aus wie ein glänzendes

Rad aus Perlmutter. Man kann auch nicht sagen, daß man die Sonne durch Nebel sah. Der Himmel war übersät von Zirruswölkchen, die hie und da das Blau des Himmels freigaben, die Wolken zogen von West nach Ost, aber sie verdunkelten das Licht der Sonne nicht. Man gewann den Eindruck, als wanderten sie hinter der Sonne vorbei, obgleich sie sich manchmal rosa getönt oder durchsichtig blau zeigten. Die Sonnenscheibe blieb nicht ruhig am Himmel stehen, es war nicht das lebhafte Glitzern des Sternenlichtes, sie drehte sich in irrem Wirbel um sich selbst. Plötzlich Angstschreie. Die Sonne kreiste immer noch in gleicher Geschwindigkeit, löste sich vom Firmament und näherte sich blutigrot der Erde, alles unter ihrer feurigen, ungeheuren Wucht zu zermalmen drohend. Ich richtete meine Augen auf näher liegende Gegenstände, die die Farbe von Amethysten annahmen. Eine Eiche neben mir warf einen Schatten dieser Farbe auf die Erde. Ich fürchtete, meine Netzhaut habe Schaden genommen, allerdings eine unwahrscheinliche Erklärung, denn in diesem Falle sähe man ja nicht alles purpurn gefärbt. Kurz darauf hörte ich einen Bauern in meiner Nähe ausrufen: «Seht, diese Frau ist ganz gelb!» Und wirklich, alles rings um mich sah aus wie alter, gelber Damast. Die Leute sahen aus, als hätten sie die Gelbsucht. Diese Phänomene, die ich hier anführe, habe ich in gesunder geistiger Verfassung und ohne irgendeine emotionale Störung erlebt. Ich überlasse es anderen, dies alles zu erklären.

Augusto Benini hatte oft genug erfahren, was es bedeutete, wenn Menschen glaubten. Wenn sie fest überzeugt waren, völlig sicher, keine Zweifel mehr. Er kannte die staunenden Gesichter, die heilige Haltung, die verzückten Blicke.

Er notierte: «Man kann auch siebzigtausend Menschen täuschen. Einen Sonnentanz probieren.»

Während der zwanziger Jahre hatte er sich in den USA der falschen Medien angenommen, der Spiritualisten, Geisterbeschwörer und Tischerücker, der Propheten und Totenerwecker, der fortune teller und Trickfälscher.

Benini enttarnte sie alle.

Mit großangelegten Kampagnen hatte er, im Auftrag einer naturwissenschaftlichen Zeitung, dem ersten echten Medium, das ihn überzeugen würde, die Summe von 50000 Dollar geboten.

Im ganzen Land erschienen Anzeigen, überall, wo Benini auftrat, ließ er plakatieren: «Einmaliges Angebot. 50000 Dollar für echtes Medium.»

Benini begab sich in spirituelle Sitzungen, nahm am Tischerücken teil, hörte, wie Klingeln ertönten, wenn die Geister gerufen wurden, überprüfte die Stimmen, die aus der Vergangenheit zu sprechen vorgaben. Und dann entlarvte er die billigen Betrüger, die ein paar Knoten im Seil lösen konnten, ohne daß die Zuschauer etwas sahen, die ein paar Angaben auswendig aufsagen konnten, die sie vorher in der Bibliothek recherchiert hatten.

Wie bringt man einen Tisch zum Zittern? Ein kleiner Nagel, kaum sichtbar auf der Tischplatte angebracht, und eine Vertiefung im Ring des Spiritualisten, in die der Nagel eingeklinkt wird. Sobald das Licht verdunkelt wird, führt der Betrüger seine Hand an die richtige Stelle. Benini griff zu, ertappte die Hand, fand den Nagel. Er zeigte diesen Trick sehr oft in seinen Shows.

Er holte die Helfer der Betrüger aus den Wandschränken, fand Plattenspieler, die in Stühle eingebaut waren, bewies, daß Mrs. Crandon mit ihrem Fuß ein kleines Pedal bediente, wenn sie den Geist zum Sprechen bringen wollte.

Es machte ihm besonderen Spaß, die Medien herauszufordern, die bereit waren, ihr Können vor Publikum unter Beweis zu stellen. Einmal kam Mrs. Donohue zu ihm und sagte, sie könne sehen, was jeder Zuschauer, der im Saal sitze, an diesem Tag gegessen habe. Sie habe diese Fähigkeit seit ihrer Kindheit. Der intensivierte Blick, so nannte sie ihr Kunststück. Benini lud sie ein, kündigte das Ereignis an, auch diesmal war er bereit, 50 000 Dollar auszuzahlen.

Am Abend in Carlisle, im Staate Pennsylvania, war der Theatersaal bis auf den letzten Platz gefüllt. Schon zu Beginn verkündete der Magier, daß am Ende der Vorstellung eine Frau auftrete, die in die Mägen der Zuschauer blicken könne.

Großes Gelächter.

Er zeigte seine Tricks in schneller Folge, wie einen Wirbel, ließ eine lange Pause, um von der Bank das Geld zu besorgen. Im zweiten Teil der Vorstellung lag die gewaltige Summe auf einem goldenen Tischchen, bewacht von seiner schwarzen Katze.

Das Medium trat auf.

Benini zeigte ihr das Geld, zählte die Packen vor. «Es gehört Ihnen, Mrs. Donohue, wenn Sie die Probe bestehen.»

Kein Laut mehr im Saal. Nicht einer, der sich rührte, noch niemand hatte das ehrwürdige Theater verlassen.

Benini wählte die Zuschauer aus.

Mrs. Donohue konzentrierte sich.

«Kartoffeln und Erbsen.»

«Richtig.»

«Brot, Käse.»

«Richtig.»

«Würste, Kartoffeln.»

«Richtig.»

Der Magier holte weitere Personen auf die Bühne.

«Sie haben heute noch nichts gegessen.»

«Stimmt.»

«Blumenkohl.»

«Genau.»

«Eier und Brot.»

«So ist es.»

Das Publikum begann zu klatschen. Als hätten sich alle verschworen, glaubten sie an diese irische Einwanderin, sie hatte das Gesicht einer Heiligen, gelocktes, blondes Haar, verträumte Augen, andächtige Lippen.

Benini sah, wie die Leute sich drängten, ebenfalls durchleuchtet zu werden.

Auch diese holte er heran. Das Medium wußte alles, täuschte sich kein einziges Mal.

Dann ließ Benini seine Assistenten antreten.

«Was hat Mr. Kurtz gegessen? Und Mrs. Keynes? Und was habe ich gegessen?»

Das irische Medium schloß kurz die Augen.

«Mr. Kurtz hat heute mittag Truthahn gehabt mit Möhren und Kartoffeln. Und Mrs. Keynes aß Fisch und Pommes frites. Sie, Mr. Benini, hatten eine Salatplatte mit russischen Eiern.»

Der Magier bat um Ruhe, nachdem der Applaus sich gelegt hatte.

«Sie irren sich», begann er langsam, «das ist leider falsch. Und zum Beweis bitte ich den ehrenwerten Notar John Snyder auf die Bühne sowie den Besitzer des ‹Golden Lion›.»

Der übergewichtige Notar erklärte, er habe den ganzen Tag mit Benini und seinen beiden Assistenten verbracht, sei persönlich beim Mittagessen anwesend gewesen. Dann trat der Besitzer des Restaurants vor und verlas die Menüfolge: Hühnersuppe, Steak mit Bohnen, Reispudding.

«Sie haben sich getäuscht, Mrs. Donohue», Benini reichte ihr die Hand, «schade um das viele Geld, nicht?»

Die Irin schüttelte den Kopf.

Sie stotterte, war völlig überrascht. Im Saal entstand ein Tumult.

«Meine Damen und Herren, bitte bewahren Sie Ruhe. Ich will Ihnen erklären, warum unser Medium so konsterniert ist. Als wir hörten, daß man uns in den Magen sehen könne, wollten wir sichergehen, daß wir keinem Schwindel aufsitzen. Im Vorderteil des Restaurants saßen drei Schauspieler, die mit Perücke und ein wenig Schminke meine Assistenten und mich darstellten, im Hinterzimmer speisten wir. John Synder kann dies bezeugen. Wer immer uns dort essen sah, hat sich getäuscht. Die Speisen, die unser Medium vorhin aufzählte, entsprachen der Wahrheit, aber nicht wir aßen sie, sondern unsere Doubles.»

«Und die anderen?» schrie einer aus der dritten Reihe.

Augusto Benini schickte das enttäuschte Medium von der Bühne.

In den USA meldeten sich keine Spiritualisten mehr, um öffentlich geprüft zu werden. Der Andrang zu «Beninis Magic Circus» wurde geringer. Benini machte eine Eingabe, trat vor dem Ausschuß des US-Kongresses auf.

«Ich habe nie ein Medium getroffen, das wirklich übernatürliche Fähigkeiten hatte. Sie waren alle Schwindler. In Amerika werden jedes Jahr Millionen für diese Betrügereien ausgegeben, ohne daß die Regierung ihre Bürger davor schützt. Man glaubt offensichtlich, es handele sich um Religion. Ich habe über dreihundert Medien geprüft. Es sind falsche Propheten, die sich der Naivität des Publikums bedienen.»

Als Jeremy Snow in die Suite des Magiers kam, fand er Benini sanft schlafend. Auf dem Boden das lichtgrüne Buch über Fátima.

«Willst du heute nicht auftreten, Carlo? Es ist schon kurz nach sechs!»

«Ich habe geträumt», gähnte der Magier, «von einem Menü, bei dem es nur ein bißchen Sonne zu essen gab. Sie hat wunderbar geschmeckt.»

5

Akropolis im frühen Licht. Athanasios, der Mönch, bereitete die Messe vor. Ziborium und Meßkelch, Aspergill und Weihrauchfaß, Sonnenmonstranz, Venerabile und das griechische Kreuz, zwei rechte Winkel in der Mitte aufeinandergesetzt.

Es sollte ein Morgen der Verkündigung werden. Es war das Osterfest des Jahres 1900. Er stand in seinem dreißigsten Jahr. Zum erstenmal wollte Athanasios aus seiner Übersetzung lesen und darüber predigen. Aus jenem Fundstück, das ihn schon seit sieben Jahren nicht mehr losließ, ihn immer wieder neu begeisterte. Noch war die Gemeinde klein, die er an jedem zweiten Sonntag auf der Akropolis versammelte. Doch die Gruppe wuchs, fünf Frauen und drei Männer. Die Frauen brachten regelmäßig Leckereien mit, süße Kuchen, Mandelgebäck, auch Brotfladen, gefüllt mit Fleisch, die er sich sorgsam einteilte und von denen er eine ganze Woche lang lebte. Beim letzten Treffen hatte er die Männer gebeten, ebenfalls etwas zum Feiern mitzubringen, Demestika und Ouzo. Er hoffte, daß sie seinen Hinweis verstanden hatten.

Athanasios konnte mit sehr wenig auskommen. Die Jahre, die er im Heiligen Land verbracht hatte, waren dürre Jahre gewesen. Hätte er nicht diesen Fund gemacht, diese wunderbare Lederrolle, er hätte die Jahre als verloren angesehen. So aber fand er sich reich beschenkt, belohnt für sein karges Leben.

Meist erschien auch eine Katze zu seiner Messe. Sie wartete, bis die Gemeinde fortgezogen war und tänzelte dann, zwei Schritte vor und einen zurück, an Athanasios heran. Er sprach mit ihr wie mit einer Schwester, gab ihr ein wenig von seinem Essen ab. An diesem Morgen war sie noch nicht erschienen.

Das Leben in der Oberstadt, der Tempelburg, die schon von vielen Herren in Besitz genommen wurde, war für Athanasios ein gleitender Fluß. Die Tage verbrachte er mit Abschriften seines Fundstücks, dazwischen die geregelten Gebete. Nur selten kam ein Besucher herauf, um sich die alten Schätze anzusehen. Als brauchte niemand mehr die hohe Festung, den Schutz des Parthenons. Ein paar Engländer, die ihm sehr gefielen, und Franzosen, manchmal Deutsche, die Griechen kamen stets nur sonntags. Die Woche über war er meist allein.

Athanasios liebte die Einsamkeit, das freie Schweifen der Gedanken, die sternenhellen Nächte, die ihn zu schönsten Flügen inspirierten, die überheißen Sommertage, die Athen zur flirrenden Metropole werden ließen. Nur selten, wenn die Vorräte aufgebraucht waren, ging er hinunter in die Stadt. Der irre Mönch, sagten die Athener, wenn er im langen Leinengewand, mit Ledergürtel und Sandalen durch ihre Straßen schritt. Weder das Haar noch den Bart ließ er seit seinem Eintritt in das Kloster schneiden. Der irre Mönch, das hörte er nicht ungern, denn so erinnerten sie ihn und gaben, wenn er schweigend vor ihnen stand. Nur einmal wollte jemand Drachmen von ihm haben, doch Athanasios besaß nie Geld.

Die ersten Besucher der Messe erschienen. Mit ihnen die schwarzgraue Katze. Athanasios erhob sich, winkte sie heran.

Es sollte eine Predigt werden, die seine Besucher nie vergessen würden. Der Anfang eines neuen Weges.

Er zählte neun Personen und freute sich darüber. Diesmal

waren es vier Männer. Und Wein hatten sie auch mitgebracht. Athanasios begrüßte alle mit Handschlag und sprach den Ostersegen. Dann nahm er das griechische Kreuz und stellte seine Gemeinde zu einer Prozession auf. «Wir gehen hinüber zum Heiligtum», sagte er mit lauter Stimme. Sie folgten ihm und sangen seine Lieder. Er betete laut vor, und die Gemeinde wiederholte die Gebete. Als sie an der Ruine des Eros-Tempels angekommen waren, zog Athanasios den Text hervor, den er für diesen Tag der Freude ausgewählt hatte. Er hieß die Gemeinde sich setzen. Die Katze in der Mitte. Dann las er vor.

Von den steinernen Ruinen hallte ein leises Echo.

Es kam aber die Stunde, in der wir berieten, an welchem Tag es günstig sei, ein Zeichen zu setzen. Es brauchte ein Zeichen, den Sturm auszutragen, die Stille zu beenden.

Wir wußten, nur so konnte der Auftrag gelingen.

Wir wählten Jeschua aus, den Tempel zu erkunden.

Simon wollte ihn begleiten, doch Jeschua rief: «Wenn sie mich binden, so wird nur einer gebunden!» Schon einmal war Jeschua in die Gefahr gekommen, gefangen zu werden.

Ich folgte ihm heimlich, verbarg mich an Ecken, später hinter den Säulen, als Jeschua früh den Tempel betrat.

Sofort waren Leute um ihn. Er setzte sich unter sie und fragte nach ihren Beschwerden.

Da führten die Gesetzeslehrer und Pharisäer eine Frau herbei, die beim Ehebruch ertappt worden war, und stellten sie so, daß alle sie erkennen und mit Fingern auf sie zeigen konnten.

Dann sagten sie zu Jeschua: «Ertappt wurde sie beim Ehebruch! Im Gesetz schreibt Mose vor, daß sie gesteinigt werden muß. Befolgst du das Gesetz?»

Ich zitterte, denn dies war eine Falle, um Jeschua zu prüfen.

Wir hatten keine hohe Meinung von der Ehe, die anderen

und ich, wir blieben frei und gaben denen Liebe, die ihrer bedurften.

Jeschua bückte sich statt einer Antwort und malte Zeichen auf den Boden. Doch sie bedrängten ihn mit ihren Fragen. Mit großer Stimme und heftigen Gebärden rief er: «Wer noch nie gesündigt hat, werfe jetzt den ersten Stein!»

Ich mußte mich verhalten, um nicht vorzuspringen.

Jeschua aber bückte sich und malte wieder auf die Erde.

Er hatte sie bezwungen, beeindruckt mit dem Blitz eines Gedankens, der sie nun selber traf. Zuletzt stand er allein mit jener Frau. Er richtete sich auf und fragte: «Wo sind sie? Wo sind sie geblieben, dich zu richten?»

«Sie sind fort», begann sie leise, und ein feines Lächeln stand in ihrem Gesicht.

«Gut», sagte Jeschua, «laß uns gehen.»

Die Pharisäer aber sahen, wie Jeschua mit der Ehebrecherin den Tempel verließ, und sprachen: «Da geht er hin, der selbsternannte Gottessohn, er wird sie büßen lehren für ihre schändlichen Taten.»

Ich folgte den beiden, heimlich.

Und als die Sonne ihren letzten roten Hauch über die Büsche legte, fand ich Jeschua vereint mit jener Frau an einem stillen Ort, das hohe Lied der Liebe nun gemeinsam singend.

Ich schwieg zu allen anderen von dem, was ich gesehen.

Als Jeschua zurückkehrte zu unserem Lager, gab er den Befehl: «Es muß der dritte Tag sein, an dem wir unser Zeichen setzen.»

Die Sonne stand schon hoch, als Athanasios die Textlesung beendete. Er sah die freudigen Gesichter seines Trüppchens, ein leichtes Lachen vernahm er auch. Nur einer sah nicht fröhlich aus.

«Das ist der Tag des Herrn, den wir auserkoren haben», begann Athanasios seine Predigt, «das ist die Stunde unseres Glücks, wenn wir erfahren, daß er lebt, obwohl wir alle glauben mußten, daß wir ihn auf immer verloren hätten. Ihr kennt die frohe Botschaft, die für den heutigen Tag vorgesehen ist. Deswegen griff ich zu diesem Text, denn auch er enthält eine gute Nachricht für uns. Unser Herr Jesus Christus, ich nenne ihn Jeschua, das ist sein hebräischer Name, ist gekommen, uns zu sagen: Vergeßt die alten Gesetze, die herkömmlichen Regeln, macht euch bereit, ein neues Leben anzufangen. Ein neues Leben, das beginnt mit Liebe. Jeschua will uns lehren, indem er den alten Zwängen Lebewohl sagt, wir wollen Liebe, wir brauchen Liebe unter den Menschen, nicht Gesetze, die verurteilen, die einengen, die jeden Funken gleich beim Aufglimmen ersticken. Jeschua gibt uns ein Beispiel: Das Leben ist Freude, freuen wir uns mit ihm. Wir können uns darauf besinnen, daß er und seine Jünger nicht Trübsal bliesen. Sie zogen durch das Heilige Land, um Freude zu verkünden. Es ist die frohe Botschaft, die Jeschua uns bringt.»

Athanasios hielt inne, weil ein kleiner grüner Vogel herangeflattert kam und sich auf seine Schulter setzte, als habe er dort sein Nest. Jetzt nahm er die Gesichter seiner Gemeinde wahr, da er die Augen schloß, wenn er zu predigen begann. Sie waren irritiert, belustigt. Einer schüttelte den Kopf. Während der kleinen Unterbrechung spürte er ihre Verwirrung stärker.

«Jeschua verkündet uns die frohe Botschaft. Doch unsere Kirche hat daraus ein Testament des Leidens gemacht, tut Buße, zeigt Reue, schüttet Asche auf euer Haupt. Aber was will uns dieser Text sagen? Er ist geschrieben von einem, der mit Jeschua durchs Heilige Land gezogen ist. Nicht Leiden, sondern Freuden sollen uns erwachsen, nicht Buße, sondern Liebe wollen wir erreichen. Das ist der Tag der Liebe. Liebet einander. Halleluja.»

Als Athanasios, der kurze Predigten vorzog, damit die Gemeinde nicht ermüdete, die Kommunion ausgeteilt und den Segen gesprochen hatte, begannen die Gespräche. Die so

Gestärkten umarmten sich, wie es nach dem Ostergottesdienst Brauch war, und flüsterten: «Από που πέρνει ο Αθανάσσιος το δικαίωμα να πει κάτι τέτοιο για του Χριστό.»*

Er hörte, was sie sagten, schwieg aber dazu. Sie wunderten sich, sie waren verwirrt, denn eine derartige Botschaft kannten sie aus ihrer Kirche nicht.

Er ließ zwei von den mitgebrachten Weinflaschen öffnen und gab jedem Gemeindemitglied davon zu trinken. Sie feierten den Tag des Herrn.

«Ist das ein apokrypher Text?» fragte der neu Hinzugekommene.

«Nein», erwiderte Athanasios, der Mönch, «das ist ein Evangelium, das bisher noch ganz unbekannt ist. Aber wenn die Kurie es akzeptiert, wird es sicher sehr bekannt werden.»

«Wieso die Kurie?» fragte der Mann, der einen schwarzen Anzug trug, mit Weste und weißem Schlips.

«Ich habe eine Abschrift an die Kurie nach Rom geschickt, den Text zu überprüfen. Ich hoffe, das wird bald geschehen. Denn manches, was dieses Evangelium beinhaltet, zeigt uns Jeschua in neuem Licht.»

«Wer hat das Evangelium verfaßt?»

«Judas.»

«Welcher Judas?»

Athanasios zögerte ein wenig, bevor er antwortete. «Judas Ischariot.»

«Der Verräter des Herrn?»

«Ebender.»

Der Mann im schwarzen Anzug, das dunkle Haar gerade geschnitten und an der rechten Hand zwei goldene Ringe, verzog keine Miene.

«Bruder, das Evangelium ist falsch. Ich sage es dir im Vertrauen.»

* «Woher hat Athanasios das Recht, so etwas über Jesus zu sagen?»

«Weißt du das so genau?»

Zwei Stunden später war Athanasios wieder allein. Er wog ab, was diese Messe bewirkt, wie die Gemeinde auf die neue, frohe Botschaft reagiert hatte. Er war zufrieden. Zumindest Staunen hatte sie ausgelöst. Sie würden wiederkommen und mehr vom Judasevangelium hören wollen. Und jene Elena mit ihrer schönen Stimme. Dann schlief er bis zum Abend, der Wein hatte ihn schläfrig gemacht.

Unsanft wurde er geweckt, als es schon dunkelte.

Der vornehme Herr war zurückgekehrt.

«Gib mir den Text, ich will ihn auch studieren», sagte er, diesmal beinahe freundlich, «ich selbst bin Priester, wir sind Brüder im Herrn!»

«Du findest ihn nicht mehr falsch?» erwiderte Athanasios, der sich die Augen rieb.

«Auch falsche Texte können lehrreich sein.»

Der Priester hatte seine kostbaren Ringe abgelegt, nun zeigten helle Streifen, wo sie sich befunden hatten.

Athanasios schlug vor, sie könnten zusammen das ganze Evangelium lesen und dann gemeinsam darüber sprechen.

Doch dies verweigerte der Priester, er habe dazu keine Zeit, er sei nur zum Zweck des Ausleihens zum zweitenmal die Akropolis hinaufgestiegen, außerdem wolle er nicht die ganze Nacht unter freiem Himmel verbringen. «Ich bin es nicht gewöhnt, hier zu nächtigen.»

«Es ist sehr schön. Die Nacht hält Schauspiele bereit, die noch kein Mensch je erschaffen hat. Wie unsere Sterne funkeln, wie Sternschnuppen und Kometen fliegen, wie immer neue Märchen dort entstehen...»

«Sie nennen dich den irren Mönch, weißt du das?»

«Was schert es mich, wie mich die Athener nennen? Und sind die Irren nicht die, denen der Herr das Himmelreich verspricht?»

«Du meinst, die Armen im Geiste», sagte der Mann, der sich Giorgios nannte.

«Ja, die meine ich.»

«Das ist eine falsche Lesart der Bergpredigt! Mein Bruder, es soll dort heißen, diejenigen, die im geistlichen Sinne arm geblieben sind.»

Und schon befanden sich die beiden ungleichen Männer in einem Exegesen-Streit. Giorgios sagte, es wäre ja noch schöner, wenn nun die Blöden sich im Himmelreich einnisteten, und Athanasios meinte, gerade die Schwachen bedürften der Hilfe des Herrn. «Er hat sich doch nie mit den anderen abgegeben. Er war für die Blinden, die Lahmen, die Tauben, für die, die an Schwären und an anderen Gebrechen litten, unser Jeschua ist ein Herr für die Schwachen...»

«Nenn ihn nicht Jeschua. Du bist ein Grieche wie ich, und wir haben ihn Jesus zu nennen.»

«Ich spreche von meinem Herrn, wie ich es will.»

Der Priester holte aus, schlug Athanasios ins Gesicht. «Nun gib den Text her, oder ich nehme ihn mir selber.»

Der Mönch war verdutzt über solche Roheit. Er hatte nicht damit gerechnet, daß er angegriffen würde.

Bat um Geduld.

Zum Glück befand sich die Abschrift der ersten Übersetzung noch in seinem Besitz.

Er gab sie Giorgios. Wortlos.

Der Priester würdigte ihn keines Blickes, dankte nicht einmal.

In Zwiesprache mit den Sternen fand Athanasios, daß die geliebte Akropolis ihm keine Sicherheit mehr bieten konnte. Die Festung würde bald gestürmt werden, dieser Angriff nicht der letzte sein.

In der Nacht des folgenden Tages verschwand er eilends von der Stätte, die ihm soviel bedeutete.

6

Kaum hatte sich der Vorhang gehoben, krachte ein Schuß. Dann noch einer.

Im Parkett schrien Zuschauer auf, erhoben sich in den Logen von den Sitzen. Vom letzten Rang des «Coliseu» rief eine Stimme: «Ajuda, ajuda.»

Nach sieben Sekunden trat Julia im langen, weißen Seidenkleid mit einem schwarzen Pelzcape ans Mikrophon: «Die Wunderwelt des Magiers Augusto Benini. Keine Sorge, meine Damen und Herren, er ist nicht verletzt.»

Nur langsam beruhigte sich das weite Rund des großen, altertümlichen Theaters. Aus Versehen hatte eine Dame ihr Taschentuch vom Rang fallen lassen, so erschreckt war sie. Die runden Lampen an den Logen waren gelöscht, matt glänzten die Stuckfiguren vom Scheinwerferlicht, das nun die Bühne erhellte.

Benini trat aus der Vorrichtung, klopfte seine Jacke ab.

Julias Altstimme kündigte ihn an: «Wir werden Sie am heutigen Abend entführen in die Welt der Illusion, der zeitlosen Kunststücke und der übersinnlichen Sensationen. Augusto Benini stellt sich Ihren wachsamen Augen, lassen Sie ihn niemals unbeobachtet. Er ist schneller als ein Wirbelwind.»

Der Magier spielte den vergeßlichen Artisten, der unvorbereitet die Bühne betritt.

«Die Katze, er hat seine Katze vergessen», sagte Julia und lächelte. Ein Raunen ging durchs Publikum.

Dann erschien die Cheshire, majestätisch tänzelnd, in Zeitlupe. Benini nahm sie auf den Arm, brachte sie zum hohen Piedestal. Er gab ihr einen Klaps. Die schwarze Katze sprang an das vergoldete Holz und krallte sich fest. In wenigen Sekunden hatte sie ihren Hochsitz erreicht. Sie drehte sich einmal, zweimal, dann lag sie sicher.

Beifall kam auf.

«Beobachten Sie die Katze genau. Verpassen Sie nicht, wie sie verschwindet. Sehen Sie zu, wie sie wieder auftaucht. Aber jetzt zum Mord auf der Bühne. Wissen Sie, ob die Schüsse wirklich abgegeben wurden, die Sie gehört haben? Standen hier Schützen? Waren die Gewehre mit scharfer Munition geladen oder waren es nur Platzpatronen? Wir suchen zwei mutige Mörder. Erschießen Sie den Magier!»

Augusto Benini sah in das Publikum. Trotz des hellen Scheinwerferlichtes konnte er einige Gesichter erkennen. Die Vorstellung war fast ausverkauft, das «Coliseu» faßte beinahe achthundert Personen. Für einen Mittwochabend nicht schlecht.

Die beiden Männer, die Julia auswählte, stellten sich vor. Ein Polizist, der es vorzog, seine eigene Waffe auf Benini abzufeuern. «Damit Sie hier keinen Schwindel betreiben.»

Und ein Kunstschütze, der schon einmal portugiesischer Meister auf die kurze Distanz im Kleinkaliber gewesen war.

«Prüfen Sie die Waffen, bitte, und die Ladung auch.»

Während Julia ihr Cape ablegte und der Kunstschütze das Gewehr untersuchte, begab sich Augusto Benini in das Holzgestell. Sein Gesicht verschwand hinter einem Eisenschutz, Brust und Arme blieben als Zielfläche frei, vom Gürtel abwärts war er wieder geschützt. Natürlich würde niemand seine Smokingjacke untersuchen, die mit gemahlenem Glas gefüllt war, auch die Weste und der Hemdeinsatz waren so verstärkt.

Der Polizist zielte genau.

Mitten aufs Herz.

Dann trat der Kunstschütze vor. Er gab drei Schuß ab.

Der Applaus war phänomenal.

«Der Mann, den nichts umbringen kann. Nicht einmal ein Polizist.»

Der Magier entdeckte Isabela in der ersten Loge. Er konnte sehen, wie ihr junger Begleiter den Arm um sie gelegt hatte. Sie trug ein tief dekolletiertes Kleid. Ihr schmales Gesicht mit der senkrecht stehenden Nase, die vollen Lippen. War sie also wiedergekommen, schneller als erhofft.

Für einen Augenblick war er unaufmerksam.

Julia hatte schon die Einleitung zu den Kartentricks gesprochen. Benini überspielte seinen Patzer, sah hinauf zum hohen Sockel. Die Cheshire-Katze war verschwunden.

Das Publikum bemerkte nichts von der kleinen Panne. Das Ablenkungsmanöver gelang.

Die Kartentricks, mit denen alles begonnen hatte. In Verscio, dem kleinen Ort im Cento Valli, trat ein Zauberer auf, ein eher bescheidenes Talent. Er konnte Eier aus Nasen und Ohren ziehen, Münzen verdoppeln und ebendiese Kartentricks. Carlo Petri war verblüfft, verpaßte keine Vorstellung, blieb so lange in der Nähe des Zauberers, der sich Magini nannte, bis er sah, wo der die Taube versteckt hielt, die er vor den Kinderaugen verschwinden ließ.

Die Kartentricks, die Dutzende von Griffen, die, schnell oder langsam ausgeführt, immer wieder aufs neue irritierten. Es kam auf die richtige Fingerhaltung an, auf biegsame Hände und auf die Suggestion, ein Märchen zu gestalten. Den Zuschauer so abzulenken, daß er glaubte, die Karte tauche in der rechten Hand auf, tatsächlich führte die linke eine Manipulation aus, ungesehen. Manchmal genügte schon ein Blick in die gewünschte Richtung und jeder Zuschauer folgte gehorsam, ohne sich bewußt zu werden, daß dort, wo er nicht hinsah, die Täuschung geschah.

Die Kartentricks, so einfach, daß ein jeder glaubt, er

könne ihnen folgen, waren die beste Vorbereitung für den Abend, an dem die großen Illusionen geboten wurden.

Benini ließ Asse sich verdreifachen; die Herz-Acht im Ärmel versinken, um sie später, nach dem Aufwerfen des ganzen Packen, einem Zuschauer aus der Brieftasche zu ziehen.

Gelegentlich spielte er hinüber zu Isabela, die kaum, daß er sie ansah, seinem Blick auswich. Der Jüngling neben ihr, im dunkelblauen Zweireiher, bekam von alledem nichts mit. Er grinste, wenn Benini zur ersten Loge schaute.

Die Schwebenummer nach der Pause war geändert worden. Auf der Bühne erschien ein silbernes Gestell, auf das sich eine Assistentin legte. Das Fahrrad war gestrichen. «Sie werden nun erleben, wie diese Dame, ohne daß sie in Trance versetzt wird, vor Ihren Augen hochschwebt. Ein einmaliges Kunststück, das kein weiterer Magier auf der ganzen Welt beherrscht.» Julias Auftritt gelang schon nach einer Woche so perfekt, daß Benini glücklich war, wie sie die Zuschauer in Bann schlug. Die Suggestion der Sprache – man macht einen Scherz, kündigt ein besonderes Ereignis an, die Zuschauer werden gelenkt, verführt, bereitgemacht, dem Trick in ganz bestimmter Weise zu folgen.

«Wir brauchen jemand aus dem Publikum, der ganz aus der Nähe zuschaut, wie die verschleierte Dame entschwebt.»

Augusto Benini wählte Isabela aus.

Nur zögernd erhob sie sich, stieg auf einer bereitgestellten Leiter hinab zur Bühne.

Julia fragte sie nach ihrem Namen und stellte sie dem Auditorium vor. «Passen Sie genau auf. Wenn Sie einen Trick durchschauen, unterbrechen Sie die Vorführung. Alle hier im Saal sehen jetzt mit Ihren Augen.»

Augusto Benini bewunderte erneut den leicht schrägen Blick, die kaum verschobene Symmetrie, die hatte ihn schon damals fasziniert.

Er stellte sich mit dem Rücken zum Publikum, gleich neben Isabela. Der Duft ihres Parfüms erreichte ihn.

Während das Orchester die Einleitungsmelodie zum Schwebetrick intonierte, sagte Benini: «Sehr freundlich von dir, daß du so schnell wieder zu mir findest.»

Isabela blickte geradeaus. Ihre Augen waren nicht auf die schwebende Dame gerichtet. Sie starrte einen imaginären Punkt auf dem rückwärtigen Vorhang an.

«Warum hast du mich im ‹Tavares› verleugnet? Ich habe sofort gewußt, daß du es bist.»

Sie antwortete nicht. Wich keinen Millimeter. Blieb gerade stehen, reglos.

«Isabela, damals wolltest du mit mir reisen. Erinnerst du dich wirklich nicht mehr?»

«Nicht jetzt», bat sie, die Stimme kaum hörbar, «wir werden beobachtet, mein Mann...»

«Keine Sorge, der schaut woandershin. Er kann nicht mal sehen, daß ich mit dir rede.»

Ganz langsam begann die Dame sich vom silbernen Gestell zu lösen, waagerecht, als ob sie schliefe, die Gaze-Schleier glitten von ihrem Körper und hingen wie Fahnen herab.

Das Publikum wurde still. Die große Ruhe der Erwartung, die Spannung der Sensation. Die Portugiesen waren anders als die Spanier, sie warteten, bis das Kunststück geglückt war, dann brach der Beifall los. In ihrem Verhalten glichen sie mehr den Engländern, auch ein wenig Skepsis war zu spüren.

«Ich würde dich gerne treffen.» Benini trat näher an sie heran, ohne sie zu berühren.

Sie atmete heftiger.

«Das wird nicht gehen. Mein Mann würde es niemals erlauben. Er weiß nichts von dem, was damals war.»

«Damals», Benini hob die Hände, den Befehl gebend, die Schwebung auf die höchste Stelle zu bringen, «damals hätten wir uns geliebt, wenn du nicht so jung gewesen wärst...»

«Jetzt bin ich verheiratet.» Isabela schaute ihn noch immer nicht an.

Julia konnte sehen, daß die beiden miteinander redeten, aber nichts verstehen, so sehr sie sich bemühte. Der Magier und die Zuschauerin, die er offensichtlich nicht ohne Absicht auf die Bühne gerufen hatte.

«Damals ist vorüber?»

Der Magier berührte leicht Isabelas linken Arm.

Sie zuckte zurück.

«Nicht. Bitte.»

«Ruf mich an. Ich logiere im ‹Avenida Palace›.»

«Ich weiß», antwortete Isabela schnell. Sie strich ihr schwarzes Haar nach hinten.

Julia kam näher heran, was nicht vorgesehen war. Sie war fast gleich groß wie die unaufmerksame Zuschauerin.

Kurz bevor der frenetische Applaus einsetzte, klatschte Isabela in die Hände, beinahe kindlich.

«Sie haben nichts bemerkt?» fragte Julia, ein wenig spöttisch. Benini hörte den Unterton.

«Es war ein Wunder», stammelte Isabela, «die Dame konnte wirklich schweben.» Sie hielt die Hände vor das Dekolleté. Verbeugte sich. Das Taftkleid bauschte nach vorne.

Die beiden Frauen standen sich gegenüber.

Der Magier schickte Isabela mit einem Handkuß in die Loge zurück, gewöhnt, die Aufmerksamkeit auf der Bühne zu teilen. Wieder Applaus.

Benini besah sich derweil den Jüngling, der Isabela umarmte, sie hatte einen hochroten Kopf bekommen. Er küßte sie. Ein leichter Gegner, dachte der Magier.

Julia kündigte die Wassertricks an.

Danach das Spiel mit den Billardkugeln. Und dann die große Glocke, die ertönte, ohne daß man einen Klöppel sah.

Nur eine Art von Kunststücken führte Benini nicht vor. Er nannte sie Torturentricks: Handschellen, Zwangsjacken, Spanische Fliegen, Papageienschaukeln. Entfesselungsnummern, die jeder andere Zauberer bot. Benini mochte diese Art der Verblüffung nicht, wie es Zirkusartisten gab, die Tierdressuren verabscheuten.

Nach dem letzten Applaus verließ Benini die Bühne. Die Katze kam hinter ihm her, als sei sie Teil seines Schattens.

In seiner Garderobe fand der Magier eine Champagnerflasche, Modell Nebukadnezar. Daran hing ein Zettel: «Was macht der Sonnentanz von Fátima? John.»

Jeremy stürmte herein.

«Ich glaube, Julia ist pikiert über den amourösen Ausflug. Findest du es richtig, auf der Bühne... das konnte doch jeder sehen.»

Benini setzte das Gesicht auf, das er parat hatte, wenn ein Trick besonders glatt verlief.

«Im Gegenteil, niemand hat es bemerkt. Die haben zur schwebenden Irina hinaufgeschaut. Ich habe die Gunst des Moments genutzt.»

Er zeigte auf die riesige Champagnerflasche. «War er hier?»

«Wer?»

«Lossenkian.»

«Nein, wurde abgegeben.»

Augusto Benini setzte sich an den Schminktisch, nahm die wattierten Schulterstücke aus dem Jackett. «Die sitzen zu locker, wenn ich mich etwas schneller bewege, fallen sie raus.» Er reichte Jeremy die Smokingjacke.

«Schick John ein Telegramm. Ich würde mich freuen, ihn persönlich in der Vorstellung begrüßen zu können. Und schreib hinzu, daß ich die Flasche mit einer wunderschönen Portugiesin zusammen austrinken werde.»

«Na ja», sagte Jeremy Snow, der es lieber mit jungen Männern trieb.

Seit seiner Ankunft in Lissabon war so viel zu organisieren gewesen, daß sich ihm noch keine Gelegenheit geboten hatte, eigene Kontakte anzuknüpfen. Außerdem hieß es, daß Homosexualität unter den Faschisten schwer bestraft würde.

«Ich möchte nur eine Geschichte zu Ende bringen, die damals unglücklich verlaufen ist.»

Snow stellte sich an die Tür.

Er rief hinaus.

«Noch zehn Minuten.»

Der lästige Teil der Show: die Autogrammjäger, die Blumensträuße, die allerherzlichsten Glückwünsche, gelegentlich eine Einladung in gute Häuser.

Während er seine Taschen ausräumte, die geschlitzte Hose auszog, in der er ganze Klappkästen verschwinden lassen konnte, dachte der Magier darüber nach, ob Isabela sich melden würde.

«Jeremy», rief er, nun in der Unterhose, «wo wohnt meine Dulcinea eigentlich? Il primo amor non si scorda più.»

«In Estoril, sehr reiches Haus.»

«Wo das Casino ist?»

In diesem Augenblick drückten die begeisterten Zuschauer die Tür auf. Der Magier legte einen Bademantel um. Jeremy Snow fiel beinah in den Garderobenständer. Als er sein Gleichgewicht wiederfand, ließ er die Fans sich anstellen. «Sonst werden Sie gar nichts von Benini bekommen. Julia, wo bleiben Sie denn?»

Er mochte diese rothaarige Assistentin nicht besonders. Sie war energisch, stellte täglich neue Forderungen, wollte gebeten sein, anstatt sich, wie andere Übersetzerinnen, zu freuen, daß sie mit dem großen Benini arbeiten durfte.

Der Magier hatte seinen schwarzseidenen Bademantel festgezogen, das Blastron gerichtet. An langer Spitze entzündete er eine Zigarette, ganz entspannt.

Mit einem Blick übersah er die wartenden Zuschauer. Isabela war nicht darunter.

«Warum fangen wir nicht an?» sagte er leise zu Jeremy Snow. «Dann haben wir es hinter uns.»

Auch wenn sie ihn begeistert anstrahlten, die einen lächelten, die anderen in Ehrfurcht erstarrten, wieder andere es nicht wagten, ihn anzublicken, auch wenn er diese Begeisterung genoß, sie hatte ihren Reiz verloren. Nach dreißig Jahren, von denen er die meiste Zeit auf Tournee war, gab es keine Reaktion, die er nicht kannte.

Julia drängelte sich durch die Begeisterten hindurch.

Sie war im Mantel.

«Mister Benini, ich wollte Ihnen nur mitteilen, daß ich kündige.»

«Was?» schrie Jeremy. «Sie stehen unter Vertrag.»

Augusto Benini paffte zwei Ringe. Er sagte nichts. Seine Assistentin, mit der er auf der Bühne so hervorragend harmonierte, war entschlossen. Sie hätten die abendliche Vorstellung für ein paar Tage ausfallen lassen müssen.

«Ich würde gerne den Grund erfahren, Julia. Aber nicht jetzt und nicht hier, du siehst, wir haben zu tun. Bitte, laß uns nachher darüber reden, bitte. Wenn es etwas gibt...»

Der Magier stellte sich hinter sie, nahm ihr den Mantel ab. Das rotgelockte Haar fiel herunter. Sie trug das weiße Kleid aus dem ersten Teil der Vorstellung.

Vierzig Minuten später waren die letzten Zuschauer gegangen. Benini malte stets sein Konterfei, darunter seinen Namen in Großbuchstaben, versah das Photo mit Ort und Datum der Begegnung. Das war es, was die Tifosi liebten. Die Erinnerung an einen großen Abend beim großen Benini.

«Jeremy, ich glaube, es ist besser, wenn ich alleine mit Julia spreche.»

Benini zog den Gürtel des Bademantels fester.

«Auf keinen Fall. Das ist meine Aufgabe. Der Vertrag ist eindeutig, es gibt eine Rücktrittsklausel, die besagt, daß sie mindestens acht Tage...»

Der Magier sah, daß Julia ihren Mantel anziehen wollte.

«Zehn Minuten, gib mir zehn Minuten. Jeremy, du gehst jetzt», sagte er bestimmt.

Der Manager kannte diesen Tonfall, er wußte, daß Benini ihn nur selten benutzte.

Es war nicht das erste Mal, daß eine Assistentin kündigte, nicht das einzige Mal, daß jemand aus dem mitreisenden Personal Schwierigkeiten machte, immerhin gehörten mehr als fünfzehn Mitarbeiter zur Truppe. Wenn aber die Bühnenstimme nicht wirklich gut war, konnte Benini nicht auftreten.

Als der Manager gegangen war, sagte Benini: «Wir öffnen jetzt die Flasche. Ich verdurste.»

«Es gibt keinen Grund, Champagner zu trinken, Mister Benini!»

«Warum nennst du mich mit diesem schrecklichen Namen?»

Der Magier löste die dünne Bleifolie vom Korken der riesigen Flasche. Julia wirkte unsicher. Sie blickte auf die Blumenbouquets, die mit rosa und gelben Karten versehen waren.

«Es tut mir leid, Julia, ich wollte dich nicht verletzen. Aber die Dame, die ich auf die Bühne geholt habe, steht in ganz besonderer Beziehung...»

«Hören Sie auf, bitte.»

Ihre Augen waren feucht.

«Was ist geschehen, Julia?»

Sie schluchzte leise, kaum hörbar.

«Isabela ist eine alte Bekannte, das liegt weit zurück...»

«Mein Vater ist verhaftet worden», preßte Julia hervor.

Es dauerte eine ganze Weile, bis Benini aus ihr herausbekam, daß Julias Vater in Paris von den Nazis gefangengenommen worden war, weil er einer französischen Widerstandsgruppe angehörte.

«Ich kann nicht auftreten, wenn ich ständig an meinen Vater denken muß.»

«Ich habe mich getäuscht», sagte Benini. Er legte Julia den Mantel um. «Keinen Champagner jetzt.»

7

Was bleibt da für mich zu enträtseln, John?» fragte Benini und lehnte sich im Polster der schweren Limousine zurück. «Das ist kein Rätsel, wahrscheinlich nicht mal ein Wunder, schon gar nicht eine astronomische Anomalie. Es hat ja keine Sternwarte gegeben, die auch nur eine Beobachtung beigesteuert hätte.»

Der Milliardär nahm einen Schluck von seinem Cocktail, den der Fahrer ihnen vor der Abfahrt bereitet hatte.

«Carlo, Sie wollen doch nicht sagen, daß Fátima eine bloße Chimäre ist? Dazu haben zu viele seriöse Menschen die Erscheinung beobachtet und darüber geschrieben.»

Lossenkian hatte den Magier im «Avenida Palace» abgeholt, um mit ihm zum Spielcasino nach Estoril zu fahren. Obwohl Benini darauf bestand, bis sechs Uhr wieder im Hotel zu sein – schließlich habe er abends Vorstellung –, ließ sich der Milliardär von der Idee nicht abbringen.

«Dann fahren wir eben hin und stehen vor verschlossenen Türen», gab Benini nach. Die Fahrt im Fond der Limousine war durchaus angenehm. Auch wenn der Ausflug ins Casino erfolglos verlaufen würde.

«Ich habe die Bücher gründlich gelesen, John, faszinierend genug war die Lektüre. Aber soll ich Nachforschungen anstellen? Fünfundzwanzig Jahre später? Ich bin kein Rechercheur. Ich bin ein Magier.»

«Sie glauben nicht daran. Sie sind zu skeptisch.» Lossenkian schlug die Beine übereinander. Er trug einen weißen

Seidenanzug mit einer kirschroten Krawatte, am Revers einen goldenen Halbmond. Sein Bart war struppig.

«Soll ich daran glauben, daß die Muttergottes drei portugiesischen Kindern mitteilt, Rußland müsse sich vom Kommunismus abwenden, damit Frieden in der Welt sei? Warum sagt sie das nicht den Russen selbst?»

Der Chauffeur schnitt jede der engen Kurven, die weiße Limousine schaukelte.

«Oder soll ich daran glauben, daß die Muttergottes Kindern die Hölle zeigt, allen Gläubigen angst macht und sie zu großen Opfern auffordert? Das ist mir alles zu absonderlich, zu weit weg. Ich kann damit nichts anfangen, John, verstehen Sie?»

Der Milliardär setzte das Glas ab. Auf dem Mahagonitischchen war eine Vertiefung eingelassen, damit in den Kurven nichts verschüttet wurde.

«Was soll ich davon halten, daß drei Analphabeten von der Muttergottes zum Lesenlernen aufgefordert werden? Ist das nicht die Aufgabe der Lehrer? Ich weiß nicht, was sich damals abgespielt hat, aber es gibt eine Menge Ungereimtes.»

Lossenkian schien amüsiert.

«Sie sind doch längst mitten in den Rätseln von Fátima gefangen, Carlo. Tun Sie nicht so, als würde Sie das alles kaltlassen.»

«Es gibt nur eines, was mich wirklich interessiert! Der Sonnentanz. Und ich sage Ihnen auch warum. Gar nicht einmal, weil da etwas Übernatürliches geschehen ist, kann sein, kann nicht sein. Mich würde es faszinieren, einen solchen Trick auszuführen.»

Benini schaute über die Bucht des Tejo, ein breites Becken, die andere Landseite entfernte sich immer weiter. Der Übergang zum Meer, das hier ungehindert bis in die portugiesische Hauptstadt vordrang.

«Wollen Sie noch einen Schluck?» Der Milliardär

schenkte nach. «Sie möchten sich die zwanzigtausend Pfund, die ich biete, nicht verdienen? Englische Pfund, versteht sich, keine ägyptischen.»

«Das Geld lockt mich keineswegs, John. Auch wenn es ein schöner Nebenverdienst wäre.»

Der Magier hatte seinen Manager gebeten, nach Paris zu fahren. Er kannte dort hochrangige Persönlichkeiten, deren Einfluß er nutzen wollte, um Julias Vater aus dem Gefängnis zu holen.

«Sollte es vonnöten sein, werde ich selbst vorstellig, und wenn es bedeutet, daß unser Gastspiel eine Woche unterbrochen wird.» Julia hatte sich bedankt, überschwenglich, sie umarmte den Magier lange.

«Ich kann nicht glauben, daß drei naive Hirtenkinder ausgesucht werden, um der Welt solche Botschaften zu vermitteln...»

«Das war in Lourdes auch so», unterbrach der Milliardär seinen Begleiter.

«Was ist Lourdes?» Der Magier hatte diesen Namen noch nie gehört. Lossenkian erzählte von den Erscheinungen in der Mitte des vorigen Jahrhunderts in dem Pyrenäendorf. «Damals war es eine Müllerstochter, Bernadette Soubirous. Ich glaube, sie konnte auch nicht lesen.» Fünfzehn Tage hintereinander sei die weiße Dame erschienen. Aus einem kleinen Rinnsal wurde eine Quelle, die täglich über hunderttausend Liter Wasser hervorbringe. «Wenn mir das im Ölgeschäft passierte, wäre ich ein reicher Mann», fügte Lossenkian hinzu. Sein Mienenspiel war beeindruckend. Mal feixte er, dann wieder war er andächtig, mal spitzte er die Lippen weit nach vorne, dann wieder brach er in ein breites Lachen aus.

«Lourdes hat Hunderte von Heilungen erlebt. Es gibt dort heiliges Wasser.»

Benini dachte an seinen Bühnentrick. Heiliges Wasser konnte er noch nicht servieren.

«Und was das Wunderbarste war: Nach einer der Visionen verweilte Bernadette Stunden im Zustand der Verzükkung, und der anwesende Arzt bemerkte, daß die brennende Kerze, die unmittelbar unter ihrer Hand war, keine Brandwunden hinterließ.»

«John, jetzt hören Sie auf, oder ich zeige noch heute abend auf der Bühne, wie diese kleine Verblüffung zu bewerkstelligen ist.»

Der Magier spielte den Empörten, er setzte das Gesicht auf, mit dem er auf der Bühne zu erkennen gab, daß er keineswegs mit dem Resultat einer Nummer einverstanden war.

«In Lourdes hat die weiße Dame gesagt: Ich bin die Unbefleckte Empfängnis! Damit wurde auf seltsame Weise bestätigt, was das einige Jahre vorher ausgesprochene Dogma festgelegt hatte.»

«Was für ein Dogma?» Nun war Benini tatsächlich ärgerlich. Sie fuhren durch die schönste Landschaft, eine hügelige Straße zwischen Wasser und Himmel, in einem der luxuriösesten Automobile, tranken «Morgentau», und der Milliardär faselte die ganze Zeit von irgendwelchen Wundern. Auch in den Fátimabüchern hatte Benini über diese Unbefleckte Empfängnis gelesen.

Lossenkian erklärte, das Dogma besage, daß Maria Jesu geboren habe, ohne daß sie mit Joseph schlief. «Mariae virginis immaculatae conceptionis», der Milliardär schien theologisch gebildet zu sein.

«Dieses Dogma ist sicher der Schrecken aller jungen Mädchen! Wie sollen sie sich vor einer Schwangerschaft schützen, wenn sie auch ohne Mann zu einem Kind kommen können? Und daran glauben Sie?»

Der Milliardär schüttelte den Kopf.

Benini wußte nicht, woran er war. Immer wenn er dachte, Lossenkian fassen zu können, entglitt er ihm wieder.

«Auf jeden Fall ist Lourdes der größte Wallfahrtsort der

Welt. Schon im letzten Jahrhundert kamen dorthin über eine Million Pilger im Jahr, um aus den Quellen zu trinken. Aber das werden wir in Fátima auch noch erleben.»

Der Wagen stoppte. Sie hatten Estoril erreicht.

Das Casino war ein herrlicher klassizistischer Bau mit einer breiten Treppe, Jugendstilgittern, bronzenen Engeln, die Lampen trugen, einem roten Läufer, der mit weißen und grünen Fäden durchzogen war. Den Landesfarben.

Der Fahrer öffnete die Wagenschläge und ließ die beiden Gäste aussteigen.

«Was sollen wir hier, John?» fragte Benini und zeigte auf die verschlossene Tür. Immerhin war es erst drei Uhr nachmittags, und das Casino machte nie vor acht Uhr abends auf.

Ohne zu antworten, sprang der Milliardär die Stufen hinauf und klopfte an die hohe Pforte.

Benini war ein gieriger Spieler. Wenn das Casino nicht so weit von Lissabon entfernt gewesen wäre, hätte er es längst aufgesucht, aber nach der Vorstellung blieb nicht genügend Zeit. Es schloß um Mitternacht.

«Kommen Sie, Carlo. Sie lassen uns rein.»

Benini war erstaunt, folgte der Aufforderung aber, ohne zu zögern.

Was für eine Pracht. Die Säle langgestreckt, die grünen Roulettetische mit feinstem Filz, die Sessel mit weinrotem Samt bezogen. An den Wänden Gobelins flämischer Meister.

«Keine Angst, Carlo», sagte Lossenkian lächelnd, «die haben schon auf uns gewartet. Machen wir ein Spiel. Ich will sehen, wie Sie gewinnen.»

Das gesamte Casino war für die beiden Gäste geöffnet, die zur Unzeit hier erschienen waren.

Der Obercroupier nahm seinen hohen Sitz am Tischende ein, zu beiden Seiten saßen die Croupiers, die allerdings nicht viel zu tun bekamen. Am Tischende hatte der Direktor Platz genommen. Sie alle sahen den Magier an.

«Sie gewinnen doch immer, Carlo!» neckte Lossenkian ihn.

Dann ließ er ihm Jetons hinüberschieben.

«Das sind vierzigtausend Escudos. Mehr, als Sie am Abend verdienen. Wir spielen genau zwei Stunden, danach wird abgerechnet. Faites votre jeux!» Lossenkian begann zu setzen.

Benini bevorzugte die Kombinationen, setzte auf das erste Drittel, nie auf einfache Chancen, ging auch nicht auf einzelne Zahlen, mit Ausnahme von Zero, kreiste die Nummern ein. Er spielte mit hohem Einsatz. Lossenkian spielte sparsam, beinah vorsichtig. Er führte Buch, betrachtete lange die entstehende Reihenfolge der Zahlen, untersuchte Regelmäßigkeiten, setzte immer nach, wenn eine Zahl gekommen war.

Der Direktor blickte starr auf den Magier. Ebenso der Obercroupier. Ein Test. Soviel merkte Benini.

«Gewinnen Sie?» fragte Lossenkian zwischendurch, ohne von seinem Zahlenwerk aufzusehen.

«Ich denke schon, John», sagte Benini. Es sah allerdings nicht ganz so aus, wenn er den kleiner werdenden Haufen von roten, gelben und goldenen Jetons betrachtete. Ein Stück mit dem Wert Zehntausend würde er in seine Tasche praktizieren, unbemerkt, schöneres Spielgeld hatte er noch nie gesehen.

Nach zwei Stunden wurde abgerechnet.

Lossenkian besaß einundfünfzigtausend Escudos.

Benini nur zweiunddreißigtausend. Das Stück in seiner Tasche nicht mitgerechnet.

Als sie wieder in der Limousine saßen, um nach Lissabon zurückzukehren, triumphierte der Milliardär.

«Der Gewinner bin ich, Carlo.»

Benini paffte dicke Wolken aus seiner Zigarre.

«Gerne.»

«Aber trotzdem frage ich mich, warum nicht Sie gewonnen haben? Schließlich müßten Sie doch Mittel und Wege kennen, die Jetons unbemerkt hin und her zu schieben.»

Der Milliardär hatte einen kleinen Fleck auf der weißen Hose, grünlichgelb.

«Ich kann es mir nicht leisten, John», begann der Magier langsam, «wenn in der Zeitung stünde, ‹Benini betrügt im Casino›, wäre meine Karriere beendet. Dort erwischt zu werden, ist strafbar, was schon schlimm genug wäre. Aber für den großen Benini würde es bedeuten, daß sie ihm auf die Schliche gekommen sind. Das wäre das Finale. Le bugie hanno corte le ali.»

«Also ist das Ihr Geheimnis, niemand darf Ihnen auf die Schliche kommen?»

Lossenkian hielt die Hand auf.

Benini wußte sofort, was die Geste bedeutete. Der Milliardär feixte. Unter dem Bartgeflecht zwei tiefe Grübchen. Die wachen, dunklen Augen funkelten. Der Magier konnte sich vorstellen, daß sein Freund irgend etwas im Schilde führte. Er hatte sich vor der Ausfahrt sogar darauf präpariert, die Limousine blind zu steuern, wenn Lossenkian auf der Vorführung bestand.

«Nun lassen Sie sich nicht so lange bitten, Carlo.»

Benini erwiderte: «Ob Sie mir sagen könnten, was ich Ihnen verweigere?»

«Den Jeton, das goldgelbe Lieblingsstück aller Spieler, zehntausend Escudos wert. Das Casino sieht es nicht gerne, wenn Jetons verschwinden. Und ich bin einer der Besitzer des Casinos.»

Der Magier blieb gelassen. Wenn er zugab, den Diebstahl begangen zu haben, würde das Folgen haben.

«Verehrter John, Sie müssen sich irren. Sobald wir im Hotel sind, werden Sie mich durchsuchen, ich habe keinen Jeton eingesteckt.»

Der Milliardär wurde ernst.

«Keine Sorge, Carlo, ich verrate Sie nicht.»

«Aber ich habe es wirklich nicht!»

«Man hat Sie beobachtet!»

«Wer?»

«Der Casinodirektor. Er sagte es mir, als wir abgerechnet haben.»

«Und warum hat er nicht sofort…»

«Weil ich es ihm untersagt habe.»

Der Magier wandte zweimal den Kopf, lenkte mit diesen Bewegungen seinen Freund ab und ließ das goldene Zehntausenderstück unbemerkt in Lossenkians Brusttasche gleiten.

Als sie die Praça Rossio erreichten, sagte der Magier: «Ein schöner Ausflug, um mich auf die Probe zu stellen, John. Das sollten wir wiederholen. Aber einmal müssen Sie mich auch auf der Bühne sehen.»

«Sicher», erwiderte Lossenkian, «sicher.» Er zog sein Taschentuch hervor, und der gesuchte Goldjeton fiel heraus. Der Magier zog die Augenbrauen hoch.

Die Limousine hielt vor dem Grandhotel, dessen dunkelgrüner Anstrich im Nachmittagslicht schimmerte.

Die beiden Casinobesucher verabschiedeten sich, ohne ein neuerliches Treffen zu vereinbaren.

Der Milliardär drehte die Scheibe herunter.

«In Zukunft werde ich es Ihnen nicht so leicht machen, Carlo!»

«Was kann ich dafür, wenn Sie einen Jeton einstecken? Und auch noch im eigenen Casino.»

Benini freute sich über das düpierte Gesicht Lossenkians. An der Rezeption verlangte er seinen Schlüssel, er mußte sich auf die Vorstellung konzentrieren. Zwanzig Minuten völliger Entspannung, bevor er ins Theater fuhr.

«Ich bin die blaue 22», sagte ein Mann und hielt ihm die Spielkarte mit dieser Zahl hin.

«Was wünschen Sie?» fragte der Magier, der so schnell wie möglich in seine Suite gelangen wollte.

Unter kurzen, stacheligen Haaren entdeckte er zwei Narben.

«Beim Pressetermin bekam ich keine Chance mehr, aber ich habe inzwischen Ihre Wunderwelt erlebt und würde doch gerne einige Fragen klären.»

«Wenden Sie sich an meinen Manager», sagte Benini scharf, «der wird Ihnen sicher helfen können.»

«Es dauert nur wenige Minuten.»

«Dann kommen Sie mit.»

Der Liftboy machte einen Diener, bevor er die beiden Herren einsteigen ließ. Ein verspiegelter Käfig, von zwei Kerzen beleuchtet.

«Sie waren im ‹Tavares› bei der Premierenfeier, jetzt erinnere ich mich», sagte Benini, als er die Tür aufschloß, «ich wußte gar nicht, daß Sie Journalist sind.»

Der Mann antwortete nicht, zog an seiner Zigarette und trat ein. Benini ließ sich in den Sessel fallen.

«Einige Minuten, sagten Sie, bitte sehr», er wies ihm den Platz auf dem Sofa an, «ich habe leider wenig Zeit.»

Der Mann machte keine Anstalten, sich zu setzen oder gar zu fragen. Er ging im Zimmer umher. Sein knittriger Anzug, die Lackschuhe ungeputzt. Eine seltsame Zeitung, die einen solchen Reporter beschäftigte.

«Ach», sagte der Mann, der das Fátimabuch in die Hand nahm. Er blätterte darin. «Sie wissen es also schon.»

«Was soll ich wissen?» Benini verspürte wenig Lust, seine Vorbereitung auf den abendlichen Auftritt noch weiter verkürzen zu lassen.

«Ich dachte, ich würde Ihnen eine Neuigkeit verraten. Und jetzt komme ich zu spät. Eigentlich schade.»

Benini stand auf.

«Legen Sie das Buch hin und stellen Sie Ihre Fragen, sonst muß ich Sie leider bitten, meine Räume zu verlassen.»

Sosehr er aufdringliche Menschen schätzte, dieser kam zur falschen Zeit. Aber er wollte nicht unhöflich sein.

«Fátima war der Grund, daß Sie damals vor leerem Haus gespielt haben. Ich habe herausgefunden, wann Ihr letztes Gastspiel in Portugal war. Am 12. Oktober, nicht wahr? Das stimmt doch?»

«Und?»

Benini blickte irritiert zur Seite. Er wurde nicht gern an diese Niederlage erinnert.

«Die Leute aus Tomar, wo Sie am Abend des 12. Oktober 1917 auftreten wollten, waren nach Fátima gezogen, um an der großen Erscheinung teilzunehmen. Sie mußten fast vierzig Kilometer laufen.»

Der Mann, der seinen Namen nicht genannt hatte, hielt dem Magier einen Zeitungsausschnitt hin.

«Habe ich für Sie besorgt. Die Ankündigung eines Auftritts, der mangels Publikum nicht stattfand. Die Zeitung erschien in Tomar.»

«Sie haben sich Mühe gemacht», sagte der Magier, in dessen Kopf ein Wirbel entstand. Die Leute waren ihm weggelaufen, um ein himmlisches Wunder zu sehen? Was für eine Blamage. Auch wenn er sie erst fünfundzwanzig Jahre später entdeckte.

«Das wollen Sie nun schreiben?» fragte Benini, der sich vor einer schlechten Presse fürchtete.

«Es ließ mir keine Ruhe, daß Sie nicht wissen, was damals vor sich ging.»

Benini drehte den Zeitungsausschnitt um.

«Und darum sind Sie hergekommen?»

Der Mann nickte bedächtig.

«Lassen Sie uns bitte morgen weiterreden, sagen wir um zehn Uhr. Ich lade Sie zum Frühstück ein. Geben Sie der Rezeption das Paßwort: Cheval. Dann weiß ich Bescheid, wer heraufkommt.»

Als der Mann gegangen war, wußte Benini, daß er eine längere Zeit der Entspannung als gewöhnlich brauchte.

Der Verlust des goldenen Jetons ärgerte ihn sehr.

8

Eu chamo me Ricardo Lopez, Marmormetz, wenn Sie so wolln Marmormetze, auch gut, oder Metzler im Gemetzel, ich geh mit Toten um wie andre mit Holz, wenn Sie verstehn, wir sind die gleiche Rasse, verstaun Tote, Leichen, kalte Ware, Schauerleute der unsterblichen Reste, sterblich, Ricardo Lopez ist der Name, zu Diensten, wenns zum Letzten kommt.

Die längste Zeit hab ich im dunklen Schacht gelebt, getan, was zu tun war, auf Prazeres, dem Friedhof, der Vergnügen heißt, was für ne Lust, die Leichen reden hörn, schwer atmen, noch Sätze auf den Lippen, Angst zwischen den Zähnen, stille Redner, stumme Reden, kommn Sie nur heran, damit Sie verstehn, was ich sach, denn ich sprech mäuseleis, rattenschrill, ameisenflink. Ricardo Lopez, oft gerufen, wenn schon die Haut verwelkt, die Augen grau, mach mir ein Grab für meinen Alten, hats nich verdient, aber mach schnell, was braucht er denn so lang fürn paar Hammerschläge?

Kenn alle Schleichwege, hintenrum, am Grab vom José vorbei, gleich neben jener Todeseiche, wo sich die Jungs die Schwänze rausmassiern, kleine Fahnenstangen, einer dem andern die Latte macht, gleich da, bei Nacht kannst du sie treffen, Gauner, die tagsüber nicht wagen herzukommen, zuviel Moneten, zuviel Gewalt, zuviel für öffentliche Ohren, und Frauen, ganz in Schwarz, die heimlich Revolver tragen unter den Blumen, in den Wasserkrügen Gift und zwischen farbigen Kränzen Messer, der Friedhof ist der Ort, wos kein Pardon mehr gibt, da wird gestorbm, jeder, jede, und Lopez hat sein Verdienst dabei.

Ich will nicht sagen, daß michs reut, wäre ich ein beßrer Schlachter denn geworn, ein beßrer Fischfänger, Weinbauer, Hungerleider alle, Tränentreiber, ausgemergelte Gestalten, ich seh ihre kahln Körper, herausgetriebne matte Adern, die Haut verätzt, kaum Fleisch am Knochen, dürre Skelette, sie habn mehr Tage gehungert als gegessen, mehr Wasser getrunken als anständgen Wein, nie genug zum Sterbm, ich kenn sie, sie heißen alle gleich.

Ein steiler Aufstieg, schwerer Weg. Leichenträger, Leichenwäscher, Leichenaufseher, Metz, Steinmetz, Marmormetz, Kunstmetz, der Mann fürs ewige Fragen über Ewigkeit, der Mann für künstlerische Beratung, wenns ans Sterbm geht, Ricardo Lopez, später geadelt, später, weil ich mein Maul gehalten hab, geschwiegen hab, jetzt red ich, so leis ich kann.

Begonnen hats mit Drecksarbeit, hackn, schaufeln, in der Erde wühlen, zuschütten, festtrampeln. Erde zu Erde, all die Sprüche, die am Grab noch lügen, er wird uns allen fehlen, jaja, da stehn sie, mit lachenden Gesichtern, den Tod haben sie ihm schon früher gewünscht, er hat sich verdient gemacht ums portugiesische Volk, jaja, wir kommen her, seiner zu gedenken, er war ein Gauner, sag ich Ihnen, ein Gauner, der betrogn hat, gestohln, jedes Mittel war ihm recht, sich zu bereichern, Drecksarbeit, wie gesagt, das dreckigste vom Dreckigen. Ich hab gewühlt, die schweren Steine weggerollt, ich hab geschaufelt, bis der Schweiß mit Blut sich mischte, damit die Dunkelmänner, wenn sie kamen, gemessenen Schrittes, jeder Schritt tausend Escudos wert, ich weiß, wovon ich spreche, ein offenes Grab fanden, offen für den letzten Sprung ins Erdreich, damit die Seele dann in einem Hops zum Himmel steigt, Gesänge, Sprüche, Lügen, Gebete, Reden, Zitate, Phrasen, die Dunkelmänner wußtens zu richtn, Drecksarbeit, feuchter Boden, Lehm, Fels, schwer zu behaun, ich hab gerackert, während andre lebten, hab gehackt, bis die Leichen endlich still waren.

Jahre später die Portale offen, ich komm in geheimer Mission, niemand wollt sich drüber verbreiten, Senhor Lopez, der große Künstler, dessen Werk wir so sehr schätzen, o doch, hatten sich abgesprochen mit dünnen Stimmchen, hast schon gehört von diesem Lopez, der dein Grab richtet für die Ewigkeit, der kanns, die Preise sind zwar saftig, aber wir gehn alle hin, und schweign kann er auch, der große Lopez, anders als anfangs, nun Samt und Brokat, edelste Gewänder, nur feine Speisen, erlesenste Liköre, der gute Lopez, immer witzig, wenns ans Sterbm geht, braver Kamerad, weiß, was Tote noch bedürfn, der Lopez, dem niemand es gleichtut, der Marmormetz, der zum letzten Ruhm verhilft, zu letzter Größe.

Da war der Bischof mit der krummn Nase, mein Gott, was hatte der für einen Zinken, noch länger als sein krummer Stab, er fragt nich lang, läßt gleich die Zahlen sprechn, ich sag, weiß jetzt noch nich, was das so ausmacht, muß erst kalkulieren, er sagt, nenn die Summe, Geld spielt keine Rolle, wieso auch, nehmens sicher von den Armen, Juwelen, Perlen, Goldklunker, was solls, beim Sterbm kanns nich mitgenommen werdn, wird verpulvert, der Bischof zahlt den doppeltn Preis, dann kommt er ran mit seiner Fratze, seinem Zinken, voll schwarzer Punkte, tiefer Löcher, ich weiß, der is bald hin, er sagt, es soll ein Engel sein, der mich ins Paradies begleitet, ne Frau auf meinem Grab, du verstehst, Ricardo, du verstehst, ich frag, mit großen Titten, fettem Hintern, nich ganz, sagt er, nich ganz, der Arsch klein, die Schenkel flach, in Engelsarmen will ich liegen, wenns heimwärts geht, mein Ohr an ihrer linken Brust, gut, sag ich, gut, das läßt sich machen, wie hoch soll denn das Ganze sein, und er sagt: lebensgroß, lebensgroß. Ein geiles Söhnchen hab ich gemacht, nen alten Säugling, der Todesengel hält ihn fest, greift zwischen seine Beine, ihm gefiels, mir wars gleich, ein Auftrag ist wie der andere.

Ricardo Lopez heiß ich, Ihr Diener, gleich beim Friedhof, Prazeres 13, Glücksfall, so ein Haus mit Blick aufs Sterbm, so muß ich keine langen Wege gehn, mein Leichenwagn braucht nich erst bestellt wern, das, was von mir übrigbleibt, tragn die schon allein hinüber. Könn mich auch schlachten und an die Hunde gebn, die um die Gräber streichn, das is ne Plage. Gab maln guten Hundefänger, weiße Handschuh, schnelle Schlinge, der schaffte ein paar Monate Ruh, der gab sie nem Metzger, geschicktes Hackn, geschicktes Teiln, ham Sie noch was von diesem Fleisch vom Montag, bißchen süß, aber wir lieben das Extravagante, der Metzger grinst, aber sicher, für Sie vom Bestn, ein paar Knochen für Ihren Nero, Hund zu Hund, Mensch frißt Mensch, nur beim Sterbm, da brauchts Unterstützung.

Ich sag immer, laß die Lebenden ruhn, sie habns ja noch vor sich, der Tanz geht später los, wenn Ruhe gute Gewohnheit ist. Das ist ein Geflüster, ein Gezirpe, die kriegn sich nich ein, hast du gesehn, wie mein Alter fett geworn ist, das ist Senhora Autunes, darauf die hagre Amalie, und meiner erst, konnt sich kaum bücken vor dem Grab, das liegt nur an der Kebse, dem Mensch, das sich nie zeigt, die bleibt daheim und läßt sichs wohl sein. Senhora Autunes, ganz die große Welt, ihr Grab, ein Haus verziert mit eingegipsten Rosen, die sie haßt, ihr Mann hats einfach so bestimmt, die hagre Amalie im billigen Blechsarg, mit Wolle aufgefüllt, gleich über einer Quelle, der rinnt das Wasser durch die Knochen, das Blech durchlöchert wie 'n Sieb, wenn die nur raus könntn aus ihren Särgen, der Friedhof wär bei kurzem leer, verlassen, ausgestorbm, dann wär wirklich Ruh, denn es is kein Prazeres, hier zu liegn, gefrorn im Winter, gewässert all die andre Zeit, deswegen lassn sich die Reichen Häuser baun, unten Stein und oben drüber geschützt. Da braucht ich nich mehr tief zu hackn, da wußt ich schon, es geht bergauf.

Lange Ohren hab ich gemacht, als ich von Fátima gehört hab, da gab es Arbeit, mein Geschäft war angeschwolln vor lauter Aufgeblasenheit, nur meine Kunst wollte man, was heißt hier Kunst, sie wolln Kitsch, nur Kitsch, mal Engel, mal ne Statue, meist vom Verblichenen in seinen besten Jahren, auf der Höhe seiner Kraft, mal nen Löwen, mal ne Gazelle, Blumengeranke, oder nen Riesenkopf mit buschigem Schnauzer, Kitsch, sag ich, was hilfts, sie zahln gut, und meine Werkstatt liefert gute Ware, Fátima, ein Wunder, auch gut, wunderbar, ich führ aus, was andre bestellen, und meine Männer haben Brot und Wein genug, die Kirche läßt sichs was kostn, Almosen reichlich, mich fragt einer von den Dunkelmännern, obs kostenlos für ihn ne Statue gäb, ich sag, kostenlos hat noch nie jemand was bekommen, aber ich könnts auch billiger machen, aus Drahtgeflecht mit Gips, der Dunkelmann wollt davon nichts hörn, fand sich groß, wichtig, kam mit Taschen voll Escudos, haut sie mir um die Ohren, will ein Denkmal, zehn Meter hoch, nen Obelisken mit Kreuzspitze, wie er auf Sankt Peter steht, ein Riesenpfeil hinauf zum Himmel, das höchste Ding, was je auf dem Prazeres stand, ich sage, gut, das kann ich machen, am nächsten Tag war er tot.

Kein einfaches Geschäft, wenn soviel Leichen liegen, soviel Anträge, stirbt er oder stirbt er nich, is noch zu früh, was für die letzte Ruh zu bestellen, morgen kanns zu spät sein, ich rate immer, besser gleich schnell entscheiden, denn schließlich brauch ich auch Zeit, den Kitsch dann hinzukriegn, die meisten von den Pfeffersäcken wolln in der Ausführung sehn, was später über ihrem Haupte steht, die kaufen keinen alten Fisch.

Damals, als Champalimaud starb, große Sache, der Mann aus Granit auf hohen Quadern, ich war noch mittendrin, da ging er hops, und dann das Gezeter von den Seinen, Gejaule, nein, das ist zu teuer, habn wir nich bestellt, was sollt ich machn, hab den Sockel stehnlassn und anderweitig auf ein Grab gestellt, das Unterteil vom Champa paßte noch zu einem Reeder, so braucht ich nur die angefangne Büste wegzuschmeißn, gemerkt hats keiner, Ricardo Lopez, Künstler für letzte Zwecke, letzte Tage, letzten Überlebensruhm. Adeusinho.

9

Wir setzen eine Anzeige auf. Zeugen gesucht, die im Oktober 1917 den Sonnentanz in Fátima gesehen haben. Die Formulierung überlasse ich natürlich Ihnen. Es werden sich diejenigen melden, die lesen können. Also nicht die abergläubischen Bauern. Wir können sie befragen. Dann wird sich ein Bild ergeben. Das ist der einzige Weg, um zu einer Erklärung zu gelangen. Was in den Büchern steht, ist nicht mal das Papier wert, auf dem es gedruckt ist.»

João de Vougas Vorschlag klang verlockend, gut durchdacht.

Benini schnitt ein Brötchen auf, belegte es mit dem trokkenen Bergschinken und ließ es auf dem Teller liegen.

«Da werden sich Tausende melden, oder?»

«Gewiß nicht. Nicht hier in Lissabon. Wir sollten die Anzeige nur in den Zeitungen der Hauptstadt veröffentlichen.»

«Aber das spricht sich rum, bestimmt!»

Der Magier dachte an die Publicity, an das Angebot Lossenkians, zwanzigtausend englische Pfund für die Erklärung des Wunders, dachte an seine Erfolge in den USA.

«Ich kann die Leute vorsortieren, wenn Sie einverstanden sind.» João de Vouga wußte immer eine Antwort, konnte Einwände ausräumen.

An diesem Morgen hätte Benini lieber ausgeschlafen, den ganzen Vormittag geruht, die Zeit verdöst. Nach der gestrigen Vorstellung war er mit ein paar Tifosi in ein Fado-Lokal gegangen und bis um drei Uhr geblieben.

«Cheval», der Rezeptionist des «Avendia Palace» wiederholte das Wort einige Male.

Benini hatte den Hörer auf das Kopfkissen gelegt und geschwiegen.

«Cheval, Senhor Benini, kann er hochkommen?»

Der Magier bat um eine halbe Stunde Wartezeit und legte auf. Wenn doch nur Jeremy da wäre...

Was nützte ein System, wenn es nicht funktionierte? Sein Manager hatte ihm geraten, Paßwörter zu benutzen, damit er den Ansturm der Bewunderer in Grenzen halten und nur die Besucher in seine Suite bitten konnte, mit denen er sich wirklich treffen wollte. Cheval, Cheval, er verband nichts mit diesem Wort.

Unter der Dusche fiel ihm der narbige Kopf ein, der Mann mit den Stoppelhaaren.

Benini überlegte, wie er den Besucher schnell wieder loswerden könne. Ein Termin mit Lossenkian vielleicht, ein Treffen mit einer jungen Dame, deren Namen er diskret verschweigen würde, eine wichtige Probe, zu der niemand Zutritt hatte. Um Ausreden war der Magier nie verlegen.

Der Frühstückstisch im gemütlichen Wohnraum seiner Suite war gedeckt. Cheval stand am Fenster.

«Guten Morgen, Senhor, ich hätte auch noch länger gewartet. Sie hatten eine kleine Nacht?»

«Nicht schwer zu erraten. Ich sehe scheußlich aus.»

Benini setzte das Gesicht auf, das er auf der Bühne benutzte, um seinem Mißfallen Ausdruck zu verleihen.

«João de Vouga, falls Ihnen mein Name entfallen sein sollte.»

Der Magier war froh, daß sein Gast ihm die peinliche Frage ersparte. Er hatte ein exzellentes Gedächtnis für Gesichter, konnte sich an Winzigkeiten erinnern, über Jahre hinweg.

Namen waren austauschbar, abstrakt.

Der Portugiese trug einen hellen Sommeranzug, in der

Hand einen Strohhut, als wolle er zu einem Ausflug starten. Benini hüstelte.

«Entschuldigen Sie meine schlechte Verfassung. Nicht daß ich Sie vergessen hatte, aber manchmal kann ich nicht widerstehen.»

«Sie waren beim Fado in der Alfama? Da bleibt jeder länger.»

«Woher wissen Sie das?»

«Alle Ausländer verlieben sich in den Fado, dabei müßte man ihn hassen.»

Die Sängerin, die bis in die frühen Morgenstunden für Benini gesungen hatte, mußte über siebzig sein, obwohl sie noch kein graues Haar hatte, kaum eine Falte im Gesicht. Schon längst hatten sich seine Tifosi verzogen, aber er blieb. Er liebte ihre Intensität, die ihn in Bann schlug, die Kraft der Trauer, die ihn gefangenhielt. Er hatte vor, das Lokal häufiger aufzusuchen.

João de Vouga nahm einen Schluck Champagner, schwenkte das Glas ein wenig, bevor er trank.

«Wir könnten eine Chiffreanzeige aufgeben, damit Ihr Name erst einmal aus dem Spiel bleibt. Falls Ihnen das lieber ist, Senhor Benini.»

«Sie können meinen Namen ruhig verwenden.»

Der Magier trug den Morgenmantel in der dunkelgrünen Ausfertigung, ein gelbes Taschentuch hing schlapp aus der Brusttasche. Wenn er nur wüßte, warum dieser Cheval einen solchen Aufwand betreiben wollte.

Die Sängerin ging ihm nicht aus dem Kopf. Ihre schwarzumrandeten Augen, die schwarze Stola, die feuerroten Ohrringe und diese Stimme. Tudo isto e triste, tudo isto e fado.

Zwei Minuten später klingelte das Telephon.

Benini nahm den Hörer ab.

«Ferngespräch aus Paris, bitte warten Sie.»

Jeremy teilte mit, daß er Julias Vater entdeckt habe. «Françoise war uns sehr behilflich. Sie halten ihn wegen

Konspiration fest. Aber ich denke, das läßt sich regeln. Mit Geld, Carlo. Sollen wir zahlen?»

«Wie hoch ist die Summe?»

Der Manager nannte den Preis, der einer Abendgage entsprach.

«Kannst du Julias Vater nach Lissabon mitbringen, Jeremy? Dann wäre die Überraschung perfekt.»

«Ich werd's versuchen, aber es wird zwei, drei Tage dauern.»

«Hier läuft alles gut, keine Sorge.»

Benini war erleichtert. Er würde einen Abend für seine portugiesische Assistentin auf der Bühne stehen. Davon würde sie allerdings nichts erfahren.

«War der Anruf erfreulich?» fragte de Vouga, als der Magier sich wieder an den Tisch setzte.

«Eine Privatsache.»

Der Mann mit den zwei Narben am Kopf lächelte wie ein alter Bekannter.

«Sind Sie bereit zu diesem Experiment?»

«Lassen Sie mir etwas Bedenkzeit. Ich muß mir die Sache überlegen.»

Cheval stand auf, ging zum Fenster.

Der Magier sah ihm nach.

Wie oft hatte es Leute unter seinen Bewunderern gegeben, die sich seiner bedienen wollten. Seines Namens, seiner Anziehungskraft. Damals Sir Andrews, der ihm versprach, daß er in der ersten englischen Fernsehsendung auftreten sollte. Es ging ihm nur darum, Zuschauer anzulocken. Aber Benini hatte abgelehnt. Wenn er im Fernsehen auftrat, würde ihn niemand mehr auf der Bühne sehen wollen. Oder diese Hexe in Berlin. Kaum hatte er das «Kempinski» verlassen, folgte sie ihm. Sie vertrieb Heilsalben und wollte, daß Benini sie ausprobierte. Der Magier wurde sie erst los, als er Berlin verließ.

«In den USA hatten Sie großen Erfolg, nicht wahr?»

De Vouga stellte sich vor das Fenster, sein Umriß im Sonnenlicht.

«Woher wissen Sie das?»

«Ich habe mich informiert, es gab einige Artikel. Enttarnung falscher Medien, der Trick mit dem Tischerücken, die vorgespielten Geisterstimmen, die Vergangenheit, die nie lebendig wurde... das hat auch hier ein paar Schlagzeilen gemacht.»

Benini geriet ins Schwärmen.

«Die Leute kamen, weil sie ein Kräftemessen sehen wollten. Die Medien waren die Lokalmatadoren und ich der internationale Meister. Ein Schaukampf. Sie wünschten, daß die übernatürlichen Kräfte stärker seien als meine Zauberei. Es waren unvergeßliche Abende.»

«Haben Sie immer gesiegt?»

«Es gab kein einziges Medium, das wirklich die angegebenen Fähigkeiten besaß. Nicht eines. Es sind Trickbetrüger. Wenn ich mit solchen Tricks auftreten würde, würde man mich auslachen.»

«Sie sind nicht gläubig, Senhor Benini?»

«Nein, ich bin Schweizer.»

De Vouga schnippte mit den Fingern.

«Und das Übernatürliche ist keine Herausforderung für Sie?»

«Das habe ich nicht gesagt.»

Der Magier hatte schon wieder den Namen seines Gastes vergessen. Sobald Jeremy zurück aus Paris war, mußte er sich um diesen Herrn kümmern. Die Idee mit der Anzeige war nicht schlecht, aber sie mußte gut überlegt werden. Cheval war Anfang Dreißig, gefährlich schien er nicht.

«Kennen Sie Lossenkian?» fragte Benini.

«Den Ölmilliardär, Sammler schöner Frauen, den Casinobesitzer mit den rüdesten Schlägern?»

De Vouga grinste, diesmal unverschämt.

«Kennen Sie ihn privat, meine ich?»

«Nein, ich bitte Sie. Wie käme ich dazu, mich mit Lossenkian einzulassen? Wenn man dem die Hand gibt, verbrennt er einem den ganzen Arm.»

«Sie haben ihn in den letzten Wochen auch nicht gesehen?» insistierte Benini, weil er davon überzeugt war, daß irgend jemand Cheval vorschickte. Er traute dem Milliardär ein solches Spiel zu.

«Ich habe ihn noch nie persönlich kennengelernt, Senhor Benini. Leider kann ich Ihnen das nicht beweisen.»

Der Magier sah, wie sich langsam die Tür öffnete. Erst einen schmalen Spalt, dann größer werdend. Ein Mädchenkopf.

«Darf ich mit der Katze spielen, Herr Zauberer?» fragte die Kleine in bestem Oxfordenglisch. Sie trug ein teures Seidenkleid in Rosé, blaues Schleifchen im Haar.

«Sie ist verschwunden», antwortete Benini strahlend, «aber wenn sie auftaucht, lasse ich Bescheid geben.»

Der Magier sah seinen Gast an. Cheval blickte verärgert auf das Mädchen. Die Kleine winkte Benini zu, bevor sie leise die Tür wieder schloß.

«Sie mögen keine Kinder, mein Herr?»

«Doch, ich habe selbst drei.»

«Das beweist nichts.»

Der Magier wollte die Ausrede benutzen, daß er ins Theater müsse, weil dort eine Verehrerin warte.

«Ich finde, Sie hätten einen guten Grund, das Rätsel von Fátima zu lösen, Senhor Benini», dieser Cheval war penetrant, «immerhin waren Sie vor fünfundzwanzig Jahren ein Opfer dieser Erscheinung, wie ich für Sie herausgefunden habe.»

«Aber das heißt nicht...»

«Hören Sie mir bitte noch einen Moment zu. Das heißt, daß Sie nun an Ort und Stelle beweisen können, daß Ihr Publikum Sie damals zu Unrecht verschmäht hat. Sie würden eine alte Rechnung begleichen.»

Cheval setzte sich an den Frühstückstisch, rührte aber keine der Köstlichkeiten an.

Der Magier schwieg.

Er dachte an die Überraschung, die er Julia bereiten würde. Wenn es Jeremy gelang, ihren Vater mit nach Lissabon zu bringen, würde er ihn am Abend in die erste Loge setzen lassen und ihn, wenn er einen Zuschauer brauchte, auf die Bühne holen. Der Magier liebte derart inszenierte Überraschungen. Ob Julia aus der Rolle fiel?

«Es gibt eine italienische Weisheit: Non c'è peggior sordo di chi non vuol sentire. Kennen Sie die?»

Benini nickte. Woher wußte Cheval von seiner Leidenschaft, italienische Sprichwörter zu zitieren?

«Welche Rolle spielen Sie bei diesem Unternehmen?» fragte er, ohne seinen Gast anzusehen.

«Ich bleibe im Hintergrund, mehr nicht.» Jetzt war de Vouga ganz ernst.

«Und warum machen Sie sich die Mühe?»

Benini mochte keine Selbstlosigkeit, auch keine Übervorteilung. Dieser Cheval erweckte keineswegs den Eindruck, als wolle er im Hintergrund bleiben.

«Wenn ich mit der Geschichte herauskomme: ‹Benini löst das Rätsel von Fátima›, wäre das eine Story, die in vielen europäischen Ländern zur Kenntnis genommen würde, vielleicht sogar in Übersee. Das wäre eine Geschichte Nr. 1, wie ich so was nenne.»

«Ich dachte, Sie arbeiten nicht als Journalist. Haben Sie das nicht gesagt?»

«Ich bin nicht fest angestellt, aber gelegentlich schreibe ich etwas.»

Der Magier nickte. Befriedigt, wenigstens eine halbe Antwort erhalten zu haben.

«Machen wir es so. Ich brauche drei Tage Bedenkzeit. Dann melden Sie sich. Das Paßwort kennen Sie ja schon.»

De Vouga lehnte sich zurück.

«Warum drei Tage Zeit verlieren?»

Benini wurde unwirsch.

«Weil ich nie etwas aus dem Augenblick heraus entscheide. Wenn Sie meine Arbeit auf der Bühne kennen, wissen Sie, wie außerordentlich sorgfältig jedes Detail durchdacht ist. Keine spontanen Einfälle. Das verdirbt alles. Aber nun bitte ich Sie, lassen Sie mich noch ein wenig vom Fado träumen.»

Cheval erhob sich. Strich über seinen Sommeranzug, obwohl sich gar kein Fältchen gebildet hatte.

«Ich melde mich dann. In drei Tagen.»

«Bitte.»

Der Magier begleitete seinen Gast zur Tür.

Das kleine Mädchen war davor stehengeblieben. Er streichelte ihr über das helle Haar. «Sie ist noch nicht wieder aufgetaucht.»

«Ich habe Zeit», antwortete das Mädchen.

Benini schloß die Tür.

Er war zu aufgeregt, um wieder ins Bett zu gehen. Warum wollte dieser Besucher ihm nicht ein paar Tage Bedenkzeit lassen? Warum mußte er so impertinent sein? Sein Plan war nicht von der Hand zu weisen.

Jeremy würde entzückt sein.

Ein Kräftemessen. Wie damals.

Benini gegen die Jungfrau.

Ein Schaukampf.

Dagegen war das von Lossenkian ausgesetzte Geld nichts. Auf jeden Fall mußte er selbst mit den Augenzeugen sprechen. Wenn dieser Cheval sie vorsortierte, würde er seine Sicht des Wunders einfließen lassen. Dem konnten sie viel erzählen. Benini kannte sich da aus. Mit dem Abstand der Jahre wurden Phantasien und Gerüchte immer größer und bunter. Am Ende hatte sich das ganze Universum ein Tänzchen erlaubt, um der Gottesmutter zu Diensten zu sein.

Der Magier dachte an das falsche Medium, das von sich

behauptete, es könne den Heiligen Geist sichtbar machen. Die Leute, die zehn Dollar gezahlt hatten, um die Vorführung zu sehen, waren begeistert. Die Taube über dem goldenen Kelch im Strahlenkranz, der dann zu einer Flammenzunge wurde und verlosch. Jeder, der Mrs. Vanetti dazu in vielen Sprachen reden hörte, war überzeugt, daß es sich um den Heiligen Geist handelte. Als Benini ihr Kabinett untersuchte, das sie in der Nähe von Chicago unterhielt, konnte er zunächst nichts Ungewöhnliches feststellen. Aber bei der Vorführung fiel ihm ein besonderer Scheinwerfer auf, der mit einer Irisblende ausgestattet war. Mrs. Vanetti verwandte Zigarettenrauch, um die Taube darauf erscheinen zu lassen. Aus dem goldenen Kelch kam die kleine Explosion, die den Rauch vertrieb.

Mit geschwinden Bewegungen räumten die beiden Kellner den Frühstückstisch ab.

Das Telefon klingelte.

«Nicht schon wieder», sagte Benini halblaut. Er bat einen der Kellner abzunehmen.

«Uma senhora», der Kellner hielt dem Magier den Hörer hin.

«Bist du es, Olga?»

Benini erkannte die Stimme sofort.

«Ich komme heute nachmittag in die Stadt. Ich würde mich freuen, wenn ich dich treffen könnte.»

«Ich auch», antwortete der Magier.

«Hast du Zeit für mich, Olga?»

«Ja, ich habe Zeit.» Er wiederholte den Satz wie in Trance.

«Gut, dann sagen wir vier Uhr im Nicola?»

«Ich werde da sein.»

«Gut, Olga. Bis dann.»

Sie hatte aufgelegt.

Benini hielt den Hörer in der Hand, unsicher, was diese Einladung zu bedeuten hatte. Ihr junger Ehemann schien wirklich eifersüchtig zu sein. Wahrscheinlich überwachte er jedes ihrer Telefongespräche. Es machte Benini stutzig, daß Isabela mit ihrer Freundin Englisch sprach.

Er gab den Kellnern großzügig Trinkgeld.

Noch vier Stunden bis zum Rendezvous.

Benini ging zur Tür.

Das kleine Mädchen war verschwunden. Aber er wußte, in welcher Suite sie spielte.

Auf dem gegenüberliegenden Gang klopfte er.

Das Kindermädchen öffnete.

«Ich wollte nur sagen, daß meine Katze wieder aufgetaucht ist. Wenn die Kleine möchte...»

Mehr brauchte er nicht zu sagen. Der Blondschopf sprang heraus, mit schnellen Schritten eilte sie über den dicken Läufer. Benini sah ins Treppenhaus.

Die gußeisernen Engel als Lampenträger, die grünoxydierten Kupferbeschläge, an den Wänden blauweiße Azulejos.

Im Erdgeschoß erkannte er den Strohhut.

Cheval lehnte am Treppenaufgang.

Benini zuckte zurück. Er durfte seinen Gast nicht unterschätzen. Aber gerade das reizte ihn. Am liebsten hätte er ihn heraufgerufen und ihm mitgeteilt, daß sie schon morgen die Anzeige in die Zeitungen setzen lassen sollten.

10

Mdina, die schweigende Stadt auf Malta. Athanasios, der Mönch, brauchte einen Ruheplatz. Er war über die Inseln gezogen, seit er die Akropolis verlassen hatte. War auf Kreta gewesen und im Dodekanes, auf Rhodos und den Kykladen. Nicht daß er unstet war, die Priester machten ihm Ärger. Als laufe ein Gerücht vor ihm her: Da kommt der irre Mönch, er liest aus einem selbstverfaßten Epos. Zwei Monate lebte er auf Athos, der mannhaften Mönchsrepublik. So viele Klöster, so viele Regeln. Doch dieses Regiment, die strenge Hierarchie, stieß ihn so ab, daß er für immer Griechenland den Rücken kehrte.

Die Ankunft auf Malta mit dem kleinen Schiff war fast wie eine Wiedergeburt. Hier liefen Rassen durcheinander, Sprachen und Kulturen, hier gab es die Überreste jedweder Besatzung. Als Athanasios um Aufnahme nachsuchte, sahen sich die Immigrationsoffiziere den Einwanderer genau an. «Disgusting», sagte einer und ein anderer: «He'll trip over his hair.» Dann ließen sie ihn passieren, nicht ohne darauf hingewiesen zu haben, daß jede Verletzung des englischen Rechts die sofortige Ausweisung zur Folge habe.

Die Malteser waren freundlich. Kaum tauchte er auf, luden sie ihn ein, mit ihnen zu essen und zu trinken. Und immer gab es einen Platz in einer Scheune oder manches Mal sogar ein freies Bett. Sie liebten Besucher, mit denen sie teilen konnten. Langsam lernte Athanasios die Sprache, die, mit Konsonanten gefüllt, arabische Anklänge besaß.

Am Tag übersetzte er aus dem Judas-Text, erprobte die verschiedensten Sprachebenen. Die Schwierigkeiten, aus dem aramäischen Original in ein nicht modernes, aber auch nicht altertümliches Griechisch zu übersetzen, waren groß. Nachts lernte er Maltesisch. Von Zeit zu Zeit suchte er eine Kirche auf, eigene Gebete zu sprechen, um Kraft zu tanken und den Herrn zu preisen.

Athanasios war von wuchtiger Statur, sehr groß für einen Griechen, die langen Haare und der nie beschnittene Bart ließen ihn wie einen Hünen erscheinen. Doch die Malteser lachten nie, ein seltenes Exemplar kirchlicher Gattung war nicht zu bespötteln. Die Augenbrauen wild wuchernd, die Nase fast ein wenig kurz, der Mund nicht zu erkennen. Immer im Leinengewand, von dem der Mönch drei Exemplare besaß. Er lief barfuß, sooft es ging, sonst trug er einfache Sandalen, mit Schnüren um die Fesseln gebunden.

«Ich hab gehört, daß du aus Athen kommst», sprach ein alter Mann ihn an, «du mußt meinen Bruder kennen, der lebt dort auch. Weißt du, wie es ihm geht?»

Athanasios sah von seiner Übersetzung auf, blinzelte in die Sonne.

«In Athen leben viele Menschen, Hunderttausende, ich kann nicht jeden kennen.»

«Doch, doch, mein Bruder ist ein Winzling, kaum mehr als einen Meter groß, der fällt dort jedem auf.»

«Mir nicht», sagte Athanasios und wollte sich schon wieder in die Arbeit vertiefen.

«Wir lieben die Engländer nicht, hörst du! Diese verstockten Menschen aus dem Nebelland. Sie trinken unsern Wein und schlafen mit unseren Frauen. Wir brauchen sie hier nicht.»

«Es geht also nicht um deinen Bruder», sagte Athanasios. Was sollte dieses Gerede über die Briten? Auf der Akropolis waren sie ihm die liebsten Gäste gewesen, zurückhaltend und scheu.

«Wir hassen sie.»

«Wer?»

«Wir. Komm nächsten Freitag nach Mdina. Ich finde dich schon. Da kannst du es sehen. Die Engländer führen eine blutige Herrschaft. Sie pressen unser Malta aus, sie geben nichts und nehmen nur.»

«Was willst du mir zeigen?» fragte der Mönch, verwundert über diese Heftigkeit.

Der alte Mann, gestützt auf einen krummen Stock, drehte sich um.

Es war ein Dienstag, als der Malteser bei ihm erschien, also noch Zeit zu überlegen, ob er der Einladung Folge leisten wollte. Athanasios lag wach und zählte die Sterne.

Der Haß dieses Mannes.

Verzerrte Miene, böse Worte.

Jemand, der litt.

Am Tag las er in der Bibel von den Pharisäern und Schriftgelehrten. Wie es bei Matthäus heißt: «Weh euch, Gesetzeshüter, daß ihr den Menschen Unmenschliches aufpackt und macht selbst keinen Finger krumm.»

Dann ging er nach Mdina, der Stadt auf dem Hügel, von der das Land zu überschauen war. Er sah die Festung, sie lag ganz friedlich, die stählerne Kanone angerostet.

«Ich wußte, daß du kommst. Man sagte uns, daß du ein Streiter des Herrn bist, und Streiter können wir verstehen.»

Der alte Mann lächelte. Die Falten seines Gesichts in dauernder Bewegung.

Sie gingen durch die schmalen Gassen, vorbei an sandhellen Häusern, durch Torbögen und Kolonnaden, an Brunnen vorbei. Dann sah der Mönch, was er nie hatte sehen wollen.

Eine stumme Frau mit weißem Haar. Gefoltert, vergewaltigt, zwei Finger abgeschnitten. Sie war kaum dreißig.

«Sie haben meine Tochter genommen wie ein Stück Vieh, der ganzen Garnison mußte sie dienen. Wenn sie sich wehrte, wurde sie gefoltert. Sie war in Angst, in Panik, hat geschrien. Manchmal stand ich nachts am Fort und mußte ihr Klagen anhören. Ich hätte mich zum Austausch angeboten. Sie können mich erschießen, aufknüpfen, ganz gleich, wenn sie nur meine Tochter... Und dann, als sie zu nichts mehr nütze war, haben die Besatzer sie den Abhang hinuntergeworfen. Tagelang hat sie dort gelegen, bis Manuelo sie entdeckte.»

Athanasios fand keine Worte. Er segnete die Tochter und weinte mit dem Vater.

«Sie haben wieder zwei Frauen aus Mdina drüben im Fort. Gefangengehalten in Friedenszeiten, weil sie die Besatzer sind, die sich alles erlauben. Weil sie die Herren sind und wir der Abschaum.»

Der alte Mann nahm den Mönch am Arm.

«Nun verstehst du, daß ich verzweifelt bin. Ich liebe meine Tochter und konnte ihr nicht helfen. Es ist die Ohnmacht, diese fürchterliche Ohnmacht...»

Sie verließen den halbdunklen Raum, in der die Frau apathisch auf dem Bett saß, die Augen aufgerissen, starr.

Der alte Mann flüsterte, sie seien schon sieben Kämpfer, zu allem bereit. Sie wollten das Fort stürmen und wenn es nötig sei, dabei auch sterben. Athanasios winkte ab.

«Was hat es für einen Sinn zu sterben, Alter? Ihr müßt siegen. Aber mit sieben Männern wird das kaum gehen.»

Am Abend sah er die sieben, die ein Gewehr besaßen und ein paar Messer. Er beschloß, ihnen Mut zuzusprechen: «Bringt am Sonntag eure Freunde, Familien, kommt mit allen, die ihr kennt. Wir werden eine Messe halten.»

Erst zögerten die Männer, die gleich losschlagen wollten.

Der seltsame Mönch flößte ihnen wenig Vertrauen ein.

Am Sonntag las Athanasios eine Messe. Er wählte einen Text aus dem Judasevangelium, ohne den Verfasser zu erwähnen. Die Zuhörer staunten, so kannten sie die Geschichte nicht.

Es war kaum hell, die Wächter schliefen, als wir uns leise in den höchsten Tempel schlichen.

Die Stunde war gekommen, das Zeichen zu setzen.

Wir brauchten viele, den Sturm zu entfachen, denn eine Böe verliert zu schnell an Kraft.

Am dritten Tag kamen die Händler, Wechsler, Tierverkäufer, die sich im Gotteshaus schon eingenistet hatten.

Und auch die Pharisäer schacherten.

Die Stätte war so laut, daß kein Gebet zu hören war.

Wir hatten Stricke mit Knoten, Geißeln, Schleudern.

Die Schriftgelehrten waren ängstlich und erschraken schnell.

Jeschua sprach, als wir den Angriff planten: «Wir müssen uns in zwei mal sieben Männer teilen, und eine Gruppe darf den Tempel erst betreten, wenn alle andern schon geflohen sind.» Doch jeder wollte bei ihm sein, wenn er die heißen Flüche sprach, die wir so lang bedacht. So waren draußen dann nur vier, die andern warteten im Tempel, bis Jeschua das weiße Tuch zu Boden fallen ließ.

Es war ein Schreien und ein Kreischen, die Wände drohten einzustürzen, als wir im Augenblick des größten Handels erschienen und die Tische stürzten, das Geld ausschütteten, nach dem die Wechsler gierig griffen, gehindert nun, den Angriff abzuwehren. Es war ein Bitten, Flehen, Zetern, als wir die Taubenzüchter zwangen, die Käfige zu öffnen. Die Vögel schlugen Lärm und flatterten hinauf zum Licht.

Jeschua schrie die Worte, die Tage noch im Land verbreitet wurden: «Mein Haus soll ein Bethaus sein, ihr aber machtet daraus eine Räuberhöhle.»

Und hastig, die letzten Silberlinge hinterlassend, verschwanden all die Räuber, Händler, Wucherer, und mit der Brut die Pharisäer, die noch versuchten, heimlich sich was einzustecken. Doch auch dies sah das Volk, und es verbreitete die Kunde, wie falsche Frömmler nur an eigenen Vorteil denken. Es war ein Fest für unsere Schar, denn bis zum Sabbath nahmen wir den Tempel in Verwahrung. Der Ruf ging schneller als

Gerüchte: Jeschua hat mit seinen Männern das Bethaus wieder reingemacht, sie werden uns befrein von römischer Herrschaft. Ich sagte, kurz bevor wir im Triumph den Tempel räumten, zu Jeschua: «Das Zeichen ist verstanden worden, die Schlacht wird siegreich für uns enden.»

Doch er blieb stumm und würdigte mich keines Blickes.

Die maltesische Sonntagsgemeinde applaudierte, als Athanasios den Text vortrug. Er wollte ansetzen zu einer Predigt, aber erste Stimmen wurden vernehmbar. Nach dem Segen verließ er die Kanzel. Es waren mehr als hundert Menschen gekommen, den Priester aus Griechenland anzuhören. Die Kapelle war bis auf den letzten Platz gefüllt.

«Dies ist kein Friede», begann der alte Mann seinem Leid Luft zu machen. «Ihr wißt, was mit meiner Tochter geschah! Und was mit anderen Töchtern jetzt geschieht! Ihr wißt das alles, warum handeln wir nicht?»

Athanasios glühte. Seine Gedanken kreisten wie die Sterne, sein Herz stand in Flammen.

Wie kann Jeschua das zulassen? Wo ist die schützende Hand des Herrn?

Eine Frau schrie: «Wir vergiften ihr Essen.» Eine andere: «Oder ihr Wasser!» Eine dritte: «Wir räuchern sie aus.» Eine weitere: «Wir machen eine Sonntagstafel mit Musik und Tanz, geben uns hin, um sie dann alle umzubringen, wenn sie vollgefressen und betrunken sind.» Die Messe war ein Aufruhr.

Der alte Mann dankte dem Mönch, der gerne in Mdina geblieben wäre, doch der Alte sagte: «Das ist unsere Sache, wir brauchen keine Fremden, die uns helfen. Das würde unsern Stolz verletzen.»

Am nächsten Morgen zog er weiter. Nicht ohne darum zu bitten, von allem, was geschah, unterrichtet zu werden.

«Steh auf», schrie ein Soldat, «steh auf, sonst trete ich dir in den Arsch.»

Ein zweiter Mann in Uniform zielte mit dem Gewehr auf Athanasios.

Der Grieche erhob sich schnell. Die Handschrift fiel zu Boden.

Die Engländer hatten ihn aufgespürt.

«Verrat», sagte der Soldat. «Es gibt immer Verräter, auch unter den friedlichen Maltesern. Auf dieser Insel wird kein Wort gesprochen, das wir nicht hören. Dein Plan zum Umsturz ist uns bekannt.»

Athanasios packte seine Sachen. Dann legten sie ihm Handschellen an.

Fünf Tage saß er in der Zelle. Ein feuchtes Loch, tief unter einem Fort. Er mußte seine Notdurft hier verrichten. Kein Wärter kam, um nach ihm zu sehen. Als sie ihn holten, war er so schwach, daß er kaum laufen konnte.

«Im Namen Seiner Majestät wirst du zu lebenslänglicher Verbannung verurteilt. Du darfst die Insel nicht mehr betreten. Malta ist für dich verboten. Hast du das verstanden?»

Athanasios nickte.

Dann wurde er abgeführt.

Sie verbanden ihm die Augen, warfen ihn auf ein Fuhrwerk. Stundenlang ging es in brütender Hitze über holprige Wege.

Sie werden mich erschießen, dachte er, sie machen sicher nicht viel Umstände. Damit ich jetzt nicht schreie, dieses beruhigende Urteil.

Er wunderte sich, als er die Stadtgeräusche hörte. Dann erreichte ihn der Geruch des Meeres.

Der britische Soldat nahm ihm die Augenbinde ab. Er sah die Fischer, die ihre Netze flickten, die wackligen Kähne, die vor Anker lagen.

«Der Kapitän dort nimmt dich an Bord», der Soldat schubste den Mönch in Richtung einer verrotteten Barkasse.

Athanasios stolperte voran. Sogar sein Gepäck und seine Schriften wurden ihm zurückgegeben.

Die frische Seeluft. Hinaus aufs Meer, dachte Athanasios, dort ist das Sterben leichter.

Er fragte den Soldaten, warum man nicht kurzen Prozeß mit ihm gemacht habe.

Der tat so, als habe er ihn nicht verstanden. Doch der Mönch ließ nicht locker.

«Wir wollen abfahren», rief der Kapitän.

Der Brite sagte: «Was sollen wir mit einem Opfer? Das hätte dich hinauf zum Himmel gebracht und uns unter die Erde. Wir haben schon Ärger genug mit diesen Bastarden, die uns von hier vertreiben wollen.»

Der Mönch spuckte vor dem Soldaten aus. Dann bestieg er das Schiff.

Er wußte nicht, wohin es fuhr.

11

Das Café Nicola war so dunkel, daß die Gesichter der Besucher nur in Umrissen zu erkennen waren. An den hohen Wänden rauchgeschwärzte Ölbilder, Szenen aus der portugiesischen Geschichte, unter einer Patina aus Zigarettendunst und Wüstenstaub: enggestellte Tische, auf denen schwarzer Kaffee und Wasser serviert wurden. Die Bäume vor dem Café schienen das Innere zu beschützen, seine Intimität und leisen Gespräche, der große Platz davor war voller Lärm und voller Sonnenlicht. Jeden Vormittag trafen sich hier die jungen Intellektuellen, versteckten hinter den Zeitungen ihre oppositionellen Meinungen, am Nachmittag kamen die älteren Herren. Die Ober in schmutzigweißen Schürzen hatten Mühe, die immer gleichen Gäste zu bedienen, sie bewegten sich wie Sambatänzer. «Um bica, faz favor», der Rhythmus, das Stakkato der Espressogenießer, schnell gerufen in die melodischen Reden. Die Kellner nahmen den frisch herausgepreßten Kaffee vom dunklen Tresen und servierten zügig.

Eine Minute vor Vier betrat Augusto Benini das Nicola, stieß beinahe mit einem anderen Gast zusammen und verschwand hinter dem braunen Vorhang, der den Gang zu den Toiletten abtrennte. Mit Mastix hatte er sich einen Schnauzer angeklebt, der zur Haarfarbe seines Pagenschnitts paßte. Im Jackett des englischen Blazers steckte akkurat ein weißes Taschentuch mit Goldeinfassung. Er hätte einem Gigolo nicht ähnlicher sehen können.

Es war ganz leicht gewesen, unbemerkt das «Avenida Palace» zu verlassen. Er ließ Cheval ans Telephon rufen, nutzte seine Abwesenheit, um an der Rezeption den Schlüssel abzugeben. Der Portier machte eine kleine Verbeugung, als der Magier die Drehtür passierte.

Benini sah auf seine Uhr. Er wollte pünktlich sein. Mit dem Schlagen der elektrischen Wanduhr teilte er den Vorhang, machte zwei, drei lächerlich zierliche Schritte in den Raum und nahm an einem der Tische Platz. Hinter einer Zeitung suchte er Deckung.

Seitdem Cheval ihm den Vorschlag unterbreitet hatte, eine Anzeige aufzugeben, um Augenzeugen des Sonnenwunders zu finden, war er fest davon überzeugt, daß ihm ein großer Coup gelingen würde. Er wollte sich ausführlich beschreiben lassen, was diese Leute am 13. Oktober 1917 gesehen hatten, um seinen Trick vorzubereiten. Am wichtigsten war die Ankündigung. Es mußte ein Klima erzeugt werden, eine Stimmung, eine Atmosphäre der Gespanntheit. Es mußte ein Vorwunder geplant werden. Benini dachte an die hohe Christusfigur, die auf der anderen Seite des Tejo stand.

In diesem Augenblick betrat John Lossenkian das Nicola, setzte sich an den Fenstertisch gleich hinter der hohen Jugendstiltür, bestellte Kaffee und blätterte in einem Magazin.

Der Magier fühlte sich unwohl. Wenn Isabela hereinkam, würde der Milliardär ihr nachschauen und ihn entdecken. Die Heimlichkeit ihres ersten Treffens wäre dahin.

Der Ober brachte die dickwandige braune Tasse und ein randvolles Glas Wasser.

Irritiert bedankte sich Benini.

Er wandte sich wieder seinem Plan zu. Die Christusstatue war über dreißig Meter hoch und somit weithin sichtbar. Er mußte die Entfernung einkalkulieren, auch vom anderen Tejoufer sollte der Effekt zu sehen sein.

«Sind Sie Senhor Benini?» fragte ein Besucher vom Nebentisch. Der Magier verneinte.

«Ich habe doch Ihr Bild in der Zeitung gesehen. Lassen Sie sich in Lissabon einen Bart wachsen?»

Benini tat, als verstehe er die Frage nicht.

«Wären Sie so freundlich, mir eine Freikarte für Ihre Vorstellung zu besorgen? Die Eintrittspreise sind für einen Pensionär zu hoch.»

Der Magier lächelte.

Ohne etwas zu sagen, riß er ein Stück vom Rand der Zeitung ab und schob den Zettel mitsamt seinem Bleistift dem alten Mann hin.

Er legte den Zeigefinger an die Lippen.

Der Mann schrieb seinen Namen auf.

«Heute abend?» fragte er.

Benini nickte, ließ sich den gezackten Zettel geben und steckte ihn ein.

Was für ein wunderbarer Ort für ein Rendezvous, dachte er ironisch. Isabela hätte keinen besseren Platz wählen können. Hier erkannten ihn bereits die Espressotrinker! Ich hätte mir eine Perücke aufsetzen sollen, dachte er, oder einen Buckel aufschnallen.

Benini blickte auf die Uhr. Es waren zwanzig Minuten vergangen.

Vor dem Café hielt ein sportliches Cabrio, mit offenem Verdeck und kühner Karosserie.

Isabela, dachte Benini, endlich.

Der Mann gestikulierte heftig. Ein Ehekrach vor großem Publikum. Auch wenn die Gäste des Nicola nicht hören konnten, was gesprochen wurde, das Paar bekam die ungeteilte Aufmerksamkeit. Die Gespräche verstummten, wie Wasser im Boden versickert.

Dann fuhr das Cabrio davon.

Die Frau drehte sich um.

Es war nicht Isabela.

Der Magier hatte sich getäuscht. Die Frau im grünen Sommerkleid betrat das Nicola und setzte sich zu Lossenkian an den Tisch.

Der Milliardär küßte andächtig ihre Hand.

Benini war beruhigt.

Die Christusfigur bekommt einen roten Kopf, das ist der Effekt. Ihr Gesicht verdunkelt sich, und zwar so intensiv, daß man es weithin sehen kann.

«Uma bica, faz favor», rief Lossenkian und drehte sich zu dem Ober um.

Man kannte ihn im Nicola, und niemand wagte, ihn anzusprechen. Der reichste Mann Portugals, der vor den Kriegswirren in Europa geflohen war. Die junge Frau an seiner Seite trug einen Pferdeschwanz und eine rote Korallenkette. Von der Seite gesehen glich sie ein wenig Isabela.

Mit einemmal elektrisierte Benini ein Gedanke. War ich es, der den Fátima-Effekt ausgelöst hat? Damals, vor fünfundzwanzig Jahren, als ich in Tomar spielen wollte. Waren es meine eigenen Zauberspiele? Meine Tricks?

Es gab etwas, das Benini Abend für Abend vorführte und wovon er nicht wußte, wie es zustande kam. Inmitten seiner Wassertricks, wenn er die verschiedenen Getränke auf Zuruf ausschenkte, mal Sherry, mal Vinho verde, dann wieder Bier oder Mandellikör, verschwanden im Aquarium die Fische, einer nach dem anderen. In dem fünfhundert Liter fassenden Becken schwammen fünf goldrote Fische, die sich, während er im Publikum agierte, dematerialisierten. Wenn er zur Bühne hinaufsah und die Zuschauer darauf aufmerksam machte, gab es jedesmal großen Applaus. Benini hatte den Effekt untersucht, war aber zu keinem Ergebnis gekommen. Wenn er nach der Vorführung das Aquarium besah, schwammen die Goldfische darin so ruhig wie zuvor. Als dieses seltsame Verschwinden zum erstenmal geschah, war der Magier so erschrocken, daß er beinah seine Vorstellung abgebrochen hätte.

Hab ich die Sonne tanzen lassen, dachte er.

«Mister Benini?» fragte eine Dame, die plötzlich hinter dem Magier aufgetaucht war. «Ich heiße Olga.»

«Wie ich», erwiderte Benini und bot ihr einen Platz an seinem Tisch an.

Sie blieb stehen.

«Ich wollte nur sagen, daß Isabela sich verspätet. Aber sie kommt.»

Benini erhob sich, gab Olga die Hand und schob sie sanft auf den dunklen Holzstuhl.

«Ich darf nicht mit Ihnen gesehen werden», sagte sie leise, «wenn Alberto uns zusammen sieht, weiß er sofort Bescheid. Ich muß alleine sein, wenn Isabela kommt...»

«Aber sie ist bis jetzt nicht gekommen. Uma bica, faz favor», der Magier bestellte Olga einen Kaffee.

Sie sah sich vorsichtig um.

«Carlo, was machen Sie denn hier?»

Es war Lossenkian, mit seinem lauten Organ lüftete er für alle Gäste das Inkognito des Magiers. Nur gut, daß sie ihn nicht unter diesem Namen kannten.

«Ich genieße Lissabons besten Kaffee», erwiderte Benini. «Darf ich vorstellen?»

Lossenkian verbeugte sich, der perfekte Handkuß, Wiener Schule. Er trug ein blaues Jackett, dem Beninis nicht unähnlich, ein grünes Einstecktuch mit weißem Rand.

«Ich sitze mit meiner Nichte dort drüben. Wir haben gerade überlegt, ob wir nicht heute abend in Ihre Vorstellung kommen.» Benini war sicher, daß der Milliardär log. «Danach gebe ich einen kleinen Empfang in meinem Stadthaus. Wir können Roulette spielen, ich werde ein paar spielwütige Freunde einladen. Ich lasse Sie abholen.»

In diesem Augenblick ging die schwere Jugendstiltür auf, und Isabela betrat das Nicola.

Sie schaute sich um.

Auch Lossenkian reckte den Hals.

«Uma bica, faz favor», rief ein Gast.

Isabela begrüßte Olga.

«Danke», sagte sie atemlos. «Ich muß mich entschuldigen, aber die Probe fiel aus, weil zwei Geiger nicht erschienen sind. José ist überaus verärgert. Erst eine Umbesetzung, und dann kann er nicht proben.»

Sie strahlte den Magier an.

«Schön, daß Sie gewartet haben. Ich kann nicht lange bleiben, mein Mann wird mich gleich abholen, da wäre es besser, wenn wir nur kurz reden.»

«Ich wollte sowieso gehen.» Olga stand auf und nahm ihre Handtasche.

«Nein, bitte bleib. Wenn Alberto kommt, müssen wir in ein Gespräch unter Freundinnen vertieft sein. Und Sie, Senhor Benini, müssen sich in Luft auflösen. Alberto ist Chilene, Eifersucht ist für ihn eine Frage der Ehre.»

«Ich weiß, wie man verschwindet», sagte Benini. Er hätte Isabela gern in die Arme genommen, sie geküßt, aber in dieser Öffentlichkeit war das nicht möglich.

John Lossenkian wandte sich wieder seiner Nichte zu, nachdem er kurz herübergewunken hatte.

Isabela und der Magier setzten sich an einen anderen Tisch.

«Das war nicht sehr geschickt von Ihnen, mich auf die Bühne zu rufen. Alberto hat zwar nichts bemerkt, aber er ist mißtrauisch. Ich werde Tag und Nacht beobachtet.»

«Sie singen in der Oper?»

«Operette», verbesserte sie ihn, «ein lausiges kleines Operettchen, Adolphe Adam, eine Nebenrolle. Aber wenn die Umbesetzung klappt, bekomme ich die Rolle der Hermine.»

Der Magier sah sie an. Der Silberblick, diese minimale Irritation, diese schöne Unregelmäßigkeit.

Der Ober stellte Isabela eine Tasse Kaffee und ein Glas Wasser hin, er zeigte ungeniert in die Richtung des Spenders. Ein grauhaariger Herr lüftete höflich seinen Hut.

«Wo treten Sie auf?»

«Nein, kommen Sie nicht. Das wäre zu auffällig. Außerdem ist das Ganze nur ein Witz. Die private Laune eines Mannes, der zuviel Geld hat.»

Isabela hob die Tasse an die Lippen. Benini verfolgte die Bewegung, sah ihren Mund, die Zunge, die über die hellroten Lippen strich.

«Wann können wir uns treffen?» fragte er.

«Ich rufe Sie an», mit diesen Worten stand sie auf und ging hinüber zu Olga.

Benini wollte ihr folgen, aber er sah, daß Isabelas Mann das Café betrat. Im eleganten Anzug, Krawatte und Damenwinker in dunklem Blau.

Er schaute sich um, registrierte die Besucher.

Der Magier nahm die Zeitung hoch.

Der Chilene ließ sich neben seiner Frau nieder, nachdem er sie überschwenglich umarmt hatte. Olga grüßte er nur knapp.

Zu gerne hätte der Magier gehört, was an diesem Tisch gesprochen wurde, aber er saß zu weit entfernt, zu tief im Dunkel des Nicola.

Er dachte an den Christuskopf. Wie konnte man erreichen, daß er zu einer bestimmten Zeit die Farbe wechselte? Er mußte mit Brander reden, seinem Chemiker aus Augsburg, der schon so viele knifflige Fragen für ihn gelöst hatte. Er würde eine Flüssigkeit finden müssen, die zunächst durchsichtig war und sich dann, bei Erwärmung durch das Sonnenlicht, einfärbte und nach einer bestimmten Zeit restlos verdampfte. Wenn keine Änderung des Wetters eintrat, könnte Benini auf zehn Minuten genau die Zeit voraussagen, wann der Christuskopf rot anliefe. Er brauchte nur einen Weg zu finden, wie er die Flüssigkeit dort versprühen konnte.

«Uma bica, faz favor», rief Alberto dem nächststehenden Ober zu. Seine Stimme war hell wie die eines Tenors.

Der Magier spürte, daß sein Schnauzer sich löste. Das Mastix hielt nicht, wenn die Haut darunter schwitzte.

Amante non sia chi coraggio non ha. Benini erinnerte sich an seine erste Liebe, das war, als er noch in Verscio wohnte. Sie verlangte von ihm, daß er sie nach Ascona entführte. Sie wurden von der Polizei zurückgebracht, weil sie nicht genügend Geld besaßen, um das Hotelzimmer zu bezahlen. Seine Mutter ließ ihm das durchgehen, sein Vater war auf Reisen.

Es mußte einen Weg geben, Isabela wiederzusehen.

Der Magier erhob sich langsam von seinem Tisch, immer noch die Zeitung als Deckung benutzend.

«Adeus, Senhor Benini, und vielen Dank», sagte der Pensionär am Nebentisch, dem er für den Abend eine Freikarte versprochen hatte.

Statt zum Ausgang ging der Magier zur Toilette.

Wenn Alberto den Namen mitbekommen hatte, wußte er Bescheid. Er konnte die zufälligen Treffen zusammenzählen.

Benini suchte ein Fenster. Aber die Toiletten lagen in einem Kellergewölbe. Keine Flucht möglich. Zwei Minuten später erschien der Milliardär.

«Carlo, sind Sie noch da? Ich werde Alberto auf eine Reise schicken. Er kann mich in Kairo vertreten. Würde Ihnen das entgegenkommen?»

Sein Lachen war impertinent.

12

«Was hast du in der Cova da Iria gesehen, Francisco?»

«Die Madonna.»

«Wo ist sie erschienen?»

«Über einer Steineiche.»

«Erscheint sie plötzlich oder siehst du sie langsam herankommen?»

«Ich sehe sie von der Seite herankommen, wo die Sonne aufgeht.»

«Verstehst du, was sie sagt?»

«Nein.»

«Hat sie dich angesprochen?»

«Nein! Ich habe sie nichts gefragt. Sie spricht nur mit Lúcia.»

«Wen schaut sie an, alle drei oder nur Lúcia?»

«Alle drei. Aber meist schaut sie auf Lúcia.»

«Hat sie manchmal geweint oder gelächelt?»

«Sie ist immer ernst.»

«Was für eine Haltung hat die Dame?»

«Wie beim Beten, sie hat die Hände vor der Brust gefaltet.»

«Trägt sie etwas in der Hand?»

«Ja, einen Rosenkranz.»

«Ist die Dame schön?»

«Ja, sehr.»

«Schöner als andere Mädchen?»

«Viel schöner!»

«Aber es gibt doch Frauen, die noch viel schöner sind.»

«Die Madonna ist schöner als alle, die ich je gesehen habe.»

Der Mann, der Benini in der Suite des «Avenida Palace» gegenübersaß, war außer sich vor Erregung. Seine kreisrunde Brille verrutscht, die Hände ineinander verknetet, der Rocksaum seines Jacketts ausgebeult.

«Wie kommen Sie dazu, das alles in Frage zu stellen, Senhor? Für mich ist Ihre Anzeige ein Pamphlet. Sie mögen ja ein weltweit berühmter Trickkünstler sein, aber nun überheben Sie sich.»

Benini schwieg. Er hatte sich eine Zigarre angesteckt, paffte Wolken in das gemütliche Wohnzimmer und ließ sich von João de Vouga die Wut seines Gesprächspartners ins Englische übersetzen.

Der Theologieprofessor aus Porto, im Anzug eines Priesters mit schwarzweißem Krägelchen, hatte sich als erster Augenzeuge gemeldet. Schon am nächsten Tag fand das Gespräch statt, als hätte er auf das Erscheinen der Anzeige in den Lissaboner Zeitungen gewartet.

João de Vouga notierte eifrig, während er übersetzte. Benini war es recht, daß er Julia dafür nicht einspannen mußte.

«Ich habe damals die Seherkinder aufgesucht. Alle drei waren fromme Hirten, auch wenn sie noch sehr jung waren. Ich habe lange mit ihnen gesprochen, kenne sie seit dieser Zeit. Sie sagen die Wahrheit, und nun kommen Sie aus den USA und wollen sich über sie lustig machen...»

De Vouga unterbrach den erbosten Professor: «Er kommt aus der Schweiz.»

«Gleichwohl. Er will Schande über unser Volk bringen!»

Der Magier konnte sich die Erregung kaum erklären. Die Anzeige in der Zeitung war ganz sachlich abgefaßt: «Augenzeugen des Wunders von Fátima gesucht. Wer hat am 13. Oktober 1917 die Sonne tanzen sehen? Bitte melden

Sie sich bei João de Vouga, Rufnummer 7447.» Wie konnte der Priester daraus eine Provokation ableiten?

«Die Familien Santos und Marto sind sehr gläubig. Sie würden niemals einer Lüge ihrer Kinder zugestimmt haben. Sie kennen den Katechismus und die Strafen, wenn sie die Unwahrheit sagen. Ich habe mich selbst davon überzeugt.»

Benini hätte gerne eine Frage gestellt, aber der Professor, der kaum ein paar Jahre älter war als er, holte immer weiter aus.

«Es gibt keine Fragen, die zu Fátima zu stellen sind. Die Antworten sind schon alle gegeben. Die Muttergottes hat sie selbst gegeben. Stimmt es denn nicht, daß nun ein noch schrecklicherer Krieg als der erste Europa überzieht? Hat sie das nicht vorausgesagt? Stimmt es denn nicht, daß Rußland die Ursache dieses Krieges ist? Rußland muß sich vom Kommunismus abwenden, damit wieder Friede in Europa herrscht. Das hat die Madonna gefordert.»

«Verehrter Professor», begann Benini leise, um das Gespräch wieder in normalere Bahnen zu lenken, «ich schätze es sehr, daß Sie sich aus Porto hierher bemüht haben, aber Sie mißverstehen mich gründlich. Ich will keine Schande über Portugal bringen und schon gar nicht über etwas urteilen, das ich nicht selbst gesehen habe.»

Der schwarzgekleidete Professor, dessen rundlicher Kopf mit weißen Stoppeln gespickt war, nickte. Hatte er nicht am Anfang des Gespräches betont, daß er kein Englisch verstünde?

«Was mich interessiert, ist ausschließlich der Tanz der Sonne. Waren Sie zugegen?»

João de Vouga legte den Bleistift beiseite. Er sah den Gast unverwandt an, während er übersetzte.

Benini bemerkte, daß der Priester sich längst eine Antwort überlegt hatte.

«Ich habe es mit meinen eigenen Augen gesehen. Die Sonne vollführte Kreisbewegungen, dreimal tanzte sie auf und nieder. Dann brachte sie ein Farbenspiel hervor, das schöner als ein Regenbogen war.»

«Hatten Sie Angst, verehrter Professor?»

«Nein. Es war doch eine Himmelserscheinung. Wie kann man davor Angst haben?»

Benini sah sich seinen Zeugen an. Ein Kirchenmann, der gerne glaubte. «Aber wenn die Sonne ihren Platz am Himmel verläßt, dann gerät das Universum aus den Fugen.»

Der Magier versuchte ein Lächeln.

«Nicht, wenn die Muttergottes selbst das Geschehen dirigiert. Gott hat die Naturgesetze gemacht, also kann er sie auch außer Kraft setzen.»

«Haben Sie denn eine Erklärung, wie dieses Phänomen zustande gekommen sein könnte?»

João de Vouga rutschte nervös auf seinem Stuhl hin und her, als würden ihn und nicht den Augenzeugen die Fragen stören. Immerhin war der Professor aus Porto Wissenschaftler, der erste, der über die Wunder von Fátima geschrieben hatte.

«Ich brauche keine Erklärung und, mit Verlaub, Senhor Benini, Sie auch nicht. Es bedarf nur des Glaubens. Wenn die Muttergottes die Erde hätte verbrennen wollen, dann hätte sie es getan.»

Der Magier spürte, wie sein Gegenüber ihn belauerte. Er fürchtete um seine Reputation, er war einer der drei Männer, die sich um die Erscheinungen von Fátima verdient gemacht hatten. Damals lehrte er am erzbischöflichen Seminar in Lissabon.

Benini bat, die Aussage über die tanzende Sonne schriftlich aufzunehmen. Der Professor lehnte ab, er habe dies alles längst formuliert.

«Sie waren damals einer der ersten Wissenschaftler, die mit den Kindern gesprochen haben. Warum haben Sie nicht Ihren richtigen Namen verwandt, sondern sich als Visconde de Montelo vorgestellt?»

Der Professor fuhr zusammen.
«Woher wissen Sie das?»
«Ich habe über Sie gelesen, verehrter Herr. Auf Ihren Aussagen beruhen viele Schilderungen. Sie haben das erste Buch über die Wunder von Fátima verfaßt. Als ich las, daß Sie einen anderen Namen gebrauchten, wurde ich stutzig.»
«Das tut nichts zur Sache, Senhor Benini. Es war leichter, sich den einfachen Hirtenfamilien zu nähern, wenn ich als Visconde auftrat.»
Benini gab sich mit dieser Antwort nicht zufrieden und bat seinen Gast, ausführlicher von den Kindern zu berichten.
Der Professor setzte sich in Positur, knetete seine Hände wie im verzweifelten Gebet. Er sprach von schüchternen Hirtenjungen, von armen Familien, von gläubigen Analphabeten. «Was für eine gute Wahl hat die Muttergottes getroffen, als sie diesen drei erschienen ist!»
Der Magier dachte an die staunenden Gesichter in seinem Publikum, die einfachen Gemüter und die Skeptiker. Diesen Professor reihte er unter die Leichtgläubigen ein. Er würde vor seinen Augen aus einer Karte ein Ei zaubern und daraus einen Frosch werden lassen, ohne daß er etwas bemerkte.
«Was ist das dritte Geheimnis, verehrter Professor?»
«Sie kennen sich aus, Senhor Benini?»
«Ein wenig.»
Sie schwiegen. Als habe der Priester aus Porto die Frage nicht verstanden.
João de Vouga wiederholte sie, ohne daß Benini ihn dazu aufforderte.
«Das dritte Geheimnis von Fátima wird bis 1960 nicht veröffentlicht werden. So hat es Schwester Lúcia bestimmt.»
«Und warum hat sie es so bestimmt? Sollte die Welt die Offenbarungen des Himmels nicht erfahren?»

Benini verspürte Lust, den Kirchenmann in Bedrängnis zu bringen.

«Weil die Heilige Jungfrau es nicht will!»

«Es ist die Prophezeiung vom Untergang der Welt, nicht wahr?»

«Fragen Sie nicht», der Professor wurde wieder laut. Sein Blick hinter den dickwandigen Brillengläsern war starr.

«Aber die Muttergottes hat sich in einem Punkt geirrt. Der Krieg hat nicht aufgehört, wie sie den Kindern prophezeite, sondern noch mehrere Monate gedauert. Erst ein Jahr später war der Waffenstillstand erreicht.»

João de Vouga brauchte nicht zu übersetzen. Denn nun antwortete der Professor in Englisch.

«Sie suchen an der falschen Stelle, Mister Benini. Sie können Fátima nicht mit ein paar Spitzfindigkeiten zerstören. Kommen Sie hin, besuchen Sie eine Wallfahrt! Vielleicht werden Sie durch die Gnade der Muttergottes dann selbst sehen und glauben.»

Er erhob sich.

«Ich will Ihnen eines mit auf den Weg geben. Es wäre viel besser für Sie, wenn Sie sich auf Ihre Bühnentricks beschränken und Portugal möglichst schnell wieder verlassen würden. Dies ist ein gutgemeinter Rat, Mister Benini. Hier herrschen andere Gesetze als bei Ihnen in den USA.»

Der Professor nahm seinen breitkrempigen schwarzen Hut.

«Sie brauchen mich nicht hinauszugeleiten. Ich kenne den Weg.»

Nachdem der erregte Katholik gegangen war, sagte Benini: «Er hat mir gedroht, dieser Kindergläubige.»

«Die Dame hat dir empfohlen, den Rosenkranz zu beten, Jacinta?»

«Ja.»

«Wann?»

«Als sie zum erstenmal erschien.»
«Hast du auch ein Geheimnis oder hat nur Lúcia eines?»
«Ich habe auch eines.»
«Wann hat die Dame es dir gesagt?»
«Beim zweiten Male.»
«Hat sie euch vielleicht gesagt, wie ihr reich werden könnt?»
«Nein.»
«Ist es ein Geheimnis, um gut und glücklich zu werden?»
«Ja, es ist zum Wohle von uns dreien.»
«Kannst du es mir nicht mitteilen, Jacinta?»
«Das kann ich nicht.»
«Warum?»
«Weil die Dame gesagt hat, wir dürfen es niemandem sagen.»
«Hätten die Menschen Grund, traurig zu sein, wenn sie das Geheimnis wüßten?»
«Ja.»
«Hat die Dame gesagt, was mit dem gespendeten Geld geschehen soll?»
«Ja, sie hat gesagt, es solle eine Kapelle gebaut werden.»
«Hast du die Sonne angeschaut?»
«Ja.»
«Und was hast du gesehen?»
«Ich habe die Sonne rot, grün und in anderen Farben gesehen. Ich habe auch gesehen, wie sie sich drehte.»
«Hast du gehört, wie Lúcia das Volk auf die Sonne aufmerksam machte?»
«Lúcia rief sehr laut, daß man auf die Sonne schauen sollte. Die drehte sich ja schon.»
«Hatte die Madonna aufgetragen, das Volk darauf aufmerksam zu machen?»
«Die Madonna hat nichts gesagt.»

«Können wir offen reden?» fragte der Hagere zögernd.

Der Magier hatte ihn nicht verstanden und bat João de Vouga zu übersetzen. Sein Assistent kam dem Wunsch nach.

«Ich weiß nicht, was Sie damit meinen, Senhor Quinto? Warum sollten Sie nicht sagen, was Sie wissen!»

Der Hagere, dessen eingefallenes Gesicht von schwarzen Schatten durchzogen war, neben dem linken Auge ein Muttermal, aus dem Härchen wuchsen, sah an Benini vorbei.

«Fátima hat mich die Karriere gekostet. Ich habe meine Anstellung verloren, ich bekomme nur noch selten Aufträge. Ich lebe vom Alkohol.»

Als Joaquín Quinto die Suite betrat, hatte er sich mit den Worten «Beruf: Freier Trinker» vorgestellt.

«Bevor ich von meiner Zeitung nach Fátima geschickt wurde, riet man mir, möglichst skeptisch zu sein. Ein Satz des heiligen Augustinus wurde mir herausgesucht, den ich in meinem Artikel verwenden sollte. Ich war damals erst ein halbes Jahr in der Redaktion von ‹A Ordem›. Der Augustinussatz ging ungefähr so, daß man nie ein Wunder annehmen solle, wenn es eine natürliche Erklärung gäbe! Ich bin nach Fátima gefahren, das Zitat im Kopf. Ich stand stundenlang im Regen. Plötzlich hörte es auf zu regnen, die Leute schrien, die Sonne kam hervor und tauchte die Landschaft in ein leicht blaues Licht, wie bei einer Sonnenfinsternis. Die Augen taten mir weh. Ein Arzt riet uns, nicht direkt ins Sonnenlicht zu schauen, die Pupillen würden sich zu stark verengen und es bestünde die Gefahr, daß sie sich nicht mehr weiteten.»

Der hagere Quinto unterbrach sich. Sein Blick schweifte unruhig in der Suite umher.

João de Vouga beobachtete den Zeugen, als sei er Staatsanwalt in einem Strafverfahren.

Der Magier legte die Zigarre weg.

«Was wollen Sie trinken, Senhor Quinto? Einen Wodka?»

Der Journalist nickte.

Benini besorgte die Getränke.

«Ich habe alles beschrieben, was ich gesehen habe. Und das war sehr wenig. Für mich war es ein Zufall, daß gerade an diesem Tag ein merkwürdiges Licht herrschte, daß zwar nicht genau zur angekündigten Stunde, aber immerhin um diese Zeit etwas Seltsames geschah. Hätte ich schreiben sollen, ‹es war ein Wunder›? Wie meine Kollegen? Nein, ich habe das notiert, was ich sah. Die Sonne hat ihre Farbe gewechselt und etwas an Helligkeit eingebüßt.»

«Diese Version habe ich noch nicht gehört», unterbrach der Magier den Journalisten.

«Warten Sie, warten Sie», mit einer fahrigen Handbewegung wehrte Quinto ab.

Sie tranken Wodka mit Zitrone. Benini und sein Übersetzer nippten am Glas, Quinto leerte seinen Doppelten in einem Zug. Gierig holte er Luft und atmete sie stoßweise wieder aus.

«Kaum war mein Artikel fertig und in der Zeitung erschienen, setzte Protest ein. Viele Leser drohten uns. Einige kündigten ihr Abonnement. Aber ich wollte bei dem bleiben, was ich gesehen hatte. Ich kam nicht als Pilger nach Fátima, sondern als Beobachter. Ich wollte niemand kränken, das hab ich gleich zu Beginn meines Artikels geschrieben. Das lag mir fern. Wenn jemand ein Sonnenwunder sah – gut. Ich nicht. Ich nicht. Da waren viele, die nichts gesehen haben. Und manche wieder, die haben sogar behauptet, sie hätten die Madonna und das Jesuskind und Joseph und Maria vom Karmel gesehen. Das haben ja später auch die drei Kinder so erzählt.»

Der Magier fragte seinen Übersetzer: «Ist Ihnen davon etwas bekannt?»

João de Vouga verneinte, er habe sich kaum mit Fátima befaßt, er wisse nichts von weiteren Erscheinungen.

«Es war eine Massenhysterie, die Leute waren verrückt. Sie wollten etwas sehen, sie waren aufgestachelt. Man hat sie angelockt, man hat sie verwirrt. Sie haben schreiend dagelegen im dicken Schlamm, sich übelster Sünden bezichtigt, Ave Maria geschrien; Verzweiflung, Hoffnung, Glaube.

Am nächsten Tag stand ich noch mal auf dieser Weide, da war das Licht genauso bläulich, ganz genauso irisierend. Ich hatte Zweifel, als ich wegfuhr. Das hab ich auch geschrieben.»

«Warum hat man Sie dann entlassen?» fragte Benini, «Sie sollten doch mit Skepsis berichten.»

Quinto schlug die Beine übereinander, es knackte in den Gelenken. Der Magier beobachtete João de Vouga. Was bewog ihn, hier Stunde um Stunde zu sitzen und sich derlei Berichte anzuhören?

«Das kam erst später. Die Proteste wurden sehr heftig. Man beschimpfte mich übel. Ich sei ein Journalist, der wohl über Glasscherben gehen müsse, bevor er etwas glaube. Dabei bin ich nie ausgetreten aus der Kirche. Es gab auch andere Stimmen, die mir beipflichteten. Ein Priester schrieb, man solle meinen Artikel in goldenen Lettern drucken, weil ich die Erleuchteten so gerecht beschrieben hatte, obwohl meine eigenen Zweifel blieben.»

Der Hagere nahm die Wodkaflasche und schenkte sich nach.

«Mein schärfster Gegner war Professor Garrett aus Coimbra...»

«Ich habe seinen Bericht gelesen», sagte Benini.

«Dem habe ich es wohl zu verdanken, daß ich dann von der Zeitung entfernt wurde. Aber Fátima hat mich nie verlassen. Dieser scharfe Protest, diese Anfeindung. Ich wollte wissen, was an diesem Wunder dran war. Die Marienerscheinungen von La Salette und Lourdes sind eine andere Sache, aber Fátima...»

Mit einemmal fixierte Quinto den Übersetzer, der nur mühsam seinen eruptiven Sätzen folgen konnte.

«Sind Sie Portugiese?»

João de Vouga lächelte.

«Sind Sie es oder sind Sie es nicht?»

«Ja.»

«Darf man in diesem Land etwas gegen Fátima sagen?» Quinto kniff die Augenlider zusammen.

«Was meinen Sie damit?» fragte de Vouga zurück.

«Das wissen Sie genau, Senhor.»

Der hagere Journalist wandte sich wieder dem Magier zu.

«Es gab damals Gerüchte, daß die Jesuiten ihre Hand im Spiel hatten. Aber das ist nie bewiesen worden.»

«Wollen Sie damit sagen, daß die Jesuiten die Sonne tanzen ließen?» Benini amüsierte die Vorstellung. Wenn die Jesuiten das konnten, dann würde es auch ihm gelingen.

Der Journalist leerte die Wodkaflasche.

«Ich hätte schreiben können, was ich wollte. In einer katholischen Zeitung muß man vor allem wissen, was die Obrigkeit will.»

«Das stimmt nicht», mischte sich de Vouga ein, «Senhor Benini, glauben Sie ihm nicht, das ist tatsächlich eine Übertreibung.»

Der Magier wollte keinen Streit.

«Was glauben Sie denn heute, Senhor Quinto? War es nun ein Schwindel?»

«Ich bin ein freier Trinker, Senhor Benini, ich kenne nur Räusche, Abstürze, hohe Wogen, kleine Fluchten. Mich interessiert das Ganze nicht mehr. Ein Schwindel vielleicht, vielleicht auch nicht. Fátima hat seinen Platz gefunden. Wenn Sie einmal dort waren, dann wissen Sie warum.»

Benini war erstaunt über diese Antwort. Zum zweitenmal gab ihm jemand den Rat, Fátima aufzusuchen. Und wie verschieden waren die beiden Ratgeber voneinander.

«Was geschieht, wenn die Dame erscheint, Lúcia?»

«Es gibt einen Lichtschein, so wie ein Blitz, in diesem Lichte seh ich dann die Heilige Jungfrau, wie sie über der Steineiche steht.»

«Wie lange bleibt sie?»

«Kurze Zeit.»

«Ist es wahr, daß sie dir ein Geheimnis anvertraut hat?»
«Ja.»
«Betrifft es nur dich oder auch Francisco und Jacinta?»
«Uns alle drei.»
«Könntest du sagen, was dieses Geheimnis ist?»
«...»
«Hat dir die Dame gesagt, wer sie ist?»
«Sie sagte, sie sei die Rosenkranzkönigin.»
«Hast du sie gefragt, was sie will?»
«Ja.»
«Und was hat sie geantwortet?»
«Sie sagte, man solle sich bekehren und nicht mehr den Herrn beleidigen, der schon soviel beleidigt wurde, den Rosenkranz beten und um Verzeihung der Sünden bitten.»
«Sonst hat sie nichts gesagt?»
«Sie hat noch den Wunsch geäußert, daß in der Cova da Iria eine Kapelle errichtet wird.»
«Mit welchem Geld?»
«Ich denke mit dem, was man dort gesammelt hat.»
«Hast du gesehen, was die Leute angeblich beobachtet haben: einen Stern oder Rosen, die sich vom Kleide der Dame gelöst haben?»
«Ich habe weder einen Stern noch außergewöhnliche Zeichen gesehen.»
«Hast du irgendein Geräusch gehört, Donner oder Erdbeben?»
«Niemals.»
«Kannst du lesen?»
«Nein, Herr.»
«Lernst du es nicht?»
«Nein.»
«Hat die Madonna das befohlen?»
«Ja.»

13

Ricardo Lopez, wenns recht is, bom dia, noch zu kalt zum Sterbm, não tem de què, die ersten Sonnenstrahlen kommen später, faz favor, und dann die schweren Steine wegzuräumen, com licença, die schweren Träume von der letzten Nacht, obrigado, das ist kein Leben, wenn keiner sich mehr räkelt. Ich hab die Heiligkeiten stets argwöhnisch gesehn, hab nie eingelenkt, nie demütig, war Geschäft, was uns zusammenführte, nur Geschäfte, und da stört der Glaube.

Auch bei dem, den ich Micker nenn, ein Männchen, farblos, mit dem hohen Hut, ganz eingefallne Wangen, Spindelknochen, Finger zerbrechlich wie ein Glas, der Micker Kardinal, dem noch die Fliegen 's Lebenslicht ausblasn könntn, die Augen in den Höhlen flink, das Haar verzwirbelt, große Ohrn, daß man an Fledermäuse denkt, der Seelenmicker, atmete nur Weihrauch aus, ließ den alttestamentarschen Gott die Kathedrale füllen, Strafe, Zorn, gerechtes Zürnen, der Herrgott geißelt jedes Übel, der Micker selbst war marmorhart, den Satan, Beelzebub, den Bösen hätt so schnell keiner besser gegebn, wenn er Einzug zur großn Messe hielt, mit einer Donnerstimme, als stünde hinter ihm der Heilge Geist, der Micker, kaum zu sehn, überall zu hörn, er soll inkognito in Bars erschienen sein, im schwarzen Frack, ein wenig abgeschabt, auch in Bordells, doch niemand weiß genau, und reden drüber is verbotn. Der Micker rief natürlich mich, als es ans Sterbm ging, bist du nich der Lopez, dem alle ihren letzten Auftrag erteiln, ich sage, ja, der bin ich, küß seinen goldnen Ring, so schwer, daß seine Knochenhand zu Boden sinken müßte, komm her, ich brauch deine Todeskunst.

Was ist das mit der Kunst, nach der sie alle schrein, der Todeskünstler wiederholt sich, muß sich wiederholn, nur damals bei Dona Margarida, der Schönen aus dem Bairro Alto, da sollten es partout Schlangen sein, Laokoon ohne Laokoon, fünf heftige Schlangen, ein wildes Knäuel, armdick, denn Dona Margarida war kein Weibsbild wie andere, platonische Geliebte eines reichen Sohns, Nobelfamilie Carvalho, steinreich, steinalt, Handelsherrn, sie liebte ihrn Aníbal von ferne, mehr als zwanzig Jahr, sie blinzeltn sich zu, verliebt verlorn, denn dieser durfts niemand zeign, das größte Liebespaar in ganz Lisboa, auf dessen Explosionen alle starrten, dann starb der Schöne, Aníbal, plötzlich, weggerafft von einer Seuche, und Dona Margarida wurde krank, fiebrig im Liebesleid, bleich, die Lungen löchrig, sie hustet den letztn Auftrag mehr als daß sie spricht, fünf Schlangen solln es sein, fünf Schlangen, die sich zärtlich umeinander drehn, und bitte, haucht sie ganz leis, ein Grab in seiner Nähe, des Aníbal, frag ich, obwohl ich weiß, an wen sie denkt, sie nickt, die Augen rotgeheult, gut gut, ich möchte meine Kunden nie enttäuschen, ihr Sterbm ist zu rar, fast fertig warn die Schlangenschlingen, als sie den Atem aushaucht, Dona Margarida ist gegangen, Tage später hinab zum Prazeres, wir konnten grad den Grabschmuck dort errichtn, das Liebesende besiegeln, und Wochen später schon, ständiges Rumorn, wenn ich ihrm Sarghaus nahe kam, ein Rascheln, Zuscheln, Scharridari, die Dona kriecht hinüber zu ihrm Aníbal, rascheln, zuscheln, sie kommn zusamm, die Knochen ineinander, allen stockt der Atem, nur ein paar schrille Stimmn, wenn beide es zu toll treiben, doch wen störn schon schrille Stimmn, Schlangenliebe.

Der Micker wüßte zu gern, Micker Kardinal, von dem ein

jeder nur gerüchtelt, zeigt nie ein menschliches Gesicht, was unterirdsch ihn noch erwartet, ist dort das Fegefeur, das er predigt, der Sündenpfuhl, den er besucht, die Höllenhitze, sagt zu mir, ich will den Sensenmann auf meinem Grab, den großen Tod, die Statue soll Mahnung sein, Furcht erregn, Starrsinn, Leid, letzter Gedanke der Sünde, hinweggefegt, gesenst die Sünder, der Micker hat schon eine Zeichnung, die Sense aus silbrigem Stahl, ich sag, das wird nich gehn, der Stahl wird rostn, sich verfärbn, und eines Tags ganz verfalln, dann ständ der Sensenmann mit einem Steckn da, er zögert, bittet um Bedenkzeit, ich stoß schon nach, warum der Tod, doch er will nichts hörn, bleibt stumm, erst Tage später läßt er mich zu sich rufn.

Das ist es, was die Auftraggeber schwankend macht, die Eitelkeit verbietet ihnen nichts mehr, es geht zum stillsten Ort im Lande, und wers nicht glauben will, der stirbt und siehts dann erst, die Eitelkeit in rechtn Winkeln, da wird in Reih und Glied gestorbm, ewige Lichter, die jedes Jahr zu Allerheilgen ausgeblasn wern, die Eitelkeit des Überlebens.

Der zweite Vorschlag, ganz absonderlich, nicht mehr der Sensenmann, jetzt sollts ne Dirne sein, ganz wild, Frau Sünde, aufreizend, zur Warnung, Mahnung, der Kardinal war toll von diesem Plan, Aufmerksamkeit zu erregn, wer würd es wagen, eine Hur auf seinem Grab zu zeign, und was das Tollste war, er hat ein kleines Bild, liebliches Gesicht, das er in einem Amulett stets bei sich trägt, hellrotes Haar, mit Farbstift nachgezeichnet, die Lippen schwer, geschmollt zum Kuß, mach diesen Kopf der Hur, wer weiß schon, wer sie wirklich ist, und irgendeinen Kopf muß sie ja tragn, der Micker ist verrückt, ich stells ihm hin, keine Frage, der Auftraggeber gibt das gute Geld, doch wird die Friedhofsverwaltung es denn billigen, ich hab da meine Zweifel, und die sag ich auch.

War in Italien für den Stein der Steine, Carrara, Massa, Seravezza, wo die Berge bluten, Geröll und Schutt, Stahlpfähle im Fels, sirrende Drähte, Drahtseilakte, um zentimeterweis die Blöcke rauszutrennen, der Bruchboß, Capo di Cava führt mich, vorbei an langen Seilen, Kabelkreislauf, stolz, den Marmor zu beherrschen, già Michelangelo, già il grande scultore, der seinen «Statuario» hier brechen ließ, heraustrennen, sägen, und jeden Monat stirbt einer seiner Arbeiter, Drahtsägen, Wasserschleife, qualmendes Eisen, Marmor, der Kühnste, kann sich verweigern, träge Masse, platzt ab, zerbirst, läßt Büsten unvollendet, fette Engel ohne Beine, Pausbacken ohne Hirn, in meinen Händen weich wie Wachs, der Capo sagt, du kannst ihn singen hörn, kannst mit ihm tanzen, die Kristalle springen, und die Legende glaubt, in Marmorschichten sind die Tränen Christi.

Ganz aufgeregt der Micker, ob ich schon angefangn mit der Hur, ich sag niemals die Wahrheit, die Auftraggeber würdens nicht verstehn, jaja, der Sockel steht schon, bis zur Hüfte, aufhörn, schreit er, aufhörn, das war der Teufel, niemals auf meinem Grab ne Hure, nein, die Madonna müßt es sein, Madonnen kenn ich, jede Art, die liebliche, weiße, die göttliche, die pralle, Madonna mit Herz und ohne, mit offnem Mund und weiten Armen, also ne Madonna will er, ganz aufgeregt, die Heilige solls sein, ich sag, es stehn schon hundert auf Prazeres.

Das ist ne Kundschaft, wilde Tiere, mal stürmisch laut, mal winselnd still, stets Order, Befehle, die Lust, andre zu reiten, zu treiben, sie wolln die Ersten sein im Land, die Mächtigen, scheißängstlich wenns zum Sterbm geht, verzagt und schwach, verstummt und grau, fürs Abtretn ist keiner zu haben.

Der Micker Kardinal, Clemente Texeira, wieder erstanden von dem Leichenlager, zahlt Schweigegeld in guten Raten, will nichts mehr wissen von Statuen und Statuetten, kutschiert im offnen Wagen durch die sommerliche weiße Stadt, als sei er noch in seinen frühen Tagen, sitzt beim Zauberer, der alle in Bann schlägt, dritte Reihe, in schwarzem

Zivil mit dunkler Brille und nebendran die hübsche Dame, mit hellrotem Haar und vollen Lippen, schon in der Pause sind sie schnell verschwunden, er über achtzig, sie noch keine dreißig, Lisboa würde lauschen, wenn «Diario de Noticias», «A Ordem» oder «O Mundo» die Schlagzeile brächte: Das hohe Lied der Geistigkeit, ein Kardinal auf Liebeswegen. Der Kardinal war kurz davor, sich abzustelln und aufzugebn, hält Trauerreden, wütende Geißelgesänge, und läßt die Toten nicht mal ruhn, es wär ne Schande, wenn er mich unter die Erde bringt, es wär ne Schande, adeusinho.

14

Das war ein Fest, kann ich Ihnen sagen, wir wollten es ihnen zeigen», Lidia Torpeza schwelgte in Erinnerungen, «wir sind hinaufgestiegen in die Höhen der Aire, die Leute schliefen alle und kamen dann zu dieser Mulde. Die war nicht schwer zu finden, überall Blumen, zwei brennende Lampen waren aufgestellt und ein hölzerner Bogen, auf dem die Jungfrau Maria getanzt haben soll. Wir haben alles eingepackt, Bogen, Lampen, Blumen, und es auf einen mitgebrachten Karren geladen. Dann haben wir noch den heiligen Baum gefällt, diese Wundereiche, das arme Ding.»

Benini konnte seine Augen nicht von der Frau abwenden, die sich an diesem Vormittag bei ihm eingefunden hatte. Das Kostüm im strengen Pariser Stil, aus gutem Stoff, die Schuhe papageienrot. Der Übersetzer gab ihr nicht einmal die Hand, so als sei sie es nicht wert. Schwer zu schätzen, wie alt sie war, zwischen fünfundzwanzig und fünfundvierzig. Ihr Lachen füllte die gemütliche Suite.

«Dann haben wir eine Ausstellung gemacht, gegen Eintrittsgeld natürlich, ein wenig Handel schadet nie. In einem Privathaus haben wir die Reliquien vorgeführt. ‹Die wunderbaren Reliquien von Fátima, hier zu sehen.› Die Leute haben sich vor Lachen gekugelt. Der Baum paßte nicht ganz ins Zimmer, also haben wir die Zweige abgeknickt und als falsche Palmwedel verkauft. Die hohe Geistlichkeit konnte es nicht fassen, was da geschah. Sie wollten ein Spektakel mit der Jungfrau machen. Und nun machten es die Freidenker.»

Lidia Torpeza stand auf, tänzelte ein paar Schritte durchs Zimmer.

«Aber dann kam das Tollste. Jesus Lonreiro hat uns eingeladen, einen Umzug zu gestalten. Mit Trommeln und Tamburinen durch Santarém, mit den falschen Palmwedeln von dem Wunderbaum, Laternen, Kreuzen, Kirchenliedern, wie bei der Fronleichnamsprozession, ‹die ehrenwerten Freidenker von Santarém geben sich die Ehre›. Die republikanische Regierung hatte damals zwar jeden kirchlichen Umzug verboten, aber unsere Höllenparade war ein Spaß, an dem sie sich gerne weideten. Nicht zuletzt, weil Jesus Lonreiro alle einlud, die Weinfässer in seinem Keller leerzutrinken. Die Frömmler zogen sich in ihre Häuser zurück, manche standen am Straßenrand. Und eine gute Katholikin hat uns mit einem Kübel Wasser empfangen, den sie aus dem ersten Stock hinunterkippte. Wir nannten es unser Weihwasser.»

Sie ahmte den Prozessionszug nach, schritt weihevoll den Raum ab, wackelte mit ihrem beachtlichen Hintern, die Hände zum Gebet emporgehoben.

«Sie haben damals den falschen Baum gefällt», sagte João de Vouga, «es war eine harmlose Eiche, die Sie nach Santarém geschleppt haben. Der echte Erscheinungsbaum blieb stehen.»

Benini sah seinen Übersetzer an. Er bemerkte rote Flekken unterhalb der Augen.

Die Tür öffnete sich.

«Wir sind zurück, Carlo.»

Es war Jeremy, sein Manager.

Benini sprang auf. «Gut, daß du wieder da bist. Hast du Julias Vater mitgebracht?»

Sie umarmten sich. Jeremy Snow roch nach dem süßlichen Parfüm, das vom Hotel in jedes Badezimmer gestellt wurde.

«Einen Augenblick», Benini unterbrach die Sitzung.

Sie gingen hinaus auf den breiten Flur.

«Er ist unten. Er will dir danken. Bitte, einen Augenblick, Carlo, das muß sein.»

Der Manager zog Benini zum Fahrstuhl.

«Am Ende mußten wir die Polizei austricksen, nicht ganz einfach, diese Flics sind wieselflink. Françoise hat ein gefälschtes Dokument produzieren lassen, mit dem wir Julias Vater aus dem Gefängnis abholten. Die Nazis haben nichts gemerkt. Er darf nie mehr zurück nach Frankreich.»

Der Aufzug kam.

«Er ist ein echter Freund, dein Françoise.»

«Und ein wunderbarer Liebhaber», fügte Jeremy hinzu.

«Veranstalten wir heute abend auf der Bühne die Wiedersehensfeier?»

«Das möchte er nicht», antwortete der Manager, der in seinen Knickerbockerhosen eine gute Figur machte, «aber frag ihn selbst. Mir gegenüber hat er es brüsk abgelehnt. Er möchte nicht zur Schau gestellt werden.»

Der Fahrstuhl hielt im untersten Stock. Der Liftboy schob das Eisengitter zurück und ließ die beiden Herren aussteigen.

Der Mann im schwarzen Anzug, sein weißes Hemd stark verschmutzt, einen schwarzen Hut in der Hand, kam auf Benini zu.

«Senhor Benini», in seinen Augen standen Tränen, «ich weiß nicht, wie ich Ihnen danken soll.»

«Das haben Sie nicht mir, sondern Julia zu verdanken. Da wir Abend für Abend auf der Bühne stehen…»

Jetzt weinte der Mann. Der schwarze Anzug ließ ihn zerbrechlich erscheinen, das magere Gesicht war eingefallen.

Augusto Benini verzichtete auf seinen Plan, ihn erst in der Abendvorstellung mit seiner Tochter wieder zusammenzubringen. Das wäre zwar eine wunderbare Sensation gewesen, aber es würde die Kräfte dieses Mannes übersteigen.

«Hat er schon mit Julia gesprochen?» fragte Benini seinen Manager.

«Nein, er wollte erst zu dir.»

«Also, dann bring ihn im Taxi hin, Jeremy. Wir reden später.»

Der Manager war einverstanden. Die Parisreise hatte ihm gutgetan, eine erfolgreiche Mission, schöne Tage mit Françoise.

«Hast du Besuch?» fragte er.

«Ja.»

«Isabela?» Es klang ein wenig schnippisch.

«Nein, sie heißt Lidia. Aber bitte später, bring die beiden jetzt zusammen.»

Sie verabschiedeten sich wortlos.

Als der Magier den dritten Stock erreichte, vernahm er, wie sich sein Übersetzer und die Augenzeugin lautstark stritten. Er würde sich vor dieser blauen 22 in acht nehmen müssen. Das war kein Journalist, soviel stand für Benini fest.

Zwei Stunden später saß ihnen ein Mann gegenüber, der für sein Wissen Geld verlangte. Er habe Beweise, sagte er, zwar müsse noch manches überprüft werden, aber gegen diese Beweise könne nicht einmal der Papst in Rom etwas aufbringen, sagte er, er wisse genau, welches Spiel damals gespielt worden sei und noch heute gespielt werde. Sein Englisch war holprig. Er lehnte es ab, Portugiesisch zu sprechen.

«Warum sollte ich Sie bezahlen?» fragte Benini.

«Was meinen Sie, was es mich gekostet hat, all das herauszufinden», erwiderte der Mann. Er trug eine helle Windjacke, Lederschuhe im gleichen Beige. Seine Hose hätte Bügelfalten vertragen können. Er nannte nur seinen Vornamen: António.

«Wieviel verlangen Sie?» fragte der Magier.

«Sie wollen doch kein Geld für so etwas ausgeben», mischte sich João de Vouga ein.

«Das ist meine Sache», Benini schnitt ihm das Wort ab, «im übrigen brauche ich Ihre Hilfe nicht. Ich kann mit dem Mann allein sprechen. Also, wenn Sie heute nachmittag frei haben wollen...»

«Ich bleibe», sagte de Vouga.

António forderte, daß er nach Stunden bezahlt werde. Der Stundenlohn war so gering, daß Benini sofort einwilligte.

«Also», der Magier lehnte sich in dem hohen Sessel zurück und griff nach einer Zigarre.

«Es wäre mir lieber, wenn wir allein sprechen könnten», stotterte António, der offenbar mit der schnellen Regelung der Bezahlung nicht gerechnet hatte, «ich möchte, daß nur Sie über mein Wissen verfügen können, ich weiß nicht, wer dieser Herr...» Er zeigte auf de Vouga, der sich in seinem Sessel einzugraben schien.

«Das ist Ihr gutes Recht», sagte Benini, «und auch meins. Wenn ich schon etwas für die Sache zahle, dann gehört es auch keinem anderen.»

Benini war froh, einen Vorwand zu haben, seinen rätselhaften Übersetzer loszuwerden. Und wenn auch nur für einen Nachmittag.

Widerwillig verließ de Vouga die Suite, nicht ohne António einen mißbilligenden Blick zugeworfen zu haben.

Benini fühlte sich erleichtert. Was für ein Tag! Erst diese freidenkerische Traumtänzerin, dann die gute Nachricht aus Paris, die Rückkehr seines Managers, mit dem er die ganze Nacht über sein Fátima-Projekt reden wollte. Schade, daß Julias Vater nicht auf die Bühne wollte. Das wäre die Krönung gewesen, der eigentliche Höhepunkt.

António holte ein Papier aus der Tasche. Er hatte sich Notizen gemacht.

«Wußten Sie, Senhor, daß die Kirche versucht, oder zumindest überlegt hat, Schwester Lúcia verschwinden zu lassen? Damit sie nicht dauernd in Widersprüche verwickelt wird. Denn ihre Aussagen sind sehr widersprüchlich.»

Benini konnte seinem Gast nicht ganz folgen.

«Wußten Sie, daß der erste Biograph von Fátima die Aussagen der beiden anderen Seherkinder weitgehend frei erfunden hat? Jacinta mit ihren neun Jahren hat meist auf ihre Cousine verwiesen, auf Lúcia, und sehr oft zugegeben, daß sie sich an nichts erinnern konnte. Der siebenjährige Francisco war schwachsinnig, er hat nur mit Ja und Nein geantwortet. Als der Visconde de Montelo seine Darstellung über die Wunder von Fátima schrieb, hat er sich die Zitate ausgedacht.»

Der Magier erinnerte sich an die Lektüre des Buches, das ihm sehr stimmig vorgekommen war in seiner ganzen Naivität.

«Wußten Sie, daß die neue Geschichte von Fátima, die Erklärung der Schwester Lúcia, die Madonna habe ihnen drei Geheimnisse mitgeteilt, im politischen Interesse der Faschisten ausgesponnen worden ist? Erst vor wenigen Jahren kam diese Legende auf, die seitdem verbreitet wird. Sie hat nichts mit der alten Geschichte von Fátima zu tun. Damals hat niemand davon gesprochen.»

«Aber die Kinder sagten doch, sie hätten ein Geheimnis, das sie niemandem mitteilen dürften.»

António ereiferte sich: «Aber welches Geheimnis war das? Glauben Sie denn wirklich, daß drei Kindern etwas über die Unbefleckte Empfängnis, über Rußland und den Kommunismus gesagt wurde? Alles Dinge, von denen sie nichts verstanden?»

Augusto Benini zögerte. Dieser Mann redete so bestimmt, daß er vorsichtig wurde.

«Wußten Sie, daß der faschistische Diktator, kaum daß er an der Macht war, sich nach Fátima begab, große Investitionen dort tätigen ließ und mit Hilfe der Zeitung ‹Voz de Fátima› Politik macht? Er läßt behaupten, Nossa Senhora habe dieses oder jenes gesagt, was er politisch durchsetzen will.»

Benini konnte Missionare nicht ausstehen.

«Politik interessiert mich nicht, António!»

«Sie wird Sie interessieren müssen, Senhor, wenn Sie Fátima verstehen wollen.»

«Ich werde doch noch bestimmen dürfen, was mich interessiert, wenn ich dafür bezahle.»

«Sie können nachher Fragen stellen. Aber lassen Sie mich das hier bitte kurz zu Ende führen.»

Benini betrachtete das Gesicht des Mannes, der ihm gegenübersaß. Gleichmäßig, etwas zu blaß für einen Portugiesen, die Augenbrauen beinahe weiß. Kein Muttermal, nicht eine Unregelmäßigkeit. Benini fand das Gesicht langweilig.

«Wußten Sie, daß Fátima schon damals erfunden wurde, um der republikanischen Regierung etwas entgegenzusetzen? 1910 war der Umsturz. Die Republikaner wollten die Kirche aus der Macht drängen. Die Freimaurer setzten sich für die Trennung von Kirche und Staat ein. Afonso da Costa ließ ein Gesetz verabschieden und brüstete sich in der Presse: ‹Damit wird der Katholizismus, der die Hauptursache des jetzigen Zustandes der Krise in Portugal ist, innerhalb von zwei Generationen erledigt sein.› Fátima kam wie gelegen, es läutete die Wende ein…»

«Und wer hat die Sonne tanzen lassen, António? Das wissen Sie doch auch, oder irre ich mich da?»

Der Portugiese sah auf sein Stück Papier, schwieg.

«Sehen Sie», begann Benini, und er sprach betont langsam, «das klingt alles nach einem großen Komplott. Seit fünfundzwanzig Jahren soll Fátima politisch ausgebeutet werden, das ist doch nicht Ihr Ernst? Ein großer Manipulator setzt eine Maschine in Gang und die läuft ohne Unterbrechung? Das kann ich mir nicht vorstellen. Lassen Sie die Politik da raus.»

«Das wird nicht gehen, Senhor», widersprach ihm António, «auch wenn Sie es nicht hören wollen. Fátima ist Politik.»

Benini zündete seine Zigarre wieder an, die seit einiger Zeit ausgegangen war.

«Wollen Sie etwas trinken?» fragte er, um das Thema zu wechseln.

«Ja, ein Glas Wasser», antwortete António, der sich nervös mit dem Finger über die Augenbrauen strich.

Der Magier ließ im Bad, nachdem er sich Hände und Gesicht erfrischt hatte, ein Glas Wasser einlaufen. Eines mußte er diesem Mann zugestehen, er kannte sich aus. Auch wenn die Informationen und Fakten, die Benini schon studiert hatte, nun neu sortiert werden mußten.

Als er in das gemütliche Wohnzimmer seiner Suite zurückkam, saß António ermattet auf dem Polsterstuhl.

Benini reichte ihm das Glas.

Hastig trank er.

«Wie wollen Sie beweisen, daß alles nur Täuschung war?»

«Es gab 1917 auch ein Gerücht, auf das ich dann aber nie wieder gestoßen bin, daß die Jungfrau Maria angekündigt habe, die Monarchie würde in Portugal in wenigen Jahren wieder eingerichtet.»

«Das meine ich nicht, António. Ich will Beweise, daß es sich um eine bloße Täuschung handelte.»

Benini verspürte eine merkwürdige Zuneigung zu diesem leidenschaftlichen Mann und zugleich eine gewisse Distanziertheit.

«Wußten Sie, daß es interessierte Kreise gab, die aus Fátima den wichtigsten Wallfahrtsort der katholischen Kirche machen wollten, die große Konkurrenz zu Lourdes? Dabei ist der jetzige Bischof von Leiria, zu dessen Bezirk Fátima gehört, mit von der Partie. Er hat damals…»

«Ich will etwas ganz anderes wissen, António. Ich will wissen, wie man das zustande gebracht hat, daß am 13. Oktober zu einem vorausgesagten Datum siebzigtausend Menschen erschienen...»

«Andere Quellen sagen, es waren nicht einmal zwanzigtausend», warf der Mann ein.

«Und wenn es nur tausend gewesen sind! Wie bringt man es fertig, diesen Leuten ein Himmelsspektakel zu bieten, daß sie von Fátima weggehen und fest überzeugt sind, ein Wunder gesehen zu haben. Nicht mehr und nicht weniger interessiert mich.»

António machte keinen Versuch mehr, die Punkte auf seinem Papier weiter vorzutragen.

«Das weiß ich auch nicht.»

«Aber ich will es wissen», sagte Benini bestimmt, «wenn Sie dazu etwas beitragen können, sind Sie willkommen. Lassen Sie mir Ihre Adresse da.»

Der Magier sah auf die Uhr.

Es war kurz vor sechs. Langsam wurde es Zeit, sich auf die abendliche Vorstellung zu konzentrieren.

«Nur noch eins», gab António von sich, beinahe kleinmütig geworden, «werden Sie mich trotzdem bezahlen?»

«Das versteht sich von selbst.»

Der Magier holte seine Brieftasche hervor und gab ihm großzügig zwei Zehnescudoscheine.

António schrieb seine Adresse auf. Telefon hatte er nicht. «Aber Sie können bei meiner Nachbarin anrufen, ich komme dann sofort.»

Bevor er ging, fragte Benini: «Waren Sie eigentlich an jenem 13. Oktober in Fátima dabei?»

António lächelte. Sein Gesicht hellte sich zum erstenmal auf: «Nein, ich war damals erst vier Jahre alt. Allerdings auch nur drei Jahre jünger als Francisco, dem die Jungfrau Maria Weltpolitik beigebracht haben soll.»

«António Vicario» stand in geraden Buchstaben auf dem Papier. Die Straße kannte Benini nicht.

Hatte er sich zu schnell beeindrucken lassen? Zeugen, die nicht selbst am Ort waren, besaßen kaum Wert.

Und doch hatte dieser Vicario etwas an sich, was ihn nicht losließ.

Nacheinander kamen drei Besucher, als er sich gerade in den Pferdesitz begab, mit dem er stets seine chinesischen Entspannungsübungen begann.

João de Vouga fragte, ob er noch gebraucht werde. Der Magier verneinte. Ob er denn erfahren dürfe, was dieser Heißsporn gesagt habe? Später. Und die Adresse? Benini lehnte ab. «Wir sehen uns morgen. Aber nicht vor Mittag.»

Dann erschien Jeremy. Er wolle nur kurz stören. «Julia möchte am Abend auf der Bühne ein paar Sätze sagen, wie glücklich sie ist, daß ihr Vater wieder in Freiheit ist und wem sie das zu verdanken hat.» Benini war einverstanden.

Dann kam Lossenkian mit seiner jungen Freundin. Diesmal trug er wieder einen Vollbart.

«Du warst phantastisch, Carlo, wirklich phantastisch. So eine Vorstellung habe ich noch nie erlebt. Auch meine Nichte ist begeistert. Wie geht das mit den Fischen, die ganz plötzlich aus dem Aquarium verschwinden? Du bist doch mitten im Publikum. Gibst du ihnen ein Kommando per Knopfdruck? Reagieren sie auf einen Geschmacksstoff? Verschwinden sie in vorbereiteten Kammern? Wer löst den Trick aus?»

Benini war zu müde, zu ermattet, um darauf zu antworten. Außerdem geschah gerade dies ohne sein Zutun. «Was macht Fátima? Ich höre, daß du dich wirklich engagierst, Carlo. Man munkelt bereits, daß du das Rätsel lösen wirst. Stimmt das?»

«Wahrscheinlich, John. Aber bitte, ich brauche jetzt Ruhe, sonst bin ich überhaupt nicht phantastisch, sondern einfach nur unkonzentriert auf der Bühne. Die Zuschauer haben Eintritt bezahlt.»

«Wann sehen wir uns?» fragte Lossenkian, als habe er die

Bitte des Magiers nicht gehört. «Auch Luisa hier würde gerne mal einen Tag mit dir verbringen.»

«Morgen, laß uns morgen darüber sprechen.»

Lossenkian machte einen Schritt auf Benini zu.

«Alberto wird Ende der Woche nach Kairo reisen. Ich könnte bestimmte Leute zu einem intimen Diner einladen. Du verstehst, Carlo?»

15

Die Gemeinde feierte die heilige Kommunion. Athanasios, der Mönch, brach das Brot und sprach den Segen. Er hatte schon vom mitgebrachten Wein genossen, wie auch die kleine Schar, die er am Meer versammelte.

In Europa wütete der Krieg, in Korsika unter Eukalyptusbäumen war davon nichts zu spüren. Die Truppen schlugen gegeneinander, der erste Kriegswinter stand bevor, doch Athanasios pries Jeschua, den großen Lehrer, und verhieß seinen Zuhörern die frohe Botschaft. 1914, ein Oktober, den er nicht vergessen würde.

Er solle mehr von diesem Judas erzählen, sagte ein junger Mann, der mit einer älteren Frau eng umschlungen saß. Auch die anderen baten ihn, noch ein Stück aus seiner Schrift zu lesen. Athanasios nahm einen tiefen Schluck aus der Flasche und gurgelte den herben Wein hinunter, ein schwerer Rosé vom Gut des Conte Peraldi. Sein Blick war fest auf Josefine gerichtet, die er seit Tagen schon umkreiste. Wenn sie an diesem Strand die Messe feierten, war sie erschienen, hatte sich von ihm segnen lassen. Beim letztenmal berührte sie seine Hand. Sie konnte lächeln und dabei mit ihren dunklen Augen funkeln, daß Athanasios gebannt von ihr dachte, er sehe in das griechische Sternenzelt. Ihre hellbraune Haut, die von der Sonne gebleichten Haare, die langen, schmalen Hände, eine zierliche Person, fast zwei Köpfe kleiner als der gewichtige Mönch. Er hatte dieses Mal sogar sein Haar gebändigt.

Der junge Mann stieß ihn in die Seite. Athanasios zuckte zusammen, heraus aus seinen Träumen. Er lächelte Josefine an. «Würdest du auch noch gerne etwas hören?» fragte er. Sein Französisch klang, als würden Steine aneinandergerieben.

«J'adore Judas comme toutes les traitres», erwiderte Josefine, «es ist ein Evangelium, dem ich immer zuhören kann. Und wenn du es vorliest...» Sie beendete den Satz nicht.

Athanasios nahm seine Abschrift und suchte eine Szene aus. Wie war noch dieses Wunder von der Verwandlung des Wassers in Wein? Er las den Text melodiös, ausdrucksvoll, einzelne Wörter betonend.

Wir zogen hinauf nach Kanaan in Galiläa, die Hochzeit einer Kaufmannstochter mitzufeiern.

Obwohl außer Jeschua niemand geladen war. Ein freies Mahl verschmähten wir nie. «Da versammelt sich viel Volk», ließ Simon sich vernehmen, «an solchem Tag sind auch die Reichen freigebig.» Nur Jeschua schwieg ob eines schönen Planes.

Jakobus, der Sohn des Zebedäus, und Johannes, der Bruder des Jakobus, denen Jeschua den Namen Boanerges, das heißt: Donnersöhne, beilegte, hatten die Weinvorräte im Auge zu behalten.

Auch Jeschuas Mutter war geladen. Seit langer Zeit sah sie den Sohn zum erstenmal. Sie glaubte nichts von alledem, was sich die Leute über ihn erzählten. Wenn einer sich erhöht, dann hat er viele Neider.

Kaum hatte das Brautpaar nach dem Ritus sich zu Tisch gesetzt, begann der Tanz. Jeschua, einer der besten Tänzer, aber stand abseits, von keiner ließ er sich erweichen.

Wir glaubten schon, er habe auf die Braut geschaut, denn sein Blick war starr. Wir täuschten uns zum wiederholten Male.

Und dann erscholl der Ruf nach Wein, jedoch die Krüge waren leer.

Der Brautvater wurde bleich. Freigebig wollte er sich zeigen, und hatte doch den Andrang zu dem Feste unterschätzt.

«Sie haben keinen Wein mehr», sagte Jeschuas Mutter, ihren Sohn neckend.

«Ich habe auch noch keinen Schluck bekommen», antwortete dieser.

«Und warum unternimmst du nichts?» – «Was ich zu tun hab, ist meine Sache, nicht deine.» Da wandte sich die Mutter ab.

Jeschua aber gab den Donnersöhnen einen Wink.

Es war Verwirrung unter den Gästen, kaum war die Feier ein paar Stunden alt, schon drohte ihr Ende.

Ein schlechtes Vorzeichen für das Brautpaar.

Der nächste Ort, von wo man hätte Wein beschaffen können, lag eine Tagesreise weit entfernt. Der Brautvater im Zorn.

Auf Geheiß von Jeschua trugen die Donnersöhne Jakobus und Johannes die Krüge herein, gefüllt mit Wasser, wie sie sagten.

Jeschua sprach ein stilles Gebet und befahl dem Mann, der für das Festessen bestellte, das Wasser zu probieren.

Dieser erschrak, er wollte in der mißlichen Lage nicht auch noch verspottet werden. So mußte ein Diener den ersten Schluck probieren. Und siehe, es war Wein.

Der Brautvater kam, trank einen Schluck und war voll Glück.

Ein wenig später rief Jeschua den Bräutigam und sagte: «Es wird niemand merken, daß dieser Wein gewöhnlich ist, denn aus Wasser kann nie bester Wein werden. Aber die Gäste kennen den Unterschied nicht, je reichlicher sie getrunken haben.»

Mit diesem Wunder in Kanaan setzte Jeschua ein erstes Zeichen und zeigte seine ganze Herrlichkeit und alle faßten Vertrauen zu ihm.

Wir verließen das Fest als letzte. Am Abend des folgenden Tages.

«Sie haben ihren eigenen Wein getrunken», gab Jeschua später von sich, «aus ihren eigenen Krügen, die Jakobus und Johannes beizeiten versteckten. Da brauchte es nur noch des

kleinen Gerüchtes, der Wein sei alle. Und vor der Verwandlung schaute niemand in die Krüge.»

Mir gefiel dieser Jeschua, der die Menschen besser kannte als ein jeder von uns.

Die Lesung hatte Athanasios wieder ernüchtert, während die Gemeindemitglieder schon lallten. Die Männer, es waren deren vier, arbeiteten in der Landwirtschaft, als Knechte auf den Höfen der französischen Großgrundbesitzer, auch zwei der Frauen waren dort beschäftigt. Von Josefine hatte er noch nicht erfahren, womit sie ihren Lebensunterhalt verdiente.

Die Eukalyptusbäume dufteten so stark, daß die Luft ganz würzig war, gemischt mit dem Geruch des Meeres.

Es war nicht sehr spät, als die Männer sich erhoben, weil sie vom Strand noch einen langen Fußweg hatten, um ihre Höfe zu erreichen, die hinter der Hügelkette lagen. Mit ihnen gingen auch vier Frauen. Josefine gab dem Mönch die Hand, sie lächelte und ließ die Augen funkeln. «Es war sehr schön bei dir am Strand. Ich hoffe, daß du uns noch lange erhalten bleibst. Oder ziehst du weiter?»

«Nein, nein, ich bleibe immer, solange mir Leute zuhören und mit mir die Messe feiern», antwortete er ein wenig verlegen.

Er sprach noch eine Weile mit den Frauen, die geblieben waren. Sie halfen in der Mandelernte, hatten sonntags frei. Dann gingen auch die beiden.

Athanasios hatte die Insel gefunden, auf der er zu bleiben gedachte. Korsika, ein Paradies. Es gab zwar auch hier, ähnlich jener Herrschaft der Briten über die Malteser, französische Besatzung, doch diese war anderweitig beschäftigt. Was interessierte sie in diesen Kriegstagen ein griechischer Mönch? Er hatte schon daran gedacht, eine von den verlassenen Steinhütten zu seinem ständigen Sitz zu machen. Es gab davon mehr als ein Dutzend, gleich hinter der Küste.

Der Golf von Porto war die Bucht, die es mit seiner Heimat aufnehmen konnte. Die Träume von den griechischen Inseln hatten ihn nie verlassen, doch scheute er die Rückkehr, es gab zu vieles, was ihn störte. Noch nie war er den Lebensweg in umgekehrter Richtung gegangen.

Er sah hinauf zum Großen Wagen, der mit seiner Deichsel auf die Krone wies, er sah den Löwen und die Jungfrau, die Schlange und den Schlangenträger. Allein schon dieser südliche Sternenhimmel bewog ihn zu bleiben. Wie waren im August die Sternschnuppen gefallen! Wie konnte er auf der breiten Milchstraße laufen! Diese Leute, die ihn aufsuchten, kamen ihm wie ausgehungerte Wölfe vor, gierig, das Mysterium zu erfahren. Die Stimmen waren roh, wenn sie Choräle sangen, sie stockten auch noch bei den gemeinsamen Gebeten, aber Athanasios war keiner von den Kirchenkrämern, die sie deswegen belehrten.

Er war den Knechten aufgefallen, als er über die Hügel zog. Sie zeigten ihm den Platz unter den Eukalyptusbäumen, ganz nah am Strand. Kaum einer kannte diese Stelle, an der sich Athanasios niederließ. Er sprach von Jeschua, dem Herrn des Lebens, und sie verlachten ihn. Seltsamer Heiliger, bekam er manches Mal zu hören. Doch dann gewann er, mit dem besseren Erlernen ihrer Sprache, die Aufmerksamkeit der Landarbeiter. Sie waren ihm sympathisch. Zwei Monate später gab es die Gemeinde. Am Strand ein Kreuz aus angeschwemmtem Holz.

Er hörte ihre Stimme, die gegen die Meeresbrandung rief.

Der Strand war hell unter dem Sternenhimmel und dem vollen Mond. Sie mußte ihn sofort erkennen. Doch Athanasios rührte sich nicht. Sie wollte ihn wohl prüfen, ob er sich meldete, auf ihren Ruf reagierte.

«Athanasios, komm her», sie rief noch immer, und es klang, als habe Maria selbst ihn zu sich gerufen.

Der Mönch drehte sich langsam um. Dort stand Josefine, nicht weit von ihm entfernt.

Sie sei zurückgekommen, weil sie wisse, daß seine Vorräte an Brot und Käse fast zu Ende seien, sie habe im Haus ein paar Dinge eingepackt, schließlich müsse er etwas essen.

«Das ist sehr lieb von dir, Josefine», begann Athanasios. «Ich brauche nur sehr wenig, bin es gewöhnt, mit einem Mahl drei Tage auszukommen. Wie ein Kamel in der Wüste.»

«Deswegen hat dich auch der Wein berauscht, als du vorhin die Messe last. Wir haben es alle gesehen. Ein betrunkener Mönch.» Sie lächelte und kam näher.

Er streckte seine Hand aus und sie faßte sie.

«Ich mußte dich vorhin verlassen, Athanasios. Die anderen würden sonst reden. Ich will nicht, daß sie etwas mitbekommen...» Diesen Satz beendete Josefine nicht.

Der Mönch umfaßte ihre schmalen Schultern. So angelehnt, blieben sie eine Weile stehen.

Er zeigte die Himmelsmärchen, erfand Geschichten in der Sternennacht, ließ Schwan, Delphin und Eidechse den Plan aushecken, dem Herkules die Casiopeia auszuspannen. Er sprach so beredt von diesen Wesen, daß Josefine glaubte, die Sterne würden sich bewegen. Und dabei bewegte Athanasios sie ganz allein mit seiner Stimme.

«Ich würde gerne mit dir schlafen», sagte sie leise.

Athanasios zog sie an sich heran, preßte den Arm um ihre Hüften.

«Jeschua wird nichts dagegen haben.»

Sie küßten sich und zogen sich aus, ohne voneinander zu lassen. Athanasios spürte, wie sein Glied in die Höhe schnellte, als sei ein Sternensturm hineingefegt. Josefine bestieg ihn wie einen Baum, und stehend kamen sie zusammen.

«Du bist schlimmer behaart als ein Bär», sie biß ganz leicht auf seine Lippen.

«Nein», lachte er, «die Bären versuchen, es mir gleichzutun.»

Sie bewegten sich sehr langsam, im Rhythmus der anrollenden Wellen.

«Wie schön du bist, meine Geliebte, deine Augen lassen mein Herz springen, der Zypernblumenduft deiner Haut, die Zwillingskitzlein deiner Brüste, meine Sinne fiebern nach dir. Wein, linder Wein bin ich, der weich in dich hineingeht. Rausch, der noch im Schlaf auf deinen Lippen brennt. Ja, nimm mich mit dir, komm, laß uns laufen.»

Er trug Josefine, die er immer noch auf seinen Hüften hielt, über den Strand, hinüber zu seinem Lager.

«Du bist schön, mein Geliebter, so voller Liebreiz bist du, unser Bett ist grünes Laub, Zedern unsere Hauswand, unser Dach Gezweig der Zypresse. Mein Freund ist wie Myrrhe, zwischen meinen Brüsten verbringt er die Nacht.»

Athanasios spritzte seinen Samen, kaum daß er mit Josefine im warmen Sand lag. Sie krallte sich an seinen Rücken, ließ ihn davonreiten.

So blieben sie, bis seine Erektion geschwunden war.

«Schon als wir die Messe feierten, spürte ich dies Verlangen, mit dir Liebe zu machen. Das war eine Sünde, aber es kam mir in den Sinn.» Jetzt war sie verlegen, die Sätze stokkend.

«Was sollte Sünde daran sein? Hat Jeschua nicht geliebt? Nur weil die Evangelisten davon schweigen? Als habe er seine ganze Zeit verbracht wie eine Mumie, wie ein toter Fisch. Wenn ich den Bericht des Judas lese, dann spüre ich, daß Liebe kein bloßes Himmelswort war, gesprochen für die Vögel und nicht zu den Menschen. Jeschua hat sich mit Frauen abgegeben und manchmal mit seinen Jüngern. Auch davon weiß Judas zu berichten. Aber das wollen die Kirchengreise nicht wahrhaben.»

Athanasios hatte sich erhitzt. Plötzlich entfernt von seiner Geliebten.

«Hast du noch Wein?» unterbrach ihn Josefine. Er löste

sich von ihr und holte von dem Rosé, den ihm die Knechte mitgebracht hatten. Sie tranken.

Dann krachte ein Schuß.

«Mein Großvater!» Sie hatte die doppelläufige Flinte erkannt. «Ich muß verschwinden, aber wir sehen uns wieder. Ganz bestimmt.»

Sie kroch über den Sand, um ihre Kleider zu erreichen. Ein amphibisches Wesen, das keinen Schatten hinterließ.

Wenige Minuten später stand der Alte neben dem Mönch. Ein kräftiger Mann, dessen Gewehr im Mondlicht blitzte.

«Sie haben Josefine gesehen?»

«Nein, Monsieur. Ich bin allein am Strand.»

«Wenn Sie meine Enkelin verführen, dann schieß ich Ihnen die Eier ab.»

Seine Stimme war wie der Stachel eines Seeigels.

«Wie sieht sie aus, Ihre Josefine?» fragte behutsam Athanasios, der ihren Schoß noch zwischen seinen Beinen spürte.

«Geht Sie nichts an, das Mädchen!» Der Alte stapfte durch den Sand, schoß in die Luft und rief ihren Namen. Ein Korse, der alles erlegte, was ihm im Wege stand.

Es dauerte zwei Wochen, bis er die beiden Liebenden erwischte. Nur Josefine war es zu danken, daß der Mönch die Bucht von Porto lebend verlassen konnte. Der Großvater folgte ihm noch lange über die Hügel: «Unheiliger Lüstling!» So gellte seine stachelige Stimme. Begleitet von Schüssen aus der doppelläufigen Flinte.

16

Mit dieser Einladung hatte Benini nicht gerechnet, sosehr sie ihn auch ehrte. Kardinal Clemente Rodrigues Texeira bat um die Ehre, den großen Magier in seiner privaten Wohnung empfangen zu dürfen. Er sei ein Bewunderer seiner Kunst.

Benini überlegte, welche Garderobe er für diese ganz besondere Visite wählen sollte und welche Verblüffung einem Kardinal Freude bereiten könnte, denn soweit kannte er seine Bewunderer: Wer sich einen Illusionisten einlud, wollte auch illusioniert werden. Der Bühnenfrack war zu festlich, der Zweireiher zu konservativ, der deutsche Straßenanzug, den er in Berlin erstanden hatte, zu schlicht.

Sein Manager trug ausschließlich die Anzüge eines Londoner Geschäftes in der Jermyn Street. Nur die Farben variierten um Nuancen.

«Ich war auch noch nie bei einem Kardinal eingeladen.»

Sie standen vor dem hohen Wandschrank und beratschlagten. Jeremy bevorzugte ein englisches Jackett, denn es war eine Einladung zum zweiten Frühstück, Benini neigte zu einem weinroten Anzug. «Mit einer silbernen Fliege wirkt das dann irgendwie extravagant. Deswegen lädt mich der Kardinal doch ein, oder?»

Der Magier entschied sich für zwei Kartentricks, das wunderbare Auftauchen der schwarzen Sieben und die Herzdame, die mitten durch einen Porzellanteller wandern konnte. Auch seine Katze würde er mitbringen.

Mit Jeremy hatte er die ganze Nacht gestritten.

«Verlängern wir doch einfach Lissabon», schlug Benini vor.

«Das ist nicht gut. Die Zuschauerzahlen sind bereits etwas rückläufig», erwiderte Jeremy Snow gereizt.

Fátima war der Grund ihres Streits.

Nachdem Benini ihm davon erzählt hatte, war der Manager zunächst sehr angetan, sprach von neuen Höhenflügen, von einem sensationellen Erfolg, wollte, daß Benini sich mit ganzer Kraft diesem Projekt widme und versuchte, den Magier dazu zu bringen, Tag und Ort für seine Vorführung festzulegen.

Benini war erfreut, daß Jeremy seinen Ideen zustimmte, aber er hielt den Zeitpunkt für eine konkrete Planung noch nicht für gekommen. Er müsse erst Gewißheit haben, er wolle nichts ankündigen, wenn er nicht auf sicherem Grund stehe. Jeremy nannte ihn einen Hasenfuß.

Benini kanzelte diesen Übereifer als unprofessionell ab.

Sie hatten an der Bar des «Avenida Palace» gesessen, zwischen meterhohen Palmen, die wie Baldachine aussahen, ließen den Alkohol stehen und tranken Sodawasser pur.

Der Manager wollte ein aufsehenerregendes Spektakel. Auch wenn sie nur in einem so kleinen Land wie Portugal gastierten.

Benini wollte etwas anderes, die Enttarnung eines himmlischen Ereignisses vor einer großen Zahl von Zuschauern. Das war nicht in zwei Wochen zu bewerkstelligen. Aber er wollte seinen Manager nicht verärgern. Als dieser ihm erzählte, wie er Julias Vater in den Kriegswirren in Paris ausfindig gemacht hatte, mußte er anerkennen, daß es sich um ein diplomatisches Meisterstück handelte. Mit Hilfe von Françoise hatte er den deutschen gegen den französischen Geheimdienst ausgespielt.

«Ich nehme das englische Jackett, Jeremy, einverstanden?»

Die Limousine, die vor dem «Avenida Palace» wartete, stand der des portugiesischen Staatsoberhauptes in nichts nach. Der Manager hatte abgelehnt mitzukommen, er müsse eine Reihe von Problemen lösen, die während seiner Abwesenheit entstanden seien.

Die Fahrt ging am Praça de Comercio vorbei, die kühle Seebrise tat dem Magier gut. An der Igreja Madre bog der Fahrer ab, hinüber zum Cimetrio Alto São João. Der Kardinal wohnte ein wenig außerhalb des Zentrums, Rua Verissimo Sarmiento.

Das Haus, zwei Stockwerke Sachlichkeit. Keine Schnörkel, kein kirchlicher Protz.

Der Kardinal war von zwergenhaftem Wuchs, das Gesicht runzlig, die Augen etwas trübe. Seine Stimme ein leiser Singsang. Er mußte weit über achtzig sein.

«Gestatten Sie, wenn ich Sie führe?»

Der Magier konnte sich kaum vorstellen, daß dieser Gnom in der Basílica de Estrêla die Messe las. Soviel verstand er von der Übertragungstechnik, daß zumindest ein gewisses Stimmvolumen vonnöten war.

Auch das Interieur dieses Hauses war anders, als Benini es sich vorgestellt hatte. Zwar gab es in jedem Raum ein Kruzifix, meist schlicht aus Holz geschnitzt, doch sonst nichts, was einen Mann der Kirche hätte vermuten lassen.

Benini fragte, weshalb die Wohnung so weltlich sei.

«Weil ich weltlich bin, Signore Petri, Kardinal ist mein Beruf.» Der kleine Herr im grauen Straßenanzug drehte sich nicht um, er ging mit festen Schritten voraus. «Hätte ich mir sonst Ihre grandiose Vorstellung angesehen? Ich wollte den Mann kennenlernen, dem es mühelos gelingt, Wunder zu vollbringen.»

Der Magier fühlte sich zwar geschmeichelt, aber eine andere Frage beschäftigte ihn nun mehr.

Woher er seinen bürgerlichen Namen kenne, fragte Benini.

«Ach, wir müssen die Menschen bei ihrem richtigen Namen rufen. Ihr Pseudonym, das ist etwas für die Masse.»

Ob er sich denn als Kardinal verstelle, wollte Benini wissen, weltlich zu leben und kirchlich zu arbeiten, wie das zusammenpasse.

«Nur wenige sind dazu berufen, Signore Petri, nur wenige! Und selten genug erlaube ich mir, in dieses Privathaus zu kommen. Aber zu Ihrer Frage: Der Eindruck täuscht, ich bin Priester des Herrn, ein strenger Katholik.»

Das Frühstück war sehr einfach. Getrockneter Fisch, Schweinswurst, rot gefärbt, weißes Brot und verschiedene Marmeladen. Der Kardinal ließ dazu starken Kaffee reichen und bot einen Schluck Dão velho an.

«Ich habe nur portugiesischen Wein im Haus. Unser Land produziert die besten Weine der Welt, aber das werden Sie schon bemerkt haben.» Er trank in großen Schlucken.

«Können Sie die Katze hier vor meinen Augen verschwinden lassen?» fragte Texeira, der den Kardinalsnamen Joaquín III. trug.

Benini schaute auf seine Cheshire, die sich auf einem Polstermöbel ausgestreckt hatte, sicher nicht bereit zu einem kurzen Sprung ins Jenseits.

«Nein, ohne Vorbereitung wird es nicht gehen!» sagte er mit einem Augenzwinkern.

«Um so besser. Ich bin kein Katzenfreund, Signore Petri, lassen wir das liebe Tier in die Küche, damit es mit ein paar Leckereien verwöhnt wird.»

Der Kardinal schüttelte eine winzige Tischklingel. Sofort erschien ein Bediensteter.

Benini wies ihn ab. «Ich bringe sie lieber selbst in die Küche, sonst verschwindet sie womöglich. Heute abend wird sie auf der Bühne gebraucht.»

Der Gang zur Küche verschaffte dem Magier Gelegenheit, über die Frage nachzudenken, ob sein bürgerlicher Name irgendwo in der Presse aufgetaucht war. Selbst wenn er von seinem Vater erzählte, hielten sich die Journalisten an seinen Künstlernamen und nannten auch den Vater Benini.

Die Küche war größer als die beiden Wohnräume, die er bisher kennengelernt hatte. Viel Personal, weiße Kochmützen, zwei Servierhäubchen.

Vorsichtig setzte er seine Katze auf den Boden.

«Sie sind mir dafür verantwortlich, daß sie nicht entwischt», sagte er zu dem Mann, der ihn in die Küche geführt hatte.

Als er zurückkam, hatte der Kardinal in einem hohen Holzstuhl Platz genommen. Das Schnitzwerk über seinem Kopf wirkte wie ein bizarrer Heiligenschein, als habe der Greis eine rotgoldene Krone auf dem Kopf.

«Welche Einstellung haben Sie zu Ihrer Arbeit?» fragte er mit ruhiger Stimme.

Benini holte sich sein Rotweinglas, blieb aber im Raum stehen, weil er keine Sitzgelegenheit fand, die in der Nähe des Kardinalsthrons stand.

«Sie müssen ein Konzept haben. Einen Plan. Was wollen Sie bei den Zuschauern erreichen?»

«Staunen, Unterhaltung, Illusion, wie immer Sie es nennen wollen.»

«Wie nennen Sie es, Signore Petri?»

Der Magier nahm einen Schluck von dem würzigen Dão, anstatt zu antworten.

«Sie wollen Ihren Zuschauern das Gefühl vermitteln, an etwas Besonderem teilzunehmen. Keiner kann sich erklären, was er sieht. Ist das Ihr Konzept?»

«Ich möchte meine Zuschauer illusionieren. Soll ich Ihnen einen kleinen Trick vorführen?» Benini griff in sein Jakkett, um das vorbereitete Kartenspiel herauszuholen.

«Mich interessiert allein, was dahintersteckt.»

Benini bemerkte den durchdringenden Blick des Kardinals, die trüben Augen hatten sich aufgeklärt. «Wollen Sie die Zuschauer verunsichern, ihren Verstand ausschalten?»

«Nein», wehrte sich Benini, der immer weniger verstand, worauf der Kardinal hinauswollte, «ich will, daß die Menschen Rätsel erleben, Bühnenrätsel, im großen Stil. Nicht mehr, aber auch nicht weniger. Sehen Sie sich ihre Gesichter an, wenn sie meine Vorstellung verlassen, sie sind amüsiert, keineswegs verunsichert.»

«Ich teile Ihre Meinung nicht, Signore Petri. Ihre Kunst ist erschreckend, weil sie die bekannten Gesetze von Raum und Zeit aufhebt. Ich selbst habe gleichermaßen Begeisterung und Skepsis gespürt und bin deswegen auch nach der ersten Hälfte der Vorstellung gegangen, den zweiten Teil des Abends habe ich mir von Freunden berichten lassen.»

Augusto Benini hatte noch niemals eine derartige Kritik erfahren. Sie überstieg sein Verständnis. Zwar gab es immer wieder Stimmen, die seine Vorstellung für altmodisch und überholt hielten, für überladen und allzu prunkvoll, aber daß ihm jemand unterstellte, er ängstige sein Publikum, damit war er noch nie konfrontiert worden.

«Was halten Sie denn von Wundern, Signore Petri?»

Der Kardinal sprach seinen Namen aus, als habe er auf eine faule Nuß gebissen.

«Welche Wunder?»

«Es gibt doch großartige Wunder.»

«Ich kenne keines, das nicht erklärlich wäre.»

«Sie kennen keines?»

Der Kardinal, dessen Haupthaar noch voll war, ein silbriges Grau mit zwei dunkleren Strähnen, breitete die Arme aus, als wolle er den Segen sprechen.

«Und Ihre Arbeit auf der Bühne würden Sie nicht als Wunder bezeichnen?»

Benini konnte sich nicht vorstellen, daß der Kardinal zu jenen Zuschauern gehörte, die tatsächlich glaubten, er könne zaubern. So naiv konnte Texeira nicht sein.

«Ich lebe von Illusionen. Ich lenke ab, ich führe zwei Bewegungen gleichzeitig aus, von denen Sie nur eine wahrnehmen, ich spiegele vor, führe Gedanken in die Irre, ich richte Vorstellungen auf bestimmte Handlungen ...»

«Sehen Sie, das meinte ich vorhin. Dieses Tun ist ganz unterhaltsam, aber eigentlich manipulativ. Sie benutzen Ihre Zuschauer!»

In diesem Augenblick öffnete sich die Tür, und der Bedienstete kündigte einen weiteren Gast an.

«Einen Augenblick noch», sagte der Kardinal, «Sie können ihn in wenigen Minuten hereinführen. Signore Petri, nichts für ungut. Mißverstehen Sie mich nicht. Ich habe den Abend sehr genossen, aber meine Pflicht, den Dingen auf den Grund zu gehen, ließ mich nicht los.»

Als Texeira Benini an der schwarzen Limousine verabschiedete, sagte er: «Und grüßen Sie mir João de Vouga, Signore Petri.» Er reichte ihm die Hand, die sehr kalt war. Die Cheshire-Katze lag schon friedlich auf dem Rücksitz.

Benini war wütend. Er nahm auf der Rückfahrt kaum etwas von Lissabons Schönheiten wahr, vertieft in die Vorstellung, die der Kardinal ihm wie ein Serum eingeimpft hatte. Ich ängstige meine Zuschauer, was für ein dummes Gerede. Noch niemals hatte sich auch nur einer von ihnen beschwert. Er mußte mit Jeremy reden.

Er kraulte seine Katze, sah nicht auf die Straße.

È meglio essere capo di cane che coda di leone. Er würde es dem Würdenträger zeigen. Dann fiel ihm diese Traumtänzerin ein, die an der Spottdemonstration gegen Fátima teilgenommen hatte. Wie frei sie sich bewegte, wie grazil, mit welcher Freude sie von diesem Fest berichtet hatte. Er nannte dem Fahrer die Adresse von António Vicario, Rua Maria Pia, in der Nähe des Friedhofs Prazeres.

«Er wird in einer Stunde zurück sein», übersetzte sich der Magier den Satz einer hochgewachsenen Frau, die ihm die Tür geöffnet hatte. Aber es war ihm lieber, später noch einmal wiederzukommen, als in der dunklen Wohnung zu warten.

Der Magier schlenderte über den «Prazeres». Genoß den

Schatten unter den Zypressen, blickte auf die Grabhäuser, die die Straßen und Wege des Friedhofes säumten. Die Toten waren geschrumpft und mit ihnen die Häuser.

Er las die Namen auf den Gräbern. Die Portugiesen hatten einen Hang, die Titel auszuschmücken, die Namen länger und länger werden zu lassen.

Er dachte an den Kardinal. Nicht ich verbreite Schrecken, sondern er benutzt die Angst.

An den Kreuzungen der Friedhofsstraßen standen die Monumente für die großen Männer des Landes. Handelsherren, Reeder, Politiker, keine Künstler. Nur eine Sängerin war hier beerdigt.

Benini sah das Feld, auf dem die Feuerwehrhauptleute hintereinander lagen. Die gleichen Abzeichen und Rangfolgen wie unter den Lebenden. Zwei Männer säuberten ein eigenartiges Gebilde. Eine Skulptur, die ein zusammengestürztes Haus darstellte, die Balken angekohlt, aufgerichtet auf einem Steinhaufen, die Leitern durchgebrochen, ein Totenschädel auf zwei Schenkelknochen, ein Helm umrankt von Feueräxten, über allem das Kreuz mit einem Kranz aus Fell. À Memória dos Bombeiros Municipais de Lisboa, 1875.

Wenn man hier schon der Feuerwehr solche Denkmäler baute!

Auf dem Rückweg begegnete ihm ein buckliger Herr, der tief seinen Hut zog. Sehr vornehm gekleidet, im Gespräch mit einem Geistlichen. Trotz der mittäglichen Hitze trug er einen Anzug mit Weste. Der Geistliche war im Ornat.

Dann fiel Benini ein, daß der Kardinal Fátima nicht einmal erwähnt hatte.

17

«Ich wußte, daß Sie kommen würden», sagte António Vicario, «ich habe es Ihren Augen angesehen. Sie waren etwas ablehnend, aber Ihre Augen sahen gierig aus. Kommen Sie herauf.»

Benini stand vor dem rosafarbenen Haus und wurde das Gefühl nicht los, daß ihm jemand gefolgt war. Er sah sich um, konnte aber niemanden ausmachen.

Die schmale Treppe, die in den ersten Stock führte, war brüchig. An einigen Stellen schien das Holz durchgefault.

António Vicario gab ihm die Hand. «Hoher Besuch in meiner kleinen Wohnung. Darf Ihnen meine Frau einen Kaffee bereiten? Es ist ihre Spezialität.»

Der Magier bedankte sich.

«Ich wollte nicht unhöflich sein, als Sie im ‹Avenida Palace› erschienen, aber ich konnte mit den vielen Hinweisen, die Sie mir gaben, damals nichts anfangen.»

«Keine Sorge, Senhor, ich bin es gewohnt, mißachtet zu werden.»

Der Raum, in den Vicario ihn führte, war so voller Bücher, daß es schwerfiel, einen geeigneten Sitzplatz zu finden.

«Ich werde Ihre Zeit vergüten», sagte Benini, der die lästige Frage vorwegnehmen wollte.

Der Magier sah sich um.

«Wovon leben Sie, wenn ich fragen darf?»

Das könne er nicht so genau sagen, ab und zu werde ein Artikel von ihm veröffentlicht, auch zwei Bücher seien schon erschienen, aber die könne er nicht zur Lektüre empfehlen, er müsse über Gegenstände schreiben, die ihn nicht berührten. «Über Fátima habe ich bisher nichts veröffentlicht. Es würde auch niemand drucken. Bedenken Sie, Senhor, wir leben im Faschismus. Portugal wird mit harter Hand regiert.»

«Man spürt nicht viel davon», erwiderte der Magier.

«Sie spüren nicht viel davon, darin gebe ich Ihnen recht.»

Benini berichtete von seinem Besuch bei Kardinal Texeira.

Die Kritik an seiner Vorführung ließ er unerwähnt.

«Hat Ihr überraschender Besuch mit Texeira zu tun?» fragte Vicario. Er hob die hellen Augenbrauen.

«Nein, nein», wehrte Benini ab. Aber er wußte, daß das nicht der Wahrheit entsprach.

Die hochgewachsene Frau brachte den Kaffee. Stark, süß, mit dem leichten Geschmack von Bittermandeln.

Benini spürte, wie die Anspannung von ihm wich.

«Sie haben gesagt, daß man versucht hat, Lúcia verschwinden zu lassen. Können Sie das beweisen?»

«Sonst würde ich es doch nicht behaupten.»

«Könnte ich den Beweis erfahren?»

Vicario mit seinem langweiligen Gesicht machte auf den Magier nicht den Eindruck eines Schwindlers, aber seine Behauptungen waren so abenteuerlich, daß Benini weiterhin vorsichtig bleiben wollte.

«Nachdem die beiden Kinder Jacinta und Francisco gestorben waren, gab es nur noch eine Augenzeugin der Marienerscheinungen, Lúcia. Konnte man sie in Freiheit lassen und zusehen, wie die ganze Geschichte in einem Desaster endete? Im Alter von vierzehn Jahren kam sie ins Kloster, seitdem steht sie unter der strengen Obhut von Ordensleuten.»

«Das ist doch kein Beweis, daß man sie verschwinden lassen wollte. Sie ist in ein Kloster gegangen und lebt...»

«Warten Sie, warten Sie, Senhor.»

Vicario sprang auf einen Stuhl wie ein Artist, fuhr mit der rechten Hand, die ganz weiß und unbehaart war, das dritte Regal entlang. Mitten in diesem chaotischen Bücherhaufen fand er das gesuchte Werk.

«Ich lese es Ihnen vor.»

Er blätterte, suchte, blätterte weiter, las.

«Antero de Figueiredo schreibt: ‹Der Bischof von Leiria dachte an das Hirtenkind von Cova da Iria, die erzogen und belehrt werden mußte und daß es nötig war, sie zu verbergen und vor den Blicken der Welt zu schützen, da ihr ständig unzählige Fragen gestellt wurden, die unverschämt und manchmal auch unbequem waren. Er beschloß, sie wegzuführen und dafür zu sorgen, daß niemand ihren Aufenthaltsort kannte. Es gab Personen, die sagten, es wäre gut, wenn sie völlig in Vergessenheit geriete.› Dieses Buch hat ein katholischer Schriftsteller geschrieben, der sich lange mit Fátima auseinandergesetzt hat, mehr als zwanzig Jahre. Er glaubt daran, deswegen verrät er auch so viel... Aber ich lese Ihnen noch eine andere Stelle vor.»

Vicario blätterte in dem Leinenband wie in einem Kartenspiel.

«Sie war ein Instrument Gottes, ihr Werk war in Gang gesetzt, und dieses Werk, mit der Hilfe des Himmels, würde aus sich selbst wachsen, durch sich selbst leben. Lúcia mußte verschwinden, man konnte sie vergessen, oder sie konnte sogar... sterben.»

«Ist das ein Beweis?» fragte Benini, dem das Zitat nicht besonders eindeutig vorkam.

«Ich denke schon. Lúcia ist die wichtigste Augenzeugin. Sie durfte sich nicht weiter in Widersprüche verwickeln, das würde dem Marienwunder nicht nutzen. Der Bischof von Leiria war sicherlich eingeweiht in dieses Spiel. Wenn ein überzeugter Fátimist wie Figueiredo so etwas schreibt, dann hat es solche Überlegungen auch gegeben.»

«Und später, was wurde aus dem Hirtenkind?»

«Lúcia wuchs, wie jede Schwester, in verschiedenen Klöstern auf, lernte die Ordensregeln: beten und gehorchen, und sie gehorchte. Ende der zwanziger Jahre erhielt sie den Auftrag, ihre Erlebnisse aufzuschreiben. Die Erscheinungen von Fátima waren akzeptiert, sie paßten ins Programm der Regierenden, die sich ihrer bedienten...»

«Bitte», flehte Benini, «verschonen Sie mich mit der Politik.»

«Figueiredo schreibt an anderer Stelle, daß Lúcia selbst große Zweifel hatte, ob sie wirklich Erscheinungen der Muttergottes sah. ‹Mir gingen häufig Zweifel durchs Gemüt! Waren diese Erscheinungen nicht diabolische Künste, wie man mir häufig sagte? Hat man meine Ohren nicht bloß getäuscht?› Sie zweifelte selbst!» Als hätte Vicario die Abwehr des Magiers begriffen, wechselte er das Thema.

«Ich gehe davon aus», sagte Vicario und senkte seine Stimme, «daß die ganze Affäre geplant worden ist, ausgeführt von ein paar Priestern, die mit der Naivität der Kinder gespielt haben. Immerhin sind Lúcia, Jacinta und Francisco die Berichte von den Hirtenkindern von La Salette vorgelesen worden. Lúcias Mutter hat das bestätigt. Und dann, ganz überraschend, geschieht ihnen selbst eine Erscheinung. Sie werden Opfer, aber auch Mittelpunkt des Interesses...»

In diesem Augenblick begriff Benini, was der Portugiese behauptete. Ein Riesenschwindel, entstanden aus einem bißchen Klamauk, eine große Täuschung, ein Mummenschanz. Der Magier war berührt: «Wie hat man dies in Gang setzen können?»

«Die Region um Fátima gehört zu den ärmsten, die Leute dort sind abergläubisch, bereit, übernatürliche Dinge zu erleben, und, was das Wichtigste ist: sie glauben, was die Kirche sagt. Darauf basiert alles.»

«Aber das Sonnenwunder?» Benini wollte begreifen, was Vicario, der ihm nicht wie ein Phantast vorkam, zu beweisen versuchte.

«Das Sonnenwunder war ein vollkommen natürliches Phänomen. Durch die landesweite Ankündigung war die Erwartung so groß, daß alles passieren konnte... Hier, sehen Sie.»

Aus einem Stapel zog Vicario ein paar Photos hervor, wie ein Taschenspieler.

Benini sah die in sich versunkenen Bauern, ärmliche Gesichter, die Frauen mit Kopftüchern.

«Sehen so Menschen aus, die gerade ein Sonnenwunder erlebt haben, wie die Bildunterschrift uns suggeriert? Ich würde sagen, so sehen Gläubige aus, und ich würde noch weitergehen, Enttäuschte. Denn es gibt eine Reihe von Berichten, die sagen, daß Tausende von Menschen sehr enttäuscht waren.»

«Gab es Photographen, die von dem beschriebenen Effekt ein Bild gemacht haben?»

«Es gibt nicht ein Photo von dem Tanz der Sonne. Und es waren eine Reihe von Photographen dort.»

Benini erzählte, daß einer der Augenzeugen am nächsten Tag das gleiche zwielichtige Sonnenwunder erlebt habe.

«Der Korrespondent von ‹A Ordem›, Quinto, ich kenne ihn, ich habe mit ihm gesprochen, als er nüchtern war. Man hat ihm übel mitgespielt, als er nicht so berichtete, wie es die Leser wollten.»

Augusto Benini betrachtete die Bilder.

Die drei Hirtenkinder, einträchtig und einfältig. Die schäbigen Kleider. Auf den Köpfen schwarze, lang herunterhängende Tücher. Lúcia faltet die Hände, während die beiden anderen teilnahmslos in die Kamera blicken. Die Eltern der Kinder. Sonnendurchfurchte Gesichter, traurige Blicke. Auch sie tragen um den Kopf schwarze Tücher.

«Aber wie konnten die Kinder ankündigen, daß es am 13. Oktober ein Wunder geben würde...»

Die hochgewachsene Frau des Journalisten trat ein.

Sie flüsterte mit ihrem Mann.

Vicario wurde ernst, sagte aber nichts. Erst als seine Frau gegangen war, antwortete er, diesmal stockend.

«Das Wunder lag in der Ankündigung, in der Erwartung. Der Effekt ist ja auch gar nicht zu dem Zeitpunkt eingetreten, als er erwartet wurde, sondern etwa eine Stunde später. Es hört auf zu regnen, dann kommt die Sonne zwischen den schnell dahinrasenden Wolken durch. Mehr nicht... Aber lassen Sie mich schnell auf einen andern Punkt zu sprechen kommen, die Zeit drängt ein wenig.»

Benini war nun bereit, sich Vicarios Ausführungen anzuschließen. Mit dem Herstellen von Erwartungen kannte er sich aus.

«Sie wissen über die drei Geheimnisse von Fátima?»

«Das dritte soll wohl noch nicht veröffentlicht werden.»

Vicario machte eine abweisende Handbewegung.

«Lassen wir diese Frage beiseite. Im zweiten Geheimnis von Fátima heißt es, Rußland werde der Grund für einen neuen Krieg sein, Rußland müsse sich vom Kommunismus befreien, sonst komme ein noch schrecklicherer Krieg als der erste... Fällt Ihnen nichts auf?»

Benini zuckte mit den Schultern. Genauso hatte es in dem lichtgrünen Buch gestanden.

«Nicht Rußland hat den Krieg begonnen, sondern Deutschland. Vor drei Jahren. Nicht die Russen sind der Kriegsgrund, sondern die Deutschen. Also hat die Muttergottes sich geirrt! Sie kennt sich nicht aus in der Weltpolitik... oder», Vicario machte eine lange Pause, «oder jemand hat ein Interesse, die Geschichte so zu sehen, und zwar hier in Portugal. Für die hiesigen Faschisten ist der Kommunismus der Grund allen Übels, und selbst wenn unsere Regierung sich neutral verhält, sie sympathisiert mit Hitler und den Deutschen. Damit dies auch für die einfachen Menschen verständlich wird, legt man der Muttergottes das Geheimnis in den Mund und tut so, als habe sie bereits 1917 diesen Weltkrieg und seine wahre Ursache vorhergesehen.»

Vicario senkte seine Stimme noch weiter. «Es hat diese drei Geheimnisse nie gegeben, sie sind erst später erfunden worden, davon bin ich fest überzeugt, es gibt nur ein einziges Geheimnis, und das besteht in etwas ganz anderem.»

«Aber Schwester Lúcia hat dem Papst das dritte Geheimnis mitgeteilt.»

«Wissen Sie das? Und wenn sie es mitgeteilt hat, warum verschweigt es der Papst? Ich habe lange genug spekuliert, was dieses Geheimnis sein soll. Vielleicht das Datum des Weltuntergangs, vielleicht die Sterbedaten der Kinder, vielleicht weitere Irrtümer. Würde die Erde aus ihrer Bahn geraten? Würde eine riesige Wasserwelle halb Europa überschwemmen? Die Spekulationen führen zu nichts. Mir scheint eher meine Annahme richtig zu sein.»

Benini gefielen Vicarios präzise Überlegungen. Er spürte den gleichen Stachel, die gleiche Besessenheit, die er erlebte, wenn er eine Lösung für einen Zaubertrick suchte, die Verbohrtheit, das Insistieren.

«Das eigentliche Geheimnis ist, daß die Kinder nie darüber sprechen durften, wer ihnen die Erscheinungen übermittelt hat. In allen Aussagen aus den frühen Jahren reden sie immer nur von einem Geheimnis, das sie nicht weitersagen dürfen, niemals von mehr. Lúcia bekam panikartige Weinkrämpfe, wenn es um das Geheimnis ging. Sie hat gezittert und geschrien. Warum wohl? Weil man ihr etwas so Schreckliches anvertraute? Oder weil sie Angst hatte?»

Die hochgewachsene Frau kam wieder herein. Sie flüsterte mit ihrem Mann.

Nach einer Weile sagte er: «Es ist besser, wenn Sie jetzt gehen. Wir können ein anderes Mal weiterreden.»

Vicario wirkte nervös. Seine Hände waren fahrig.

«Soll ich Sie jetzt bezahlen?» fragte Benini.

«Nein, nein, nicht jetzt.»

Vicario wehrte ab.

«Gehen Sie, bitte. Gehen Sie schnell.»

Als Benini die Wohnung verließ, sah er zwei Männer, die an der Treppe standen und rauchten.

Er nickte ihnen zu, verlegen.

Dann beschleunigte er seine Schritte.

Beim Hinuntergehen wäre er beinahe gestolpert.

Die beiden Männer sahen nicht wie Freunde aus, die sich überraschend eingefunden hatten.

Der Magier schlenderte durch die Rua Saraiva de Carvalho hinüber zur Basilika. Er wollte sich die Kirche ansehen, in der Kardinal Texeira so stimmgewaltig predigte.

Wie verändert ihm Vicario plötzlich vorkam. Er mochte keine Missionare, aber dieser Missionar überzeugte ihn.

Die Basílica de Estrêla erschreckte Benini. Ein dunkler Bau, der außen prächtige Statuen und Skulpturen zeigte, die Fassade überladen, aber drinnen schmucklos, kahl, abweisend wirkte. Wie anders waren die Dome in Italien mit ihrer Pracht, die Kathedrale in Paris mit dem Farbenspiel ihrer Fenster. Dies war ein Bau zum Fürchten. Die Öllampen als einzige Zierde. Das Altarbild nicht zu erkennen. Ein Menetekel ganz eigener Art. Hier also sprach mit diabolischer Schärfe der Kardinal Texeira. Benini verspürte kein Verlangen, einer Messe beizuwohnen.

Er nahm ein Taxi zurück zum Hotel. Wollte sich ein paar Notizen machen. Auf jeden Fall mußte er Vicario wiedersehen.

Die Erwartung, hatte er gesagt, die Erwartung war das Wunder, die Gespanntheit. Benini dachte über ein Projekt nach.

Als er sich den Zimmerschlüssel geben ließ, sprach ihn ein Herr an, der ihm bekannt vorkam.

«Wir hatten eine Abmachung», sagte der Mann, «erinnern Sie sich?»

Benini stutzte.

«Einen Termin?»

«Nein.»

«Entschuldigen Sie», Benini ging ein paar Schritte weiter, «wenn Sie sich bitte an meinen Manager wenden wollen. Zimmernummer 227. Er heißt Jeremy Snow.»

«Ich heiße Dr. Chorias. Ich habe Sie neulich interviewt.»

Benini wollte sich nicht belästigen lassen.

«Fragen Sie an der Rezeption, ob Mr. Snow da ist.»

Der Magier ging zum Aufzug.

«Sie hatten mir versprochen, daß unsere Zeitung als erste erfährt, welchen Trick Sie in Lissabon verraten werden. Ich komme von ‹A Ordem›!»

Benini fuhr herum.

«Gut, machen wir es so. Schreiben Sie, ich werde am 13. Oktober in Fátima die Sonne tanzen lassen. Reicht das als Hinweis?»

Er sah den katholischen Journalisten an.

«Wie? Wie wollen Sie...»

«Ich kündige an, daß ich die Sonne tanzen lassen werde.»

Er sah, wie das Gesicht des Dr. Chorias fahl wurde.

«Das kann ich nicht schreiben.»

«Dann schreiben Sie es nicht. Ganz gleich. Ich halte mein Versprechen.»

«Aber das ist... Blasphemie, Senhor Benini! Das können Sie nicht tun!»

Der Magier war guter Dinge.

«Ich entscheide immer noch selbst, was ich tun kann und was nicht. Machen Sie eine Ankündigung und kommen Sie hin. Sie werden ein neues Wunder erleben. Diesmal jedoch bin ich der Urheber.»

Benini lachte noch, als er im Aufzug nach oben fuhr.

«Fatti un buon nome e piscia a letto: diranno che hai sudato.» Mehrmals, mit immer größerem Genuß, sagte er diesen Satz vor sich hin.

18

Es spricht Ricardo Lopez, Ricardo Lopez fala, der Mann für Ewigkeitn, zuständig für Nachwelt, Bescheidenheit und Übergröße, erprobt in letztn Zügen, kurz vorm Sterbm, Ricardo Lopez, Marmormetz, dem nie einer die Wahrheit verschwieg.

Ja Fátima, was für ein Segen, ein Segen mit besten Folgen, sie habn Brot, verdienen was, lebn nich schlecht, durch Fátima, ein Segen für die ganze Gegend, ich übernahm das Wunder im Geschäftlichen, Ricardo Lopez, gewöhnt an wunderliche Dinge, auch an Madonnen, Frauen ohne Unterleib, der Körper schlank, doch ohne Lust, so wie ein Knabe, nichts, was vorsteht, keinen Busn, nich von dieser Welt, und das Gesicht so mild, verlächelt, die Güte, Reinheit, Sauberkeit, in Kunststoff, Stein, auf Holz, aus Holz, aus Wachs zum wiederholten Mal, Madonnen überall und immer, aus Gips, aus Eisen, Blech und Silber, auf Medaillons und Rosenkränzen, Ricardo Lopez, Madonnenmetz, bewandert und bewundert, Herr der Madonnenkunst, die nie zum Ausgefallnen strebt, Wiedererkennen, es geht in Serie, was gefällt, ein Wahrzeichen, ein Bildnis für den langen Heimweg, für Pilger, Pilgerväter, Mütter, zum Schutz, zum Beten und zum Kuß, ein Bildnis, das die Liebe ist, zum Heimtragn, die Gottesmutter Muttergottes, daß Fátima milliardenfach in den Himmel springt.

Untergangstrompetn, Sicherheitschef, ich hat gehört, daß er sich stets versteckt, Mann ohne Gesicht, geheimster Träger des Geheimen, sie legten mir ne Binde an, ganz muffig schwarz, führten mich Straßen, Brücken, fuhrn mich im Auto, roch nach Schweiß und Parfüm, der Chef der PIDE will dich sprechn, ich sag, ist er schon tot, sie drohtn mir ganz unverhohlen, er fackelt nich lang, du Todesratte, spielten auf meinen Buckel an, wir bringn dich hin und keine Fragn, der Mann will dich sprechn, große Sache, und wenn er Namen hörn will, dann rede, sonst kann es schnell gehn, der Chef der PIDE, Agostinno Lourenço, von dem man sagt, daß er der Küstenartillerie befahl, auf meuternde Matrosen zu schießn, die dann in Tarrafal ermordet, kein Denkmal für die Meuterer, Policia Internacional e de Defesa do Estado.

Am Anfang einfach, Einzelstücke, wir fertigten für reiche Witwen, für Fremde aus den reichen Ländern, für Kirchen, Geistlichkeit und Krone, Andenken, Souvenirs, Erinnerungen an den heiligen Ort, den sie besuchten, Fátima wunderbar, doch später kamen Vorschriften, Regeln, dicke Wälzer, wie hat sie auszusehn, die Madonna, welcher Schnitt des Gesichts, welche Drehung, welche Güte, wie muß der Schriftzug Fátima erscheinen, ich dachte schon, wir könntens gar nich schaffn, die Kirchenherrn warn ganz versessen, das immer gleiche, nur so, nich anders, keine Vielfalt, Madonna gleich Madonna gleich Madonna, erlaubt war nur der eine Ausdruck, da gings dem Jesus ja noch besser, der steht mit hunderten Gesichtern da, doch hier Schablone, das eine Bildnis nur, das eine.

Elektroschocks in Folterkammern, Eisenblut, versengtes Fleisch, Bespitzelung, brutale Schläger, Papageienschaukel, abgekappte Hoden, negativos e pertinazes, Verschwundene, die Liste lang, daß sie übern Tejo reicht, und ich sollt hin zum Chef der PIDE, Schlagstockhiebe, Maschinengewehrsalven, Inquisition von Salazar und Cerejeiras, dem Kardinal-Patriarch von Lisboa, den Künstlern Augen ausgebrannt, den Pianisten Hände abgehackt, vorsätzlich im Gefängnis mit Tuberkelbazillen infiziert, Gestapospezialisten, später CIA, für den wollt ich nicht werkeln, nicht für den Schlächter, Henker, den Mörder meiner Freunde, schon als Studenten trugen die Faschisten Knüppel und Pistolen unterm Umhang, wenn sie abends zur Messe liefn, den «Marien-Monatsfeierlichkeiten», gewöhnt an Blut und Gewalt warn sie, ich an den marmornen Tod, das letzte Bild, sie werden meinen Buckel mir zerschlagn, die PIDE wollt ich nich zum Auftraggeber, auch wenn ich in den Verliesen von Caixias verschwinde.

Im Blutrausch foltern, uma coisa sagrada, dachte ich, im Dienst der guten Sache, der bösen.

Das Herz, das blutet, coraçao, und die Wolke mit dem blauen Dunst, der Rosenkranz mit echten Dornen, blutig gerißne Hände, Ave Maria im Leiden, das Herz als Vase, Vase der Madonna, das Herz mit Salz und Pfeffer voll, das Herz als Nachttopf für Gebrechliche, und dann die Wolke als gestickter Bettvorleger, als Blumendeckchen, Butterdose, das Herz umgeben vom Dornenkranz, leuchtend, strahlend, auferstehend, das Herz in seiner blutigsten Form, herausgerissen und zur Schau gestellt, ich seh noch, wie die Gräber wankn, wie Marmor aufplatzt, herzverlorn, die leichte Wolke, die nie aufsteigt, das zarte Blau im gelben Weiß, Herz in Wolkenform, als Dosenöffner, Reißverschluß und Schuhanzieher, die Wolke in Herzform als Badetuch und Bademantel, als Lippenstift und Taschenspiegel, gleich neben der Madonna rechts, das Wolkenherz für die Familie, als Schirm, als Schande, als Schatulle, für jeden Pilger ne Wolke, für jede Pilgerin ein Herz, wer einmal zur Cova kommt, nimmt etwas mit, das ist der Reichtum.

Mit verbundnen Augen, hineingeführt in einen Raum, Eisenstuhl, Blutgeruch, der Boden Stein, und dann die Stimme, ist ers oder ist ers nich, die Stimme wie ne Geige, hell, sirrend, ständig ein Ton, nur keine Angst, Ricardo, er zirpt mir diesen Satz ins Ohr, ich rucke auf dem Eisenstuhl, die Hände frei, ganz ruhig, ganz sicher, ich stelle mir den

Mann als Säule vor, als Sockel, die Nase zertrümmert, dann wieder Schweigen, die Geige stumm, was will er bloß, er hat sich weit entfernt gesetzt, ich zähl die Schritte, Lopez, Ricardo, ruft er jetzt, hast Verbindungen zu höchsten Kreisen, du weißt, wer wohlhabend is und wie er denkt, du weißt, wer sich vom Leben bald verabschiedet und was er, befreit von täglicher Last, sich traut zu sagen, kurz vorm Sterbm, Lopez Ricardo, du wirst für uns arbeiten, ich schaukle, schwanke, mir wird schlecht, arbeitn für die PIDE, niemals, doch trau ich mich nich, es zu sagn, wie sagt man: Feigheit, Ohnmacht, Wut, wie spricht mans aus, daß man für diese Geigenstimme kein Finger rührt, ich tu erst so, als hab ich nich verstandn, und frag, wie denn das Denkmal aussehn soll, ich könnt mir einen starken Arm vorstelln, der eine Fackel trägt, Fackel der Wahrheit, auch die Fackel des guten Scheins, die Geige brummt, darüber hat er noch nich nachgedacht, zuerst der Dienst, dann kommt die Kunst, ob ich bereit sei, mein Wissen mit ihnen zu teiln, ich soll ausplaudern, zuträgern, denunziern, die hohn Herrn würden sich meist versteckn, ich krieg ne Liste, auf der Namen stehn, dann wolln sie mich mit Fragen spicken, ich sei der ideale Agent, die Geige spitzelt, zirpt, ganz intrigant, der helle Ton kommt leicht jetzt an mein Ohr, ich spür wie mir der Schweiß zwischen den Beinen rinnt, noch niemals hat ich so ne Angst, nich widersprechn, nich drauf eingehn, nie, nur anhörn, stumm, nichts sagn, was den Geigenmeister mürrisch macht, ist er der Chef oder doch nich, die PIDE hat jede Gewalt, würd ihn nich erkennen, selbst wenn ers wär, was tuts, auch ein kleiner Folterer bricht mein Genick, ich werds mir überlegn, und sprech das Grabmal wieder an, die Geige ist geschmeichelt, ziert sich, noch zu früh, zu früh kann ich sowas nie beginnen, erste Gedanken, letzte Tage, wir bräuchtn nur mal einen Plan, ein Zeichen, ein Symbol, der Geigenspieler spielt mit einer Saite, zirpt schon wieder, nur kein Grabmal, das die Menschen fürchtn, ich möchte Liebe, Schönheit,

Hoffnung zeign, er will inkognito mal auf Prazeres schaun, ob sich was findet, was er für seine Grabstatt nutzen könnt, ich mache ängstlich ängstlich neue Vorschläge, nur raus hier, runter von dem Eisenstuhl, der Blutgeruch in diesem Raum is unerträglich, panisch, ich weiß, wovon ich rede, kenn mich mit Qualen aus, erst mal die Liste, sagt er, ich hör Schritte, jetzt kommt er näher, näher, nah, steht neben mir, sein Körper parfümiert wie eine Operndame, er müßte massig sein, ganz breit im Kreuz, wir tun dir nichts, wenn du tust, was wir wolln, er ists, ich bin ganz sicher, der PIDE-Chef persönlich, oberster Folterer des Landes, ich armer Auftragskünstler, mit verbundnen Augen, ich reiß die Binde vom Gesicht, er dreht sich weg, was machst du da, Lopez Ricardo, ich brauche Licht für meine Arbeit, muß doch sehn, wer meine Kunst bestellt, der Rücken in der Uniform so breit wien Kindersarg, die Kappe auf dem Kopf mit goldnem Band, ich hab die Geige nun zerbrochn, die Stimme wie aus einer Gruft, er ruft die Wachn, läßt mich abführn, raus, Befehle, weiß nich, warum ich das tat, die Augenbinde fällt zu Boden, vielleicht die Rettung oder der Tod, ganz schnell verlassn wir das Haus, meine Hände gefesselt und die Kapuze übern Kopf gestülpt.

Leichenperlen Rosenkränze, aus Bergkristall, zum Beten Beten Büßen, aus Muscheln, Knochen, Menschenbein, der Rosenkranz als Mörderschlinge, Mühlengebet und Dauerdienen, gebückt, gebeutelt, niedergedrückt, so fallen wir zum Rosenkranz auf unsre Knie, o Fátima, du weise Frau von höhren Weihn, Dekaden und Gesetzn, schon Mönche nahmen Steinchen, die Gebete mitzuzähln, aus Rosenholz und Rosenholder, im Stundengebet, erprobt in heilgen Kreuzzügen gegen die Unheilgen, geläutert von Schlächtern halber Völker, gebannt die Türkenwut im Rosenkranzgebet beim Seesieg in Lepanto, Gebetsschwur, Schwurgott, rosarium, die Perlen der Unendlichkeit, Verkaufserfolg in Fátima: das Heil.

Drei Tage noch war ich in Angst, beachte jedn Winkel, jede Straße, die ich geh, paranoisch, fahrig, blaß, laß die Häscher nich mehr rein, hab das Geschäft gschlossn, Trauer, Feier, Hochzeitstage, bin krank, abwesend, nicht zu erreichn, was hilfts, wenn die mich holn, zum letztn Gang, hab ihn gesehn, den Chef der Chefs, vor dem jede Rippe bricht, Gesicht gedunsen, fettes Grinsen, die Nase rund wie ne Kartoffel, kein Mann für eine Statue, man müßt sie schön behaun, unehrlich, der Herrenhenker, doch sie ließn ab, als sei gescheitert die Idee, zum PIDE-Spitzel mich anzuwerben, verhalt mich ruhig, sie sehn mich, sind da, auch wenn ich sie nich seh, sie steckn drin in meinen Drähten, in meinen Gängen durch die weiße Stadt, verfolgn mich zum Hafen und zum Friedhof, doch sprechn mich nich an, ein falscher Schritt zu einem negativo, zu einem von den andern, der falschen Seite, die zum Umsturz ruft, sie hättn mich geschnappt, gefoltert, umgebracht, den Rosenkranz an ihrn Gürteln, erschlagen mit dem dickn Kreuz. Adeusinho.

19

Mögen Sie keine Frauen, Carlo?» fragte Lossenkian.

«Nicht im Umgang mit dem Übernatürlichen», erwiderte der Magier.

Sie saßen in der Arena von Campo Pequeno an der Praça de Touros und warteten auf das Spektakel.

Der Milliardär hatte keine Ruhe gegeben, bis Benini seinen Besuch zugesagt hatte. «Sie werden etwas ganz Außergewöhnliches erleben, etwas Nachhaltiges. Stierkampf ist Philosophie.»

Benini schaute in das große Rund der Arena. Obwohl es bereits kurz vor Mitternacht war, gab es kaum freie Plätze. Er rechnete die Abendkasse aus. Immerhin kostete ein Billett soviel wie ein dreigängiges Menü.

«Haben Sie denn nun das Rätsel von Fátima gelöst, Carlo? Ich würde gerne meine Schulden zahlen.»

Lossenkian, der seine junge Freundin zum Stierkampf mitgebracht hatte, lehnte sich an Beninis Schulter, als brauche die Antwort Intimität.

«Nicht ganz, John. Es fehlt noch ein wenig. Aber ich könnte vielleicht das Sonnenwunder selbst noch einmal herstellen.»

«Das wäre mehr als zwanzigtausend Pfund wert. Wie wollen Sie es machen?»

«Chi conosce il trucco non l'insegni.»

Drei Tage hatten Benini und sein Manager darauf gewartet, daß «A Ordem» die sensationelle Ankündigung druckte.

Jeremy Snow war ganz begeistert von der Idee. Der Magier meinte, er habe etwas voreilig gehandelt. Schließlich wisse er noch nicht, was genau in Fátima geschehen solle. Snow sprach von den Schlagzeilen, Benini dachte über den Sonnentanz nach. Jeden Morgen war die Lektüre der Zeitung spannend. Sie sahen sich jeden Artikel an. Aber Dr. Chorias hatte nichts veröffentlicht.

«Soviel kann ich verraten. Mit ein paar Blitzen und Donnerschlägen könnte man genug Schrecken verbreiten. Vor dem großen Sonnenwunder 1917 soll allerdings die Erde kurz gebebt haben.»

Benini sah, daß der Milliardär ein wenig irritiert war. Bei ihm hatte seine Ankündigung Wirkung gezeigt.

Er hatte noch überlegt, ob er die Rotfärbung des Christuskopfes fallenlassen solle, aber die Sache wurde schon vorbereitet. Dr. Brander war aus Deutschland angereist. Er hatte die chemischen Flüssigkeiten bestellt. Sie wurden sich einig, daß die Presse von dem Vorhaben erst erfahren sollte, wenn der Christuskopf präpariert war. Snow bestand darauf, daß zwischen Pressekonferenz und Effekt zwei Tage liegen müßten. «Wir sollten nur sagen, daß etwas mit der Statue geschieht, nicht mehr. Das erhöht die Spannung», bestimmte der Manager. «Haben Sie kein Vertrauen zu mir, Mister Snow?» Der deutsche Chemiker war ungehalten. Erst die weite Reise, die in diesen Tagen überaus gefährlich war, und dann die schwierigen Bedingungen. Benini schlichtete den Streit: «Wenn ich ankündige, daß sich der Kopf verfärbt, dann ist das präzise. Aber es klingt nicht gerade poetisch. Mit der Frist von zwei Tagen bin ich einverstanden. Es muß in der Presse stehen und am nächsten Tag geschehen.» Benini war sicher, daß dies ein effektvoller Auftakt zu seinem Fátima-Projekt sein würde. Wie immer vereinbarten sie absolutes Stillschweigen. Brander hatte sogar das Problem gelöst, wie er die Flüssigkeit aufbringen konnte.

Die berittenen Toreros galoppierten in die Arena. Beifall brauste auf, nur die Zuschauer in den Logen blieben etwas reservierter.

«Das ist mein Favorit», sagte Lossenkian, «der junge Manuel reitet wie ein Gott. Er ist die Attraktion des Programms, kommt als letzter!»

Benini bewunderte die Reitkünste, die Toreros drehten Pirouetten mit ihren Pferden, ließen sie in vollem Galopp scharf anhalten, vollführten nach der Kavalkade Sprünge und Dressuren. In ihren eleganten Kostümen, mit Goldbrokatweste, einem Dreispitz auf dem Kopf glichen die Reiter adligen Herren aus dem achtzehnten Jahrhundert. Wie Karneval, dachte Benini, in einem solchen Aufzug würde ich mich nicht auf die Bühne wagen.

Dann entdeckte er Isabela. Sie saß neben Alberto, der den Arm um sie gelegt hatte, nur wenige Logen entfernt. Er hätte ihr gerne ein Zeichen gegeben, aber das wäre zu auffällig gewesen. Vielleicht blickte sie herüber.

Die Reiter verließen die Arena. Langsam trat Ruhe im Campo ein.

«Der erste ist ein Schlappschwanz», kommentierte Lossenkian, «der weiß noch nicht, was es heißt, sich dem Stier zu stellen.»

Ein ungleicher Kampf begann. Der Reiter, auf dem Pferd sitzend, in schnellem Galopp, wendig, gegen einen bulligen Stier, der nur selten ins Laufen kam.

«Er steht», riefen die oberen Ränge.

Lossenkian pfiff durch die Zähne. «Feigling, geh ran.»

Mit Speerhaken ausgestattete Farpas in verschiedenen Farben wurden dem Reiter zugereicht. Er beugte sich ein wenig aus dem Sattel, wenn er dem Tier die Speere in den Fettnacken rammte. Jeder Treffer wurde mit Applaus belohnt. Wie leicht man hier Beifall einheimst, dachte Benini, dagegen leiste ich konzentrierte Schwerarbeit.

«Christus ist traurig», so würde er es ankündigen, auch

das Datum stand schon fest. Snow wollte die Unternehmung anders nennen: «Christus kommt auf dumme Gedanken», vehement kämpfte er für seinen Vorschlag. «Immerhin bekommt die Figur einen knallroten Kopf!» Der deutsche Chemiker votierte dagegen. «Das werden die Leute nicht mögen, Mr. Snow, die sind hier gläubig.» Der Magier wog das Für und Wider ab und blieb bei seiner Idee, die er im Hinblick auf das Fátima-Projekt gewählt hatte. Aber das erwähnte er Brander gegenüber noch nicht.

Blut lief über den Stierrücken, glänzte im Scheinwerferlicht, er trug schon sechs hin- und herwippende Eisenhaken. Unter Beifallsstürmen verließ der erste Reiter die Arena. Eine Senhora aus der ersten Loge warf ihren schwarzen Umhang in den Sand. Der Torero grüßte mit dem Dreispitz.

Der Stier war müde.

«Jetzt kommt es, Carlo. Passen Sie auf.»

«Der Stier wird getötet, John. Ich kenne das Schauspiel, nicht gerade eine Heldentat, wenn ich mir das Tier ansehe.»

Der Stier stand zitternd in der Mitte, die Forcados liefen ins Rund, acht Stiertreiber in ledernen Hosen, die mit bunten Hemden und einem Filzhut, der einer Zipfelmütze glich, ausstaffiert waren.

Sie stellten sich hintereinander auf.

Der erste Forcado lockte den Stier, schnalzte mit der Zunge, forderte ihn heraus. Sie kamen immer näher an das blutende Tier heran. Männliche Gesten, Trippelschritte, acht Männer in kurzen Abständen, die sich auf den Stier stürzten, als dieser zum Angriff überging.

«Sie müssen ihn zu Boden reißen, Carlo.»

Der erste schwang sich auf die spitzen Hörner, drückte den Stier nach unten, die anderen Treiber versuchten, ihn umzuwerfen. Der letzte zog ihn am Schwanz. Wie ein Scherzo nach einem langsamen symphonischen Satz. Anfeuerungsrufe, Schreie. Olés.

Die Menge johlte. Heiseres Lachen.

«Wir töten in Portugal den Stier nicht, Carlo.»

John Lossenkian ließ sich von seinem Butler, der hinter ihnen in der Loge saß, Champagner nachschenken.

Benini sah hinüber zu Isabela. Ihre Blicke trafen sich.

«Wie finden Sie das Spektakel?» Der Milliardär prostete dem Magier zu.

«Dafür würde ich keinen Eintritt zahlen.»

«Sie sind ungerecht, Carlo. Dieser Torero war nicht gut, aber es kommen noch wirkliche Draufgänger.»

Was kam, war die Wiederholung des schon Gesehenen. Die Reiter, die Speerhaken mit den farbigen Wimpeln, die lächerlichen Treiber mit ihrem gockelhaften Auftreten. Benini hatte Zeit, an andere Effekte zu denken.

Wie so oft, ging es ihm auch beim Stierkampf ähnlich. Er betrachtete ein Spektakel mit Distanz, ließ sich nicht hineinziehen in die Erregung des Publikums, blieb gelassen, beobachtete. Nur selten konnte er die Kunst anderer genießen, weil er stets daran dachte, wie er ein Kunststück präsentieren würde.

Außerdem ließ ihn eine Inszenierung, bei der sich acht Verrückte auf ein Tier stürzten, kalt.

Nach drei Runden war endlich Pause.

Sie gingen hinunter zum Rundgang, der um die hochstehenden Tribünen führte. Flanieren, um gesehen zu werden. Benini wußte, wen er sehen wollte. Er gab vor, austreten zu müssen, und verließ den Milliardär.

Es dauerte nur wenige Minuten, bis der Magier Isabela entdeckte. Sie stand allein an der Bar und trank aus einem schweren Wasserglas Ginja, den roten Kirschlikör.

«Bestellen Sie mir auch einen, Isabela.»

Er trat ganz dicht an sie heran. Umfaßte ihre Taille. Sie entzog sich ihm.

«Gerne.»

Der Likör war leicht, fast ohne Zucker.

«Sie müssen sich vor John in acht nehmen, Senhor. Er saugt die Menschen aus.»

«Wie meinen Sie das?» fragte Benini, ganz nah an ihrem schwarzgewellten Haar.

«Ich habe zufällig im Theater mitbekommen, wie Lossenkian erzählte, er wolle, daß Sie der Welt mitteilen werden, auch Sie könnten das Rätsel von Fátima nicht lösen. Damit will er eine Kampagne starten. In diesem Jahr soll der Durchbruch geschafft werden. Lossenkian hat in Fátima investiert.»

Benini konnte sich nicht vorstellen, daß Isabela recht hatte.

«Was hat er mit Fátima zu tun?» fragte der Magier. Hinter ihnen drängten sich begeisterte Zuschauer, die ebenfalls an die Bar wollten.

«Das weiß ich nicht.»

Isabela sah ihn an. Er beugte sich vor, um sie zu küssen.

«Wann?»

«Alberto fliegt nach Kairo. Ich melde mich.»

Sie wandte sich ab. Rannte ein paar Schritte, dann ging sie wieder langsam, unnahbar.

Dreh dich noch einmal um, dachte Benini. Sie verschwand im Aufgang, der zu den Seitenlogen führte.

Der Magier konnte dem Spektakel, das nun Runde um Runde abgespult wurde, nichts mehr abgewinnen. Er beobachtete den Milliardär. Den Durchbruch schaffen, was konnte Isabela damit gemeint haben?

Benini dachte an das, was der deutsche Chemiker ihm berichtet hatte. Sein Bruder war tot. Auf dem Platz vor dem Regensburger Dom übergoß er sich mit Benzin und zündete sich an. «Als Ihr Anruf kam, Herr Benini, war ich froh, daß es etwas zu experimentieren gab, daß ich mich auf meine Arbeit konzentrieren konnte.» Die Passanten standen herum, nur einer versuchte, die Flammen zu löschen, verbrannte sich die Joppe. Es mußten qualvolle Minuten gewesen sein, bis Frank das Bewußtsein verlor. «Ich habe mich gefragt, warum er mir nichts sagte. Wir lebten in derselben Stadt, nur ein paar Straßen voneinander entfernt. Wir kannten uns gut, haben uns sehr oft getroffen. Er hatte Angst. Mehr weiß ich nicht.» Frank Brander war Lehrer gewesen, Lehrer an einer Oberschule. Manchmal berichtete er von Differenzen mit dem Rektor, aber die Wogen glätteten sich immer wieder. «Er hat keinen Brief hinterlassen, kein Zeichen gegeben. Wie kommt einer dazu, so etwas zu tun?» Benini wußte nicht viel dazu zu sagen, schwieg, beinah verlegen. Er spürte, wie Brander mit den Tränen kämpfte. Dann sprachen sie über die geplante Aktion.

«Manuel, Manuel», Lossenkian hielt nichts mehr auf dem Sitz. «Manuel», er skandierte den Namen des bewunderten Toreros.

Benini klatschte mit.

Die letzte Runde war erreicht, sechs Kämpfe gegen die Langeweile. Der Magier hatte sich entschlossen, das Spektakel interessant zu finden, seinen Widerwillen zu verbergen. Er wußte, wie schwer sich die Südländer mit kritischen Bemerkungen taten. Wenn er gesagt hätte, der Stierkampf sei für ihn ein lächerliches Kinderspiel, hätte Lossenkian die ganze Nacht versucht, ihn vom Gegenteil zu überzeugen.

Manuel ritt ein paar enge Runden um den wuchtigen Stier. Zum Finale kam stets der schwerste Bulle.

Eine schwarzhaarige Schönheit reichte dem Torero die erste Farpa mit gelbem Band.

In vollem Galopp setzte er dem Stier zu, narrte ihn mit einer Kehre, kam zurück und rammte den Speerhaken in den fetten Buckel.

Lossenkians junge Freundin schrie auf.

Der Milliardär applaudierte und sah den Magier an, als fordere er ihn auf, es ihm gleichzutun.

«Hab ich zuviel versprochen?» Lossenkian benahm sich, als habe er persönlich sich dem Stier gestellt.

«Ich bin beeindruckt», sagte Benini. Er brauchte sich nicht allzusehr zu verstellen, denn die Reitkünste dieses Jungen waren wirklich ausgezeichnet.

Der Stier war weniger beeindruckt.

Bei der zweiten Farpa ließ sich Manuel aus dem Sattel zur Seite gleiten, um dann kurz vor dem Stier wieder aufzutauchen.

Blut spritzte.

Die Arena tobte.

Benini spürte die Erregung. So etwas kannte er von seinen Vorstellungen nicht. Nicht diese aufgeputschte Menge. Aber daran wollte er sich nicht messen, so sehr ihn die geballte Kraft auch animierte, herausforderte.

Auf der gegenüberliegenden Seite entdeckte er die blaue 22, João de Vouga. Seit die Augenzeugen ausblieben, hatte er sich nicht mehr blicken lassen. Ein seltsamer Journalist. «Bitte informieren Sie mich, wenn Sie nach Fátima fahren», hatte er zum Abschied gesagt. Der Magier wollte es sich überlegen. In sein Projekt würde er de Vouga auf keinen Fall einweihen.

Der Stier raste los, preschte trotz der Eisenstacheln, die wie Siegeszeichen auf seinem Buckel tanzten, durch die Arena. Kurz vor den hölzernen Barrieren stoppte er.

Manuel ließ sich feiern.

Auch Benini klatschte. Begeistert jetzt. Der Kampf hatte ihn mitgerissen.

Lossenkian trank Champagner aus der Flasche und prustete eine Fontäne in den Sand. Von allen Seiten Blumensträuße. Hüte flogen hoch. Ein Triumph, der lange ausgekostet wurde.

Dann betraten die Forcados die Arena. Geschmückt, ein wenig ängstlich. Als versteckten sie sich hintereinander. Die Zipfelmützen der Feigheit.

Die Menge reagierte sofort.

Pfiffe.

Gejohle.
Ausgestreckte Finger.
Lossenkian war außer sich. «Nach so einem Kampf müßten sie sofort auf den Stier losgehen. Wenn sie jetzt zögern...»
Die erste Schlacht gewann der Stier. Die meisten Treiber flohen über die Holzwände, schwangen sich hinüber. Einer tauchte nicht mehr auf.
Der Stier war wild.
Lossenkians junge Freundin hielt sich die Augen zu.
«Rangehen, rangehen», skandierte die Arena, ein Chor mutiger Zuschauer.
«Non tutti i salmi finiscono in gloria», sagte Benini.
In diesem Augenblick erschien Manuel. Er setzte sich an die Spitze der Forcados. Hintereinander aufgereiht marschierten sie los.
Der Beifall kannte keine Grenzen.
Lossenkian zog Benini am Ärmel. «Da, da», mehr bekam er nicht heraus.
Die Erregung schwappte über.
Nun waren es nur noch drei Meter.
Der Stier scharrte mit dem rechten Huf, duckte sich. Aus dem Buckel rann ununterbrochen Blut.
«Olé, Olé», Manuel wippte mit dem Körper.
Dann stürzten sie los.
Der Stier trabte an.
Manuel sprang hoch, zwischen die Hörner des wuchtigen Tieres, die anderen rissen den Stier zu Boden, der letzte packte ihn am Schwanz.
«Was für ein Spektakel!» schrie Lossenkian, außer sich vor Erregung.
Manuel war verletzt. Durchbohrt von einem Speerhaken, beim Sprung auf die Hörner.
Sie trugen ihn hinaus, während sechs Kühe den Stier anlockten, damit er die Arena verließ.

«Ich muß zu ihm», rief Lossenkian, ließ Benini und seine junge Freundin zurück und sprang über die Brüstung.

Der Milliardär lief zwischen den aufgeregten Menschen und Tieren auf die andere Seite, wo Helfer auf einer Bahre Manuel durch eine kleine Türe trugen.

Die junge Frau saß auf ihrem gepolsterten Stuhl, die Hände vorm Gesicht.

«Kommen Sie», sagte Benini, «ich bringe Sie nach Hause.»

Im Rundgang hingen die Plaketten, die Trophäen, A memória de, die Gipsköpfe. Alles mutige Männer.

Es war nicht leicht, den Ausgang zu erreichen, denn alles drängte hinaus.

Benini legte seinen Arm um die Frau. Sie ließ es geschehen.

«Wo wohnen Sie?» fragte er.

Sie nannte die Adresse, Rua Boavista.

Benini ließ ein Taxi kommen.

«Ich will nicht nach Hause», sagte die junge Frau, deren Schultern mit einer gestickten Stola bedeckt waren.

«Wollen wir auf John warten?»

«Nein», antwortete sie.

Sie stiegen ins Taxi.

Der Fahrer, noch völlig aufgeregt von dem Kampf, redete in einem fort. Benini verstand kein Wort, aber die Begeisterung war nicht zu übersehen.

«Avenida Palace Hotel, faz favor!» Benini war froh, dem Gedränge entkommen zu sein. Er hatte gehört, daß es nach einem Stierkampf auf der Praça de Touros regelmäßig Schlägereien gab.

«Kann ich bei Ihnen übernachten? Ich möchte heute nacht nicht allein sein.»

«Und John?»

«Der wird bei seinen Freunden bleiben, der vermißt mich nicht.»

Benini beruhigte sie: «Meine Suite ist groß genug, ich werde Ihnen ein Bett richten lassen.»

Die junge Frau, die kaum älter als zwanzig war, lehnte ihren Kopf an Beninis Schulter, wie es vor einigen Stunden der Milliardär getan hatte.

Die Nachricht hatte die Rezeption des Grandhotels bereits erreicht: Gott Manuel war tot.

20

Athanasios, der Mönch, wartete in seiner Zelle. Bereits gegen drei Uhr begann er seine Exerzitien. Er brauchte die Kraft der Rituale, die Energie der Gebete, die Stille.

Seit er im Kloster Marienberg um Aufnahme gebeten, seit dieser abgelegene Ort im Westerwald zu seiner Heimat wurde, war sein Leben unruhig geworden. Kaum hatte er die Texte erwähnt, die er bei sich trug, kaum war die Sprache auf das Evangelium des Judas Ischariot gekommen, stand er im Mittelpunkt eines aufgeregten Interesses. Wort für Wort mußte er den Mönchen den Text vorlesen, sie lauschten gespannt, ohne ihre Gedanken zu verraten.

Athanasios war freigebig, er ließ den Judas-Bericht kopieren. Zwei Novizen hatten dies zu erledigen. Er sprach mit dem Abt über seinen Antrag, mit der römischen Kurie über den Text zu konferieren. Der zwanzig Jahre ältere Mönch, dessen Mundwinkel beim Sprechen aufgeregt zuckten, machte ihm nicht sehr viel Hoffnung. Tausende von Anträgen lägen dort, soviel er wisse, sei in Rom eine große Villa gemietet, nur um die Schreiben aus aller Welt zu lagern. Wahrscheinlich werde er erst geladen, wenn er nicht mehr unter den Lebenden weile. Ob er denn bereit sei, mit anderen Würdenträgern über das Evangelium des Judas zu disputieren, hatte ihn damals der Abt gefragt. Er hatte dem zugestimmt. Inzwischen war er nicht mehr so sicher, ob er diese Zustimmung nicht zurückziehen sollte. Was konnte er schon über dieses Evangelium sagen?

Gegen sieben Uhr klopfte jemand an seine Zellentür. Athanasios öffnete. Er war bereit. Zwei Brüder führten ihn ins Refektorium, das auf der gegenüberliegenden Seite der Kirche am Kreuzgang lag. Dort die geistige Speise, hier die weltliche Nahrung. Die Tische standen im Quadrat, die Vorderseite offen, ein Schemel, zu dem er geführt wurde. Im Halbdunkel die anderen drei Seiten, besetzt mit roten und weißen Gewändern. Auf dem hohen Stuhl, ihm gegenüber, ein Bischof, der die Disputation leitete. An den Wänden hohe Kerzen, die dem Speisesaal ein wenig Beleuchtung gaben. Athanasios begann zu zittern.

«Verstehst du unsere Sprache, Bruder, ich meine, verstehst du Deutsch?»

«Ja, ich habe mich darum bemüht.»

«Um so besser. Wir sind heute hier zusammengekommen, um mit dir über die Umstände und die Folgen des vermeintlichen Judas-Berichtes zu sprechen. Wir denken, daran wird auch dir gelegen sein. Nun wollen wir nicht außer acht lassen, daß es übergeordnete Stellen in unserer Mutter Kirche gibt, die über all das zu befinden haben, aber dennoch wollen wir ein solches Gespräch führen. Beantworte uns ganz ruhig die folgenden Fragen.»

«Ja, ich werde es versuchen.»

«Wie bist du zu diesem vermeintlichen Judas-Bericht gelangt? War es Zufall? Hat ihn dir jemand gegeben? Mit welcher Absicht?»

«Es war so, daß ich die ersten Jahre meines mönchischen Lebens die Wege unseres Herrn Jesu nachgehen wollte...»

«Was willst du damit sagen, Bruder Athanasios?»

«Ich stamme von Lesbos, der griechischen Insel, bin dort aufgewachsen, trat früh einem dominikanischen Orden bei, der mich ins Heilige Land schickte. Meine Aufgabe war es, über den Verbleib eines Bruders Auskunft zu erlangen. Ich fand ihn nicht. Und da mir das Geld für die Rückfahrt fehlte, blieb ich und stellte mir eine eigene Aufgabe. Ich wollte den

Lebensweg unseres Herrn, von seiner Geburt in Bethlehem bis zu seinem Tod auf Golgatha, abschreiten.»

«Eine Exerzitie ganz besonderer Art: War dies im Sinne deines Ordens?»

«Als ich zum See Genezareth kam, traf ich auf einen Hirtenjungen, der sich in dieser Gegend sehr gut auskannte. Ich blieb ein paar Tage dort, und er führte mich zu Höhlen, die in jenem heißen Sommer gute Kühlung boten. Dort stießen wir gemeinsam auf zwei Tonkrüge, die mit Staub bedeckt und fest verschlossen waren. In einem dieser Krüge befanden sich alte Münzen, die ich dem Hirtenjungen ließ, im anderen die Lederrolle, die ich bei mir trage.»

«Und die hast du dann an dich genommen? Warst du dir bewußt, daß dies nicht ganz rechtens war?»

«Wem sollte ich die Rolle geben? Wer sollte sie entziffern? Wer sollte einen Besitzanspruch haben?»

«Die Fragen stellen wir, Bruder.»

«Ich konnte schon ein wenig Hebräisch und mußte mühsam jedes Wort entziffern, denn, wie ich heute weiß, die Schrift ist in Aramäisch abgefaßt. Ein Urtext also, denn die Evangelien kennen wir nur in Griechisch.»

«Bruder Athanasios, bitte keine Kommentare, wir wollen nur die Tatsachen! Bist du sicher, daß dieser Hirtenjunge nicht schon wußte, was ihr finden würdet?»

«Es war ein einfacher Hirtenjunge. Wir haben die Tonkrüge gemeinsam entdeckt. Ich weiß nicht, was diese Frage...»

In diesem Augenblick öffnete sich die hintere Tür des Refektoriums, Licht fiel in den abgedunkelten Saal. Ein Mann in violetter Kutte trat herein. Schnell wurde die Tür wieder geschlossen. Athanasios konnte nicht erkennen, wer auf dem Lederfauteuil an der Stirnwand des Speisesaals Platz nahm. Dieser Zuhörer machte ihn nicht ruhiger. Er hatte mit einem Disput über Einzelfragen gerechnet und keineswegs mit einem kirchlichen Verhör. Nachdem er dem Abt des Klosters Marienberg die Zustimmung zu dem Gespräch gab, wollte er die Meinung seiner Brüder hören, was sie über den Bericht des Judas dachten. Aber keiner hatte auch nur einen Satz darüber verloren.

«Wie kam es zu der ersten Übersetzung?»

«Da ich Grieche bin, habe ich den Text nach jahrelangem Studium in meine Sprache übersetzt. Es werden nicht sehr viele unter uns sein, die Aramäisch lesen können.»

«Keinen Hochmut, Bruder! Entspricht es den Tatsachen, daß du über diesen vermeintlichen Judas-Bericht Messen gelesen hast?»

«Ja. Aber woher wißt Ihr das? Ich meine, das war in anderen Ländern...»

«Die Mutter Kirche muß so etwas wissen. Bist du dir bewußt, daß dies ein ganz besonderer Frevel ist? Niemand kann davon ausgehen, daß dieser Text der kirchlichen Tradition entspricht, im Gegenteil, wir vermuten, daß er in der Absicht geschrieben wurde, Unfrieden zu stiften, und deswegen darf kein wahrer Christ darüber zu einer Gemeinde sprechen.»

«Wer sollte einen Text in Aramäisch schreiben und ihn in einem Tonkrug am See Genezareth verstecken, damit er Hunderte von Jahren nicht entdeckt wird? Das ist nur sehr schwer vorstellbar.»

«Überlasse uns die Vorstellungen, Bruder Athanasios! Du gibst zu, daß du aus diesem Text gelesen hast?»

«Ja.»

«Du siehst ein, daß dies ein kirchlicher Frevel war?»

«Nein. Die Evangelien sind geschrieben aus der Unkenntnis der Person unseres Herrn. Markus hat erst dreißig Jahre später als erster der vier Evangelisten begonnen, das Leben des Gekreuzigten aufzuzeichnen. Er kannte unseren Herrn nicht. Und auch die anderen schrieben vom Hörensagen. Dieser Text des Judas könnte...»

«Er war ein Verräter.»

«...eine Quelle sein, der mehr zu trauen ist als jenen Evangelisten, die die Botschaft ja erst aus zweiter Hand erhalten haben.»

«Das ist Häresie.»

Athanasios wurde ganz ruhig. Der Bischof echauffierte sich, und auch die Brüder, die an den langen Tischen zuhörten – drei von ihnen protokollierten den Disput –, waren erregt. Wer war der Geistliche in der violetten Kutte? Aber was konnten diese deutschen Mönche ihm schon anhaben? Er gehörte nicht einmal zu ihrem Orden, war nur Gast und konnte als Gast das Kloster wieder verlassen. Er war ungebunden, frei. Der Text des Judas ärgerte den Bischof, er fing fast an zu schreien.

«Die Mutter Kirche hat zu bestimmen, welche Texte zum Kanon gehören. Da kann nicht einer wie du kommen und etwas behaupten.»

«Ich behaupte gar nichts. Ich sage nur, daß es sein könnte. Deshalb versuche ich seit mehr als zwanzig Jahren, mit dem Papst zu sprechen. Ich habe eine Abschrift eingereicht, sobald sie fertiggestellt war. Ich habe alles zur Prüfung vorgelegt. Ich stelle keine Behauptungen auf. Wenn die römische Kurie bereit ist, den Text zu prüfen...»

«Sie wird, sie wird, Bruder Athanasios! Kommen wir zum Inhalt des vermeintlichen Judas-Berichtes. Sprechen wir nur einmal kurz über die ungeheuerlichen Zeilen, die der Verfasser über die Auferstehung unseres Herrn verbreitet. Nach der Gefangennahme und der Folterung wollen die Jünger es auf dem Weg zur Schädelstätte bewerkstelligt haben, Jesus im Gedränge gegen einen anderen auszutauschen, der dann auf Golgatha ans Kreuz geschlagen wurde. Das ist infam.»

«Aber es kann auch die Wahrheit sein. Denn nur so konnten die Jünger drei Tage später ihren Herrn wieder erscheinen lassen und sicher sein, daß alle glaubten, er sei auferstanden. Sollten sie das dem Zufall überlassen?»

«Du bist nicht hier, um dich in Kasuistik zu üben, Bruder! Unser Herr Jesus ist auferstanden von den Toten, das ist doch unbestreitbar auch für dich.»

«Ja.»

«Also muß dieser frevlerische Text eine Fälschung sein.»

«Ich weiß es nicht.»

«Sagt dir nicht dein Glaube, daß hinter all den Worten dieses Berichtes eine böse Absicht steckt?»

«Was ist passiert an jenem Tag, als unser Herr Jeschua dem Volk vorgeführt wurde? Wissen wir das genau? Er wird dem Barnabas gegenübergestellt, einem gemeinen Verbrecher, und dann bestimmt das Volk, seinen wahren Herrn nicht erkennend, Jeschua für die Hinrichtung. Gehen wir davon aus, daß dies richtig erzählt ist, dann müssen die Jünger versucht haben, unseren Herrn zu retten. Würden Sie das nicht tun, ehrwürdiger Vater?»

«Was?»

«Unseren Herrn Jeschua retten?»

«Natürlich.»

«Genau das beschreibt Judas. Sie haben das Getümmel genutzt, Jeschua, der das schwere Kreuz trug, den viel Volk umgab, gegen einen von ihnen auszutauschen. Den römischen Soldaten, die auf der Schädelstätte einen Befehl auszuführen hatten, war es gleich. Derjenige, der das Kreuz trug, war der Hinzurichtende. Einer von den Jüngern kann es gewesen sein, der sich geopfert hat. Dieses Opfer hätten Sie auch gebracht, ehrwürdiger Vater!»

Der Bischof bat um eine Pause. Es wurde Wasser gereicht und zwei Scheiben Brot. Athanasios verspeiste sie mit gutem Appetit. Er ging davon aus, daß einige an der langen Tafel in ihren Gläsern Wein hatten. Das störte ihn. Aber die Pause war zur rechten Zeit gekommen. Modestia, sagte er sich, Bescheidenheit, Athanasios, bleib bescheiden; er sprach ein leises Gebet in Griechisch. Der Mann in der violetten Kutte hatte seinen Stuhl nicht verlassen. Ihm wurde auf einem eigens beigestellten Tischchen eine Stärkung gereicht. Der Mann stammte nicht aus dieser Gegend. Die Gesichtszüge waren scharf geschnitten, die Nase gerade, ohne Vertiefung von der Stirn abspringend, der Mund zwei feine Linien. Er sah nicht aus wie ein Inquisitor.

Als der Bischof wieder Platz genommen hatte, verstummten alle Gespräche.

«Hältst du die Auferstehung für eine Erfindung, Bruder Athanasios?»

«Nein.»

«Aber dieser vermeintliche Judas-Bericht tut es!»

«Ich weiß.»

«Also muß er falsch sein.»

«Ja. Das ist möglich. Ich weiß es nicht und kann es auch nicht beurteilen.»

«Wenn unser Herr Jesus auferstanden ist von den Toten und du das auch glaubst, wie du gerade betont hast, mußt du dann nicht all jene Schriften unterdrücken, die das in Frage stellen?»

«Ja.»

«Warum verbreitest du dann diesen frevlerischen Text?»

«Ich verbreite ihn nicht, ich will ihn disputieren: Es gibt doch eine ganze Anzahl von Fragen. Die Berichte der Evangelisten sind voller Widersprüche.»

«Bruder Athanasios, ich rufe dich zur Ordnung! Wie kannst du so vermessen sein, unseren Glauben zum Spielball deiner Argumente zu machen?»

«Verzeiht mir, ehrwürdiger Vater, ich bin nicht vermessen, ich stelle nur Fragen. Und ich bin sicher, daß ich nicht der einzige bin. Auch an den Judas-Bericht stelle ich Fragen …»

«An den vermeintlichen Judas-Bericht.»

«An den vermeintlichen, wenn Ihr so wollt. Ich habe um Klärung gebeten, die bislang nicht erfolgt ist.»

«Solange die römische Kurie nicht gesprochen hat, wird

dir hiermit untersagt, dich weiterhin mit diesem Text zu beschäftigen. Wir fordern von dir, uns jedwede Fassung und auch das Original sofort auszuhändigen. Die Kurie wird darüber entscheiden!»

Athanasios hatte Vorsorge getroffen. Seit jenem ersten Zusammenstoß mit einem griechischen Bruder auf der Akropolis war er gewarnt. In mühevoller Arbeit hatte er den aramäischen Text auf ein plattgeschlagenes Leder kopiert, das er bei einem Schuhmacher erstand. Es brauchte Jahre, bis er mit seiner Arbeit zufrieden war, und seitdem trug er zwei Lederrollen bei sich. Die Abschrift hatte er mit Asche abgerieben, mit einem Eisennagel ein paar Kerben eingeritzt. Das Leder, das er in jenem Tonkrug am See Genezareth gefunden hatte, wollte er nicht mehr aus der Hand geben. Zu lange hatte es ihn begleitet.

Als er nach dem Mittagsgebet in seiner Zelle stand, begleitet von zwei Brüdern, durchsuchte er umständlich sein Gepäck. Er händigte ihnen zwei Abschriften auf Papier und jene Kopie auf Leder aus. Die Brüder hatten es eilig.

Wohin soll ich gehen? dachte er. Zurück nach Griechenland? Er wollte sich Zeit lassen mit der Entscheidung. Kurz vor Einbruch der Dunkelheit sah er, wie der Mann in violetter Kutte in eine schwarze Limousine stieg. Der Fahrer schloß die Tür hinter ihm, dann holte er die Schriftrollen und verstaute sie im Kofferraum.

Langsam fuhr der schwarze Wagen davon.

Athanasios verließ das Kloster am 15. August des Jahres 1921, an Mariä Himmelfahrt.

21

Was sagen wir nun zum Fall Fátima? Der bescheidene Autor dieser Zeilen hat nichts gesehen, was ihn dazu verleitet, von etwas Übernatürlichem zu sprechen. Aber das ist eine persönliche Sicht, nicht autorisiert. Deswegen habe ich auch von den Beobachtungen berichtet, die andere Personen gemacht haben, verschieden von den meinen. Wir wollen nichts anderes als Fakten präsentieren. Wie groß war meine Enttäuschung, als ich am Sonntag an der gleichen Stelle das wunderbare Licht wiederum sah. Es hat mich ebenfalls sehr stark beeindruckt, denn nach drei Stunden ununterbrochenen Regens, fast zur gleichen Zeit wie am Vortag, als die Hirtenkinder beteten, erschien plötzlich die Sonne zwischen den schnellen Wolken. Deswegen ist es notwendig, darauf zu beharren, was der lateinische Spruch uns lehrt: «Quod volumus facile credimus.» (Wir glauben gerne, was wir wünschen.) Die Ausbeuter der abergläubigen Landbevölkerung verbinden mit dem Mysterium auch Ziele des Verdienstes, sie sind sogar bereit, Beweise zu produzieren. Sie wünschen starke Geister, damit wir auch ohne Beweise an das Wunder glauben? Das würden sie gerne sehen. Schlimm jedoch wäre es, wenn es sich bei dem Fall Fátima um die Untaten der Jesuiten handeln würde.

Als der Magier am Bühneneingang António Vicario entdeckte, bat er seinen Manager, den abendlichen Andrang der Tifosi kurz zu halten, keine Gespräche oder Einladungen, er wolle die Autogrammwünsche erfüllen, mehr nicht.

«Bring den Mann in die Garderobe von Julia und paß auf ihn auf, Jeremy. Wir wollen keinen Fehler machen.»

Noch während er seinen Namen schrieb und sein Konterfei auf Eintrittskarten, mitgebrachte Servietten und Fotos malte, dachte er an sein letztes Zusammentreffen mit Vicario, das so überraschend endete. Die Gesichter der beiden Herren, die im Flur standen und rauchten, würde er nie vergessen.

«Ich hätte gern mal die schwarze Katze gestreichelt», sagte eine ältere Dame, die auf dem Kopf ein rosa Gespinst aus Tüll und bunten Vögeln trug.

«Das wird nicht gehen, Senhora», erwiderte der Magier, «um diese Zeit schläft sie schon. Es ist sehr anstrengend, wenn man verschwinden und wieder auftauchen muß.»

Nach einer Viertelstunde war es endlich geschafft. Der Magier zog seinen Mantel an, weil ihn nach der Vorstellung immer ein wenig fröstelte, und begab sich in Julias Garderobe. Er sah, wie seine Assistentin mit Vicario sprach.

Das langweilige Gesicht, die Mundwinkel schmal, zusammengepreßt, die Augen starr aufgerissen, als müsse er sich zwingen, sie nicht zu schließen.

«Soll ich bleiben?» fragte Julia und näherte sich Benini, «ich denke, es wäre ganz gut…»

Augusto Benini wußte nicht recht, was sie damit sagen wollte. Nein, er brauche sie nicht. Dann machte er ihr ein großes Kompliment. «Du bist zu meiner Stimme geworden, Julia, zu der besten Stimme, die ich je hatte.»

Der Magier postierte Jeremy Snow vor der Tür.

Er wolle nicht gestört werden, auch wenn das Gespräch, Benini nannte keinen Namen, die ganze Nacht dauern würde. Jeremy wußte, wenn der Magier solche Wünsche äußerte, mußte er sie beachten.

«Senhor Vicario, bevor wir miteinander über unser Thema sprechen: Wer, um Gottes willen, sind diese beiden Männer gewesen, die vor Ihrer Wohnung standen?»

António Vicario schüttelte den Kopf.

«Ich bin bestimmt kein Feigling, aber diese Frage kann ich Ihnen nicht beantworten. Nur eines muß ich Ihnen sagen: Wir können uns nicht mehr treffen!»

Benini blickte in den Spiegel, der auf Julias Garderobentisch stand. Die Anstrengung der Vorstellung stand ihm im Gesicht geschrieben.

«Hat man das verboten? Die beiden Herren...»

Vicario nickte.

«Ich bin mir nicht einmal sicher, ob sie mir nicht hierher gefolgt sind. Dabei habe ich alle Vorsichtsmaßnahmen getroffen. Meine Frau, die in alles eingeweiht ist, hat mir ein Zeichen gegeben, daß niemand hinter mir her war, als ich am Bühneneingang stand.»

«Gut», sagte Benini erleichtert. «Ich wollte nur Bescheid wissen, Sie müssen das verstehen, es betrifft ja nicht nur Sie.»

«Natürlich», erwiderte Vicario, «ich möchte Sie da auf keinen Fall hineinziehen.»

Der Magier unternahm einen Vorstoß, fragte, ob die beiden Herren vom Geheimdienst seien, er habe in England zweimal Erfahrungen mit dieser Institution gemacht.

«Ich möchte Ihnen darüber nichts sagen, Senhor Benini. Es ist wirklich zu gefährlich.»

Der Magier zog eine Zigarre aus seinem Etui und reichte Vicario das silbern verzierte Lederetui hin.

«Danke, ich rauche nicht.»

Benini betrachtete sich seinen Informanten genau. Was er bisher von Vicario wußte, war genug, um sicherzugehen, daß er kein Spiel mit ihm trieb. Und wie ein Feigling sah er auch nicht aus.

«Warum sind Sie gekommen, wenn es so gefährlich ist?» fragte der Magier, nachdem er die Zigarre im Feuer des Streichholzes langsam gedreht hatte. Der erste Zug entspannte ihn.

«Ich will die Sache zu Ende bringen. Können Sie das nicht verstehen?»

«Was heißt zu Ende bringen?» Benini stieß sich an dem merkwürdigen Wort.

«Sie sagen Ihnen, was ich weiß, und dann entscheiden Sie selbst, ob Sie damit an die Öffentlichkeit gehen wollen.»

Benini lachte. Es war das Lachen, das er einsetzte, wenn auf der Bühne etwas schiefzugehen drohte. Ein Signal an die Arbeiter in der Dekoration, in erhöhtem Maße aufmerksam zu sein.

«Sie müssen mich mißverstanden haben, Senhor Vicario, ich veröffentliche gar nichts. Ich bin Zauberer, Illusionist, mit einem, sagen wir, leichten Hang zum Spekulativen und natürlich einem großen Interesse an Wundern, die meistens keine sind...»

«Eben», unterbrach ihn der Informant, «es war kein Wunder, was in Fátima geschah. Und ich kann es beweisen.»

«Und warum veröffentlichen Sie es dann nicht?»

«Ich kann es nicht», war die lapidare Antwort.

«Die beiden Herren?»

Vicario schwieg.

Sie saßen sich auf unbequemen Polstersesseln gegenüber, umgeben von ausgewählten Taft- und Rüschenkleidern. Ein Tisch voller Kosmetik, der Spiegel von roten und grünen Birnen angestrahlt. Nicht gerade die Atmosphäre für ein ernstes Gespräch.

Benini stand auf, ging zur Tür. Jeremy saß auf einem Hocker und las. Von Zeit zu Zeit bekam er aus England homoerotische Literatur geschickt, in braunem Packpapier, mit chiffrierten Absendern.

«Was ist?» fragte der Manager, «dauert es noch lange? Ich habe Hunger.»

Ohne etwas zu antworten, schloß Benini die Tür hinter sich.

«Senhor Vicario, sagen Sie, was Sie zu sagen haben. Ich werde dafür sorgen, daß Sie unentdeckt nach Hause kommen. Und dann sehen wir uns nicht wieder, wenn die Sache wirklich so gefährlich ist, wie Sie behaupten.»

Aus dem kleinen Eisschrank, der unter dem Garderobentisch stand, holte der Magier zwei Flaschen Mineralwasser.

An einem 13. irgendeines Monats sah eine kleine Hirtin auf einer alleinstehenden Steineiche das Bild der Mutter Gottes. Sie heißt Lúcia und könnte keinen besseren Namen haben als ihren, um als Sprachrohr einer leuchtenden übernatürlichen Erscheinung zu dienen. Sie hatte Freunde, die lichtvolle Lúcia: ein Junge von neun Jahren, der Francisco heißt, prädestiniert vielleicht, in seinem schwachen Körper die Wundmale des Herrn zu empfangen, und Jacinta, sieben Jahre alt, deren Name an eine Blume von unbefleckter, weißer Reinheit erinnert. Während die Freunde tiefe Rührung empfanden, konnten nur die ekstatischen Augen Lúcias das Astralphänomen beobachten, nur die aufmerksamen Ohren Lúcias konnten die himmlische Stimme, Worte von unsäglicher Anmut, hören. Am vergangenen Samstag füllte sich die Heide von Fátima mit Neugierigen und Gläubigen, die alle das Wunder erleben wollten, wie damals in Frankreich, das den Männern und Frauen zeigen sollte, daß ihnen ein großes Gutes oder Böses bevorstand. Aber die Jungfrau erschien wieder nur ihrer geliebten Lúcia. Da Regenwetter war und die Sonne sich hinter den dunklen Wolken versteckte, ordnete die Kleine gebieterisch an, daß die Leute die Regenschirme schließen sollten. Der richtige Moment der Erscheinung sei gekommen. Es gab welche, die gesehen haben wollen, daß die Sonne sich bewegte, sich mit momentanen Flecken bedeckte, ihren Platz verließ und sich um die eigene Achse drehte. Es gab auch welche, die sahen im Licht der Sonnenkugel das Gesicht der Jungfrau Maria. Und Tausende sahen gar nichts. Es war nichts anderes als ein Phänomen von kollektiver Suggestion, die die betende Menge erlebte. Es wundert uns nicht, daß Lúcia behauptete, daß die Jungfrau den Frieden angekündigt haben soll. Zu etwas anderem würde die Mutter der Menschen nicht auf die Erde herabkommen. Erstaunlich bleibt aber, daß es übernatürlicher Erscheinungen bedarf, um Postkarten von den Hirtenkindern zu verkaufen, und daß manchen katholischen Geistern die Gläubigkeit der Kinder gelegen kommt.

António Vicario nahm einen Schluck Wasser.

«Es gab damals viele, die nichts von dem glaubten, was die Fátimisten später geschrieben haben. Aber die skeptischen Stimmen wurden einfach unterdrückt.»

Der Magier wollte den Journalisten nicht unterbrechen, obwohl er eine Reihe von Fragen hatte.

«Es hat einen Geheimbund gegeben, an dem mit größter Sicherheit der Pfarrer Ferreira, Prior von Fátima, sein Vorgesetzter Padre Faustino, Vikar von Olival, und möglicherweise der spätere Bischof von Leiria, Padre da Silva, beteiligt waren. Sie haben dieses Wunder geplant. Schon bei den ersten Erscheinungen, die ja nicht im Jahre 1917 waren, sondern zwei Jahre zuvor, spielten sie ein übles Spiel mit den Kindern. Lúcia behauptete, im Frühling 1916 eine Gestalt gesehen zu haben, eingewickelt in Laken, ohne Gesicht. Sie ist mehrfach danach gefragt worden, hat immer widersprüchlich geantwortet. Die erste wunderbare Erscheinung war ein Reinfall, weil Lúcia geflohen ist. Später haben die Geheimbündler es geschickter angestellt.»

Vicarios Englisch war nicht besonders gut, Benini mußte sich anstrengen, um ihn zu verstehen.

«Sie haben eine Statue benutzt. Lúcia hat ja immer davon gesprochen, daß die Dame nur wenig mehr als einen Meter hoch war, es war eine Statue, vielleicht sogar jene, die die Kinder in der Kirche von Fátima gesehen hatten. Für den Tag der Erscheinung haben sie einen Sonntag gewählt, weil da auf den Feldern Ruhe herrscht. Außer den Kindern war niemand draußen. Der 13. eines jeden Monats ist deswegen günstig, weil er im Volksglauben schon verankert ist. Die Statue wurde zwischen den Zweigen der Steineiche versteckt, mit Hilfe eines Spiegels gab es Reflexe, von denen die Kinder annahmen, es hätte sich um himmlische Blitze gehandelt.»

Benini erinnerte sich daran, daß die Kinder in den Gesprächen mit dem Visconde de Montelo gesagt hatten, daß die Madonna niemals gelacht habe, auch nie eine Miene verzogen, ihr Gesicht sei immer gleich gewesen. Woher denn wohl die Frauenstimme gekommen sei, wandte er ein, den Kindern hätte doch auffallen müssen, daß eine Madonna nicht mit einer tiefen Stimme spricht.

«Jemand hat seine Stimme verstellt. Das schließe ich daraus, daß Lúcia berichtete, die Dame habe mit einer dünnen und melodiösen Stimme gesprochen. Das ist so, wenn ein Mann eine Frau imitiert. Lúcia hat übrigens, laut einem Bericht von Mitte Juli 1917, der in ‹O Seculo› erschien, gesagt, sie habe eine Puppe gesehen, sehr schön, mit einem Heiligenschein und Ohrringen. Glauben Sie, daß im Himmel Juweliere arbeiten?»

«Das sind alles Annahmen, Senhor Vicario. Sehr amüsante allerdings, wie ich zugeben muß.»

«Nein, es sind Beweise», verteidigte sich der Informant, der seine Informationen nicht veröffentlichen konnte. «Ich kann das alles belegen, habe die Zeitungsausschnitte aufgetrieben, und Sie können mir glauben, das war nicht ganz einfach. Schließlich durfte ich keinen Verdacht erregen.»

«Entschuldigen Sie, ich wollte Sie nicht unterbrechen.» Benini ärgerte sich, daß er seine Bemerkung nicht zurückgehalten hatte.

«Es war eine Statue. Also: was spricht dafür? Eine Statue der Maria war den Kindern aus der Kirche vertraut. Sie erkannten sofort, um wen es sich handelt. Zweitens, eine Statue ist stumm, sie verrät nichts. Wäre es ein menschliches

Wesen gewesen, hätte für den Geheimbund die Gefahr von Mitwissern bestanden. Als Jacinta befragt wurde, und zwar im Oktober, als alle sechs angeblichen Erscheinungen vorbei waren, bezogen sich ihre Angaben ausschließlich auf diese erste Erscheinung, daran konnte sie sich gut erinnern. Denn die anderen haben, möglicherweise mit Ausnahme der im August, als die Kinder wieder allein waren, gar nicht stattgefunden.»

Der Magier rutschte auf seinem Sessel hin und her.

«Sie wollen doch nicht sagen, daß man mit einer einzigen Erscheinung den Kindern die ganze Geschichte vorgespielt hat?»

«Genau das behaupte ich. Einmal haben sie etwas gesehen, was wirklich war. Die Statue der Muttergottes in der Steineiche. Und die hat ihnen gesagt, sie sollten jeden 13. eines Monats wiederkommen, immer zur gleichen Zeit, sie würden etwas sehen und hören. Francisco zum Beispiel war bei dieser ersten Erscheinung zu weit weg, seine Sorge galt den Schafen, die ins Maisfeld gelaufen waren. Deswegen hat er die Madonna nur gesehen, aber nichts gehört. Und dann gab es dieses Geheimnis, das die Kinder nie verraten durften.»

Vicario machte eine lange Pause. Benini konnte sich nicht vorstellen, daß dieser Mann an einer überspannten Vorstellungskraft litt, die Beweise schienen schlüssig.

«Die Kinder durften niemals verraten, daß ihnen die weiße Dame befahl, den Anweisungen des Vikars von Olival unbedingt zu folgen und darüber zu allen zu schweigen. Sie drohte ihnen mit den schrecklichsten Qualen. Sie wird den Kindern von der Höhe der Steineiche gesagt haben: ‹Ich erscheine euch noch fünfmal. Alles, was ich euch sagen will, wird Padre Faustino Ferreira euch mitteilen, wenn ihr bei ihm beichtet. Dies ist ein großes Geheimnis, das von niemandem entdeckt werden darf. Wenn ihr es doch tut, dann droht euch die Hölle. Folgt in allem Padre Faustino.› Deswegen haben alle drei Kinder so ängstlich reagiert, wenn sie auf das Geheimnis angesprochen wurden. Und es ist auch der Beweis dafür, daß die drei Geheimnisse von Fátima später erfunden wurden, aus eindeutig politischen Motiven.»

«Wenn es diesen Geheimbund gegeben hat, warum war die Kirche so lange zurückhaltend, was Fátima anging? Es hat doch dreizehn Jahre gedauert, bis man die Erscheinungen anerkannte.»

«Die Kirche hatte Angst, es könnte aufgedeckt werden. Erst als Salazar die Regierung übernahm und die Diktatur einrichtete, konnten die Spuren verwischt werden. Die zwei Kinder Jacinta und Francisco waren gestorben, Lúcia hatte man in ein Kloster gebracht, außerhalb des Landes. Wirklich erfolgversprechend wurde die Sache erst, als Silva Bischof von Leiria wurde, in seinem Bezirk liegt Fátima...»

«Und Sie glauben wirklich, daß man den Kindern all das eingeflößt hat, was sie dann später behaupteten?»

«Nur der Ältesten, nur Lúcia. Ein Indiz ist auch, daß die Aussagen der beiden anderen so unbestimmt sind. Francisco sagte, er habe die Madonna nur gesehen, nie etwas gehört, und Jacinta hat meist auf ihre Cousine verwiesen, die wisse alles.»

Nun paßte das Mosaik zusammen, und doch kam es dem Magier so vor, als sei das Bild nicht vollständig.

«Die Geschichte von Fátima ist eine Geschichte von Täuschungsmanövern, die im Laufe der Zeit von selbst immer größere Dimensionen annahmen. Der Vikar von Olival erzählte Lúcia im Beichtstuhl, was bei der nächsten Erscheinung geschehen würde, und das gläubige Kind befolgte die Befehle. Sie sagte es den beiden anderen, die Kinder, nun im Mittelpunkt des Interesses, waren fest davon überzeugt, daß die Muttergottes ihnen diese Botschaften übermittelte. Aber hat Lúcia nicht selbst oft gezweifelt? Und dann, um den politischen Bezug herzustellen, auch wenn Ihnen, Senhor Benini, das nicht behagt: Seit bekannt wurde, daß es die drei Geheimnisse gibt, hofft die Kirche, daß Rußland vor seiner größten Niederlage steht. Man geht so weit zu behaupten, die Muttergottes habe dies den Kindern 1917 mitgeteilt. Damit wäre Fátima für alle Zeit gerechtfertigt. Es soll der endgültige Sieg des Unbefleckten Herzens werden.»

Augusto Benini verstand, warum der Informant von seinen Beweisen nichts veröffentlichen durfte. Dies war Sprengmaterial, das ihn in die Luft jagen konnte.

«Sind Sie eigentlich gläubig, Senhor Vicario?»

«Ja! Was für eine Frage!»

«Ich meine, kommen Ihnen keine Zweifel, wenn Sie ein solches Komplott aufdecken?»

«Ich will, daß unsere Kirche ohne solchen Hokuspokus auskommt. Aber das wird in Portugal noch Hunderte von Jahren dauern, hier herrscht die Orthodoxie, hier ist der Glaube streng, hier werden Abweichungen nicht geduldet.»

Benini versuchte zum zweitenmal, in Erfahrung zu bringen, wer die beiden Herren gewesen seien, die in der Wohnung auftauchten. Aber auch diesmal ließ Vicario ihn ohne Antwort.

Als sie sich verabschiedeten, zahlte Benini zweihundert Escudos. «Ich hoffe, Sie können das Geld gebrauchen.»

Vicario wehrte ab, das sei viel zuviel.

«Behalten Sie es. Ich habe eine unglaubliche Geschichte von einem noch unglaublicheren Wunder gehört. Sie war es wert.»

Wir hatten die Hoffnung schon aufgegeben, daß etwas Übernatürliches geschehen würde, als der feine Regen plötzlich aufhörte. Das Licht der Sonne blendete uns. Dann kamen schon die ersten Schreie. Waren es die Priester? Gelobet sei Gott, manche beteten laut, schrien ihre Sünden heraus. Das starke Licht erzeugte Nachbilder. Ich habe nur etwas Blau gesehen, keine andere Farbe. Dann kamen mir die Tränen, und ich sah nichts mehr. Und dann, als würde ein Feuer angezündet, drehte sich ein riesiges Rad, immer schneller, bis es verlosch und eine matte silberne Scheibe blieb. Dann wieder, als würde etwas angezündet, drehte sich etwas, diesmal in einer anderen Farbe, und verlosch. So geschah es auch beim drittenmal. Dann war das Phänomen zu Ende. Uns beeindruckte besonders die Koinzidenz des Phänomens mit der Voraussage der kommenden Erscheinungen.

22

Einen solchen Haarschnitt hatte Benini noch nie gesehen. Ein Zentimeter lange Stoppeln, deren Farbe zwischen Grau und Silber changierte, in der Mitte ein angedeuteter Scheitel. Die Frau trug einen Nadelstreifenanzug, auf dem weißen Hemd eine silberne Kette mit einem kunstvoll gearbeiteten Kruzifix.

João de Vouga stellte sie als Schwester Margarida vor.

Benini bat die unangemeldeten Gäste, sich zu setzen. Was führte die blaue 22 nun im Schilde? Die beiden Narben an seinem Kopf waren von Haaren zugewachsen. Der Magier nahm sich vor, nichts von der morgen stattfindenden Pressekonferenz zu erzählen. Die sollte de Vouga überraschen.

«Schwester Margarida will den wissenschaftlichen Beweis antreten, daß es eine unbefleckte Empfängnis gibt. Wir sprachen doch darüber, und Sie wollten das Dogma leichtfertig abtun.»

«Soll ich dabei helfen?» fragte Benini.

«Aber nein. Ich würde vorschlagen, daß Sie Schwester Margarida anhören. Sie war Haushälterin in einer großen portugiesischen Familie, bis sie ein beinah unheilbares Leiden ergriff. Die Kirche hat ihr Unterstützung gewährt, und sie wurde wieder gesund. Sie trat in den Orden der Karmeliterinnen ein, begann zu studieren und hat sich jetzt eine besondere Aufgabe gestellt. Am besten, Sie hören sie an.»

Schwester Margaridas Stimme klang metallisch tief. João de Vouga übersetzte.

So wie Eva die Mutter der sündigen Menschen, sei Maria die Mutter des Erlösers. Bereits in den alten Religionen finde sich ein Mythos der Jungfräulichkeit: Athene, die aus dem Kopf des Zeus entsprungen sei. Eva, nicht gezeugt, sondern aus der Rippe des Adam geschaffen. «Nicht so das Christentum. Wir haben es nicht nötig, mit Mythen zu operieren, wir können unsere Glaubenssätze wissenschaftlich belegen.» Immer sei behauptet worden, daß Jesus Geschwister gehabt habe, aber inzwischen sei eindeutig erwiesen, daß es sich um Verwandte handelte, Halbgeschwister, die aus der ersten Ehe Josephs stammten. «Joseph hat Maria niemals berührt.»

Benini beschlich das Gefühl, daß die Schwester, die vor ihm saß, ein Mann war, und daß sie ihre wunderbare Gesundung von der unheilbaren Krankheit einer Geschlechtsumwandlung zu verdanken hatte. Ihre Wangenknochen waren stark ausgeprägt, und auf der Oberlippe lag ein leichter Bartschatten.

João de Vouga trug zum erstenmal einen eleganten Anzug.

«Sie wollen also beweisen», unterbrach Benini die Ausführungen der männlichen Schwester, «daß Maria ihren Sohn vom Heiligen Geist empfangen hat und nicht durch den Beischlaf mit ihrem Mann?»

Mehr noch, erwiderte sie, mehr noch, die Unbefleckte Empfängnis besage, daß Maria selbst unbefleckt empfangen wurde, auch sie sei von der Erbsünde getrennt. Im Protevangelium des Jakobus heiße es, daß Anna, die Mutter der Maria, den Herrn anflehte, weil sie keine Kinder gebären konnte, und sie sei erhört worden. «Die Witwe ist nicht mehr Witwe, und die Kinderlose soll empfangen.» Dies sei der schriftliche Beweis, daß die Conceptio Immaculata eingetreten sei.

«Aber das bedeutet doch nur, daß der gleiche Effekt zweimal gelungen ist», erwiderte der Magier.

João de Vouga bat, Schwester Margarida nicht zu unterbrechen, sie sei etwas schüchtern. Benini hatte keineswegs diesen Eindruck.

Das kirchliche Dogma der Conceptio Immaculata enthalte vier Thesen: Maria ist die Gottesgebärerin, was schon im dritten Jahrhundert Alexander von Alexandrien bezeuge, Maria ist trotz der Geburt Jungfrau geblieben, und das sogar im biologischen Sinne, sie ist selbst unbefleckt empfangen worden, das heiße, auch Anna habe keinen Verkehr mit Joachim gehabt, und sie ist leiblich in den Himmel aufgenommen worden.

«Und das muß man alles glauben?» fragte Benini.

«Das läßt sich beweisen», konterte de Vouga.

«Das Ja des Glaubens wird zur alleinigen Triebkraft des Lebens. Maria ist damit das Urbild aller glaubenden Frauen.» Schwester Margarida schlug die Beine übereinander. Die Bügelfalte ihrer Hose war exakt. Zunächst sei da die Frage, ob das Hymen Marias unbeschädigt geblieben sei, darüber gebe es bisher keine zuverlässigen Quellen, aber man habe Hinweise, daß die Geburt schmerzfrei verlief und daß es keine sordes, keine Nachgeburt, gegeben habe. «Maria hat Jesus geboren wie einen Lichtstrahl. Oder denken Sie an den brennenden Busch, der nicht verbrennt.» Das Gesicht der Schwester war starr, als trage sie eine Maske.

«Woher weiß man denn, daß die Geburt schmerzfrei war?» wollte der Magier wissen.

«Das können Sie schon bei Augustinus finden. Er schreibt: ‹Ohne Fleischeslust hat sie empfangen und darum auch ohne Schmerzen geboren.› Dieses Zitat ist schon mehr als 1500 Jahre alt.»

João de Vouga ließ Benini nicht aus den Augen, während er übersetzte. Als versuche er, seine Reaktion auf jeden Satz der Schwester zu prüfen. Das Telephon klingelte.

Es war Jeremy, der einen Anruf für «Olga» meldete und fragte, ob er sprechen wolle.

«Stellen Sie durch», sagte der Magier.

Isabela teilte ihrer Freundin den Treffpunkt mit. Park von Montserrate in Sintra.

Der Magier wiederholte die Uhrzeit. «Um eins. Ich werde dasein.»

Er überlegte. Sie würde ihren eifersüchtigen Alberto am Flughafen absetzen und sich dann sofort nach Sintra begeben.

La memoria più prodigiosa è quella di una donna innamorata, dachte Benini, der sich wieder zu seinen beiden Gästen gesellte. Er entschuldigte sich für die Unterbrechung, aber er habe morgen einen dringenden Termin. Dann fiel ihm ein, daß er das Rendezvous zugesagt hatte, obwohl zur gleichen Zeit die Pressekonferenz stattfand. Er mußte Jeremy bitten, die Presse zu informieren. Das konnte sogar ein gutes Alibi sein, falls der Chilene nicht nach Kairo abflog. Benini überlegte, was er anziehen sollte.

De Vouga fragte: «Wären Sie bereit, den wissenschaftlichen Beweis der unbefleckten Empfängnis zu finanzieren?»

Im Laufe seiner Artistenlaufbahn waren Benini schon die seltsamsten Wünsche präsentiert worden: Ein Mann in New York bat ihn, seinen Sprung vom Empire State Buildung, den er ohne Fallschirm durchführen wollte, öffentlich bekanntzugeben; eine Frau in Kopenhagen wünschte zu beweisen, daß die Dänen am meisten Bier vertrugen und hatte sich in den Kopf gesetzt, deswegen einen internationalen Biertrinkerwettbewerb zu inszenieren. Es gab auch seriöse Unternehmungen: Ein Mann bat ihn, mit einer großen Summe einzuspringen, wenn es ihm nicht gelänge, ein Altarbild wiederzubeschaffen, das in einer bayrischen Barockkirche gestohlen worden war.

In Paris wollte eine Frau, daß er ihr helfe, ihre entführte Tochter zu finden. Sie glaubte, er könne hellsehen, weil er auf der Bühne das Kunststück vorführte, Namen und Adressen von beliebig ausgesuchten Zuschauern aufzusagen.

«Glauben Sie im Ernst, daß ich den Beweis eines kirchlichen Dogmas finanziere?»

Obwohl de Vouga insistierte, beendete Benini das Gespräch.

Als sie sich verabschiedeten, fragte de Vouga den Magier: «Wann fahren Sie denn nach Fátima? Sie hatten mir versprochen, daß ich mitkommen kann.»

«Ich werde es Sie wissen lassen, Senhor.»

Der Händedruck von Schwester Margarida war sehr sanft, ganz unmännlich. Benini wünschte ihr viel Glück bei ihren wissenschaftlichen Nachforschungen. Beim Mittagessen berichtete er Jeremy von den beiden Mystikern.

«Dieses Portugal wird immer ungemütlicher», sagte der Manager, «wir sollten abfahren.»

«Nach unserem Auftritt in Fátima, zwei, drei Tage später, können wir das Land verlassen.»

Snow rümpfte die Nase. «Weißt du denn schon, was du dort erscheinen lassen willst?»

«Noch nicht genau, aber wenn am Samstag unser Christus-Effekt klappt, dann werden wir alles dort aufführen können. Sie werden denken, daß die Heilige Mutter Gottes herabsteigt, weil ich es so will.»

Sie aßen Porterhouse-Steaks mit grünen Bohnen, tranken einen herben Weißherbst und planten die Pressekonferenz.

Jeremy Snow war nicht damit einverstanden, daß der Magier ihr fernbleiben wollte. «Du mußt die Ankündigung machen! Wenn ich es tue, werden längst nicht so viele Zeitungen darüber schreiben.»

«Aber mein Treffen mit Isabela...», antwortete der Magier, als müßte er seinen Manager um Nachsicht bitten.

«Die Pressekonferenz ist Punkt zwölf. Wir fangen zehn Minuten später an, du kündigst das Ereignis an. Der Effekt heiße ‹Christus ist traurig›, in genau 48 Stunden werde er eintreten und so weiter, dann kannst du dich entmaterialisieren. Das erhöht die Aufmerksamkeit. Ich stelle einen

Wagen bereit, der dich nach Sintra bringt. Das sind nicht mehr als dreißig Kilometer, also gut zu erreichen. Du mußt am Anfang dabeisein. Sag nichts weiter. Erzeug nur ein wenig Spannung. Na, was meinst du?»

Benini stimmte zu.

«Du solltest auf jeden Fall Brander mitnehmen, auch wenn er nichts sagt, er ist ein ausgezeichneter Beobachter. Vielleicht fällt ihm etwas auf.»

In den Jahren hatten sie gelernt, daß es immer die Ankündigungen waren, die minutiös geplant werden mußten: was durfte verraten werden, was mußte im dunkeln bleiben? Ein Satz zuviel konnte den Effekt verderben. Brander sollte am Abend mit einer kleinen Mannschaft die Christusstatue erklimmen und die Flüssigkeiten auftragen. Bei der dritten Erwärmung würde die Verfärbung ins Rötliche eintreten.

«Haben wir noch einen Mann frei?» fragte Benini, der mit einem Zahnstocher versuchte, ein kleines Stück Fleisch aus einer Lücke zu entfernen.

«Was meinst du?»

«Ich brauche einen zuverlässigen Mann aus unserem Team. Am besten einen von den drei Schweizern.»

«Und was soll er tun?»

Der Magier erklärte seinem Manager, daß er diesen Mann auf de Vouga ansetzen wolle. «Er soll herausfinden, wohin er nach der Pressekonferenz geht. Mehr nicht.» De Vouga mache ihm den Eindruck eines Menschen, der nicht mit offenen Karten spiele. «Ich hatte vorhin sogar die Idee, daß er die ganze Komödie mit Schwester Margarida inszeniert hat, nur um den Kontakt zu mir nicht zu verlieren.»

«Du hast einen Verfolgungswahn, Carlo, wirklich, du gehst zu weit! Der Mann ist ein wenig seltsam, aber doch keine wirkliche Bedrohung.»

Benini war sich nicht so sicher.

Nicht zum erstenmal traf er auf solche Gestalten. In den USA hatte jemand versucht, ihn mit einem raffinierten Trick um ein Vermögen zu prellen. Er bot ihm das Geheimnis von kaltem, flüssigem Glas an, mit dem er auf der Bühne jonglieren konnte. Als Benini das Geld nicht rechtzeitig parat hatte, lockte man ihn in einen Hinterhalt. Glücklicherweise informierte er seinen Manager von seinem Verbleib. In letzter Minute konnte die Polizei eingreifen.

«Ich bestehe darauf, Jeremy! Es wird doch nicht so schwer sein, de Vouga zu folgen. Er kommt mit Sicherheit zur Pressekonferenz, das läßt er sich nicht entgehen. Und während ich nach Sintra fahre, können Fritz oder Kurti ihm folgen. Vielleicht erhalten wir so Aufschluß. Ich weiß nichts über diesen Mann, aber er weiß manches von meinen Überlegungen.»

Zum Nachtisch gab es Pudim Molotow, eine Kreation des Chefkochs, die süße Speise aus Eischnee und Eierlikör wurde am Tisch flambiert.

«Danach muß ich mich hinlegen», sagte der Magier, der schon zuviel von dem köstlichen Fleisch gegessen hatte, «vielleicht träume ich ein wenig von dem entgangenen Lustgewinn bei der Unbefleckten Empfängnis.»

Der Manager erzählte von seinen fruchtlosen Versuchen, einen jungen Mann für eine Liebschaft aufzugabeln. In Lissabon schien es keine Schwulen zu geben. «Ich kenne nicht eine Bar, in der man sich trifft. Hör du mir auf mit deinem entgangenen Lustgewinn.»

An diesem Abend geschah während der Vorstellung etwas Absonderliches. Der Magier war schon mit einem flauen Gefühl in seinen zweiten Auftritt gegangen, was er aber auf die große Fleischportion zurückführte, die er am Mittag verspeist hatte.

«Und Sie wollen gerne einen Rotwein? Bitte sehr.»

Benini goß aus der Wasserkaraffe das gewünschte Getränk. Die Zuschauerin, deren Nase eine einzige große Sommersprosse zierte, war begeistert. «Der Wein kommt aus meiner Region, phantastisch!»

Der Magier schenkte dem Nebenmann einen grünen Likör aus und der Frau in der dritten Reihe, die sich immer wieder nach ihm umdrehte, ein dunkles Bier.

Dann wies er auf die Bühne.

In diesem Augenblick zerplatzte das Aquarium.

Ein frenetischer Beifall setzte ein.

Benini wußte nicht, was er sagen sollte. Die ganze Bühne stand unter Wasser. Julia tänzelte über die Pfützen.

Wie konnte das geschehen?

Der Applaus wollte nicht enden.

Der Magier dachte an die Geräte, die sich unterhalb des Bühnenbodens befanden. Das würde eine Nachtschicht kosten.

Nach einer kurzen Pause ging die Vorstellung weiter als sei nichts geschehen. Julia hatte die Schuhe gewechselt, die nun nicht mehr zu ihrem roten Kleid paßten. Benini ließ einen Goldfisch in der Jackentasche verschwinden, um ihn bei der nächsten Gelegenheit hinter der Bühne in einen Zahnputzbecher zu legen. Die Katze wäre gerne von ihrem hohen Piedestal heruntergekommen, um sich der übrigen Fische anzunehmen.

Als der Vorhang fiel, stürzte Snow auf die Bühne.

«Alle bleiben so lange hier, bis geklärt ist, wieso das Aquarium platzte! Das ist ein Befehl!»

Nachdem sich das «Coliseu» geleert hatte, traten die Bühnenarbeiter an.

Jeder hatte eine Erklärung. Zu großer Wasserdruck, das Aquarium war mit zu viel Schwung auf das Gestell gewuchtet worden, zu viele Steine und Aufbauten im Wasser, sagte ein Schweizer, das habe er schon mehrfach moniert.

Benini hörte sich die Erklärungen an.

Einer wollte gesehen haben, daß in dem Moment, als Benini die Aufmerksamkeit der Zuschauer auf die Bühne lenkte, von oben eine Eisenkugel herabgefallen sei.

«Das hätte ich bemerkt», sagte Benini, «die Zuschauer

übrigens auch, schließlich waren sie auf das Aquarium hingewiesen.»

Julia fragte, ob sie nach Hause gehen dürfe, ihr Vater habe wieder seine Anfälle. Seit seiner Verhaftung in Paris ließen ihn die schweren Träume nicht los. Er phantasiere am hellichten Tage von abgeschlagenen blutenden Köpfen.

Benini erlaubte es ihr.

«Wie schnell bekommen wir Ersatz?» fragte Benini.

«Bis morgen auf keinen Fall, Carlo. Wir werden ein paar Tage auf das Aquarium verzichten müssen.» Der Manager las einige von den Scherben auf, die hinter dem zweiten Vorhang zusammengekehrt waren. «Sieht so aus, als habe eine Explosion stattgefunden, die Glasstücke sind recht klein.»

«Aber wie sollte im Wasser eine Explosion...» Benini nahm ihm das Glasstückchen aus der Hand.

Dann fiel beiden ein, daß sie die wartenden Tifosi, die sich Abend für Abend am Bühneneingang einfanden, vergessen hatten.

«Ich komm schon alleine klar. Wir werden alles überprüfen, auch die unterirdischen Installationen trockenlegen. Morgen abend wirst du nichts mehr bemerken. Widme du dich den Fans, Carlo.»

Der Magier nahm seinen Mantel und begab sich in seine Garderobe.

Kaum hatte er die ersten Autogrammwünsche befriedigt, wurde ihm die Frage gestellt, auf die er selbst eine Antwort suchte.

«Wie machen Sie es, daß das große Aquarium explodiert?»

Der Magier war sicher, daß keiner der Zuschauer auch nur auf die Idee kam, es habe sich um einen Unfall gehandelt.

23

Kurz vor eins erreichte Benini den Park. Ein schöner Ort, Montserrate. Auf den Steinen wucherten Moose, hohe Farne beschützten die Wege, und an den kleinen Seen luden grüne Höhlen zum Verweilen ein.

«Wie lange wird Alberto wegbleiben?»

«Eine Woche. Lossenkian hat ihm den Auftrag gegeben, die Verhandlungen auszureizen. Er hat den Barrelpreis so tief gesetzt, daß die Scheichs etwas zu rechnen haben.»

«Weiß John von unserem Treffen?»

Isabela gab ihm einen schnellen Kuß auf die Wange.

«Ich bin keine schlechte Schauspielerin. Er hat Alberto zwar fortgeschickt, aber ich besuche offiziell meine Mutter in Porto.»

Sie drangen tiefer in den grünen Park ein, vorbei an Efeu und Palmen, Korkeichen und Redwood-Bäumen, rotblühenden japanischen Kamelien und violetten Fuchsien.

«Isabela, warum bist du mir damals gefolgt?»

Benini spürte, wie sich ihre Muskeln spannten.

«Ich war fünfzehn, und ich war verliebt. Es waren nicht deine Tricks, es war dein Lächeln, deine Freundlichkeit. Ich wollte dich so sehr, aber als ich in Tomar ankam, warst du abgereist. Ich war schrecklich traurig.» Sie küßte ihn wieder. Ganz schnell, wie ein Frosch, der aus dem Wasser hüpft.

«Bist du von zu Hause ausgerissen?»

«Nur mein Vater hat etwas gemerkt. Meine Mutter konnte sich nicht um alle sieben Kinder kümmern.»

«Warst du die Jüngste?»

Isabela pflückte eine Blüte von einem Jakarandabaum und steckte sie sich ins Haar.

«Ich wollte dich haben. Nicht den Zauberer, der Kindern Geldstücke aus der Nase zieht. Ich wollte den Mann.»

«Aber hattest du denn schon...» Benini beendete den Satz nicht. Was gab ihm das Recht zu dieser Frage?

«Ich wußte Bescheid. Wenn man Schwestern hat, erfährt man, wie das ist mit Männern, was man tun muß, um sie zu verführen. Ich wußte, was ich von dir wollte. Aber ich hatte noch mit keinem Mann geschlafen.»

Sie setzten sich an einen Tümpel, in dem weiße und gelbe Seerosen wuchsen, hinter ihnen Gemäuer und hohe Bäume, die ihre Luftwurzeln zu Boden wachsen ließen.

«Und dann hast du geheiratet?»

«Erst vor zwei Jahren. Eine Zeitlang war ich in Frankreich. Gesangsunterricht in Avignon, später in Paris, mein erster Auftritt dann in Nîmes, danach ein Jahr in Bordeaux, immer Operetten. Nicht ganz das, was ich will...»

«Liebst du Alberto?»

«Sicher. Aber ich brauche meine Freiheit.»

Wieder ein leichter Kuß, diesmal auf den Mund.

«Komm, ich will dir etwas zeigen.»

Sie nahm ihn an der Hand.

> «Die wilden Felsen morsche Klöster tragend
> des Berges Moos, vom Sonnenbrand gebräunt,
> den weißen Korkbaum, Klüfte überragend,
> das tiefe Tal, das sonnendurstig weint,
> die ruhige Flut, die bläulich widerscheint.»

Isabela zitierte Lord Byron, der die Gärten von Montserrate besungen hatte.

Sie standen vor einem kleinen Schloß, einer Quinta mit orientalischen Bögen.

«Du kannst sie kaufen, wenn du willst», sagte Isabela, «ich würde dich dann besuchen.»

Sie ging zu der reichgeschnitzten Pforte, nahm einen Schlüssel aus ihrer Handtasche und öffnete die Tür.

«Tritt ein, müder Wanderer, das ist das Paradies!»

Die vordere Halle war ausgeräumt. Nur zwei Stühle standen, Rücken an Rücken, unter einem der Fenster. Die Wände waren bemalt: Jagdszenen, Liebesszenen.

«Es gehört meiner Familie, aber niemand will hier wirklich wohnen. Wir suchen seit Jahren einen Käufer.»

Sie zog ihn in die hinteren Räume, die möbliert waren. Es herrschte eine völlige Verwirrung der Stile. Die das gesammelt hatten, waren reich gewesen, aber ihr Geschmack ließ zu wünschen übrig.

«Lebt deine ganze Familie in Porto?» fragte der Magier, der sich eine langgestreckte Nackte auf grüner Wiese ansah, französisch, 18. Jahrhundert.

«Der größte Teil. Der Rest hat sich nach Brasilien verzogen. Wir haben dort Plantagen.»

«Warum trittst du nicht in Brasilien auf? Es soll dort großartige Opernhäuser geben.»

Isabela setzte sich an den Flügel und begann, ein Schubert-Lied zu singen.

Benini lauschte gebannt ihrer Stimme, der Trauer, der Erotik, die plötzlich den Raum füllten.

«Alberto ist ganz verrückt nach diesen Liedern. Er meint, in Chile oder Argentinien wären sie ein großer Erfolg. Nur in diesem verdammten Land will sie niemand hören. Magst du Schubert?»

«Ich mag deine Stimme. Aber wirklich. Du solltest es im Ausland versuchen.»

Der Magier erzählte von jenem Abend in Tomar, als kein Zuschauer erschienen war, und er in der gleichen Nacht noch das Land verlassen hatte. «Ich konnte es damals nicht ertragen.»

«Und heute?»

«Heute würde mir so etwas nicht mehr passieren.»

Benini war hinter sie getreten, er nahm ihren Kopf zwischen seine Hände.

Isabela sang. Lieder aus der «Winterreise».

«Damals hätte ich alles getan, um dich zu finden. Aber die Leute in Tomar wußten nicht einmal, daß du schon abgereist warst.»

Benini spielte mit ihrem Haar.

«Komm», sagte Isabela. Er folgte ihr in den ersten Stock.

Das Bad war mit Azulejos gekachelt, blau-weiß, mit wenigen gelben Tupfen. Es zeigte die Entdeckung Amerikas, wie Kolumbus die Küste erreichte, wie er Gold eintauschte.

«Zieh dich aus.» Isabela öffnete die Knöpfe ihres Kostüms, löste ihren Pferdeschwanz. Benini wurde hart, Dove la voglia é pronta, le gambe sono leggere, aber Isabela beachtete seine Erregung nicht. Sie stellte die Dusche an. Es dauerte eine Weile, bis warmes Wasser heraussprudelte.

Als sie unter dem Sprühregen standen, mit Blick hinaus in das vielfach abgestufte Grün, nahm sie sein Glied und massierte damit sanft ihre weiche nasse Spalte. Ihre Brüste waren nicht symmetrisch, als schielte auch ihr Busen ein wenig.

Ihr schwarzes Schamhaar glänzte. Benini spürte ihre Erregung. Ihre Brustspitzen wurden hart.

«Komm. Laß uns hinausgehen.»

Sie zog ihn unter der Dusche fort, öffnete zwei Türen, am großen Bett des dunklen Schlafzimmers vorbei, hinaus auf die Terrasse, die von Strelitzien und Farnen überwuchert war. Auf einem Rasenstück legten sie sich hin.

«Nicht so schnell, wir haben Zeit», bat Isabela und hielt den Magier zurück, der in sie eindringen wollte.

«Diesen Platz hier hat mein Vater geschaffen. Ich bin fest davon überzeugt, daß er meine Mutter auf dieser Terrasse geschwängert hat. Sie hat nie darüber gesprochen. Aber mein Vater prahlte damit.»

Benini sah erst jetzt, wie gut versteckt das Rasenstück war, von keiner Seite konnte jemand Einsicht nehmen. Ein grünes Nest, geschützt von bunten Blumen.

Isabela küßte ihn, spielte mit seiner Zunge.

Benini ließ seine Fingerspitzen über die empfindliche Haut ihrer Arme und Achselhöhlen, über ihre Brüste und ihren Bauch gleiten, dann schob er seine Hand zwischen ihre Schenkel.

«Noch nicht», sagte Isabela.

Benini dachte an das Mädchen, das ihm vor vielen Jahren aus einer romantischen Träumerei heraus nachgereist war.

«Weißt du, wie oft ich hier schon mit Männern geschlafen habe?»

Benini wollte es nicht wissen.

«Noch nie», sagte sie spitz, «ich wollte es nicht dort machen, wo mich meine Eltern gezeugt haben. Aber mit dir...»

Sie glitt an seinem Körper hinunter und nahm sein Glied in den Mund. Ihre Zunge umspielte die pralle Eichel.

Der Magier mußte sich konzentrieren – er wäre sonst sofort gekommen.

Er preßte Isabelas Kopf zwischen seine Schenkel, dann hob er sie vorsichtig zu sich hinauf.

«Komm», sie stand auf, zog ihn hoch, «laß uns ins Schlafzimmer gehen.»

In dem dunkelgrünen Raum, der die Farben der Schlingpflanzen hatte, die das Fenster umrankten und halb verdeckten, stand ein Doppelbett. Die weißen Laken rochen modrig.

Isabela bat Benini, die große Bettdecke zurückzuschlagen.

Auf dem Kopfkissen waren königliche Muster eingestickt, dunkles Rot umgab zwei kämpfende Löwen.

Isabelas Gesicht war weich und stark gerötet. Sie stöhnte,

als er sie umfaßte und erst vorsichtig, dann mit harten Stößen in sie eindrang.

Ihr Atem ging schneller, sie stieß heisere kleine Schreie aus, bäumte sich auf, drängte sich gegen ihn.

Dann kam sie und riß ihn in ihren Orgasmus hinein.

«Mach weiter», sie schaukelte ihn auf ihren Schenkeln, ließ nicht ab von seinem Rhythmus.

Erreichte einen zweiten Höhepunkt.

Stöhnte. Schrie.

Benini preßte sie an sich.

Es dauerte Minuten, bis sie wieder zu sich kam.

«Ich möchte das Schloß kaufen.»

Isabela lachte.

«Ich gehöre zu Alberto.»

«Und wenn er nicht da ist?»

«Ich kann ja fragen, was die Quinta kostet, wenn du sie wirklich willst.»

Sie hielten einander fest, rollten sich im Bett hin und her.

«Mußt du wirklich gehen?»

Isabela legte ihren Finger zärtlich in seine Ritze und liebkoste seine Hoden.

«Ich kann die Vorstellung nicht ausfallen lassen, das geht nicht. Du weißt, daß ich bei dir bleiben möchte.»

An diesem Abend präsentierte Benini seine Show in ungewöhnlich heiterer Laune. Er lachte, scherzte, sprach ein paar Worte Portugiesisch, was Julia verwirrte, war nicht ganz und gar der stumme Zauberer, als der er auf den Plakaten angekündigt war.

Die Kartentricks gelangen perfekt. Einer mißmutigen Dame, die nur widerwillig auf die Bühne kam, entlockte er ein Lächeln, als er aus ihrem Dekolleté einen Lippenstift zog, in dem sich die gewünschte Karte fand.

In der Pause hörte er durch den Vorhang das anerkennende Gemurmel, die Tonlage der Bewunderung, man sprach über diesen oder jenen Effekt.

«Sie sind so gut gelaunt, Senhor Benini?» sagte Julia und schmiegte sich an den Magier.

Er verspürte keine Lust, von seinem nachmittäglichen Abenteuer zu berichten, verwies auf das bevorstehende Ereignis. «Hoffentlich haben wir gutes Wetter. Dann kommen mehr Zuschauer»

Der Manager teilte seine gute Laune nicht. Er raunte dem Magier zu, daß ein Arbeiter fast abgestürzt wäre. «Die Idioten passen nie richtig auf!»

Benini ließ sich nicht aus der Stimmung bringen.

«Ich werde heute abend ein paar zusätzliche Effekte bringen, der Zugabenteil verlängert sich. Sag dem Orchester Bescheid, sie sollen nicht sofort die Instrumente einpacken. Der Abend ist genau richtig dafür.»

«Isabela?» zischelte Snow.

«Bitte», Benini legte den Finger an den Mund. «Das ist unser Geheimnis, Jeremy.»

Nach dem Ende seines zweiten Auftritts kündigte Benini an, daß er am Samstag einen großen Zaubertrick vorführen werde. «Sie werden es morgen in der Zeitung lesen, meine Damen und Herren. Ich hoffe, daß Sie alle erscheinen. Ein Wunder! Sie werden es erleben.»

Der Beifall wollte nicht enden. Die Cheshire mußte wieder und wieder gezeigt werden. Am Schluß fauchte sie böse.

Der Magier applaudierte seiner Assistentin, sie verwies auf den großen Benini, der aussah, als sei er in den zweieinhalb Stunden auf der Bühne um Jahre jünger geworden.

Als sie in der Garderobe standen, fragte Julia: «Wollen wir heute abend zusammen essen?»

24

Die Menge, die sich am Fuße der hohen Christusstatue einfand, war überschaubar. Benini und sein Manager hatten mit größerem Andrang gerechnet.

Snow führte das auf die zurückhaltende Presse zurück. Zwar hatten alle Zeitungen auf der Titelseite die Ankündigung des Magiers vermerkt und auch die Uhrzeit entsprechend groß gedruckt, aber die Skepsis überwog. Was sollte schon mit dieser hohen Statue geschehen? Würde sie davonfliegen? Zum Himmel aufsteigen? «Vielleicht war es ein Fehler, daß wir den Effekt nicht genauer beschrieben haben», räsonierte Jeremy, «mit diesem poetischen Begriff können die Zeitungen nicht allzuviel anfangen.»

Am schlimmsten hatte die Zeitung «A Ordem» berichtet. Neben einer kurzen Mitteilung über die Pressekonferenz im blauen Salon des «Avenida Palace» stand ein ausführlicher Kommentar des Kardinals Texeira:

«Was erdreistet sich dieser Magier, mit unserem Symbol Schindluder zu treiben? Die Christusstatue sollte nicht zum Opfer billiger Werbung werden. Wie kommt der schweizerische Ungläubige dazu, sich gerade dieses Monument auszusuchen? Gibt es nicht andere Plätze, an denen er seine wirklich ausgezeichneten Künste erproben kann? Wir werden genau beobachten, was er dort veranstaltet, was seine Artistenphantasie sich ausgedacht hat. Die Statue ist ein heiliges Symbol, mit dem sich niemand einen Spaß erlauben darf.»

Benini hatte Julia die bösen Sätze des greisen Kardinals übersetzen lassen, er legte auf Genauigkeit Wert, interessierte sich für jede Nuance.

Der Tonfall, die Schärfe ärgerten ihn.

Brander kam. Er hielt ein Thermometer in der Hand. «Es sieht so aus, als würde Punkt zwölf, vielleicht ein, zwei Minuten später, aber nicht mehr, die Verfärbung eintreten.»

Benini lächelte. «Besser ein bißchen später als zu früh.»

«Haben Sie mit mehr Zuschauern gerechnet?» fragte der deutsche Chemiker, der am Abend Lissabon wieder verlassen wollte.

«Ja», gab Benini zu, «aber diejenigen, die hierhergekommen sind, werden es weitererzählen, damit erreichen wir auch unser Ziel. Übrigens, ich möchte Sie bitten, noch einige Tage zu bleiben. Ich habe eine Idee.»

Auch Isabela war erschienen. Sie trug ein helles Sommerkleid, grüne Schuhe mit kleinen roten Spitzen. Sie winkte ihm zu.

Benini deutete einen Kuß an.

«Sie ist wirklich eine Schönheit», sagte Snow, der gleich hinter dem Magier stand.

«Was sagten Sie, Mister Snow?» fragte Julia, die links von Benini auf einem Klappstuhl saß. Sie hatte vergeblich versucht herauszufinden, worin der Effekt bestand, von dem der Magier und sein Manager andauernd sprachen, aber selbst die Bühnenarbeiter schwiegen.

Es war zehn Minuten vor zwölf.

Noch immer kamen Limousinen an, aus denen hochgestellte Persönlichkeiten ausstiegen. Nur Lossenkian war nicht zu entdecken.

«Hast du dich etwas beruhigt, was den Kommentar des Kardinals angeht?» Jeremy Snow faßte den Magier an der Schulter.

«Beruhigt? Was glaubt er, wer er ist? Er könnte eine Lektion vertragen.»

«Bitte, Carlo, sei vorsichtig, wir müssen an das Geschäftliche denken.»

«Ich weiß», antwortete Benini leise.

Unmittelbar am Fuße der Statue stand João de Vouga, lässig gekleidet, Zigarette im Mundwinkel. Als könnte er von dort alles besonders gut sehen. Kurti hatte ihnen berichtet, wohin sich die blaue 22 begeben hatte. Nach der Pressekonferenz ließ er sich mit dem Wagen in die Basílica de Estrêla bringen. In einem Taxi folgte der schweizerische Bühnenarbeiter. Einige Stunden blieb de Vouga in der Kirche, dann nahm er die Tram und fuhr zum Largo da Graça, wo er in einem kleinen Haus verschwand. Kurti notierte, was auf dem Türschild stand: O. D. Lisboa. Sie konnten mit dieser Abkürzung nichts anfangen.

Von der anderen Seite des Tejo klangen die Kirchglocken herüber. Es war Mittag.

Brander blickte hinauf. Die Temperatur stimmte. Nun müßte sich die chemische Flüssigkeit verfärben.

«Sie wird rötlicher», flüsterte Snow.

«Ich sehe noch nichts», sagte Benini. Er wußte, daß er sich auf die Arbeit Branders verlassen konnte. Auch wenn sich der Effekt verspätete.

Lossenkian erschien mit seiner jungen Freundin.

«Na, Carlo, haben Sie nicht zuviel versprochen? Ich hoffe, daß Sie die Leute nicht enttäuschen! Was passiert denn nun?»

«Sehen Sie doch hinauf», erwiderte Snow.

In diesem Moment begann die Verfärbung. Der Kopf des Christus wurde dunkler. Aber nicht rot, sondern grün.

Benini sah den deutschen Chemiker an. Brander stellte sich dicht neben ihn: «Das ist kein Versehen, Herr Benini! Ich habe diese Farbe gewählt, weil ich rot nicht für passend hielt.»

Benini war ungehalten, zeigte aber keine Regung.

Snow schüttelte den Kopf.

Die Ahs und Ohs im Publikum schwollen an. Lossenkian hob die Hände zum Applaus. «Hier steht der größte Zauberer Europas, was sage ich, der Welt. Senhor Benini, ich bringe diese Ehrenbezeugung nicht ohne Neid aus.»

Der Christuskopf dampfte ein wenig. Die Farbe schmolz im Sonnenlicht.

Jeremy Snow bat Julia, die Worte des Magiers zu übersetzen.

«Meine Damen und Herren, ich bedanke mich bei Ihnen, daß Sie mir soviel Vertrauen geschenkt haben und heute den weiten Weg hierher nicht scheuten. Wie ich es vorausgesagt habe, hat sich eine Veränderung zum Zeitpunkt ergeben, den ich bestimmte. Auch wenn der Effekt siebzig Sekunden später eintrat. Ich möchte diese Gelegenheit nutzen, um Sie alle einzuladen: Ich werde am 13. Oktober die Sonne in Fátima tanzen lassen. Dies wird ein Ereignis sein, das Sie, verehrtes Publikum, nicht versäumen sollten. Ich danke Ihnen.»

Als Julia mit der Übersetzung geendet hatte, gab es kein Halten mehr. Die Zeitungsreporter bestürmten Benini, den Manager, die Übersetzerin, wollten Details, weitere Auskünfte.

João de Vouga rief über die Köpfe der Umstehenden hinweg: «Senhor Benini, das werden Sie nicht wagen!»

Lossenkian strahlte wie der Urheber dieses Plans. Er hob den Arm des Magiers, als habe der das Wunder schon vollbracht: «Ich werde dasein, Senhores!»

Julia wurde beinah erdrückt von dem Ansturm. Sie hielt die Hände schützend vors Gesicht.

Inzwischen war der Christuskopf wieder hell, die Flüssigkeit verdampft. Zwei Reporter hatten sich hinaufgewagt, fanden aber keine Spuren des Wunders.

Mit Freude zählte Jeremy Snow die vielen Photographen, es waren mehr als dreißig. Dieses Wunder zumindest war im Bild festgehalten.

«Wie wollen Sie das anstellen, Mr. Benini?» rief der Korrespondent des «Guardian». Der Magier dachte daran, sich möglichst bald zu entmaterialisieren.

Lossenkian hielt ihn fest: «Ich habe eine kleine Einladung arrangiert, Carlo, Sie kommen doch!» bestimmte er energisch. «Isabela wird auch dasein», fügte er leiser hinzu. Er tippte mit dem rechten Zeigefinger unters Auge und zog das Lid herunter.

«Sie haben mich überzeugt», erwiderte der Magier.

Dann ging alles sehr schnell. Julia hatte Mühe, dem Troß zu folgen. Lossenkians Wagen setzte sich an die Spitze.

Noch von weitem sahen sie, wie die Zuschauer aufgeregt diskutierten. Snow war zufrieden. «Diesmal werden die Berichte anders aussehen. Mir fehlte die Begeisterung.»

«Ankündigungen sind nie begeisternd, Jeremy. Das wissen wir doch.» Benini dachte darüber nach, wie er Isabela gegenübertreten sollte. Er war sicher, daß Lossenkian jeden seiner Schritte beobachten ließ.

Die Fahrt ging hinunter an die Costa da Caparica. Verbranntes Gestrüpp, braune Erde, der Sommer war lang und heiß gewesen.

Die Einfahrt zu der weißen Villa wurde von zwei Bediensteten in grüner Uniform bewacht. Sie salutierten, als die Limousinen vorbeifuhren. «Wollen Sie sich ein wenig erfrischen?» Lossenkian übernahm sogleich die Führung. «Es gibt einen Pool, wir könnten ein paar Runden schwimmen, bevor wir uns stärken.»

«Ich bin nicht müde», erwiderte der Magier. Er überblickte die kleine Schar. Isabela unterhielt sich mit einem dicklichen Herrn.

«Gut, dann bitte ich zum Essen. Ich habe großen Appetit.»

Das Büfett war reichlich.

Benini aß kaum etwas, während sich sein Manager den Teller füllte.

«Ich muß Ihnen ein Kompliment machen, Carlo», Lossenkian sprach so laut, daß alle Umstehenden mithören mußten, «ich habe ja sofort erfahren, was Sie planen. Kaum war die Pressekonferenz vorbei, sagte man mir, daß etwas an der Statue geschehen soll. Ich mache Ihnen ein Geständnis: Nur eine halbe Stunde später waren zwei meiner Männer bei der Christusstatue und haben sie die ganzen achtundvierzig Stunden nicht aus den Augen gelassen. Also, ich kann bestätigen, daß Sie nicht dort waren und auch sonst niemand, der meinen Leuten aufgefallen wäre. Ich trinke auf Sie, Carlo.»

Alle hoben ihr Glas. Benini trank seinem deutschen Chemiker zu. Brander blieb ernst.

«Wir könnten eine Partie Schach spielen. Oder etwas Roulette. Ich habe oben einen kleinen privaten Salon. Auf jeden Fall möchte ich Sie unter vier Augen sprechen, Carlo.»

Der Magier war einverstanden, gab Snow eine kurze Anweisung.

Er ging hinüber zu Isabela, die am anderen Ende des Büfetts immer noch im Gespräch mit dem kleinen Dicken war. Seine Halbglatze war imposant, er trug einen Backenbart.

Benini begrüßte sie.

«Sie kennen sich?» fragte der Dickliche.

«Ich habe ihn auf der Bühne gesehen», sagte Isabela, «ich bin ganz begeistert von seinen Künsten.»

Benini hätte sie gerne umarmt. L'amore di carnevale muore di quaresima. Aber Isabela wirkte distanziert.

«Hat Ihnen mein Effekt gefallen?» fragte er.

«Sehr gut, wir können es uns nicht erklären. Und daß Sie es voraussagen konnten... Nach Fátima werden Hunderttausende kommen.» Ihre Stimme war fest, ohne Schwanken.

Julia trat neben ihn.

Sie funkelte Isabela an.

«Waren Sie nicht mal bei uns auf der Bühne?» fragte sie in schnippischem Ton.

Der Magier spürte die Spannung zwischen den beiden Frauen.

Er sah, daß auch der dickliche Herr neben Isabela ein nervöses Zucken am linken Mundwinkel nicht verbergen konnte.

«Wollen wir schwimmen, Carlo?» fragte Julia und schmiegte sich an.

«Nein, ich ertrinke. Aber geh doch ruhig, Lossenkian hat bestimmt Badeanzüge in jeder Größe.»

Julia folgte der Aufforderung nicht. Sie blieb und ließ ihre Kontrahentin nicht aus den Augen.

«Wie lange werden Sie noch in Lissabon bleiben?» Isabela sah Benini an, jetzt gab sie ihre distanzierte Haltung ein wenig auf.

«Ich weiß es noch nicht genau. Mir gefällt die Stadt immer besser. Und hier herrscht Frieden...»

«Finden Sie?» warf der dickliche Herr ein. «Das kann sich jeden Tag ändern.»

Der Magier konnte die Spannung kaum ertragen. «Entschuldigen Sie mich bitte, ich muß mit John etwas besprechen. Ich hoffe, daß wir uns wiedersehen.» Er berührte Isabela leicht an der Schulter. Sie lächelte ihr silbernes Lächeln.

Im Studio des Milliardärs herrschte ein merkwürdiges Licht. Obwohl die Sonne hereinschien, kam es Benini so vor, als sei die Luft voll Staub.

«Carlo, ich habe hoffentlich meiner Bewunderung genügend Ausdruck gegeben. Ihre Leistung war einmalig. Deswegen möchte ich Ihnen einen Vorschlag machen. Wollen Sie etwas trinken?»

Benini erinnerte den Namen des herrlichen Getränks nicht mehr, aber Lossenkian wußte gleich Bescheid.

«Nach dieser Beschimpfung durch den Kardinal bin ich etwas beunruhigt», sagte Benini zögerlich.

Lossenkian legte die weiße Jacke ab, knöpfte sich das Hemd auf. «Geben Sie nichts darauf. Das ist ein alter Knochen. Er muß so schreiben, um sein Gesicht zu wahren.»

Benini ließ sich beruhigen, denn der Milliardär behauptete, daß Texeira kaum großen Einfluß in der Stadt habe. «Und ich kann es schließlich beurteilen.»

«Sie meinen nicht, daß Fátima mir noch mehr böse Kritiken einbringen wird?»

Die seltsam staubige Luft ließ ihn schwer atmen.

«Es wird eine Sensation, Carlo, davon bin ich überzeugt. Die Kirche hat keine Phantasie, die sind immer gegen Neuerungen. Texeira wird zu Ihnen überschwenken, sobald er merkt, daß Sie stärker sind als er.»

Ein grün Uniformierter brachte den «Morgentau». Benini trank zu schnell.

«Ich möchte Ihnen ein Angebot machen. Sie arrangieren den Tanz der Sonne, und ich werde die Werbetrommel rühren. Ich denke, wenn ich eine Summe, sagen wir von fünfzigtausend Pfund, investiere, nein, verdoppeln wir die Summe, dann müßte Ihr Sonnentanz ein Jahrhundertereignis werden. Wie finden Sie das?»

Benini war erstaunt. Der Milliardär kam ihm größenwahnsinnig vor. Hatte Isabela also recht gehabt? Lossenkian wollte ihn für seine Zwecke einspannen.

«Und was ist meine Rolle dabei?» fragte der Magier, der wußte, daß bei solchen Arrangements immer eine Gegenleistung erwartet wurde.

«Nichts», erwiderte Lossenkian, er fuhr mit einem weißen Handtuch über seine Brust, «eigentlich nichts. Sie lassen, wie angekündigt, die Sonne ein wenig spazierengehen. Und dann, darum möchte ich bitten, werden Sie mir verraten, wie Sie es geschafft haben. Ich schwöre Ihnen, daß ich es an niemanden weitergeben werde. Aber ich will es wissen, nur ich. Ist das zuviel verlangt?»

«Sie wollen es nachher erfahren, nicht vorher?» Benini sah keinen Pferdefuß bei dieser Abmachung. Gegen eine Werbekampagne für sein Spektakel hatte er nichts einzuwenden. Auch wenn Lossenkian damit für Fátima Reklame machen wollte.

«Wir setzen einen Vertrag auf. Ich lasse ihn morgen ins ‹Palace› bringen. Ich wußte, daß wir zu einer Zusammenarbeit gelangen würden, Carlo. Und außerdem, die erwähnten zwanzigtausend Pfund Honorar für Sie werde ich gleich anweisen lassen. Ich setze mich mit Ihrem Manager in Verbindung. Jetzt sollten wir ein wenig Roulette spielen.»

Halbnackt ging der Milliardär in den Nebenraum, in dem ein Spieltisch stand. Am Ende saß ein Croupier, der die beiden Herren begrüßte.

Jeder bekam Jetons im Wert von vierzigtausend Escudos. Sie wollten eine halbe Stunde spielen, damit die anderen Gäste nicht allzulang warten mußten.

Diesmal gewann Benini. Er hatte seine Taktik gewechselt, setzte soviel wie möglich ein, belegte den grünen Filz mit seinen Stücken, ging jedes Risiko ein. Und gewann.

Dagegen spielte Lossenkian mit seiner Buchhaltermethode fast geizig.

Nach dreißig Minuten hatte Benini seinen Einsatz um zwanzigtausend Escudos vermehrt, während der Milliardär ein Drittel abgeben mußte.

Als Benini wieder aus der Villa trat, suchte er Isabela vergebens. Sie war mit einem Teil der Besucher abgefahren. Julia triumphierte. Snow bat darum, bald aufzubrechen, schließlich sei am Abend Vorstellung.

Benini verabschiedete sich von Lossenkian, ohne daß sie nochmals auf ihr Abkommen zu sprechen kamen.

Während der Rückfahrt besprach der Magier seine Pläne mit Brander. Die ungewollte Grünfärbung erwähnte er nicht.

Julia lehnte ihren Kopf an seine Schulter. Im Hotel waren schon die ersten Abendausgaben der Zeitungen erschienen. Gierig stürzten sie sich darauf. Fast auf jeder Titelseite das Bild von der Statue mit dem dunklen Kopf.

«Sobrenatural!» – «Milagro» – «Dança do sol a Fátima outra vez». Die Berichte überschlugen sich. Ein überragender Erfolg.

«Fast alle Artikel zweispaltig, Carlo», Snow strahlte, «wie in guten alten Zeiten.»

Sogar «A Ordem» war von dem Effekt überzeugt, wenn auch die katholische Zeitung sich mit der Ankündigung des Sonnentanzes am 13. Oktober zurückhielt.

Der Hotelmanager gratulierte. Er wäre gerne selbst anwesend gewesen, aber die Verpflichtungen... In Fátima wolle er auf jeden Fall dabeisein.

Zwei Glückwunschkarten und ein Blumenstrauß waren an der Rezeption abgegeben worden.

«Wir haben sie an der Gurgel gepackt», sagte Jeremy, «jetzt wird das Fieber einsetzen.»

Benini wunderte sich, daß nicht eine Zeitung Vermutungen anstellte, wie sich der Kopf verdunkelt hatte. In England hätte man sofort spekuliert, mit welchem Trick die Zuschauer getäuscht worden waren. In Frankreich wären Spezialisten befragt worden. In Italien hätten die Abendblätter die abenteuerlichsten Theorien aufgestellt. Hier sprach man vom «Milagro». Es sollte ihm recht sein.

«Wir sind ausverkauft», rief Jeremy in die hohe Halle des «Avenida Palace», «nicht ein Platz mehr zu haben. Nächste Woche werden die Billetts auf dem Schwarzmarkt gehandelt.»

Beninis Blick fiel auf ein Photo in «A Republica». Ein Gesicht. Weißlich. Langweilig.

Er bat Julia, den Text unter dem Porträt zu übersetzen.

«Gestern abend, gegen 21 Uhr, wurde dieser Mann aufgefunden. Er hatte zwei Schußverletzungen. Er muß sofort tot gewesen sein.»

Julia stockte.

«Weiter bitte.»

«Er wurde in der Gegend des Castelo gefunden, Rua C. Lopez. Seine Augen waren starr aufgerissen. Wer kennt diesen Mann? Wer etwas über ihn aussagen kann, soll sich beim Commissariado 7 melden.»

Benini konnte den Blick nicht von dem Bild nehmen. Es gab keinen Zweifel. Der Abgebildete war António Vicario, sein Informant.

«Jeremy, einen Augenblick bitte.»

Der Manager kam heran. «Weitere Erfolgsmeldungen?»

«Hier, sieh dir das Bild an. Man hat ihn umgebracht.»

Der Manager pfiff durch die Zähne.

Auch Julia war sicher, daß sie Vicario erkannte.

25

Die Ehe haben wir gebrochen. Du sagst, es sei nicht schlimm und keine Sünde.» Da erschrak Jeschua, denn solches hatte er nicht gelehrt. «Wir wollen nicht mehr fasten, Herr», die Frauen fielen ihm zu Füßen, «du und deine Jünger, ihr fastet auch nicht.»

Die zu ihm kamen, wollten neue Regeln, die alten schnürten sie zu eng, wie Riemen, die zu fest die Fesseln banden. Sie wollten, daß er unterscheide zwischen gut und böse, recht und falsch.

Jeschua sprach vor einer großen Menge, herab von einem kleinen Hügel: «Sehet, da ist ein Bäcker, häßlich wie der Teufel, der bäckt sein Brot im heißen Ofen, fast so heiß wie Höllenglut. Doch niemand darf dem Teufel gleichen, so lautet das Gesetz.

Den Bäcker schert das wenig.

Und eines Nachts erschien der Teufel ihm im Traum: ‹Du weißt, daß es verboten ist, wie der Teufel auszusehen. Kennst du nicht die Höllenstrafe?› Der Bäcker fürchtete sich sehr.

‹Ich wußte nichts von dieser Regel›, versuchte er sich zu entschuldigen.

Der Teufel sprach:

‹Bleib, wie du bist – aber eines muß ich von dir verlangen – geh hin zu deinen Herrn, zu deiner Regierung, und sage laut: Es gibt nichts, was nur gut und was nur böse ist. Das Gute und das Schlechte erscheinen stets zusammen. Geh hin und sag es den Oberen. Dann kannst du weiter Teufel spielen.›

Und als der Bäcker aufwachte, war zum Zeichen, daß der

Teufel ihm im Traum erschien, auf jedem Brot ein Haar von dessen Haupte. Der Bäcker aber fand nicht den Mut, der Regierung vom Begehr des Teufels zu berichten. Und als ein Jahr vergangen war, ohne daß er den Oberen die Worte hinterbracht, kaufte niemand mehr sein Brot. Denn alle sagten, das habe der Teufel gebacken.» Die Menschen, die Jeschua zuhörten, verstanden sein Gleichnis nicht und forderten neue Regeln auch weiterhin.

Wir fragten Jeschua, was er mit diesem Beispiel sagen wolle, aber unser Herr schwieg. Er hat sein Gleichnis selbst nicht deuten können.

«Der Text ist schön, daran besteht kein Zweifel. Doch läßt er sich auch verkaufen?» Der Schweizer Verleger blätterte in der Handschrift. «Die Bibel ist ein geschäftlicher Erfolg. Allein im letzten Monat gingen zweihundert Exemplare weg.»

Athanasios, der Mönch, faltete die Hände, als könne er den Verleger mit dieser Geste überzeugen.

Sechs Jahre hatte er an der deutschen Übertragung gearbeitet, war über die Ostfriesischen Inseln gezogen. Wo man ihn freundlich aufnahm im Sommer. Doch wenn der Herbst kam, verschlossen sie die Türen vor ihm. Sechs Monate saß er im Auricher Gefängnis, weil man ihm vorwarf, Kinder zu verführen. Er hatte ihnen aus dem Judasevangelium verfängliche Stellen vorgelesen. Lange Zeit verbrachte er auf Helgoland. Dort predigte ein Pfarrer, mit dem er heißen Grog trank und über den Glauben sprach. Ein ausgezeichneter Kenner der Ungereimtheiten der Bibel, der davon sprach, daß alle Evangelisten sich als Phantasten betätigten, ihr eigenes Werk zu schaffen, als Erzähler von bereits Erzähltem. «Sie gaben vor zu wissen, wovon sie schrieben, statt dessen schrieben sie heimlich ab.»

Wieder waren es die Briten, die Athanasios von Helgoland vertrieben. Er sei ein unerwünschter Besucher.

Im Jahre 1928 ging er in die Schweiz. Doch Betteln war hier streng verboten. Und auch die Kirchen machten keine Ausnahme.

So kam er zu dem Plan, den Text des Judas veröffentlichen zu lassen.

«Wir brauchen ein Imprimatur», sagte der Verleger, der mit seinem weißen Bart selbst biblisch aussah, «das Risiko ist sonst zu groß.»

«Darüber werde ich wohl sterben», sagte der Mönch ganz leise, doch der Verleger ließ sich nicht beirren.

Wenn er auf seinen Inseln träumte, hielt ihn der Judas-Text gefangen, und manchmal hatte Athanasios geglaubt, selbst im Heiligen Land gewesen zu sein, als Jeschua und seine Jünger versuchten, die römische Herrschaft hinwegzufegen. Warum verschwiegen die Evangelisten diesen Kampf? Warum waren die Auseinandersetzungen, von denen Judas berichtete, nicht auch in den vier bekannten Evangelien zu finden? Und noch eins wurde Athanasios zur Gewißheit. Nicht Judas war der Verräter, er wollte den offenen Bruch mit Rom, sondern Petrus, der Fels, auf den die Kirche baute. Er verriet, was Jeschua predigte.

«Fünfzig Franken, mehr kann ich nicht zahlen.» Der weißhaarige Mann sah aus dem Fenster.

«Fünfhundert bräuchte ich schon. Dann können Sie die Schriften nehmen.»

«Zweihundertfünfzig», sagte der Verleger. Noch immer sah er den Mönch nicht an.

«Tausend, einverstanden?» Athanasios lachte.

Wie oft hatte er auf Märkten seiner Heimat diesem Spiel zugesehen, wenn er auf ein Almosen wartete. Er hatte Händler beobachtet, die perfekt im Auf und Ab der hingeworfenen Zahlen den Handelspreis festlegten.

«Vierhundert», der Schweizer seufzte gequält.

Das Telephon klingelte. Ein schriller Ton, der den Handel unterbrach.

«In zwei Minuten», fertigte der Verleger den Anrufer ab.

Zwei Minuten und noch hundert Franken, dachte der Mönch, nicht sehr viel Zeit.

«Wo waren wir?»

«Bei Zweitausend steht mein Angebot, dann kriegen Sie zwei Texte. Für jeden tausend Franken, das ist nicht zuviel. Sie werden Hunderttausende verdienen.»

«Das Risiko ist ganz auf meiner Seite.» Der Schweizer nannte keine Zahl mehr, wollte das Gespräch beenden.

Athanasios verstaute seine Ware, wie er es auf dem Markt gesehen hatte.

«Aber ich muß ein Recht haben, das Original vorzeigen zu dürfen, wenn das Buch erscheint. Können wir uns darauf einigen?»

«Wann soll das sein?» fragte der Mönch, der nicht bereit war, länger in der Schweiz zu bleiben.

«In einem halben Jahr sollte das Buch fertig sein. Das könnte ich garantieren.»

«Und wieviel zahlen Sie?»

«Mein Gott, dann eben fünfhundert», der Verleger ließ sich auf den Stuhl fallen. «Und wenn es mich ruiniert.»

An der Kassa bekam Athanasios fünfhundert Franken ausgezahlt.

Er machte sich sogleich auf den Weg.

26

Woher wollen Sie wissen, wer dieser Tote ist?» fragte der Polizist. «Sie sind doch Ausländer.»

Julia übersetzte die Frage. Der Magier war sich nicht mehr sicher, ob es nicht besser gewesen wäre, dem Ratschlag seines Managers zu folgen.

«Ich vergesse nie ein Gesicht», antwortete Benini, «das ist eine Berufskrankheit.»

Julia hatte darum gebeten, nicht zum Commissariado 7 mitgehen zu müssen. Die Polizei in diesem Lande sei gefährlich und mißtrauisch. Während der Fahrt im Taxi wurde sie nervös, berichtete von Übergriffen, die sie erlebt hatte. Beninis Erfahrungen mit Polizisten dagegen waren nur positiv; er verzauberte sie, ließ sie staunen. Nur einmal, in Deutschland, war es ihm passiert, daß sie ihn für einen Tag in Ordnungshaft nahmen. Sie glaubten nicht, daß er Artist war, hielten ihn für einen gewöhnlichen Taschendieb.

«Warten Sie, ich hole meinen Vorgesetzten», sagte der Polizist in der korrekten grauen Uniform.

Julia war unruhig, das spürte Benini. Als habe sie etwas zu verbergen.

Sie standen in dem kahlen Raum, an dessen Stirnseite das Bild des Präsidenten hing. Ein Gesicht voll unnachsichtiger Strenge, der Blick auf eine göttliche Ordnung gerichtet. Vor dem Fenster ein Aktenbock, auf dem Holzschreibtisch wenige Papiere. «Es ist besser, wenn wir wieder gehen», sagte Julia leise.

«Bitte, beruhige dich. Ich will doch nur sagen, daß der Tote António Vicario heißt. Vielleicht erfahren wir ja, wie er umgebracht worden ist.»

«Von denen erfährt man nie etwas», flüsterte Julia. Sie trug an diesem Morgen ein rosafarbenes Kostüm, das nicht besonders gut zu ihrem Haar paßte.

Der Vorgesetzte stellte sich mit Namen und Dienstgrad vor.

«Ich habe von Ihnen in der Zeitung gelesen. Es ist eine große Ehre, daß Sie persönlich erscheinen. Nehmen Sie doch Platz.»

Benini gab dem Polizisten die Hand, vielleicht würde er ihm eine Autogrammkarte schenken. Julia blieb stehen.

«Wie konnten Sie voraussagen, daß sich der Christuskopf verdunkelte? Das würde mich persönlich interessieren.» Der Vorgesetzte, dessen Name an die Bibel erinnerte: Major Barnabas, faltete die Hände über dem Bauch.

«Das muß mein Geheimnis bleiben», antwortete Benini.

«Aber es ist doch ein ungeheuerlicher Zufall, daß Sie gerade zu dem Zeitpunkt am Ort waren, und die vielen Menschen, die Sie dorthin bestellten. Es waren einige meiner Kollegen dort, sie kamen ganz begeistert zurück.»

Der Magier hatte keine Polizeikräfte an der Statue gesehen.

«Ich wollte die Begeisterung», schmunzelte der Magier.

«Wäre es möglich, daß Sie mich und meine Frau einmal zu einer Vorführung einladen? Mein schmales Salär reicht nicht aus, um zwei Billetts zu kaufen.»

«Ich werde mit meinem Manager sprechen.»

Julia sah den Magier an, als wolle sie ihn auffordern zu gehen.

Benini räusperte sich: «Ich kenne den Toten, es handelt sich um Senhor ...»

«Sagen Sie nichts! Wir warten auf den Kommandanten. Er beschäftigt sich mit dem Fall.»

«Ich wollte nur mitteilen, was ich weiß.»

«Ich bin nicht zuständig. Das macht der Kommandant lieber selbst. Wir wollen keine Schwierigkeiten. In einer Mordsache darf ihm niemand ins Handwerk pfuschen. Es gibt in Lissabon nur zwei oder drei Bluttaten im Monat. Mord ist etwas ganz Besonderes.»

«Wann kommt er?»

«Er ist unterrichtet», sagte der Polizist, der neben dem Holzschreibtisch Stellung bezogen hatte.

Sie unterhielten sich über das Wetter, die schönen Sommerstunden am späten Nachmittag, die Benini besonders genoß, den leichten Regen in der Nacht, der die Stadt regelmäßig erfrischte. Und zwischendurch fragte der Major nach dem Geheimnis der Statue.

Es dauerte mehr als eine halbe Stunde, bis der Kommandant erschien. Ein Dickschädel, dessen runde Brille wie ein quergelegtes Fragezeichen aussah.

«Würde es Ihnen etwas ausmachen, wenn wir nachher den Wagen nehmen? Der Polizeipräsident möchte sich mit Ihnen unterhalten.»

Benini verspürte nicht die geringste Lust, den ganzen Nachmittag in diesem kahlen Raum zu verbringen.

«Dann lassen Sie uns sofort fahren, bitte. Ich habe mittags eine Verabredung.»

Der Kommandant sagte, das gehe leider nicht, weil der Polizeipräsident noch nicht in seinem Büro sei.

«Sie haben den Mann also erkannt?» fragte der Dickschädel.

«Ja, es ist António Vicario.»

«Woher kennen Sie ihn?»

«Ich habe einige Male mit ihm gesprochen.»

«Worüber?»

«Über das Wunder von Fátima.»

«Das ist interessant.»

Der Kommandant begann, sich Notizen zu machen.

«Was wollten Sie denn von ihm?»

«Ich hatte eine Anzeige in der Zeitung aufgegeben, daß sich Augenzeugen melden sollten. Vicario erschien als einer der letzten und erzählte mir, was er über Fátima wußte.»

«Und was wußte er?»

«Ich glaube, das geht zu weit», sagte Benini. Sein Manager hatte recht gehabt, es war ein nutzloses Unterfangen, der Polizei in diesem Mordfall helfen zu wollen.

«Das entscheiden wir. Wir müssen alles wissen, was Vicario angeht. Sie wollen uns doch nichts vorenthalten?»

Julia übersetzte behutsam. Sie konnte dem Magier verständlich machen, daß dies eine kaum versteckte Drohung war.

«Was wußte Vicario über Fátima?» Der Kommandant war sehr freundlich, seine Stimme klang keineswegs scharf.

«Er hat sich zwanzig Jahre mit dem Ort befaßt und eine Theorie und ein paar Hypothesen entwickelt.»

«Wie war die Theorie und welcher Art die Hypothesen?» Diesmal fragte Major Barnabas.

Benini gab ein paar Stichworte: die Irreführung der Kinder, die allzu bereiten Abergläubigen, das Spiel mit den Erwartungen beim Sonnentanz.

«Und Sie finden, daß Vicario recht hatte?» Der Kommandant beugte sich vor. Benini sah, daß sich neben seiner breiten Nase ein runder Hautwulst befand.

«Das kann ich nicht beurteilen, aber einiges scheint mir sehr plausibel.»

«Ich glaube, daß dieser Mann ein ganz gewöhnlicher Schwindler war. Wir kennen solche Leute nur allzugut. Spitzbuben, Trickbetrüger, Gaukler.» Der Kommandant nahm seine Brille ab. «Sie wissen nicht, was wir für einen Ärger mit dieser Art von Pöbel haben. Überall tauchen sie auf, versuchen, die Leute über den Tisch zu ziehen, Geld von Gutgläubigen zu ergaunern. Wenn Sie mich fragen, dann ist Vicario auch so einer gewesen.»

Benini hatte nicht vor, dazu etwas zu sagen.

Major Barnabas holte eine dünne Akte hervor.

«Was wir wissen, ist dies: Der Tod trat sofort ein. Der erste Schuß streckte ihn nieder, der zweite ging ins Herz. Ich will nicht behaupten, es habe den Richtigen getroffen, aber...»

«Bitte, Major Barnabas, das ist mein Verhör», wies der Kommandant seinen Untergebenen zurecht. «Lassen Sie Senhor Benini erzählen.»

«Mehr kann ich nicht sagen. Ich habe gedacht, daß Sie den Toten noch nicht identifiziert hätten. Mir kam er außerdem nicht wie ein Schwindler vor», sagte der Magier.

«Wir haben da unsere Erfahrungen», behauptete der Kommandant. Dann stand er auf. «Ich denke, wir sollten den Präsidenten nicht länger warten lassen. Wir können in meinem Wagen fahren.»

Julia fragte, ob sie noch weiter vonnöten sei, ihr wäre es recht, wenn sie nach Hause gehen könne. Der Magier bat sie zu bleiben. «Du bist meine Zeugin, ich brauche dich wirklich. Vor diesen Polizisten brauchst du keine Angst zu haben.» Den letzten Satz sprach er wieder lauter, denn er war sicher, daß der Kommandant Englisch verstand.

«Können Sie mir sagen, was die Abkürzung O. D. bedeutet?» fragte Benini, nachdem sie in den klapprigen Wagen eingestiegen waren. Das alte Modell paßte gar nicht zur Stellung des Portugiesen.

«Warum wollen Sie das wissen?»

Der Dickschädel setzte sich ans Steuer, schob seinen Bauch hinter das Lenkrad.

«Ich wüßte es gerne.»

Julia schüttelte den Kopf.

«Machen wir ein Abkommen: Ich sage Ihnen, was O. D. bedeutet, und Sie beantworten meine Frage, einverstanden?»

Die Fahrt ging los. Der Kommandant trat auf das Gaspedal, daß Benini um sein Leben fürchtete.

«O. D. heißt Opus Dei.»

«Und was ist das?»

«Eine kirchliche Organisation, die gelegentlich aktiv wird. Mehr weiß ich auch nicht. Sie haben ein Haus am Graça, stimmt's?»

Benini suchte nach einer Ausrede. Auf keinen Fall wollte er dem Kommandanten den wirklichen Grund seiner Nachfrage mitteilen, schon gar nicht den Namen João de Vouga.

«Also...» der Polizist sah den Magier an, ohne die Geschwindigkeit zu verringern.

«Ich hatte eine Nachfrage im Hotel. Da wollte jemand etwas über den genauen Vorgang bei meiner Vorführung an der Statue wissen, und hinter seinem Namen standen die Buchstaben O. D., ich hatte keine Ahnung, daß es eine kirchliche Organisation ist.»

Das Polizeipräsidium war ein Gebäude mit malerischer Außenfassade. Als würden hier Kunstwerke alter Meister gehandelt und nicht Verbrecher verhört und gefoltert.

Der Polizeipräsident begrüßte den Magier wie einen alten Freund. Benini erinnerte sich an die Schweißausbrüche dieses Mannes, die er während seiner Fahrt mit verbundenen Augen zu ertragen hatte. Der feiste Portugiese übertraf den Kommandanten noch an Umfang.

Das Büro war großzügig ausgestattet mit einem Konferenztisch aus Mahagoni und Ölbildern an den Wänden. Auf dem Tisch standen Gläser, zwei Karaffen Wein, eine Flasche Bagaço, ein scharf gebrannter Trester. Es glich eher einem Salon.

Der Kommandant verabschiedete sich. Er war nur als Fahrer gebraucht worden.

«Oh, Sie sind in Begleitung?» Der Polizeipräsident musterte Julia, schnalzte mit der Zunge.

«Meine Assistentin, ohne die ich verloren wäre. Ich habe zwar schon ein wenig von Ihrer wohlklingenden Sprache gelernt, aber es reicht nur, um die Speisekarte zu lesen.»

Julia versuchte, ihre Hände unter Kontrolle zu bekommen, was ihr nicht gelang. Sie blickte aus dem Fenster.

«Wir sind Ihnen auf die Schliche gekommen», sagte der Polizeipräsident in gebrochenem Englisch. Sein Th war etwas feucht.

«Was haben Sie herausgefunden?» fragte Benini.

«Als wir damals durch Lissabon fuhren, trugen Sie eine Binde um den Kopf.»

«Sie haben sie selbst geprüft!»

Der Polizeipräsident machte eine Pause, bevor er weitersprach.

«Sie haben sich zwar die Binde umgelegt, aber Sie konnten sehen. Habe ich recht?»

«Vielleicht, vielleicht auch nicht.»

Es mußte eine Niederlage für diesen schwergewichtigen Mann gewesen sein. Der Polizeipräsident Lissabons fährt neben einem blinden Autofahrer durch die Stadt und kann nicht erklären, was geschieht.

Er ging zu seinem Schreibtisch und drückte auf eine Klingel. Sofort erschien ein Uniformierter. Auf einem Tablett trug er eine dunkle Binde.

«Machen wir einen Versuch. Sind Sie bereit? Senhora, kommen Sie mal her.»

Nur zögernd näherte sich Julia.

Mit einer heftigen Bewegung faßte der Polizeipräsident sie an den Schultern, drehte sie um. Er nahm das schwarze Tuch und band es ihr um den Kopf. «So, jetzt gehen Sie.»

Julia machte ein paar Schritte auf dem dicken Teppich.

«Sie können uns gut erkennen, nicht?»

Julia nickte, sagte aber nichts.

«Das ist Ihr Geheimnis, Senhor Benini. Habe ich recht?»

Benini wollte die Augenbinde überprüfen und legte sie an.

Durch die Spannung, mit der das Tuch hinter seinem Kopf geknotet wurde, öffneten sich Blenden, durch die er sehen konnte.

«Sie hätten Magier werden sollen, Senhor Präsident. Das ist ein wunderbarer Einfall.»

Benini deutete einen kleinen Applaus an.

Der Polizeipräsident grinste.

«So machen Sie es. Habe ich recht?»

Zum erstenmal an diesem Morgen lächelte Julia. Ihr Gesicht entspannte sich.

«Nein. Außerdem, wenn Sie dieses Tuch untersucht hätten, dann wäre Ihnen doch sicher gleich aufgefallen, daß in der Mitte diese Verdickung ist. Man kann die Apparatur fühlen. Hier, bitte.»

Benini reichte dem Präsidenten die Augenbinde zurück. «Nichts gegen Ihren Einfall. Man müßte ihn verbessern.»

«Was wollen Sie trinken?» Der schwergewichtige Mann trat an den Konferenztisch.

«Um diese Zeit trinke ich höchstens einen Kaffee, auf keinen Fall Alkohol.»

Der Polizeipräsident betätigte wieder die Klingel. Er bestellte drei Bicas, den schwarzen Espressokaffee.

«Sie wissen, daß Kardinal Texeira vor Wut schäumt?»

Benini zuckte zusammen. «Wieso?»

«Er will verbieten lassen, daß Sie in Fátima Ihre Künste zeigen.»

«Kann er das?»

«Nein, natürlich nicht. Aber ich weiß aus sicherer Quelle, daß er in dieser Sache mit dem Staatspräsidenten in Kontakt steht.»

«Es soll keine Staatsaffäre werden, eher eine Vorführung himmlischen Vergnügens.»

Der Kaffee kam. Julias Hände zitterten, als sie in kleinen Schlucken trank.

Sie schwiegen eine Zeitlang. In Beninis Kopf drehten sich alle Gedanken um die eine Frage, die er nicht zu stellen wagte. Hatte der Mord an Vicario etwas mit seinem Fátima-Projekt zu tun?

«Ich habe gehört, daß Sie am Mittag noch eine Verabredung haben, ich möchte Ihre Zeit nicht länger in Anspruch nehmen, aber ich muß Sie um etwas bitten.»

Der Polizeipräsident stellte sich hinter seinen Schreibtisch, seine Stimme nahm einen Befehlston an.

«Sie kennen diesen Toten. Wir wissen nichts darüber, warum er umgebracht worden ist. Ich möchte die ausdrückliche Bitte äußern, daß Sie sich nicht in unsere Untersuchungen einmischen. Das würde unangenehme Konsequenzen haben.»

Benini versicherte, daß es ihm fernliege, sich einzumischen. Er habe nur seine Pflicht tun wollen. «Ich bin Schweizer.»

Als sie sich verabschiedeten, wußte Benini, daß er sich an das gegebene Versprechen nicht halten würde.

Noch am gleichen Nachmittag nahm er ein Taxi und fuhr hinüber zum Friedhof Prazeres, um dort in der Rua Maria Pia die Wohnung António Vicarios aufzusuchen.

Den ganzen Mittag hatte er mit Julia verbracht und versucht, sie zu beruhigen. Ihre Aufregung war nicht geringer, sondern größer geworden. Benini wisse nicht, auf was er sich da eingelassen habe, wie viele Drohungen hinter all der Zuvorkommenheit stecken. «Die Polizisten sind nur so zurückhaltend aufgetreten, weil Sie eine solche Berühmtheit sind. Wenn ich alleine dort gewesen wäre, hätten die mich einige Tage eingesperrt.»

Der Magier glaubte ihr nicht, sie übertreibe maßlos. Er habe zwar gespürt, daß man ihn von der Untersuchung fernhalten wolle, aber Drohungen habe er nicht vernommen. «Ich fand, daß man mich wie einen Gentleman behandelt hat.» Sie saßen zusammen in seiner Suite, als Jeremy hereinkam. Dem Manager waren Beninis Überlegenheit zu großspurig und Julias Ängste zu kleinkariert. «Man muß die Polizei für seine Zwecke einspannen und nicht umgekehrt.»

«Chi fa di suo capo non gli duole la testa», gab Benini von sich. Sein Entschluß war gefaßt.

Schon zweimal war er die Rua Maria Pia hinauf- und hinuntergegangen, aber er konnte das Haus der Familie Vicario nicht entdecken. Zu sehr ähnelten sich die Gebäude.

Er versuchte, sich daran zu erinnern, wie sein Informant ihn aus dem Fenster des ersten Stocks heraufgerufen hatte. Es mißlang. Wen er auf der Straße auch ansprach, alle taten so, als hätten sie den Namen Vicario noch nie gehört. Benini wurde ärgerlich. Wie konnte es sein, daß keiner diesen Mann kannte.

Er ging zum Friedhof, um von dort noch einmal den Weg anzutreten, den er bei seinem letzten Besuch gegangen war.

Ein alter Herr, gut gekleidet, mit einem Buckel, kam ihm entgegen.

«Wenn Sie die Toten suchen», seine Stimme klang wie dünnes Glas, «die haben Ausgang. Heute ist es ganz still.»

Benini fragte nach Vicario.

Der Alte sah ihn schief von unten her an.

«Der Vicario ist auf dem Weg. Soll ich Ihnen zeigen, wo das Totenloch ist?»

«Nein, ich will wissen, wo sein Haus war.»

«Da leben nur noch Gespenster. Gehen Sie nicht hinein.»

Der Magier bedankte sich.

Er hatte die Warnung verstanden.

27

Ricardo Lopez outra vez, der Marmormetz, dem sich kein Stein verweigert, der Büstn noch aus jedm Feigling macht, aus gelben Generälen, violetten Kardinälen, aus grünen Reedern und deren kaffeebraunen Fraun, Ricardo Lopez, dem selbst ER sein letztes Bild nicht vorenthielt.

War auf der Höhe meiner Macht, und Macht ist wunderbar, macht glücklich, uma coisa sagrada.

Ich wollt schon den Laden verschließn, die Arbeiter warn längst gegangen, kommt in die Werkstatt aus ner Riesenkutsche so ein Gnom, ob ich mich zur Verfügung halten könnt, ich sag, Verfügung gibts nich, Sterbm is vonnöten, und er mit böser Stimme, wenn ich Verfügung sag, dann stehst du stramm, fast wär der Meißel ihm zum Kopf gegangen, ich hatte keine Lust mit so nem Laffen, faßt er mich fest am Arm, ER will dich sprechen, wer ist er, frag ich, es gibt so viele Ers, so viele, die sich dafür halten, na eben ER, der Einzige, der Führer, der, ich müßt doch wissen, wer gemeint is, ich seh den Wagen draußen, die Karosse mit dem Präsidentenstander, was er denn will, frag ich, was solls denn sein, ob ich mir vorstelln könnt, ein Grabesdenkmal zu errichten für den vom Volk Geliebten, ich sag, ich machs für alle, da gabs andre schon, der Gnom läßt mich nich aus den Augen, sein Blick ist hart, so wie sein Griff, wir fahren gleich hinüber zum Palast, jetzt gleich, ich bin doch gar nich, fünf Minuten gibt er mir, in meinem Kopf die große Trommel, die Pauke, Lärm, der Präsident verlangt nach mir, den manche den Diktator nennen und andere nen Menschenfreund, im weißen Kittel, Marmorstaub auf Händen und Gesicht, der Präsident, sieh an, soweit hinauf schon reicht mein Ruf, das Oberoberoberhaupt, den dieser Gnom nich auszusprechn wagt, als wärs der Herrgott selbst, sieh an, der Präsident, óptimo, ich werde mich beeilen.

Ich hatt nen Traum, ein letzter Traum vom letzten Tag des Staats, der längste Zug, den Menschen je gesehn, gestorbm war der Staat, allen bekannt, allen verwandt, sie hattn ihn gespürt, der jedm in die Tasche griff und prüfte auf Geschlecht und Rasse, auf Gewissn und den gottesfürchtgen Glauben, nun hat der Staat den Geist aufgegebm, und alle kamen, alle, anfangs die Rattenspieler, die mit feistem Grinsen ihr letztes Flötenloch verstopftn, dann Ministranten mit Weihrauchsäcken, so schwer, daß sie am Boden schleiftn, dann Peiniger, Folterer, Geißler, das riesige Kreuz der Prozession dreihundert Meter hoch und mehr, gezogn von nem Heer von Sklaven, die Kolonien, Angola, Moçambique, die Schwarzn, Mischlinge, Ausgestoßene, Zehntausende mit schweißigem Körper, und auf ein gemeinsames Zeichen stellten sie das Kreuz senkrecht, dreihundert Meter, wie gesagt, so hoooch, daß es die Spitze des Castelo überragte, und langsam, langsam kommt Bewegung in die Menge, bis dann, so endete der Traum, das Riesenkreuz nach vorne stürzt und alle unter sich begräbt, wir warn die Leichn, hab diesen Traum gehaßt, so gern ich auch das Riesenkreuz gefertigt hätt.

Die Fahrt in großem Wagen, ich kenn mit Typen mich nich aus, zeigt eine Stadt in anderm Licht, Lisboa als Vorfeld, Aufmarschgebiet, faschistisches Gepränge, hier eine Fahne, dort ein Signal, hier eine Prachtstraße, hineingeschlagen, Avenida da Liberdade, dort ein Gehenkter, an jeder Straßenecke Opfer, du fährst in weichen Wellen, schwerem Polster, und alles ohne Sorgen, ich frag den Gnom, ob ER denn schon gebrechlich, hinfällig, marode, nein, nein, der Gnom schüttelt den Kopf, er ist gesundheitlich in Ordnung, und doch, ER will schon an die Zukunft denken, der Mann war dreißig Jahr im Amt, Ministerposten, Würdenträger, Ordensbrust, Uniformist, Parteigründer und Vordenker im Programm, ein Mann wie eine Statue, mein Gott, dacht ich, was wird er wolln, ein Marmormonument, das man selbst noch in Afrika erblickt, der Gnom: ER ist sehr freundlich, angenehm, Senhor Lopez, doch eines müßt er jetzt gleich ausbedingen, kein Wort, zu niemand, wirklich, kein Wort, das konnt ich garantiern, ich hatt gelernt zu schweign, weils beim Sterbm privat zugeht, das möcht niemand hinausgetragn wissen, und der, zu dem ich hingefahrn wurde, hat seine ganz besondren Gründe.

Wie wird er wohl als Leiche sein, als totes Material, oder zwei Monat später dann, ich hab ja jeden Zugang, brauch kein Antrag, kann die Särge lüften, wird dieser Mann was ganz Besondres sein, die schönste Leich in Portugal, oder stinkt auch er am vierten Tag. Es gab da einmal den toten Cláudio Maria Dourado Di Fonzó, der ließ auf seinem letzten Weg von eigner Kapelle sich begleiten, mit einem Wort, er furzte, den ganzen langen Treck von der Basílica da Estrêla bis zum Prazeres, natürlich hörn die Leute es, die schwer an diesem Fettsack trugen, das läuft wie ein Gerücht durch all die Reihen, ein jeder will es hörn, ganz klar verstummen die Gebete und Gesänge, die Dunkelmänner sind allein, auch sie vergessn jede Liturgie, derweil Senhor Di Fonzó furzt, nicht, daß die Leichenträger schwanken, und so den Toten dazu bringen, oder das Pflaster war zu holprig, der Herr muß wohl in Feijoada gebadet habn an seinem letzten Tag, dem wars ganz lustig da in seinem Sarg, nur die Familie war erschüttert, mitten hinein in schwerstes Trauern die Blamage, konnten sich nie beruhign, erst auf Prazeres wurd er still, um dann mit einem letzten Knall hinabzufahrn in die Grube.

Ich mußte warten, warten warten, denn ER hat keine Zeit

für nichtge Dinge, wir schlichen durch den Palast, die Gänge schmal, ein Hinterweg, und immer wieder Türn, verschloßne, offne, eiserne Türn, der Gnom trug einen Schlüsselbund, schwerer als mein größter Meißel, dann durch die Wand, Seidentapete, ich hab die Tür nich mehr gesehn, als sie hart zufiel, eine Halle, holzvertäfelt bis zur Decke, zwei große Ölgemälde, die den Herrscher zeigen, das eine hell in jungen Jahren, im Lichtschein des Erfolges schon, mit vollem Haar und militärischem Gehabe, das andere dunkel im Stil des strengen Richters, auf neue Ordnung bloß bedacht, drei Stühle an der Wand, auf dem Boden ein gewaltger Teppich, Gastgeschenk eines afghanischen Großfürsten, ich dachte nur, hier gerät alles ins Große, Übergroße, er wird ein Denkmal wolln, das keiner je bezahln kann, wie damals der Reynolds Brandão, Landsmann, in Brasilien sein Geld gemacht, in der Cidade de Santo Amaro, die Sklaven ausgequetscht mit harten Peitschen, der wollt ein Mausoleum gleich am Praça Rossio, der Friedhof war nicht groß genug für ihn, ich zählte schon das Geld, das ich beim Warten Stund um Stund verlor.

Dauert sie lang, die Ewigkeit, Sie müssen es doch wissen, salbadert er, ich nenne ihn Salbader, denn seine Stimme waber wabert wie von ner fernen Kanzel, die letzte Bank noch zu erschreckn, Salbader Präsident, von stattlicher Figur, ganz grade Schultern, schwer zu haun, den Kopf quadratisch, wie vom Schraubstock eingezwängt, die Hände lang, er streckt mir eine hin, nun sagen Sie's, wie lange muß ich rechnen, ich war fast eingenickt in dieser Wartehalle, weiß nich, soll ich zu Boden falln, die Füße leckn, nen Diener machn, Augen niederschlagn wie ne frisch Vermählte, sein Händedruck so fest, daß ich den Schmerz noch lange spüre, ich hör, Sie machen sich um Fátima verdient, mein Fátima, was für ein Segen, unser Land braucht die Senhora, sie ist wie eine Mutter stets für mich gewesen, und die Lúcia nehm ich als meine Tochter, ja, Fátima ist eine Wohltat für die

Portugiesen, was für dies Wunder getan, ist gut getan, er hört nicht auf, Salbader bader bader, ich frag mich, wann endlich kommt er zum Geschäft, auch wenn er Präsident is, könnt er sich kürzer fassn, doch dies das erste Mal, daß ich ihn traf, Salbader war mittn im Wunder, das Licht, die Sonne, Gnade, Zucht, denn dieses Land braucht Zucht, wir brauchen Strenge, Einhalt, Unterordnung, ein jeder weiß, auf welchem Platz er steht, wir brauchen Buße, Ernst, klare Linien, und langsam gleitet er hinüber in sein Lieblingslied: das glorreiche Portugal der Vergangenheit wird auch das glorreiche Portugal der Zukunft werden, die Größe der Nation, die Größe, ich rechne aus, was wohl ein Denkmal kost, so grooooß, wie ers beschreibt, die Sätze, die er spricht, Granit, metallische Adern, quarzene Bänder, die Worte wählt er ohne Not, nochmal zurück zur Ewigkeit, denn das ist wichtig, schließlich soll mein Denkmal Bestand habn.

Das kenn ich nun: Bestand, überdauern wolln sie alle, wie lange hälts, wird es den Stürmen standhalten, anfangs gings um schwarze Farbe, die Namen werden in den Stein gemeißelt und dann mit Farbe ausgepinselt, weiß ja jeder, das dauert ein, zwei Jährchen, schon ist der Name weggeblaßt, ich nehme Blei, mach Intarsie, das hält schon länger, aber bröckelt später, dann gings um Stein, das Härteste vom Harten, Marmor wird akzeptiert, ein bißchen mehr, gibts keinen Stein, der natürlich gewachsen, am liebsten wärs den Herrn, wenn schon im Stein ihr Name eingewachsen wär.

Der Salbader kam ab von dieser Frage, wollt kein großes Denkmal, kein Monument, ich will ne schöne Büste, die mich dem Volk zeigt, wie ich bin, ein gütger Landesvater, lieber Nachbar, ein Fischer, Bauer, auch einfacher Soldat, meine Büste soll von hoher Kunst sein, wie ein Porträt aus griechischer Zeit, er holt hervor aus seiner Jacke zwei Abbildungen, große Klassik, den Kopf vom Perseus, den andren kannt ich nich, ich will Milde, feines Lächeln, sinnig, leise, nicht eine strenge Linie, niemals ein Richter wie der alte

Vouga, das ist ein Bildnis, das ich verabscheue, verstehn Sie, Lopez, was ich meine, verstehn tat ich schon, doch macht es wenig Sinn, die Leute kennen ihrn Präsidenten, ein Herr der Ordnung, Recht und Strenge, ein Führer, Caudillo, kein Mann des Volks, ich schweige still, weiß nich, obs schon beim ersten Treffen richtig is, ihm zu entgegnen, nicke nur.

Wie steh ich da, was denkt die Nachwelt, bin ich zu dick, zu dünn, zu breit, mach mich doch zehn, nein zwanzig, vierzig Jahre jünger, hier ein Porträt aus guten Tagen, zwar in Öl, doch du haust mirs in Stein, hier ist ein Photo, ganz verliebt, so will ich für die Ewigkeit posiern, anders Salbader, der will Kunst, feine Linie nach der Natur, so wie er ist, nur ihn niemand kennt, ich soll den Künstler geben, das war ein Auftrag, wie ich ihn nich kannte, nich weil ich mirs nich zugetraut, Salbader war ein Eitler, Eifrer, ein Pedant, die erste Büste war ihm zu brav geraten, zu wenig Ausdruck und das Augenlicht zu stumpf, kein Strahlen mehr, kein Glanz und keine Kraft, so sah ich ihn, schließlich hat er die Siebzig überschritten, die zweite nannte er brutal, gerissen, wie ein Betrüger, zuviel von allem, was der ersten fehlte, die Leute werden meinen Kopf anspucken, wenn sie mich auf dem Friedhof besuchen, ich mach ne dritte Büste, auch nich recht, zu rundlich das Gesicht, zu lieb, versuchs mit schmeicheln, schöner machen, wegputzen all die Häßlichkeiten, doch Salbader, obwohl schon müde, lehnt die Arbeit wieder ab.

In all den Sitzungen, die ich im Palast verbracht, sah ich den Mann, wie er in sich zusammensank, oft schlief er ein auf seinem Stuhl, dann reckte er sich hoch empor, nach einer Zigarette schreiend, dann wieder gütger Landesvater, das Bildnis, das er haben wollt, ich dachte, ich mach jede Büste, solangs auch dauert, andre mußten warten, da starbm ganze Auftragsbücher, weil ich den Ehrgeiz hat, ihms recht zu machen, obwohl die Büste ihn nich trifft, er fragte mich nach Tod und Leidenschaft, nach Ansehn, Ruhm und Nachwelt, er glaubt, daß er nach seinem Heimgang einen Sonderplatz erhält, er war ganz sicher, daß er abgeholt und dann hinaufgeleitet wird, hat keine Angst vor jener Stunde, Salbader bader bader, der konnte reden, daß selbst mein Hammer Ohren kriegt, ich hab ihn dargestellt wie einen Schläfer, leise, behutsam, schläft er oder ist er wach, wer weiß es schon, doch als ich an der vierten Büste saß, verstarb der Präsident. Man nahm die erste.

Ich ging nich mit im Leichenzug, dem längsten, den Lisboa sah, blieb weg von diesem Pomp, verlogenem Gewäsch, Ricardo Lopez, der Präsidentenkünstler, der Marmormetz im hohen Rang, ich hätt ihn umbringn können, den vielverhaßten Landesmörder, den manche Freund des Volkes nannten, andere Diktator, die Arbeit war getan, so schlecht sie dasteht, als jemand kam und fragte, ob mein Namenszug am Denkmal erscheint, ich hab mich umgedreht, macht was ihr wollt, natürlich fürs Geschäft ganz gut, doch Aufträge kamen auch so, ganz ungefragt, diejenigen, die es wissen mußten, den wurd es zugetragen, daß ich der namenlose Künstler war, der ihm zum letzten Bild verhalf.

Und eines Tags kommt der Gnom, schon weiß statt grau, im feinen Cut, er hätt den Auftrag mir besorgt, ob denn für ihn, er meine, vielleicht, es könnt doch sein, mal sehn, wer fragt, also ein Rabatt, den fänd er angemessn, wirklich angemessn, der Gnom wollt einmal im Leben ein ganz Großer sein, auf seinem Grab, die Leute solln ruhig lachen, ich sag Rabatt, kenn kaum das Wort, groß machen kann ich ihn, über seinen Tag hinaus, daran soll nicht gespart werdn, beim Sterbm gelten andre Gesetze, da ist die Lüge Wahrheit schon, und Wahrheit wird so schnell verbraucht wie jener Atemzug, von dem sich niemand mehr erholt, adeusinho.

28

Was produziert dieser Kardinal Texeira denn? Wovon lebt er? Welches Handwerk übt der Papst aus?»

Der Magier war betrunken, herausgefallen aus seiner schweizerischen Distanziertheit, berauscht vom Portwein.

«Für viel Geld bieten sie eine lächerliche Show in der Kirche, immer derselbe Singsang, hier ein bißchen Weihrauch, dort Gebimmel, der Priester trinkt, die Gemeinde kaut auf der trockenen Oblate. Wenn der Kollektensack vorbeikommt, wird kassiert. Das nennen sie Beruf!»

Jeremy schlief in seinem Sessel. Er schnarchte englisch. Nach einem tiefen Triller ein helles Püdipüüh.

Joseph Feuerheerd lauschte den Ausbrüchen Beninis. Er hatte dem Magier eine Auswahl von Portweinen zusammengestellt, die sie in der gemütlichen Suite des «Avenida Palace» probierten. Benini wollte einige Kisten bestellen.

«Sie verkleiden sich das ganze Leben, immer Karneval. Die Priester in Schwarz, Raben und Mahner, daß man ja genug Opfer bringt, die Kardinäle im prächtigen Hermelin, stolzieren wie Fürsten, obwohl der Adel abgeschafft ist, der Papst im Rock aus rotem Goldbrokat mit brillantenbesetzter Tiara. Ist er ein Transvestit?»

Benini ging im Zimmer auf und ab, er brauchte Bewegung.

Der Portweinhändler öffnete eine Flasche aus dem Jahre 1917. Langsam zog er den Korken hervor, roch daran, sein Gesicht ein Feuerball mit weißen Protuberanzen. Dann goß er den Port tropfenweise in ein Kristallgläschen, prüfte ihn im Lampenlicht, drehte das Glas, erst zur einen, dann zur anderen Seite, hielt seine überdimensionale Nase über den Port und drehte das Kristallgefäß abermals.

«Sie stolzieren herum, intrigieren, zensieren, spinnen Fäden, um andere zu Fall zu bringen, investieren, spekulieren, häufen Reichtümer an, das arme Himmelreich, lassen zu Kreuze kriechen. Was ist dieser Texeira für ein widerlicher Heuchler?»

Benini trank die Probe in einem einzigen Zug.

Feuerheerd trank nicht. Zu Beginn des nächtlichen Gelages hatte der Portweinhändler zu verstehen gegeben, daß er keinen Alkohol mehr anrühren dürfe, er habe zuviel davon genossen. Mit einer kleinen Verbeugung bat er um Verständnis. Er kenne jeden Jahrgang, jedes Bouquet, wisse, in welcher Reihenfolge die Proben zu kredenzen seien, probieren dürfe er nicht mehr.

Jeremy wechselte den Rhythmus. Nun folgte dem gurgelnden Triller ein doppeltes, wenn auch kürzeres Püdipüüh.

Benini fand die Erklärung Feuerheerds unkommod, er hoffte, nach diesem merkwürdigen Tag zu einem schönen Rausch zu kommen, um danach im Tiefschlaf zu versinken. Als brauchten die vergangenen Stunden noch einen ironischen Höhepunkt, hatte Isabela ihm mitgeteilt, daß Alberto schon zwei Tage früher aus Kairo zurückkommen werde. Der Brief in seiner Garderobe war nicht unterzeichnet.

Der Magier hatte es aufgegeben, nach Preisen zu fragen, verlor die Übersicht, war nicht mehr in der Lage, die Flaschen zu zählen, die auf dem Tisch standen.

«Schwindler sind sie allesamt, ich kann es beweisen. Und ich werde auch herausbekommen, wer hinter dem Mord an Vicario steckt. Und wenn es mein ganzes Vermögen kostet.»

Der Manager schreckte hoch, verfiel aber gleich wieder in neuerliches Schnarchen.

«Ich habe ihn angelockt. Ich war der Köder, verstehen Sie. Ich. Der große Benini hat sich interessiert gezeigt, damit wußten sie, wer sich gegen Fátima stellt. Dann haben sie ihn mit zwei Schüssen erledigt. Kaltblütig umgebracht. Texeira hat ein reines Gewissen, schläft gut. Die Kathedrale wird am Sonntag wieder bis auf den letzten Platz gefüllt sein. Mir droht man nicht, verstehen Sie, mir nicht!»

Joseph Feuerheerd zelebrierte die letzte Probe.

«1911», raunte er, «mein bester Jahrgang.»

«Schenken Sie ein», Benini hielt sein Glas hin. Feuerheerd zögerte, dann nahm er eine andere Flasche von dem runden Couchtisch und goß nach. Der Magier bemerkte es nicht.

«Was maßt sich der Zwerg an?»

Benini dachte an den Buckligen, dem er auf dem Friedhof begegnet war. Dieser schiefe Blick, der Wolfszahn im Oberkiefer, der maßgeschneiderte Leinenanzug – als stünde er leibhaftig in seiner Suite. Die Stimme, gläsern. Wie hatte er von Vicario gesprochen, dem Toten, den er kannte, auf den er wartete, die Leiche für das nächste Totenloch. Er mußte den Buckligen wiederfinden. Das war eine Spur.

Feuerheerd begann, die Flaschen vom Tisch zu nehmen und mit den entsprechenden Korken zu verschließen.

«Zu Ende?» fragte der Magier. Er hielt Jeremy das leere Glas unter die Nase. «Damit er wenigstens riecht, was er hier Gutes verpaßt.» Der Manager rührte sich nicht. Wie so oft war der Magier hellwach, wenn seine Bühnentruppe längst schlief. Er war nach der Vorstellung aufgekratzt, wollte etwas erleben, wenn alle anderen bereits gähnten. Er liebte die späten Essen, späten Einladungen, nächtlichen Diskussionen, weil er vor drei, vier Uhr keinen Schlaf fand.

«Il lupo perde il pelo, ma non il vizio. Das ist Texeira, ein kirchlicher Wolf.»

«Ich kenne ihn nicht», sagte der Portweinhändler, «die bestellen für ihre Messen nie einen Port.»

«Der Kardinal wird alles schon gekostet haben, der läßt nichts aus, nicht einmal Blut, das sage ich Ihnen.»

Es war halb drei, als es leise an der Tür klopfte.

Benini blickte stumpf hinüber, rührte sich aber nicht.

Jeremy schnarchte sein Püdipüüh.

«Soll ich öffnen?» fragte Feuerheerd.

«Das wäre sehr freundlich.»

Der Magier sah, wie der Händler aus dem Lichtschein der Stehlampe trat, als habe er sich entmaterialisiert. Die Tür öffnete sich einen schmalen Spalt.

Dann hörte er eine Stimme, die ihm bekannt vorkam.

Feuerheerd rief: «Er sagt, er sei ein Freund.»

«Soll herein», entgegnete Benini, «genug zu trinken.»

Es war Alfred Beimel, sein früherer Manager. Sie hatten sich fünfzehn Jahre nicht gesehen.

Die Männer umarmten sich lange.

Feuerheerd verabschiedete sich, nicht ohne darauf hinzuweisen, daß sie das Geschäftliche auch morgen regeln könnten. «Ich lasse Ihnen ein paar Flaschen, kostenlos. Eine kleine Aufmerksamkeit.»

Benini bedankte sich.

«Was machst du in Lissabon, Alfred?»

«Ich bin auf der Durchreise», erwiderte der Deutsche.

«Wo willst du hin?»

«Ich will nirgendwohin, aber ich muß verschwinden.»

Benini erinnerte sich daran, warum er sich damals von seinem Manager getrennt hatte.

Beimel sah immer noch so struwwelig aus, bändigte sein Haar nicht, seine Augenbrauen ein Gestrüpp, nur der Bart war passabel geschnitten.

«Ich bin betrunken, Alfred. Erzähl mir was, bitte.»

«Ist das mein Nachfolger?»

Beimel zeigte auf den schnarchenden Jeremy.

«Ein englischer Schläfer, der nicht weiß, was zu den vornehmsten Pflichten der Nachtarbeit gehört.»

«Bist du immer noch so lange wach? Ich dachte, das würde sich geben, wenn man älter wird.»

Benini ließ sich in den Sessel sinken, die Arme schlenkerten wie leblos.

Früher mußte Beimel den Magier vor der Vorstellung in Stimmung bringen, er war ein besessener Zeitungsleser, besonders, was die kleinen Meldungen betraf. Benini bestand darauf, die skurrilste Meldung vom Tage zu hören, bevor er auf die Bühne ging. Nur keine Politik. Aber eben darum war es Beimel immer gegangen. Die unsägliche Politik.

Deshalb hatten sie sich zerstritten.

Benini wollte nichts davon hören, verwies darauf, Schweizer zu sein. Beimel wollte über das reden, was ihn beschäftigte.

«Wie hast du mich gefunden?» fragte der Magier, die Augen schon geschlossen, auf seiner Stirn stand Schweiß.

«Kinderspiel. Überall hängen Plakate. Du willst ein Wunder vollbringen? Das ist mir neu.»

Benini kicherte: «Ich lasse die Sonne tanzen! Ich werde den Himmel Mores lehren, das geht rauf und wieder runter. Wir werden ein Spektakel liefern, Alfred. Du mußt dabeisein.»

«Aber wieso Wunder? Bist du gläubig geworden? Ein echter Heiliger statt einem großen Zauberer?»

Benini bemühte sich, den Worten vom Beimel zu folgen, aber es gelang ihm kaum.

«Laß uns morgen reden, jetzt nicht. Erzähl was von dir, Alfred, meine Zunge muß ausruhen.»

Beimel schenkte sich einen kleinen Schluck Portwein ein, nippte an dem Glas.

«Ich will nur eins wissen: Was machst du, wenn niemand kommt? Das war doch damals in Portugal, oder erinnere ich mich nicht richtig?»

Benini prustete los: «Es kommen Hunderttausende, Alfred, Hunderttausende, glaub mir.»

Jeremy Snow erwachte.

Er sah sich im dunklen Raum um. «Trinkt ihr immer noch? Ich muß dringend ins Bett. Gute Nacht.»

Dann wankte er hinaus.

«Da konnte ich mehr vertragen, Carlo, was? Wir haben in den USA die besten Zecher der Stadt unter den Tisch gesoffen, obwohl sie nicht wußten, wie du einen ganzen Liter Wein in dich hineingießen konntest, ohne auch nur einen Rülpser von dir zu geben.»

Benini bestand darauf, daß Beimel ihm erzähle, warum er in Lissabon sei. «Meinst du, ich merke nicht, wie du mir ausweichst, Alfred?» Er sprach den Namen, als habe er mehr als zwei Silben.

«Ich bin auf der Flucht, Carlo. Ganz einfach. Ich muß verschwinden. Sie sind hinter mir her.»

«Die verdammte Politik, was? Ich dachte, das gibt sich im Alter.»

«Bei mir nicht», erwiderte Beimel.

Er erzählte, wie er von Land zu Land getrieben worden sei, überall wären ihm die Nazis hinterhergekommen. Erst die Tschechoslowakei, dann Frankreich, Holland. «Als hätte ich sie in die Länder gelockt, kaum war ich da, kamen sie auch.» Ein paarmal sei es ihm gelungen, mit ein paar Freunden Sabotage zu treiben, ganz schöne Erfolge, aber dann flogen sie auf. «Ich mußte abhauen. Jetzt ist ganz Europa im Taumel, kein Platz mehr für Alfred, ich werde in die Staaten fahren...»

«In Lissabon ist es ruhig, du kannst bleiben», unterbrach ihn Benini, der sich wünschte, daß der Deutsche ihm ein paar Tage Gesellschaft leisten würde.

«Das ist der Unterschied, Carlo. Da, wo du bist, ist es immer ruhig. Aber ich...» Beimel schluckte, unterbrach sich.

«Alfred, was ist denn los?» Benini war seltsam zumute. Dieser Mann, der stets mit von der Partie war, wenn es galt, einen Streich auszuführen, der seine politische Meinung nie verbarg, der Anarchist im Frack, wie Benini ihn nannte, der tags die tollsten Abschlüsse tätigen konnte und nachts Mülltonnen umstürzte, saß vor ihm und schluchzte.

Beimel wischte die Tränen weg.

«Ich habe kein Visum und kein Geld, Carlo. Das ist Endstation hier. Ich wollte nicht zu dir kommen. Aber mir bleibt nichts anderes übrig.»

«Alfred, jetzt beruhige dich. Ich kann dir alles besorgen. Du bist doch mein Freund.»

«Ich mag keine sentimentalen Szenen, Carlo, aber die Szenen mögen mich... Tut mir leid.»

Benini versuchte, ein Glas zu füllen, schüttete den Port auf den Couchtisch, bis Alfred nach der Flasche griff und den Strahl dirigierte.

«Wir müssen noch etwas trinken», lallte der Magier, «die Luft ist so trocken.»

Beimel wies das Glas zurück. «Gibt es kein anderes Getränk als dieses Altherrengesöff?»

«Was willst du?»

Der Deutsche bestellte Trester, ganz ordinären Trester, am besten eisgekühlt.

Es dauerte nur wenige Minuten, bis der Zimmerservice ihnen eine Flasche heraufbrachte.

«Wir hatten gute Ideen, wie man den Nasen beikommen konnte, solides Handwerk, Brückenköpfe, kannst du dich erinnern?»

Benini war froh, daß Beimel ins Erzählen kam. Er lauschte seinem pfälzischen Dialekt gerne. Schuhmachersprache, Streichhölzer in Leder getrieben.

«Einmal haben wir ihnen aufgelauert, einem Trupp von zwanzig Mann, einer hat den Läufer gemacht, zwei andere die Fährte, die fingen an, uns zu verfolgen, fielen drauf rein, kamen ins Schwitzen, und peng, der erste, dann die nächsten, und peng und peng, und dann lagen sie alle im Matsch, hatten nicht gemerkt, daß im Teich ein Steg war, der Läufer drüber weg, die anderen versanken. Zwanzig Nasen im Morast. Haben sie Nasen genannt, Nazis klingt so herrisch.» Beimel strahlte.

Nicht daß seine Scherze immer so harmlos waren, er hatte Attentate geplant und durchgeführt, soviel wußte Benini, Bomben-Alfred, der Anarchist im Frack. Der Deutsche liebte Streiche.

«Du kannst hier schlafen. Die Suite ist groß genug. Ich muß mich übergeben. Nimm dir, was du brauchst.»

Benini stieß einen leisen Schrei aus, bevor er versuchte, sich aufzurichten. Es mißlang.

Alfred half ihm, führte ihn ins Bad. Wartete vor der Tür, bis sich der Magier ausgekotzt hatte. Brachte ihn in sein Schlafzimmer und gab die Parole: «Träume süß und mach ins Bettchen kein Gemüs», wie er es immer gesagt hatte.

Einen einzigen Satz brachte Benini noch heraus: «Ich werde es beweisen.» Dann schlief er ein.

Beimel legte sich aufs Sofa, trank im Liegen von dem kalten Trester.

Am nächsten Morgen saßen sie beide vor dem großzügigen Frühstückstablett und konnten nichts anrühren außer Kaffee und viel Mineralwasser.

«Wie kann mich dieser Portweinfritze so betrunken machen? Das ist doch schlecht fürs Geschäft.»

«Aber getrunken hast du selbst, oder?»

Beimel war klarer als der Magier. Benini trug seinen Bademantel halboffen, sein Gesicht war rotgefleckt. Er würde am Abend Schminke brauchen.

«Was hast du vor, Carlo? Was ist das für ein Wunder?»

«Woher weißt du davon?» fragte Benini.

«Die Plakate hängen überall.»

Benini hatte sie noch nicht gesehen und erkundigte sich danach.

Beimel beschrieb sie. Es sei ein Feuerrad zu sehen, eine gelbe Sonne, um die sich Farben drehten, darunter ein Mann, der ihm ähnele, und dann die Ankündigung: Das Wunder von Fátima, mit Ort und Datum. Mehr nicht. Besonders gelungen finde er das Plakat nicht.

Benini rief die Rezeption an, bat darum, ein Plakat zu besorgen. Dann erzählte er, was ihn an dieser Sache fasziniere, sprach von Lossenkian und seinen verrückten Plänen, vom verzauberten Christus, der die Leute begeisterte, vom Werbeeffekt für seine Tournee, von der Herausforderung, die Sonne tanzen zu lassen.

«Die haben sich das alles ausgedacht, diese Priester. Ich weiß inzwischen, wie sie die Kinder hinters Licht geführt haben. Es war ganz simpel, ich hätte es selbst ausführen können. Die Priester haben die Hirtenkinder in Hypnose versetzt, wahrscheinlich nur die Älteste, die elfjährige Lúcia. Ihr wurden mit ein paar Einflüsterungen Marias Wünsche mitgeteilt, und dann, wenn sie ihre Erscheinung haben sollte, wurde die Hypnose in Gang gesetzt. Kannst du dich an Frantisek erinnern, den Tschechen, der mit uns im Wintergarten auftrat? Der konnte Leute hypnotisieren und sie Tage später im Publikum wieder dirigieren. Keine Schwierigkeit. So haben sie die ganze Marienerscheinung angefangen. Jetzt ist es ein Wunder.»

Alfred Beimel wollte wissen, ob er zu seinen früheren Experimenten in den USA zurückkehre, schließlich wäre das die beste Werbung für sein Programm gewesen. «Willst du einen Preis aussetzen für den, der erklärt, wie du die Sonne tanzen läßt?»

«Nicht nötig», antwortete Benini, «das wird ein überwältigendes Spektakel.»

«War eine gute Zeit damals, was?»

«Fátima ist anders, Fátima ist... du mußt die Bücher lesen. Das ist Zauberei, Magie, großer Hokuspokus, die Leute glauben wirklich dran.»

Ein Hotelangestellter brachte das Plakat.

Benini musterte es.

«Wie kommt Lossenkian dazu, mich so klein zu machen und die Sonne so riesig? Das muß geändert werden. Schließlich bin ich es, der die Sache auslöst.»

«Hast du es wirklich nicht vorher gesehen? Gar nicht deine Art, Carlo.»

«Die Werbung zahlt Lossenkian.»

«Warum? Hat er zuviel Geld?»

Alfred Beimel strich mit der rechten Hand über die rauhe Oberfläche des Plakats. Siebdruck auf Leinen, ein teures Unternehmen.

«Er will aus Fátima den größten Wallfahrtsort der Welt machen, das soll eine Investition sein.»

Der Deutsche schüttelte den Kopf. «Seit wann machst du Reklame für die Kirche? Das war doch nie deine Angelegenheit. Du hast dich verändert.»

Benini stutzte.

«Die Popen werden sich freuen, wenn da viele Leute kommen, weil du ein Wunder angekündigt hast, am Ende kommen sie gar nicht zu dir.»

Benini hielt das Plakat hoch. Las seinen Namen, ärgerte sich über das, was Alfred sagte.

«Ich werde den Trick später verraten. Lossenkian will wissen, wie ich es gemacht habe.»

«Und die anderen, werden die dir glauben?»

Der Pfälzer, Sprache mit dem Nagelhammer, der ihn nicht ausließ, so war es auch früher gewesen. Beimel blieb beharrlich, ließ sich nicht übertölpeln, wenn Benini seine Sprüche aufsagte.

«Du hast immer wiederholt: Benini arbeitet nur für Benini. Stimmt das nicht mehr, Carlo?»

Der Magier nahm ein Ei, klopfte es auf. Er preßte die weiche Masse aus der Schale, konnte aber nichts davon essen. Ihm wurde übel.

Jeremy Snow trat ein. Er hielt ebenfalls ein Plakat in der Hand. «Hast du gesehen, was John sich als Werbung ausgedacht hat? Es hängt in der ganzen Stadt. Fünfzigtausend Exemplare! Das wird einen Zustrom geben, wie wir ihn noch nie erlebt haben.»

29

Die hochgewachsene Portugiesin sprach unaufhörlich, schwarzes Kleid, ein Hut mit Schleier, die Schuhe dunkelbraun. Benini wußte nicht, was er tun sollte.

Ihre Stimme heftig, die Sätze klangen unverschämt.

«Warten Sie doch, bitte. Ich hole meine Assistentin.» Wie sollte er mitten in der Estufa fria Julia benachrichten?

Die Frau hörte nicht auf zu reden.

Der botanische Garten war nicht gerade der beste Ort, um eine Haßtirade aushalten zu müssen, auch wenn er kein Wort von dem verstand, was die Frau von António Vicario sagte.

«Kommen Sie mit. Wir fahren ins Hotel.»

Unsanft nahm er sie am Arm. Er hätte sich gerne die wildwuchernden Orchideen angesehen, die Sammlung von Kakteen und afrikanischen Büschen, aber schon scharten sich Zuschauer um das ungleiche Paar. Die Leute gestikulierten.

Sie erregten Aufsehen.

Benini stand im Mittelpunkt, ohne daß er etwas dazu beigetragen hatte.

Ein Mann kam auf ihn zu und ohrfeigte ihn.

Die Frau Vicarios ließ es geschehen.

Benini zog sie fort.

Am Ausgang stellte sich ihnen der Wärter in den Weg.

Benini zahlte, gab ihm unwillig ein viel zu hohes Trinkgeld.

Auf der Straße fanden sie ein Taxi. Vicarios Frau wurde ein wenig ruhiger, aber sie machte keine Pause.

«Bitte», Benini flehte sie an, «bitte, ich werde alles tun, was ich kann, aber ich muß doch...»

Die Portugiesin beschimpfte ihn.

Eine viertel Stunde später standen sie an der Rezeption des «Avenida Palace». Nun veränderte sich das Verhalten der Frau. Sie verstummte mit einemmal. Ihr Blick wurde unsicher, mit den Händen streifte sie fahrig das Haar zurück.

Der Magier ließ Julia kommen.

Er hatte Glück. Einige Minuten später hätte sie das Hotel verlassen.

«Bitte, sei vorsichtig mit ihr, ganz freundlich! Die Frau ist sehr aufgeregt.»

Benini hörte zu, wie die beiden miteinander sprachen. Er meinte, fast zu verstehen, was sie von ihm wollte. Schnappte ein paar Wörter auf, die ihm bekannt vorkamen.

Er hatte den Ausflug in die riesigen Gewächshäuser Lissabons nutzen wollen, um sich Klarheit zu verschaffen. Er befand sich in einer Zwickmühle. Wenn er das Spektakel von Fátima absagte, würde er an Renommee verlieren, wenn er es durchführte, würde er sich den Interessen von Kardinal Texeira beugen. Er wußte keine Lösung, fragte sich, ob er dem Geld Lossenkians erlegen war oder der Herausforderung eines riesigen Publikums. Wie hatte er das übersehen können?

«Sie sagt, du seist schuld am Tod ihres Mannes. Du hättest ihn verraten. Seit er Kontakt mit dir aufgenommen...»

«Julia, das stimmt nicht. Sag ihr das!»

Julia sprach leise, ernst, ganz ohne Pathos. Die Frau hörte zu, ihre Augen auf den Magier gerichtet.

Alfred Beimel hatte recht. Aber es gab kein Zurück mehr. Die ganze Stadt war voller Plakate. Wie gut, daß er nicht im Porträt abgebildet war. Man hätte ihn überall erkannt. Jetzt war ihm das unangenehm.

«Sie sagt, ihr Mann habe nie etwas über Fátima schreiben wollen. Er habe alles geheimgehalten. Durch dich sei er verraten worden.»

«Frag sie, ob ich ihr irgendwie behilflich sein kann. Sie muß doch begreifen, daß ich nicht schuld bin, aber wenn es etwas gibt...»

Dem Magier war dieses Zusammentreffen unangenehm, sosehr er auch über den Tod Vicarios betroffen war. Es konnte sein, daß João de Vouga ihn als Lockvogel benutzt hatte, daß er mit Hilfe des großen Namens Benini die Kritiker des Wallfahrtsortes hervorlocken wollte, und es machte auch Sinn, wenn er dies als Mitglied einer kirchlichen Organisation namens Opus Dei unternahm, aber wie hätte er es verhindern können. Er konnte es doch nicht ahnen.

«Sie muß mit ihren drei Kindern von Lissabon weg. Sie kann nicht mehr hier wohnen.» Julias Stimme wurde noch leiser, kaum hörbar. «Sie hält sich bei einer Tante auf. Ihr Haus wird beobachtet.»

«Wieviel? Frag sie, wieviel sie braucht? Ich werde sie unterstützen, sag ihr das.»

Die Zwickmühle. Er hatte sich auf ein Spiel eingelassen, dessen Regeln er weder bestimmte noch kannte. Und es gab Regeln, soviel stand fest. War es Lossenkian, der auftrumpfte, Texeira, der die Fäden zog, Opus Dei oder der Geheimdienst? Benini hätte sich gerne mit seinem Rechtsanwalt unterhalten. Aber der saß in Italien, weit weg. Mitten im Krieg.

Julia übersetzte: «Es geht nicht in erster Linie ums Geld, das braucht sie für die Kinder. Sie will, daß du die Sache zu Ende führst. Ich werde sie fragen, was sie damit meint.»

Benini nickte.

Er hatte versucht, ein Schreiben an Lossenkian aufzusetzen. Keine Ausreden, keine Umwege, klare Worte: Trotz des Vertrages sehe er sich nicht in der Lage, das geplante Wunder auszuführen, das Fátima-Projekt sei nicht realisierbar.

Er benutzte diese Bezeichnung, weil er hoffte, daß der Milliardär daraus schließe, die nötigen Apparaturen seien nicht zu beschaffen.

Julia redete auf Vicarios Frau ein.

Sie stritten sich.

Benini verstand, daß seine Assistentin ihn in Schutz nahm, er sei kein Journalist, sondern Zauberer.

«Sie will, daß du der Öffentlichkeit das Material übergibst, das ihr Mann gesammelt hat. Jetzt, wo er tot sei, brauche sie nichts mehr zu fürchten. Er habe schon mit dem Leben bezahlt. Nun solle die Wahrheit veröffentlicht werden.»

«Das kann ich nicht, Julia, sag ihr das. Ich werde alles tun, damit sie Lissabon sicher verlassen kann. Wenn es sein muß, bringt mein Fahrer sie außer Landes, an finanzieller Unterstützung soll es nicht mangeln.»

Benini konnte ihren Blick nicht länger ertragen. Die schwarzen Augen wie schwarzes Licht. Er sah aus dem Fenster auf die Straße. Wenn diese Frau mit dem Hinweis zur Presse ging, daß ihr Mann ein Opfer des Magiers geworden sei, würde eine Flut hereinbrechen, die niemand aufhalten könnte.

Julia übersetzte nicht mehr. Sie sprach leise, wie mit einer Freundin, versuchte die Frau zu beruhigen.

Frau Vicario zog einen Umschlag unter ihrer Kostümjacke hervor.

«Das sollst du lesen, dann sollst du urteilen, sagt sie. Und sie will, daß du begreifst, daß ihr Mann dich nie hätte treffen dürfen. Du warst sein Untergang.»

Benini blickte weiter aus dem Fenster.

Er hoffte, daß die Frau endlich aufhören würde. Diese Beschuldigungen waren absurd.

«Sie will, daß du Rache übst.»

«Aber wie denn? Und warum?» Benini schrie los. «Das wird ihn auch nicht wieder lebendig machen.»

Jetzt schrie auch Frau Vicario. Die Augen starr, der Mund aufgerissen.

«Sie sagt, du wüßtest, wer ihren Mann... du hättest Kontakte... Kardinal Texeira, den hättest du erwähnt...»

«Ich weiß doch nicht einmal, wer die beiden Männer waren, die plötzlich auftauchten, als ich bei Vicario war.»

Der Rezeptionist kam, bat um ein wenig mehr Gelassenheit, die anderen Gäste würden gestört.

Benini nahm den Umschlag, Papiere, vollgekritzelte Zettel, Zeitungsausschnitte.

«Sie will, daß ihr Mann nicht umsonst gestorben ist.»

«Was soll ich tun? Frag sie, bitte.»

Der Magier wurde nervös. Er spürte die Wut dieser Frau, den Haß, die Verzweiflung.

Jeremy Snow kam hinzu, ließ sich von ihm erklären, worum es ging. Der Manager zog Benini zur Seite. «Du gehst jetzt sofort! Ich regele das. Überlaß es mir.»

Erst zögernd, dann entschlossen ging Benini zur Rezeption und ließ sich seinen Schlüssel geben.

Frau Vicario war zu überrascht, um zu protestieren.

Jeremy übernahm seinen Part.

Eine halbe Stunde später kam Jeremy Snow in die Suite. Er brachte Lossenkian mit.

«Carlo, das Ausland hat reagiert», rief der Milliardär, «gibt es nichts zu trinken hier?»

Lossenkian schwenkte die ausländischen Zeitungen. Er hatte die Artikel mit roten Kringeln eingerahmt. «Frankreich meldet: ‹Endlich ein Lichtblick in diesen trüben Tagen.› Die Engländer lassen dich hochleben: ‹Benini trotzt der Jungfrau Maria.› Sogar die Deutschen finden ganz amüsant, was du vorhast.»

Benini bat den Milliardär um einen kurzen Moment Geduld, fragte seinen Manager, was mit der Frau Vicarios geschehen sei. Snow legte den Finger an den Mund. Dann ließ er die beiden Männer allein.

An diesem Mittag war das Gespräch sehr einseitig. Während der Milliardär den großen Erfolg feiern wollte, schwieg der Magier voller Unbehagen. «Wir müssen doch erst einmal die Voraussetzungen klären. Wie wird der Klerus reagieren?»

John Lossenkian rollte ein Lachen. In seinem offenen Hemd trug er ein goldenes Kruzifix.

«Der Klerus, der Klerus. Das sind Hosenscheißer, Carlo, hab ich das nicht schon gesagt? Die wollen das Spektakel nicht, aber wir wollen es. Sie möchten ihre Fünfundzwanzigjahrfeier. Der Papst soll eine Ansprache im Radio halten, der kommt nicht einmal selbst nach Fátima, das hat Texeira ausgeplaudert. Sie wollen nicht, daß etwas dort geschieht. Aber davon lassen wir uns nicht beeindrucken, Carlo. Sie sind doch kein Feigling, oder?»

Benini hätte sich gerne ausgeruht, ihm war dieser Trubel zuviel, diese Gespanntheit, die ihn nun selbst im Griff hatte. Er bat Lossenkian, daß sie sich erst in zwei Stunden treffen sollten. Er brauche Ruhe.

«Ach was, wir gehen jetzt hinüber zu Berlenga und verspeisen eine Seespinne, scharf gewürzt, dazu ein paar Gläschen, und schon sind Sie wieder obenauf. Kommen Sie.»

Der Magier konnte sich ihm nicht entziehen, so gern er es getan hätte. Was würde geschehen, wenn Frau Vicario ihm vor dem Hotel auflauerte?

Im Berlenga, das im Schaufenster frisches Meeresgetier ausstellte – die Gäste brauchten nur auszuwählen, dann wurde ihr Gericht bereitet –, war Lossenkian Stammgast. Der Kellner stellte einen Tisch vor die Tür, warf eine weiße Decke darüber. Der Milliardär sprach andauernd von seinem Freund, dem Fátima-Bezwinger, dem Mann, der die Sonne tanzen lassen würde. Schon kamen die ersten Gäste und wollten Autogramme.

«Haben Sie schon mit den Vorbereitungen begonnen, Carlo?»

Der Milliardär verteilte das frische Brot, gab Benini eine

große runde Scheibe, pulte aus der seinen das weiße Innere heraus und ließ die Rinde liegen.

«Ja», antwortete der Magier knapp. «Alles läuft auf Hochtouren.»

«Das freut mich zu hören.»

Die schmale Gasse, in der Berlengas Lokal war, schimmerte vom letzten Regenguß. Auf beiden Seiten kleine Geschäfte, die um die Mittagszeit die Rolläden verschlossen hielten. Hier hatte Benini am zweiten Tag einen Hut gekauft.

«Sie werden mich aufdringlich finden, Carlo, aber ich weiß nicht, ob ich die Spannung aushalten werde, bis zum 13. Oktober, das ist noch lange hin...»

«Nicht mal zwei Wochen», unterbrach ihn Benini, «Sie werden es aushalten müssen.» Er kannte die Frage, die Lossenkian gleich stellen würde. Er sollte recht behalten.

Noch bevor die halbierte Seespinne, deren Innereien mit Kräutern und Essenzen verrührt waren, auf den Tisch kam, bedrängte der Milliardär seinen Freund. «Ich werde es niemand verraten, bestimmt nicht. Wir haben einen Vertrag, Carlo.»

«Sie werden es erst nach dem Schauspiel erfahren, nicht vorher. Das ist zu riskant. Und außerdem ist es so vereinbart.»

Der Magier wußte selbst nicht, was in Fátima passieren würde. Zwar gab es einige Pläne, die er mit Brander durchgesprochen hatte, aber zu einer schlüssigen Lösung waren sie noch nicht gekommen. Das beunruhigte Benini wenig. Er durfte nur nichts davon verlauten lassen.

Die Seespinne war köstlich. Das salzige Fleisch der Fühler und Beine tunkte man in die Soße, die aus den Innereien hergestellt wurde.

Sie tranken vinho verde.

«Wie war's mit Isabela, Carlo? Sie haben mir noch nichts berichtet. Schließlich haben Sie es mir zu verdanken, daß

Alberto in Ägypten war. Er hat seine Sache gut gemacht. Der Abschluß ist perfekt.»

Benini spitzte die Lippen.

«Ausgezeichnet, dieses Gericht. Wirklich ausgezeichnet. Ich sollte es viel häufiger hier essen.»

Berlenga, der korpulente Wirt, gesellte sich zu ihnen.

«Er will mit mir wetten, daß es Ihnen nicht gelingt, die Sonne tanzen zu lassen, Carlo. Was meinen Sie dazu? Wieviel sollte mir die Wette wert sein. Fünftausend, zehntausend oder das Doppelte?»

Benini lächelte.

«Sie können alles setzen, was Sie haben.»

Sie wetteten um zwei Kisten französischen Champagner. Berlenga sagte, das Essen gehe aufs Haus.

«Und Sie wollen mich wirklich warten lassen?» fragte Lossenkian, der sich mit einer großen Serviette das Gesicht abwischte.

Erst im Hotel fiel Benini ein, daß er nicht ein Wort von seinen Skrupeln hatte verlauten lassen.

Jeremy Snow erzählte von seinem Verhandlungsgeschick. «Sie ist auf alles eingegangen. Wahrscheinlich ist sie jetzt schon in Porto.»

Benini war erleichtert.

«Ich habe ihr genug Geld mitgegeben. Benno fährt sie mit ihren Kindern nach Galicien, dort hat sie einen Schwager. Sie läßt dir noch sagen, daß du ihre Bitte nicht vergessen möchtest. Ich glaube, es war ihr doch recht peinlich, daß sie dich so angebrüllt hat. Sie war zum Schluß ganz friedlich. Das hast du auch Julia zu verdanken.»

«Ich weiß», gab Benini von sich, ermattet. «Bisogna rompere la noce, se si vuol mangiare il nocciolo.»

«Wir werden heute nach der Vorstellung eine Zusammenkunft abhalten. Ich will, daß Beimel auch dabei ist, Jeremy. Sag allen Bescheid. Wir müssen eine Entscheidung treffen. Und jetzt brauche ich Ruhe.»

Der Magier begann sich auszuziehen. Es war nicht seine Art, seine Mitarbeiter an seinen Entscheidungen zu beteiligen, aber in dieser Situation brauchte er Gesprächspartner.

Benini zog die Vorhänge zu. Warum will Lossenkian so dringend in Erfahrung bringen, was ich in Fátima vorhabe? Er kannte diese Neugier zwar, hatte schon oft erlebt, mit welchen Kniffen seine Zuschauer etwas über seine Kunstfertigkeiten erfahren wollten, aber hinter der Art, wie Lossenkian ihn anging, steckte nicht bloß Neugier. Aus dem Eisfach holte er ein paar Würfel und wickelte sie in ein Handtuch, das er sich auf den Kopf drückte.

Sie hatten im Vertrag ausdrücklich festgehalten, daß der Milliardär erst nach dem Ereignis erfuhr, wie der Trick zustande kam, und daß er sich verpflichtete, das Geheimnis zu wahren.

Benini legte sich aufs Bett. Die Kühlung tat gut.

Das verzerrte Gesicht dieser Frau, dieser bittere Blick, das rollende Lachen Lossenkians, sein Hohn gingen ihm nicht aus dem Kopf. Es war keine Frage, daß er es mit dem Kardinal aufnehmen konnte, gegen den Milliardär war der Kirchenmann ein kleines Licht.

Der Magier hatte einen Einfall.

Ich mache überhaupt nichts. Gar nichts. Das ganze Spiel lebt von der Ankündigung, von der Erwartung. Die Menschen werden nach Fátima kommen und etwas Großartiges erwarten. Eine Sensation. Ganz gleich, was geschieht. Ich werde nichts arrangieren. Keinen Trick, kein Spektakel. Der Himmel wird sich verändern, gewiß. Und alle werden glauben, sie hätten an einem Wunder teilgehabt. Das Fátima-Projekt besteht darin, nichts zu unternehmen. Vielleicht wird es regnen, wie vor 25 Jahren, und plötzlich hört es auf – ein Wunder. Vielleicht wird die Sonne hinter Wolken verschwinden und wieder auftauchen – ein Wunder.

Benini war so angeregt von dieser Vorstellung, daß er keinen Schlaf finden konnte.

Ich brauche nichts zu tun, als in den kommenden zwei Wochen die Erwartungen weiter aufzustacheln. Ein paar kleine Tricks, einige Verblüffungen öffentlicher Art. Sie müssen glauben, daß am 13. Oktober die Sonne tanzen wird, sie müssen fest davon überzeugt sein.

Der Magier setzte sich auf, schob zwei Kissen in seinen Rücken, legte den Eisbeutel weg.

Wenn alle glauben, daß ich es kann, wird niemand daran zweifeln. Sie werden es akzeptieren, sie werden etwas gesehen haben, weil sie etwas sehen wollen. Darin besteht das Geheimnis. Es ist die Erwartung. Der Effekt war ihm vertraut. Dem Zuschauer immer einen Schritt voraus sein. Die gespannte Atmosphäre, daß etwas geschieht, war die wichtigste Voraussetzung für eine Überraschung.

Am liebsten hätte Benini seinen Manager herübergebeten, hätte ihm von diesem Einfall berichtet.

Ich kann Brander nach Hause schicken, wir brauchen nichts. Wir fahren dorthin und nehmen teil an der wunderbaren Erscheinung, die daraus besteht, daß nichts geschieht. Was für ein Wunder!

Zwei Stunden später klopfte Julia an die Tür.

Benini saß aufrecht im Bett, bat sie, sich zu ihm zu setzen.

Er küßte sie.

«Julia, ich weiß, wie du mir geholfen hast. Diese Frau hätte mich umgebracht, bestimmt. Hast du diese Wut gesehen, diese Augen? Ich fühlte, daß sie mich verletzen wollte. Du warst so ruhig, so sicher.»

«Ich hab nicht alles übersetzt, was sie dir ins Gesicht geschleudert hat», sagte Julia, die ihren Kopf an die Schulter von Benini legte, «sie hat Ausdrücke gebraucht, die ich nie in den Mund nehmen würde.»

Einen Augenblick lang dachte Benini daran, Julia in sein Geheimnis einzuweihen, aber es gefiel ihm zu sehr, wie sie sich an ihn schmiegte. Ihr feuerrotes Haar verteilte sich über seiner nackten Brust.

«Die Senhora hat Angst, Carlo. Was mit ihrem Mann geschehen ist, beweist, daß sie in Lissabon nicht mehr sicher ist. Jeremy war sehr großzügig, so kenne ich ihn gar nicht. Wenn es um meine Gage geht…»

«Die wird erhöht, Julia.»

«Deswegen habe ich es nicht angesprochen. Jeremy hat sie gekauft, so kam es mir jedenfalls vor. Die Frau hat Geld dafür bekommen, daß sie Ruhe gibt. Ich weiß nicht, ob das richtig war. Geld für einen toten Ehemann. Jeremy ist ein Zyniker.»

Benini streichelte ihr Haar. Julia ließ es geschehen, drückte ihre Schulter fester an seinen Körper.

«Was hätten wir anderes tun können?» fragte er.

Julia antwortete nicht.

30

Fünfunddreißig Jahre, fünf Monate und sieben Tage hatte er warten müssen, bis ihm die Audienz gewährt wurde. Athanasios, der Mönch, ließ es nicht an Briefen, an Eingaben und Bitten fehlen, es fehlte auch nicht an seiner Zeit, er konnte, nach Rom gerufen, zu jeder Stunde dort erscheinen. An diesem Freitag war der Papst endlich bereit, ihn zu empfangen.

Schon eine Woche zuvor kam Athanasios in die italienische Metropole und fand einen stillen Platz in einem Seitenarm der Katakombe San Sebastiano. Nur selten verließ er diesen Ort, weil ihn die Stadt erschreckte. Die Riesenplätze, die gigantischen Monumente, die breiten Straßen, alles schien darauf eingerichtet, Angst einzuflößen. Auch wenn die Parks mit ihren prächtigen Bäumen ihm ein wenig Ruhe schenkten, für ihn war alles zu gewaltig. Noch schlimmer fand er die Gotteshäuser.

Was für ein Glaube an den Tod! In jeder Kirche Särge mit Gebeinen, Regale mit Reliquien, hergerichtet für die Anbetung, die Toten und die Heiligen als Vorbild für die Lebenden. Als müßten alle Gläubigen Trauer tragen. Der Todeskult auch auf den Bildern: die Schmerzensreiche, der Gefolterte, die gequälten Seelen, mit Leichenbittermienen auch die Engel, der Teufel hatte leichtes Spiel. Das Kreuz, das Leiden, der Ernst, der Tod. Als sei das Leben nur zur Strafe geschaffen. Und dann das Gold. Das viele Gold. Er war geblendet von der Pracht, die er kaum ertragen konnte. Doch auf den Bildern keine Freude. Auch der immense Reichtum schien kein Anlaß für etwas Fröhlichkeit.

Man hatte Athanasios bedeutet, daß der Heilige Vater ihn nicht empfange, wenn er mit langem Haar und langem Bart erscheine. Für die Audienz sei es erforderlich, daß er sich stutzen lasse. Nur widerwillig folgte er dem Begehren.

Am Morgen jenes Freitags machte er sich auf, durchquerte ängstlich die halbe Stadt, um sich stutzen zu lassen, wie man ihm befohlen. Ein römischer Friseur stellte für ihn den Schemel vor die Tür, damit die Bewohner der Straße zuschauen konnten, wie einer, den er monte capelli, den Haarberg, nannte, seinen Schmuck verlor. Er ließ es mit sich geschehen, dachte an die schwarzgraue Katze und die Sternennacht auf der Akropolis. Dann memorierte er ein paar Zeilen aus dem Evangelium, das Gegenstand der nachmittäglichen Audienz sein würde.

«Pronto, signore Monte Capelli, lei è un vero uomo», rief der Friseur und ließ Athanasios in einen Spiegel schauen. Er lachte dabei so, daß man ihm tief in den zahnlosen Mund sehen konnte.

Der Mönch erschrak.

Sein Kopf war kahl wie der eines Gefangenen. In Demut kahlgeschoren, dachte er. Um ihn herum lag auf der Straße silbrigglänzend seine ganze Haarpracht.

«Ich habe keine Lira, um dich zu bezahlen», sagte er und legte den Kopf ein wenig schief.

«Macht nichts», der Friseur steckte die Schere in seine weiße Jacke, «wir hatten unsern Spaß.»

Er forderte die Umstehenden zum Beifall auf. Applausi.

Athanasios verließ die Via Barbiere.

Es waren noch zwei Stunden bis zum angesetzten Termin. Er brauchte eine Kirche, um sich zu fassen. Denn langsam stieg Erregung in ihm auf. Was würde der Heilige Vater sagen? Es würde die endliche Anerkennung seines jahrelangen Kampfes um das gefundene Evangelium des Judas sein?

Er wandte sich vom Circo Agonale zum Corso Vittorio Emanuele, dann übers Foro dell' Imperio Fascista hinauf zur Kirche Santa Maria in Aracoeli. Augustus sollte diesen Altar des Himmels errichtet haben, als ihm die Sybille die Ankunft des Gottessohns geweissagt hatte. Athanasios verneigte sich tief, als er das Seitenschiff betrat. Sein kahler Kopf ließ zwei Besucher erschreckt zurück. Er setzte sich in die hinterste Bankreihe und blickte hinauf zur hohen Holzdecke. Die Gräber von kirchlichen Würdenträgern wollte er in diesen beiden Stunden übersehen. Der Papst wird mich empfangen, dachte er, und ich sehe aus wie ein Galeerensträfling. Ihm blieb keine Zeit, sein Leinengewand zu wechseln, die Katakombe war zu weit entfernt. Er wird die Bescheidenheit zu würdigen wissen, dachte Athanasios.

Mit einemmal vernahm er eine Stimme, die durch den Raum drang, als spreche jemand direkt neben ihm. «Das Bild des Jesuskindes, das ihr hier seht, wurde im 15. Jahrhundert in Jerusalem von einem frommen Franziskanerbruder aus Olivenholz vom Garten Gethsemane geschnitzt. Der gute Bruder hatte nicht genügend Farbe, um sein Werk fertigzustellen. Da kamen Engel und haben es vollendet. Auf der Seereise mußte der Bruder, da ein schwerer Sturm tobte, das Kästchen ins Wasser werfen. Das Bild aber schwamm hinterher und erreichte allein den Hafen von Livorno. Eines Tages – es war in der Weihnachtszeit – stahl eine vornehme Dame das Bild aus der Krippe. Darauf erkrankte sie schwer, und ihr Beichtvater gebot ihr, das Bild zurückzugeben. Sie aber wollte nicht gehorchen. Da ist das Bild mitten in der Nacht selbst zum Kapitol zurückgekehrt, und die Glocken der Basilika läuteten in wunderbarer Weise. Papst Leo XIII. hat dieses Bild des Santo Bambino am 2. Mai des Jahres 1897 feierlich gekrönt. – Nun beten wir: Liebenswürdiger Jesus, der Du für uns ein Kind geworden bist, um uns von der Sünde zu erlösen. Wir erkennen Dich an als unseren Gott und König. Als Ehrengabe opfern wir Dir alle Zuneigung unseres Herzens. Lieber Jesus, neige dich herab, diese Gabe anzunehmen. Damit sie Dir aber wohlgefällig sei, bitten wir Dich, uns mit dem Feuer Deiner göttlichen Liebe zu entzünden. Laß auf diese Weise unsere Seele zum Altar werden, auf dem wir die Opfer unserer Entbehrungen darbringen. Amen.»

Als Athanasios diese Worte hörte, verließ er die Kirche, ohne das heilige Bild anzusehen. Gewiß ein trauriges Kind, mit ernstem Blick und bösen Augen. Es schien ihm, als sei die frohe Botschaft in Rom noch gar nicht angekommen.

Die letzte Stunde vor der Audienz verbrachte der Mönch auf dem Petersplatz, am Fuß des Obelisken, den Caligula hatte aufrichten lassen. Die Kirche hätte er nicht mehr ertragen, sein Puls ging schneller und sein Atem auch. Beim ersten Besuch in San Pietro war ihm flau geworden, die Wucht hatte ihn erdrückt. Das Zentrum des Glaubens, die katholische Macht, Marmor und Prunk.

Der Mönch war verstört.

Er sah die Tauben, graue, weiße, schwarze, und sah die Männer, die unter Berninis Kolonnaden die Zeitung lasen. Auch wenn die Szenerie friedfertig war, für ihn war alles nun bedrohlich. Als wanke über ihm der Obelisk, als kreisten jene Kolonnaden in einem satanischen Tanz, als seien die Tauben schwarze Riesenadler und die Zeitungsleser üble Schurken. Er mußte sich die Beine halten, die fortlaufen wollten, hinaus zu irgendeinem stillen Platz.

Dann war es drei Uhr nachmittags, die Stunde, in der er sich einzufinden hatte.

Ein Pater holte ihn an der Portone di Bronzo ab, schleuste ihn durch die Schweizerwache. Athanasios war froh, daß ihn jemand führte.

Es ging vorbei am Camposanto und dann hinein in den Palast. Die ersten Bilder an den hohen Wänden: lachende Engel, verspielte Putten, ein gütiger Petrus, die Krönung Mariae, dann Statuen aus griechischer Zeit, die Lenden ohne Eichenblätter, lange Gänge mit Karten der Welt, Geschenke der Herrscher, Gold, Edelstein, Gold, Diamanten, rotverhangene Säle, Purpur und Seide, eine enge Treppe hinauf in den nächsten Stock zum Sala delle Muse – die Pracht nahm kein Ende.

Athanasios bat den Pater, ein wenig langsamer zu gehen, aber dieser flüsterte nur, er sei bestimmt kein Jahr jünger als der Gast. Dann schritt er weiter. Die Bilder grinsten, die Statuen räkelten sich, die Teppiche liefen, noch eine Wendeltreppe hinauf, dann noch eine.

Der Saal, in dem Athanasios am geschnitzten Eichentisch Platz zu nehmen hatte, war ausgestattet mit französischen Gobelins. Die Geschichte des Heilands und seiner Wunder, Erstaunen und Glückseligkeit bei den Erlösten, Aufatmen bei den Geretteten, ein Christus, der Ermutigung ausstrahlte. Die Szenen waren ganz anders als die, die er in den Kirchen gesehen hatte. Manche voller Freude.

Die hohe Tür ging auf, ein Kardinal mit steifem Gang kam Athanasios entgegen. «Wir kennen uns», sagte er kurz. Doch der Angesprochene konnte sich nicht erinnern. Nur die gerade Nase kam ihm bekannt vor.

Der Papst saß auf einem goldenen Thron mit Baldachin, die Augen hinter einer Brille versteckt, sein Gesicht ganz wächsern. Athanasios fiel auf die Knie und küßte den Siegelring, wie ihm der Kardinal befohlen hatte.

«Du bist Athanasios aus Griechenland. Wir haben deinen Antrag prüfen lassen. Es gibt kein Judasevangelium. Gehe hin in Frieden.»

Mit sanftem Druck hob ihn der Kardinal bei den Schultern in die Höhe und führte ihn hinaus. Die Audienz war beendet. Erst als er wieder in dem Gobelin-Saal stand, stammelte Athanasios: «Aber die Handschrift?»

«Wir haben die Handschrift unter die Lupe genommen. Es ist Aramäisch, soweit stimmt es. Aber das Leder ist kaum älter als fünfzig Jahre», sagte der Kardinal.

«Ja, sicher, es ist...» Dann verstummte Athanasios. Er erkannte den Kardinal. Er war es, der im Kloster Marienberg die Abschriften und seine eigene Fälschung an sich genommen hatte. Wenn er die Fälschung preisgab, würde man ihn sicher zwingen, die echte Lederrolle herauszugeben. Denn im Sammeln schien der Vatikan eine wahre Begabung zu haben.

Damit der Mönch sich nicht verirrte, kam wieder der Pater auf ihn zu und führte ihn durch all die Säle und Gänge die Treppen hinunter. Hatte er den Papst überhaupt gesehen? Was hatte er gesagt? Wie war sein Gesicht? Oder saß an seiner Stelle ein Teufel? Athanasios nahm die Gegenstände nicht mehr wahr, an denen sie vorbeieilten, in seinem Kopf tobte ein Sturm. Sie leugneten die frohe Botschaft.

Nicht einen Tag länger würde er in Rom bleiben, ganz gleich, wohin er sich wenden mußte, nur weg aus dieser unheiligen Stadt.

Zum letztenmal erblickte er San Pietro, jenen Platz, auf dem sich Hunderttausende versammelten, er konnte sich des Eindrucks nicht erwehren, als habe er hineingeblickt in das Herz der Mutter Kirche und eine Totenmaske anschauen müssen.

Der Weg hinaus zu seiner Katakombe war weit, und doch blieb Athanasios nicht stehen. Er machte keine Pause. Es drängte ihn, die beiden Bündel und die Lederrolle einzupacken, den römischen Frauen, die ihm den Platz genannt hatten, für ihre Gastfreundschaft, für Speisen und Getränke zu danken, um dann so schnell wie möglich die Straße nach Ostia zu nehmen. Zum Meer. Er brauchte Wasser, Inseln, Sternennächte. Er erreichte sein Quartier so gegen sechs und fand die Bündel weggeräumt. Nichts war mehr da von seinen Sachen, auch die Lederrolle fehlte.

Die Frau, die Giovanna hieß, öffnete die Tür zu ihrem Haus. Ja, sie habe gesehen, wie zwei Männer in die Katakombe hinuntergestiegen seien, nein, sie habe nicht gesehen, daß sie mit seinen Sachen wieder herausgekommen seien, doch, sie hätte sein Gepäck wiedererkannt, nein...

Athanasios machte sich auf den Weg. Sein Haar hatte er verloren und seinen Schatz. Den Papst hatte er gesehen oder auch den Teufel. Er kannte sein Evangelium auswendig, und auf der Straße nach Ostia begann er, mit lauter Stimme daraus zu rezitieren.

Und als die Zeit gekommen war, die Römer aus dem Land zu jagen, begann der Streit in unseren Reihen. Jakobus wollte nicht mehr lange zögern, und zögern wollten auch die anderen nicht. Nur ich, der Sichelmann, ich hatte einen Plan. Ich wollte, daß Jerusalem erwache, die Herren, die den Schlaf uns raubten, erstickten auf ihren Lagern.

Wir waren Männer genug, die römische Führung heimlich auszuschalten.

Und dann die Söldner loszuwerden. Denn eines war uns allen klar: Besatzer brauchten stets Befehle, gewöhnt an strenges Kommando.

Sie waren das Übel, das dem Volke Israel im Wege stand, zum auserwählten Volke nun zu werden. Der Druck des harten Regiments lastete zu schwer auf unsern Schultern, um Nächstenliebe auch zu leben.

Doch Jeschua entzog sich unserm Drängen.

Noch wollte er nichts hören von dem Plan, Pilatus und die Schergen auszuschalten, obwohl auch er die Meinung stützte: Zerschlagung erst des römischen Jochs und dann ein Leben nach neuen Regeln.

So stand er uns im Wege, der Mann, den alle liebten, nach dem sie sich verzehrten, der von der Heilkunst mehr verstand als tausend Ärzte; Jeschua, der Tempel reinigte und Wasser in Wein verwandelte, der Bäume gehen lehrte und Vögel in der Luft zu stehen, Jeschua, der Regen brachte, wo vierzig Tage lang kein Tropfen fiel, der einem Kind die Eltern wiedergab, das sich als Waise glaubte.

Nur er war es, dem alle zujubelten. Jeschua, Jeschua, ich höre noch die kreischenden Stimmen, sobald er sich dem Volke zeigte.

Jeschua, Jeschua, die nie enden wollenden Bitten, tu dies, tu jenes, so daß wir anderen zurückstanden, zurückstehen mußten.

«Die Festung wird erst fallen, wenn die Grundsteine verrottet sind», sprach er und hob beschwichtigend die Hände. Ein anderes Mal: «Das Werk kann nicht gelingen, wenn blutig es beginnt.»

Und doch, wir anderen waren einig. Mich wählten sie zum Boten. Ich sollte ihm befehlen, Jerusalem für kurze Zeit zu meiden.

Wenn nötig, ihn in Fesseln schlagen und für die Zeit der Tat versteckt zu halten.

In jener Nacht des Passahfests ward unser Plan verraten. Nie haben wir erfahren, wer es war, doch stammte er aus unseren Reihen. Die Römer kannten jeden Weg und jeden Mann, sie kannten auch den Plan, Jeschua fernzuhalten.

Als sie ihn in Gethsemane gefangennahmen, wehrte nur Simon sich und schlug dem Malchus das rechte Ohr ab. Die andern Jünger blieben feig. Als ich dort eintraf, viel zu spät, flohen sie die Stätte.

Mit diesen war kein Aufstand mehr zu wagen. Die Römer ließen jüdische Gelehrte wecken, befahlen ihnen, schnell zu richten.

Das Kreuz war schon gezimmert.

Als wir zusammenkamen, wußten wir, daß Jeschua verloren war, wenn wir nicht handelten. Wir wählten Joseph aus, im Loswurf unterlag er, der im Gewühl das Kreuz von Jeschua ergriff. Er starb an seiner Stelle auf der Schädelstätte Golgatha.

Es brachte Zulauf, als der Held des Volkes drei Tage nach seinem Tod wiederauferstand. Die römischen Besatzer hatten keinen leichten Stand.

31

In dieser Nacht hatte Kardinal Clemente Rodrigues Texeira eine Erscheinung.

Wie stets betrat er kurz vor Mitternacht die Sakristei der Basílica de Estrêla, um sich auf die sonntägliche Messe vorzubereiten, Einkehr zu halten und Kraft für die Predigt zu erbitten. Das Kerzenlicht reflektierte auf den kostbaren Gewändern, dem Goldbrokat und der silberdurchwirkten Seide. Auf den dunklen Ölbildern leuchtete die Leidensgeschichte Jesu, eindrucksvoll die letzten Stunden in Gethsemane, herausragend die Szene mit Pilatus, der vor allem Volk seine Hände wäscht. Auf dem Holztisch in der Mitte lag die aufgeschlagene Bibel, eine Handschrift aus dem 15. Jahrhundert, an der drei Mönche aus Coimbra zwölf Jahre gearbeitet hatten. Wie stets war der Kardinal in der Stunde der heiligen Konzentration, wie er sie nannte, allein. In seinem hohen Alter konnte er nur mit äußerster Anstrengung die Messe zelebrieren.

Der Altarraum der Basilika lag im Dunkeln. Nur zwei der hohen Kerzen brannten. Der Kardinal schritt langsam, das Haupt gebeugt, über den schweren Läufer zum Altar. Er sang mit fester Stimme den Choral, den Duarto Lôbo komponiert hatte, trauriger Lobpreis, verhaltene Freude. Dann sank er, noch immer singend, auf die Knie, verneigte sich tief, bevor er den Altar hinaufstieg.

Die beiden Kerzen flackerten kurz auf und erloschen. Der Kardinal war in sein Gebet vertieft.

In jungen Jahren hatte er die älteren Confratres verachtet, wenn sie Einkehr hielten, sich zurückzogen, für Stunden allein sein wollten. Er konnte sich damals nicht vorstellen, daß Einsamkeit Kraft gab.

Er war daran gewöhnt, tätig zu sein, zu organisieren, zu missionieren und zu predigen. Wo immer es eine Gelegenheit gab.

Sein Weg hatte ihn nach Rom geführt, in die Nähe des Heiligen Vaters, der ihn wie einen Sohn aufnahm und persönlich dafür Sorge trug, daß niemand anders als Texeira Mitglied der römischen Kurie wurde. Nicht der Erzbischof von Porto oder gar dieser wichtigtuerische Bischof aus Leiria, in dessen Bistum Fátima lag.

In Rom war Texeira sehr geachtet, besonders aufgrund seiner streng orthodoxen Einstellungen und seiner guten Beziehungen zum Opus Dei, das durch ihn in Lissabon Fuß fassen konnte. Man brauchte diese Geheimorganisation, die der Spanier Josemaría Escrivá de Balaguer y Albás 1928 gegründet hatte. Von ihm stammten die Worte: «Gehorchen ist ein sicherer Weg. Blind dem Vorgesetzten trauen, ist der Weg der Heiligkeit. In deinem Apostolat gehorchen, das ist der einzige Weg. Denn im Opus Dei kann der Geist nur so sein: gehorchen oder weggehen.»

Der Kardinal nahm die erste Stufe des Altars, verharrte, wie stets, und hob die betenden Hände empor, die Augen auf das hohe Kruzifix gerichtet.

Mit einemmal erhellte sich die Leidensmiene, ein kurzes Licht, dann wieder Dunkel.

Texeira erschrak.

Die Ziele von Opus Dei, wie er sie in Rom kennenlernte, waren einfach: weltlicher Charakter, christlicher Inhalt. Eine Kampftruppe für den Alltag, geheiligte Berufe. Es galt, Positionen zu besetzen, Lehrstühle, Ministerien, diplomatische Ämter. Ausgeblendet aus der Öffentlichkeit, Arbeit im geheimen. So hielt Josemaría Escrivá für den spanischen

Caudillo Franco und seine Frau un curso de retiro, Besinnungstage. «Caudillo, stähle deinen Willen, damit Gott dich zum Führer mache.» In der Abgeschiedenheit der römischen Kurie wurden Pläne geschmiedet, Fäden gesponnen. Texeira lernte sein eigentliches Handwerk.

Der Kardinal stand aufrecht vor dem dunklen Altar, er wartete. Der kurze Lichtblitz hatte sein Gebet gestört, und doch, das helle Jesusgesicht flößte ihm Glauben ein. Wie sehnlich hatte er mehr als siebzig Jahre auf ein himmlisches Zeichen gewartet. Wie sehr beneidete er die Seherinnen und die Gläubigen, denen die Gnade einer Erscheinung zuteil wurde. Er rührte sich nicht von seinem Platz. Im langsamen Gebet wäre er, wie stets, die zehn Stufen zum Altar hinaufgegangen, bis zum letzten Kniefall vor der Heiligkeit.

Es war ein italienischer Bischof, der Texeira in die Verfahren von Opus Dei einwies. Stille Ratschläge. Geheime Kanäle, auf denen Spendengelder über die Schweizer Konten anderer Institutionen flossen, die Taktik des Verrats, Verwirrspiel von Tarnorganisationen.

Aufträge, bei denen keiner den Auftraggeber kannte. Damals lernte Texeira den Spruch schätzen: «Volere è potere, chi la dura la vince.»

In diesem Augenblick erhellten sich die rückwärtigen Fenster der Basilika. Ein Lichtschein. Funkelnd. Irisierend, gebrochen in den farbigen Glasfenstern. Der Kardinal war berührt. Endlich waren seine Bitten erhört worden. Die Erscheinung nahte. In wilder Begier betete er ein «Ave Maria», seine Stimme überschlug sich. Er zitterte am ganzen Körper.

Die ganze Organisation gestaffelt. Strengste Disziplin. Kastenwesen. Numerarier mußten den Gewinn von Opus Dei erwirtschaften: Industrielle, Ärzte, Wissenschaftler und Bankiers. Supernumerarier arbeiteten in korporativen Werken mit und wurden zum Spenden angehalten. Texeira lernte schnell, was Agio und Disagio war, Diskont und Skonto, wie der Heilige Stuhl durchflochten war von goldenen Dollarfäden; wenn einer aus dem armen Portugal kam, war die Kurie ein Schock. Als seien die Kruzifixe inwendig hohl und angefüllt mit Gold und Devisen. Drei Monate verbrachte Texeira in der Banco Santo Spirito.

«Du bist mein Sohn, Clemente. Knie nieder.» Die helle Stimme durchfuhr den Kardinal.

Er fiel zu Boden, stürzte, winselte.

Raffte sich auf, sein Körper von Zuckungen geschüttelt.

Ein epileptischer Anfall, ein Aufbäumen der Gedärme.

Er versuchte, die Hände zu falten, aber es gelang ihm nicht. Als gingen elektrische Stöße durch seinen Körper.

Heilige Ströme.

Als der Kardinal wieder zu sich kam, schweißgebadet, die Lider angeschwollen, spürte er ein großes Verlangen, die Beichte abzulegen. Auch wenn es ihn sein Amt kosten würde, die sündige Beziehung zu dieser Frau zu offenbaren. Im Stand der Gnade einer Erscheinung würde ihm dies vergeben werden. Was für eine liebliche Stimme hatte er gehört? «Wer bist du?» rief der Kardinal, «sprich mit mir. Ich bin dein Sohn.»

Statt einer Antwort entzündeten sich alle Kerzen, die am Altar standen. Mit einemmal wurde es hell. Das Dunkel schien besiegt. Verwundert blickte sich der Kardinal um. Wie gerne hätte er einen Zeugen gehabt, der die Gnade, die ihm gewährt worden war, öffentlich bestätigt hätte. Sein Platz im ewigen Walhall der Heiliggesprochenen wäre ihm sicher gewesen. Dann war es wieder dunkel.

Einmal besuchte Texeira den Wallfahrtsort Torreciudad im Norden Spaniens, den Gründungsort des Opus Dei. Ein Panorama von glitzernden Pyrenäengipfeln. Eine kleine Bergkapelle, in der 1904 die Mutter des todkranken, zweijährigen Josemaría für das Leben ihres Sohnes betete. Einst hatte auf dem Berg von Torreciudad eine Moschee der Moslems gestanden, aus ihr wurde die Kirche der Muttergottes. Texeira blieb dort eine ganze Woche, sprach mit den Brüdern über den militärischen, den männlichen Auftrag ihrer Organisation. Der Feind sei ungläubig und müsse bekämpft werden, in der besten Tradition der Kreuzritter.

Das Licht auf dem geschnitzten Christus, die Leidensmiene in zärtlichem Glanz, rosé. «Du bist mein Sohn, Clemente», die helle Stimme, «knie nieder, schließ die Augen und versenke dich ins Gebet.» Der Kardinal, gefaßt, die zitternden Glieder unter Kontrolle, gehorchte. Er preßte seine Knie gegeneinander, senkte den Oberkörper und berührte mit den Händen die nächste Stufe des Altars. «Du bist mein Sohn, Clemente, wenn du die Augen hebst, wirst du die Muttergottes sehen, dort, wo Jesus in seinem Leiden erstrahlt. Die Muttergottes wird dich segnen, damit du die Kraft besitzt, ihre Botschaft auszusenden.» Der Kardinal war entzückt, als er die Augen emporhob. Als habe sich das Bild Marias über den Leib des Christus gelegt.

Man hatte ihn gelehrt, stets auf die Presse zu achten, jeden Angriff auf Kirche und Glauben abzuwehren, Druck auf die Journalisten auszuüben, kein antiklerikales Wort zu dulden. Als Texeira wieder in Lissabon weilte, gründete er sogleich eine eigene Abteilung im Opus Dei, die sich ausschließlich mit der Pressearbeit zu befassen hatte. Sie scheuten sich nicht, alle Mittel der Einschüchterung zu benutzen.

«Du wirst die Gläubigen auffordern, am 13. Oktober in Fátima zu erscheinen. Dort werde ich zu allen sprechen, ich will, daß ihr meine Stimme vernehmt. Versammle deine Schafe und führe die Herde zu mir.» Die helle Stimme, welch ein Klang, was für eine himmlische Musik. Der Kardinal rief aus: «Ich werde predigen! Ich werde nicht ruhen, bis ich in alle Winkel des Landes deine Botschaft verbreitet habe.» Die Kerzen erloschen langsam. Das Dunkel war vollkommen. Der Kardinal verharrte reglos.

Sie hatten in langen Diskursen darüber gesprochen, was es hieß, auserwählt zu sein, der Auserwählung nachzukommen und ihr gerecht zu werden, das Amt zu erfüllen, das Kreuz zu tragen. Monsignore Escrivá lernte Texeira erst sehr spät kennen. Das Zusammentreffen war für ihn wie eine Weihe gewesen, eine ganz besondere Auszeichnung. Augen, die scharf blickten, die demütige Gestalt voller Kraft, ein konservatives Urgestein, der Katholischste aller Spanier, der einmal sagte, er habe schon viele Kardinäle und Päpste kennengelernt, aber es gebe nur einen Gründer des Opus Dei. «Auch wenn er nur ein armer Sünder ist wie ich!»

Kardinal Texeira erhob sich.

Sang mit lauter Stimme, erfüllt von der Erscheinung und dem Auftrag.

Er umkreiste den Altar, Prozession für eine Stimme, er vergaß Zeit und Ort.

Monsignore Escrivá hatte bei ihrem Zusammentreffen über den stärksten Eindruck in seinem Leben gesprochen. Als er während der Schreckensherrschaft im roten Spanien 1936 in einer Monteurskluft floh, eine Kopfbedeckung versteckte die priesterliche Tonsur. Er war in Lebensgefahr gewesen. Wenn ihn die Milizen gefunden hätten, wäre er sofort erschossen worden. Statt dessen hängte man einen Mann, den man mit Escrivá verwechselte. «Du wirst verstehen, Bruder, daß ich seit damals wußte, welchen Auftrag ich zu erfüllen habe. Es war ein Blutopfer für das Opus Dei gebracht worden. Ich stand unter dem Schutze der Madonna.»

Der Kardinal verließ den Altar, zog sich zurück in seine Sakristei. Er legte das Ornat ab, faltete die Gewänder. Sein Herz pochte so laut, daß er glaubte, sterben zu müssen. Wie stets nach der inneren Einkehr schlug er die alte Handschrift auf und las die heiligen Worte, die er zufällig fand: «Ich aber und mein Haus wollen dem Herrn dienen.» Der Kardinal fühlte, wie der Glauben ihn erneut überkam.

Alfred Beimel zog den Stecker heraus und sah auf die Uhr. Die Erscheinung war vorüber.

Benini wartete schon im Wagen. Er hatte die Ekstase des

Kardinals genutzt, um leise die Basilika zu verlassen. Zunächst hatte er den Plan von Beimel für zu verwegen gehalten, aber der Anarchist im Frack war nicht zu bremsen. «Warum sollen wir seinen Einfluß nicht nutzen?» Die Vorbereitungen waren denkbar einfach, der Effekt grandios. Beimel schleppte das schwere Magnetophonband von der Empore. Julias Stimme hatte himmlisch geklungen. Schon dafür würde er sie gerne küssen. Hinter dem Kirchenschiff verstaute Brander die Abschußrampen, von denen aus die beiden bengalischen Lichter gezündet worden waren. Er mußte sich beeilen, hatte etwas Zeit verloren, weil zwei Männer kurz nach dem Lichtschein auftauchten und herumstöberten. Als die beiden Assistenten mit ihrem Gepäck in der Limousine Platz genommen hatten, sagte Beimel: «Wir dürfen uns das Schauspiel nicht entgehen lassen, wenn Texeira morgen die Kanzel betritt.»

Brander, der nichts von dem mitbekommen hatte, was die Männer in der Kirche sahen, ließ sich alles genauestens beschreiben. «Wie er hinstürzte», rief Beimel belustigt, «ich dachte, der steht nie wieder auf.» Benini erwiderte, das wäre nicht hilfreich gewesen.

Zu dieser Zeit ging Kardinal Texeira erregt in der Sakristei auf und ab. Er war nicht ruhig genug, um in der Bibel zu lesen, nicht gelassen genug, um den Heimweg anzutreten. Er kämpfte mit einer Erektion, die gerade in diesem Augenblick unerwünscht war. Wie konnte das passieren, daß sich sein Geschlecht regte. Inmitten einer religiösen Verzükkung, angesichts der Worte der Madonna. Er dachte an Regenwetter, nasse Schirme, feuchte Kühle, an den Atlantik mit seinen kalten Wellen, an die Fußballmeisterschaft, die Sporting Lissabon in diesem Jahr gewinnen wollte. Es half nichts. Er war Gefangener seiner Erregung.

Die drei Männer kamen in bester Stimmung im Hotel an. Julia erwartete sie. Neugierig fragte sie, wie sie als Muttergottes gewirkt habe.

«Du warst großartig. Marias Stimme hätte nicht besser sein können», sagte Alfred Beimel.

«Schade, daß ich nicht dabeisein durfte, ich hätte mich gerne in der Basilika reden hören. Auch wenn es nur vom Band kam.» Julia umarmte zuerst Benini, dann Beimel, mit dem sie Freundschaft geschlossen hatte. Brander sagte, er sei müde. Über die mögliche Entdeckung durch die beiden Männer schwieg er.

Benini war überhaupt nicht müde und lud die beiden zu einem Drink in seine Suite ein. «Wir müssen diesen Sieg gebührend feiern.» Julia hakte sich bei ihm ein.

Der Kardinal schlug mit den Händen an die Wand, hämmerte an die hohen Schränke, in denen die Gewänder der Meßdiener aufbewahrt wurden. Er holte ein Leinentuch, befeuchtete es im Weihwasserkessel und wickelte sein Geschlecht damit ein. Langsam schwand die Erektion. Kurz darauf erschien der junge Sakristan. Texeira bekam kein Wort heraus.

«Sie brauchen einen Arzt», stellte der Sakristan fest, «ich hole meinen Onkel, der wohnt in der Rua Bela Vista.» Der Kardinal wehrte ab, schüttelte heftig den Kopf. Noch immer war seine Zunge wie gelähmt. Zumindest war der quälende Druck zwischen den Schenkeln verschwunden. Er dehnte seinen Kiefer, verzog den Mund. Dann endlich brachte er den Satz heraus, der den Sakristan die ganze Nacht nicht schlafen ließ: «Ich habe die Gottesmutter gesehen.» Der Sakristan wollte nicht für einen weiteren Anfall des Kardinals verantwortlich sein. Schließlich war der alte Herr über achtzig. Er holte den Wein aus der verschlossenen Truhe, brachte zwei Gläser, schenkte Texeira ein. «Das wird Ihnen guttun, Vossa Reverendissima.» Der Kardinal trank. Gierig stürzte er den Wein hinunter, schnaubte. In stockenden Sätzen, im Stakkato der Visionen, berichtete er dem Sakristan, wie es hell geworden war, wie sich Maria angekündigt und was sie von ihm verlangt habe. Der junge Priester hörte zu, ungläubig wie Johannes, und doch gebannt, denn der alte Herr war bei völliger Besinnung.

«Und wie er um den Altar getanzt ist! Hat die ganze Zeit gesungen. Den haben wir erweckt. Der Mann glaubt bis an sein Lebensende.» Alfred Beimel genoß seinen Streich. Benini schmunzelte. Er hatte sich überreden lassen, fand den Erfolg ganz passabel. Julia war begeistert. Sie hatten Champagner bestellt, die Magnumflasche, ein paar Schnittchen zur Stärkung. Der Magier zog seinen Bademantel an, nahm die schwarze Cheshire auf den Schoß. Er sah, wie Alfred seiner Assistentin zuprostete.

Obwohl es schon kurz nach eins war, verfaßte der Kardinal zusammen mit dem Sakristan eine Erklärung, die er vor der Messe am nächsten Morgen verlesen lassen wollte. In allen Kirchen Lissabons sollte der gleiche Text verkündet werden. «Ich, Kardinal Clemente Rodrigues Texeira, habe in der Nacht vor dem Fest des heiligen Joseph von Cupertino eine Erscheinung der Maria, Unserer Lieben Frau, gehabt, die durch mich folgende Botschaft verkünden läßt...», so begann die hochwürdige Schrift, die in allen Einzelheiten die Vision beschrieb. Der Sakristan hatte seine Unterschrift zu geben, als sei er Zeuge der Erscheinung gewesen. Sie leerten die Flasche Meßwein vollständig.

Die Wut des Magiers war verflogen. Er hatte Texeira eine Lektion erteilt. Der geniale Plan von Alfred Beimel war ihm gerade recht gekommen. Er dachte schon an jenen Tag des Abschieds aus Lissabon, wenn er einem Journalisten von «A Republica» die wahre Geschichte dieser Erscheinung exklusiv erzählen wollte. Er würde außer Landes sein, wenn sie in Lissabon ein großes Gelächter auslöste. Dann erst würde der Kardinal seine Lektion begreifen.

Beimel verabschiedete sich, nicht ohne Julia lange in den Arm genommen zu haben. «Ich will ein bißchen durch die Nacht laufen. Das hat so viel Spaß gemacht, den muß ich noch etwas genießen.»

Benini dankte ihm. «Mit Jeremy hätte ich das nicht durchführen können. Der liebt solche Scherze gar nicht. Der hätte auch irgendein Haar in der Suppe gefunden und so lange diskutiert, bis wir das Unternehmen abgeblasen hätten.»

Julia setzte sich neben den Magier auf die gepolsterte Lehne des schweren Sessels.

Kardinal Texeira verließ im ersten Licht die Basilika, noch immer ganz gefangen von der Erscheinung. Der Sakristan hatte für die Verbreitung des Hirtenbriefes zu sorgen. Texeira wollte, trotz seines hohen Alters, noch nicht ins Bett. Er verspürte Kraft genug, vierzig Messen zu lesen. Die Stunden würden viel zu langsam vergehen. Wie wunderbar die Stimme Marias, wie lieblich das Gesicht des leidenden Herrn gewesen war, wie groß der Auftrag, den er auszuführen hatte. Er mußte mit den Prälaten des Opus Dei besprechen, wie sie vorgehen wollten. Der Generalvikar in Rom mußte verständigt werden. Vielleicht gelang es nun, den Papst zum großen Ereignis nach Fátima zu bekommen. Den katholischen Steuermann, der ihm so verbunden war. Es würde ein Jubiläum sein, wie es die Welt noch nicht gesehen hatte. Und die Franzosen sollten vor Neid erblassen, was war schon Lourdes in diesen Tagen.

Texeira hielt inne, weil ein Mann ihn in schnellem Lauf überholte, sich ein paarmal umdrehte und dann hinter der nächsten Straßenecke verschwand.

Als Beimel den Kardinal bei seinem Frühspaziergang antraf, bekam er einen Lachanfall. Der alte Herr schritt so voller Würde, als sei er in dieser Nacht gewachsen. Mindestens um die Höhe der Madonnenfigur.

32

Xangu ließ sich nicht abschütteln, sosehr Jeremy auch auf ihn einredete. Sie standen vor dem «Avenida Palace», zwischen Limousinen und gelackten Karossen. Ein dünner Mann, die Wangen eingefallen, die Augen in tiefen Höhlen. «Er muß mich anhören.»

Der Manager, der an diesem Morgen schon zwei Bewunderer weggeschickt hatte, schimpfte, er sei nur heruntergekommen, weil der Portier ihn darum gebeten habe. Auch wenn Xangu noch weitere 48 Stunden vor dem Grandhotel sitzen bleibe, er würde Benini nicht zu Gesicht bekommen. Seit die Plakate überall in Lissabon hingen, gab es kein Halten mehr. Alle wollten den Mann sehen, der die Sonne tanzen lassen konnte. Obwohl Benini seinen Trick noch nicht ausgeführt hatte, glaubten sie, daß er dazu in der Lage sei. Einige pilgerten von der Algarve in die Hauptstadt, um vom großen Magier gesegnet zu werden, andere kamen aus dem Minho, brachten Wein und Geschenke. Der Manager verteilte großzügig Autogrammkarten. «Am besten, du schreibst Gottes Segen gleich mit auf dein Konterfei, Carlo», feixte Snow, als Benini ihm hundert unterschriebene Karten reichte.

Xangu verschränkte die Arme vor der Brust. «Ich habe Zeit, allerdings nur bis zum 13. Oktober, dann muß ich die Botschaft übermittelt haben. Danach ist es zu spät.»

Jeremy Snow versuchte herauszubekommen, welcher Nationalität dieser Hellseher war, der sich als ein Kollege Beninis ausgab. Aber es gelang ihm nicht. Sein Englisch klang weich, die Aussprache war korrekt.

«Und warum wollen Sie mir nicht sagen, was Sie Herrn Benini ausrichten müssen? Ich leite es an ihn weiter, Mister Xangu!» sagte der Manager, dem es nicht recht war, daß sich eine kleine Traube von Menschen gebildet hatte.

«Xangu der Zweite, bitte», antwortete der Hellseher. Er strich mit der linken Hand über seine Lippen, eine Geste der Beschwörung. «Nur wenn ich es sage, hat es Wirkung. Wenn Sie mich nicht vorlassen, wird es schlimme Folgen für meinen Kollegen Benini haben.»

Oft hatte es Zauberkünstler gegeben, die Benini zu imitieren versuchten. Hellseher, die sich im Licht des großen Magiers sonnen wollten. Betrüger, die ein großes Geschäft witterten. Snow kannte diese Spezies, wußte mit ihnen umzugehen. Er nannte sie Schmeißfliegen. Einmal hatten sie den großen Zauberer Heubeck einfach totgesagt, damit seine Konkurrenten die Termine für dessen Auftritte übernehmen konnten. Ein anderes Mal wollte ein chinesischer Zauberer Benini einreden, wenn er es schaffe, den indischen Seiltrick mit ihm auszuführen, wolle er den Rest seines Lebens als Sklave für ihn arbeiten.

«Beenden wir das Gespräch, Mister Xangu der Zweite, es hat keinen Sinn. Wenn Sie nicht bereit sind...»

Snow wollte sich abwenden, aber der Hellseher hielt ihn am Jackett fest.

«Ich sage Ihnen einen Namen, damit Sie wissen, wie ernst ich es meine: Isabela. Ich denke, das sollte genügen.»

Jeremy Snow, dessen vornehmste Kunst darin bestand, nie eine Miene zu verziehen und selten die Contenance zu verlieren, nickte irritiert.

«Was wissen Sie denn über Isabela?»

Xangu sah über den Manager hinweg. «Das kann ich nur meinem Kollegen selbst sagen.»

Die Menge war größer geworden. Einige skandierten den

Namen des Magiers. Snow mußte Autogrammkarten verteilen, um wenigstens ein paar der Schreier zu beruhigen.

«Ich will sehen, was ich tun kann.» Er gab Xangu die Hand und verschwand in der Drehtür.

Er hatte nicht die Absicht, Benini mit diesem Blödsinn zu belästigen, aber so gewann er Zeit zum Nachdenken. Am besten würde es sein, daß sie für die verbleibenden vier Tage bis zum Sonnenwunder das Hotel wechselten.

Zu dieser Zeit saß Benini im Bett und las die Post. Das großzügige Frühstück, das er mit Julia eingenommen hatte, schob er beiseite, nahm den schmalen, silbernen Brieföffner und schlitzte nacheinander alle Briefe auf.

Es dauerte immer einige Zeit, bis seine Freunde und Verwandten herausgefunden hatten, wo Benini sich gerade befand, je länger ein Gastspiel dauerte, desto mehr Post erreichte ihn.

An diesem Morgen fand er einen Brief seiner Mutter, die in ihrer zierlichen Handschrift zwei Seiten gefüllt hatte. Es ging wieder einmal um das Personal, das nicht genau das ausführte, was sie anordnete, insbesondere das Küchenmädchen wolle die Rezepte nicht anwenden, nach denen Spaghetti und Kaninchenbraten zubereitet werden mußten. Schon in ihrem letzten Brief hatte sie sich darüber beschwert. Und daß das Geld mal wieder nicht reiche, die Bank mache Schwierigkeiten, und wann er endlich mal wieder nach Sardinien komme, es liege so viel im argen. Wenn er nicht da sei, fühle sie sich oft wie tot in der großen Villa an der Costa Smeralda. Nur ein paar Tage, bitte. Dann las er:

«Carlo, ich habe vernommen, daß Du gegen die Kirche freveln willst, daß Du an einem Ort, dessen Namen ich noch nie gehört habe, die Muttergottes herausfordern sollst. Ich bitte Dich, das zu unterlassen. Ich bete jeden Tag für Dich, daß Du diesen Frevel einstellst. Du weißt ja nicht, wieviel Du selbst der Muttergottes zu verdanken hast. Wenn ich damals nicht so inbrünstig gebetet hätte, wärst Du vor der Zeit geboren worden. Ich will Dir nicht ausmalen, was das bedeutet hätte. Du darfst diesen Frevel nicht begehen. Gott wird Dich dafür strafen. Ich bitte Dich nur dieses eine Mal um einen Gefallen.»

Benini legte den Brief beiseite. So hatte seine Mutter noch nie geschrieben. Wie hatte sie in Sardinien erfahren, was er in Portugal plante?

Es klopfte an der Tür.

«Bist du schon auf, Carlo?»

Der Manager öffnete die beiden Durchgangstüren.

«Komm rein, Jeremy. Willst du etwas Orangensaft?»

«Da unten ist die Hölle los, Carlo. Wir müssen uns etwas überlegen, so kann das nicht weitergehen. Die Hotelleitung ist empört. Kaum einer kann ungehindert die Halle betreten, ohne daß er gefragt wird, ob er Benini heiße.»

«Wie schön», schmunzelte der Magier. «Auch eine Art von Werbung.»

Snow war weniger erfreut über diesen Andrang. «Sie werden das Hotel stürmen. Ich habe mich erkundigt, es gibt eine Suite im ‹Ritz›. Bist du bereit umzuziehen?»

«Mir gefällt es hier gut. Ich kann nichts dafür, wenn die Begeisterung solche Wellen schlägt. Brauchst du wieder Autogrammkarten?»

Der Engländer schnaubte. «Geh selbst hinunter und verteil sie. Das ‹Coliseu› besteht übrigens darauf, daß du am Abend des 13. Oktober deine Vorstellung gibst. Sie waren nicht davon abzubringen, und die Vertragsstrafe ist verdammt hoch.»

«Ich werde dasein. Hab ich schon je eine Vorstellung ausfallen lassen? Vertragsstrafen haben wir auch noch nie gezahlt. Es wird eine Gala ganz besonderer Art werden!»

Snow schüttete den frisch gepreßten Orangensaft ins Glas. Aus dem dritten Stock konnte man den Andrang nicht sehen.

«Ich werde an diesem Abend die Mitteilung machen, wie ich die Sonne zum Tanzen brachte.»

«Das wird Lossenkian nicht gerade erfreuen», unterbrach der Manager ihn, «unser Vertrag bestimmt ausdrücklich, daß er es allein erfährt.»

«Ich werde ihn bitten, meiner Vorstellung beizuwohnen. Er wird dort sein. Reserviere ihm die erste Loge.»

Snow erwähnte Xangu, den Mann, der seit 48 Stunden vor dem Hotel ausharrte, um Benini zu sprechen. Er könne ihn nicht länger hinhalten.

«Nicht schon wieder ein Hellseher», bat Benini, «die können einem den schönsten Tag vermiesen. Weißt du, was er will?»

Jeremy Snow grinste: «Er hat den Namen deiner Liebsten erwähnt.» Dann folgte eine lange Pause, bevor er ihn aussprach.

«Wenn er wirklich eine Botschaft von Isabela hat, laß ihn raufkommen. Das werden wir schnell in Erfahrung bringen. Sagen wir, in einer halben Stunde. Ich habe noch mit der Post zu tun.»

Snow bedankte sich.

Benini nahm den Brief seiner Mutter wieder zur Hand. Diese Schrift war sehr flüssig, seine Mutter stockte immer wieder beim Schreiben, manchmal gab es sogar einen Klecks, weil sie den Füller zu lange auf derselben Stelle hielt.

Der Magier sprang aus dem Bett, holte den Ordner, in dem er seine Post sorgfältig abheftete, und suchte den letzten Brief seiner Mutter heraus. Er war nicht wenig erstaunt, als er feststellte, daß die ganze Passage über die schlechte Behandlung durch das Personal wörtlich kopiert war. Als habe seine Mutter bei sich selbst abgeschrieben. Die Handschrift war fast die gleiche.

Einmal hatte einer von diesen Betrügern Benini ein graphologisches Gutachten erstellen wollen, gegen die Bezahlung einer horrenden Summe. Benini verweigerte ihm eine Schriftprobe, aber der Graphologe analysierte die Schrift eines Dankeschöns an die Besucher einer Vorstellung, das eine deutsche Zeitung abdruckte. Das Urteil des Graphologen war vernichtend: «Sie haben nur noch wenige Monate zu leben. Ihre Schrift verrät ein schnelles Ende.»

Benini legte die beiden Briefe zur Seite. Nebeneinander sahen sie aus wie Schwestern. Einer von beiden war eine falsche Schwester.

Er war gerade mit dem Anziehen fertig, als sein Manager den Hellseher hereinführte.

«Xangu, Xangu der Zweite. Ich darf mich bei meinem großen Kollegen bedanken, daß er mich anhört.»

Er verbeugte sich so tief, daß Benini dachte, er wolle den Boden küssen.

«Erstens bin ich kein Hellseher, Mr. Xangu, zweitens möchte ich wissen, warum Sie den Namen Isabela erwähnten?»

«Das werde ich Ihnen schon zur rechten Zeit mitteilen, Herr Kollege.»

Xangu riß sein weißes Hemd auf und zeigte seine Brust. Sie war voller Striemen und Narben. Er drehte sich, damit die beiden auch seinen Rücken anschauen konnten. «Nicht daß Sie glauben, das sei Schminke. Die Narben sind echt. Ich brauche für meine Kunst das Leiden, den Schmerz, die Angst, die Peinigung – aber dann – dann bekomme ich Visionen, die niemand außer mir auf der ganzen Welt hat.»

Benini war beeindruckt. Snow fand die Vorführung abstoßend. Er entschuldigte sich mit dem Hinweis, daß er noch andere Bewunderer abzuwimmeln habe.

«Du bleibst, Jeremy. Das wird nicht lange dauern.» Der Magier wandte sich an Xangu. «Welche Visionen haben Sie in bezug auf Isabela, mein Herr?»

Benini trat einen Schritt auf den Hellseher zu. Xangu steckte das Hemd wieder in die Hose.

«Isabela wird sehr krank werden, wahrscheinlich wird sie

sogar sterben, wenn Sie ihr nicht helfen. Das ist die Botschaft, die ich empfangen habe.»

Benini fragte, wie er Isabela helfen könne.

«Sie können es verhindern, indem Sie Ihre Vorstellung in Fátima absagen. Isabela weiß um diese Botschaft, und sie bittet Sie, dem Begehren zu folgen. Sollten Sie am 13. Oktober in Fátima auftreten, dann wird sie dafür zu büßen haben.»

«Kennen Sie Alberto?» fragte Benini, den diese Mitteilung keineswegs kalt ließ.

«Ihr Mann, den Chilenen? Ja, ich habe ihn kennengelernt.»

«Lassen Sie mich allein», sagte Benini, «ich werde Sie am Nachmittag aufsuchen, wenn Sie mir Ihre Adresse geben.»

Snow reichte dem Hellseher Papier und Bleistift. Xangu schrieb mit zierlichen Buchstaben, fast wie seine Mutter.

«Ich erwarte Sie», sagte er, bevor er sich wieder ganz tief verbeugte.

«Was willst du tun, Carlo?» fragte Snow, als Xangu die Suite verlassen hatte.

«Das ist deine Aufgabe, Jeremy. Du fährst sofort nach Estoril und verschaffst dir Zutritt zu Isabela. Ein Vorwand wird dir schon einfallen. Dann fragst du sie ohne Umschweife. Ich will wissen, von wem dieser Xangu seinen Auftrag bekam. Er spielt mit gezinkten Karten.»

«Ist es so wichtig?»

Der Magier schwieg.

Jeremy Snow begriff, daß Benini nicht zum Spaßen zumute war. So besorgt hatte er ihn lange nicht gesehen.

Als der Manager gegangen war, widmete sich Benini wieder der Post. In den meisten Briefen war von dem bevorstehenden Ereignis die Rede, dem großen Erfolg. Es gab sogar die Zuschrift eines französischen Bischofs, der anfragte, ob Benini seine Vorstellung nicht in Lourdes wiederholen könne.

Kurz bevor der Magier seine Konzentrationsübungen begann, meldete sich Julia per Telefon. «Ich hab den Beweis, Carlo. Darf ich rüberkommen?» Benini verwies darauf, daß er sich auf den Abend konzentrieren müsse, aber Julia machte es dringend.

Salvé! Rainha! Mae de graça pura!
Que és tudo lá no Ceu, junto de Deus.
Volve para nós a divinal candura
Da Luz do teu olhar, dos olhos teus.

Gleich zweimal rezitierte Julia den Vers, begeistert über den Fund, der Benini allerdings erst beeindruckte, als er erfuhr, wann dieses Gedicht erschienen war. Am 13. Mai 1917, in der Tageszeitung «A Liberdade», die in Porto herauskam. Zu dieser Zeit waren der spätere Bischof von Leiria, Correia da Silva, und der Padre Feirreira, die beiden großen Förderer von Fátima, dort am katholischen Seminar. «Das kann kein Zufall sein, Carlo. Genau an dem Tag, als die drei Hirtenkinder ihre erste Marienerscheinung haben, bringt die Zeitung auf der ersten Seite dieses Gedicht. Ein Sonett zur Begrüßung. Sie waren die eigentlichen Urheber von Fátima. Das ist der Beweis.»

Der Magier ließ sich die Zeilen übersetzen.

«Maria wird aufgefordert zu erscheinen und Licht zu bringen. Die Zeitung weiß von dieser Erscheinung, noch bevor sie geschehen ist. Also müssen die Urheber dort zu finden sein. Die Zeitung, die am 13. Mai herauskam, wurde in der Nacht vorher gedruckt. Carlo, du mußt es veröffentlichen.»

Benini legte den Ausschnitt aus «A Liberdade» weg.

Seine Assistentin hatte sich die Mühe gemacht, das handgeschriebene Gekritzel zu entziffern, das António Vicarios Frau ihnen gegeben hatte, die Zeitungsausschnitte zu sortieren, sie hatte sogar eine Aufstellung der Ereignisse angefertigt, eine vergleichende Liste, wann die Hirtenkinder von wem befragt wurden.

«Alfred sagt auch, daß du das nicht alles verbergen kannst. Die Presse wird sich darauf stürzen, Carlo.»

«Warum sollte ich es tun?»

Benini tat so, als müsse Julia ihn noch überzeugen. Dabei hatte er schon einen Plan, wie er das ganze Komplott auffliegen lassen konnte.

«Und wenn es nur ist, um Vicario zu rechtfertigen. Der Mann ist umgebracht worden, daran gibt es keinen Zweifel.»

Julias Augen funkelten. Sie hatte sich festgebissen. Das spürte Benini genau. Er kannte die Gesichter der Fanatiker, diesen starren Blick, den schmalen Mund.

«Du hast recht, das Gedicht ist der Beweis, daß man den Hirtenkindern eine Komödie vorgespielt hat, eine Inszenierung religiösen Wahns, um katholische Interessen zu propagieren. Aber ich brauche einen Weg, wie ich es veröffentlichen kann, oder noch besser wäre es, wenn die Sache von dritter Seite kommt, nachdem ich in Fátima aufgetreten bin.»

Julia küßte ihn. Flüsterte, ob sie in dieser Nacht wieder zusammenkommen könnten.

Dann ließ sie den Magier allein.

Noch bevor er mit seinen Konzentrationsübungen begann – dem zwanzigminütigen Pferdesitz mit den chinesischen Brokatübungen –, nahm er die beiden Briefe seiner Mutter nochmals zur Hand, verglich erneut die Handschriften. Es wurde ihm immer klarer, daß der letzte Brief gefälscht war. Seine Mutter hatte ihm gegenüber nie erwähnt, daß er beinahe zu früh geboren worden wäre, außerdem konnte sie im abgelegenen Sardinien kaum etwas erfahren haben von dem, was er in Fátima plante. Die italienischen Zeitungen, die er gründlich studiert hatte, erwähnten sein Projekt kaum.

Wer konnte eine Fälschung so geschickt herstellen? Wie war man an den Brief seiner Mutter gekommen?

Del senno di poi sono piene le fosse, dachte Benini. Ich muß zum Angriff übergehen, ich kann nicht länger warten. Noch vier Tage bis zur Erscheinung, das ist zu lange, dauernd geschehen Dinge, die mich beeinflussen sollen. Erst gestern war ein Flugblatt aufgetaucht, das Benini in Zusammenhang mit einer Affäre am englischen Königshof bringen sollte. Er sei nicht der Sohn einer sardischen Mutter, sondern stehe in Verbindung mit dem Enkel von Queen Victoria, einem Ausgestoßenen des englischen Königshauses. So etwas machte in Portugal Eindruck, dort schätzte man die Queen mehr als den Diktator Salazar.

Als das Telefon läutete, wollte Benini erst nicht abnehmen. Wenn er nicht zur Ruhe kam, würde er am Abend keine gute Vorstellung geben.

«Wer spricht?» fragte er ärgerlich.

«Ich bin's, Jeremy. Gut, daß du noch im Hotel bist. Ich war bei Isabela. Sie ist wirklich krank.»

«Weiß sie...?»

«Sie kennt diesen Xangu nicht, hat nie von ihm gehört. Sie will auf jeden Fall mit dir nach Fátima fahren. Lossenkian hat alle Freunde eingeladen. Alberto kommt auch mit. Sie sind begeistert.»

Benini schluckte.

«Sie will nicht, daß ich Fátima absage?»

«Ich brauchte sie nicht danach zu fragen. Sie glaubt, daß nur einer die Sonne tanzen lassen kann, das seist du. Und schöne Grüße soll ich sagen.»

Als der Magier den Hörer aufgelegt hatte, verspürte er einen leichten Schwindel.

33

Komm hinein ins Klare, erklär dich, schnell, die Zeit zum Sterbm ist zu kurz, sind aufgerufen alle Götter zu helfn, doch sie bleibn fern, lassen sich nich bittn, dienstbare Geister, nich lockn wie das dumme Vieh, aufs Lebn vorbereitet, doch überrascht vom Tod, Ricardo Lopez, Sie wissens schon, der Mann, der Steine spricht und Marmor metzelt.

Ne große Menge von dem edlen Stein, dem schönsten, was der Friedhof braucht, ein Vergnügen zuzusehn, wenn Marmor bricht, die Säge sticht, und der Geruch, wenns Marmormehl sich fein verteilt, so frisch, so jungenzart, als wenn die Lüfte Flügel hättn, der kristalline Kalkstein, selbst aus Deutschland, wo Kriege tobn, aus Schupbach, Franken, Hessen-Nassau krieg ich die Ware, Deutsch-Rot, kommt aus den Alpn, und meine Lieblinge, Arabescato aus Carrara, und Vert des Alpes, glänzend, wie die Griechen sagn, gefärbte Adern, tiefes Licht, Zwillingslamellen, kann den Marmor singn hörn, wie jener Capo es gelehrt, ne große Menge, wie gesagt, und ich sollt sie beschaffen.

In jenem Jahr hat ich schon dreihundert Leute, das Gebäude Lopez S. A. war eingeweiht, Sociedade Anónima, vertreten an den großen Plätzen unsres schönen Landes, wenns zum Sterbm geht, dann zu Ricardo, ich hatte einen Spruch für alle Blätter: Wir erfüllen stille Wünsche, darunter dann ein Bild vom Gottesgrab, dem schönsten, das ich je erbaut, und die Adressen samt den Fernsprechnummern, wenns zum Letztn kommt, kommt niemand an uns vorbei.

An jenem Morgen, genau in der Mitte des Aprils, ich fahr hinauf nach Fátima, weil mich der Bischof sprechn will, ganz großer Auftrag, heißt es, nur widerwillig mach ich es, denn mein Stellvertreter darf sich rühmen, mein Geschäft dort wunderbar zu führn, die Fahrt war seltsam, mein Herz setzt aus bei jedem zehnten Schlage, wie eine Trommel, die mal stockt, ein schwarzes Loch, ich zähl auf neun, Pause, dann geht es weiter, als sei nichts geschehn, die Landschaft schön, die Fahrt im offnen Wagn, mit Typen kenn ich mich nich aus, der reiche Kunstmetz unterwegs, und seltsam schmerzhaft dieser Stich in meiner Brust, ich bitt den Fahrer anzuhalten.

Ich brauchte Ruhe, auch wenn die Zeit zum Treffen schon verstrichn. Ich sitz in einer Wiese. Beide Hände auf dem dunklen Stein.

Dann endlich kommt das Herz zurück, die Bahnen wieder freigefegt, auch das Interesse wieder neu erwacht, ich hab die Angst verlorn, dacht ich, da war sie wieder, auch wer mit dem Tod umgeht wie andere mit Holz, kann sich nicht feien, wenns soweit ist, fahr langsam, sag ich, langsam, bitte, ganz gleich, wann ich in Fátima erschein, ich will nicht dort begrabn werdn, der Fahrer schleicht die Straße rauf, der schwere Wagen stöhnt, ich spüre, wies hilft, wies besser geht und besser, ein Anfall nur, ne leichte Schwäche, drum sprech ich leis, versteht Ihr mich, so leis, denn schreien mußt du, wenn der Marmor knackt.

Gut, daß Sie kommn, die Tischzeit ist verstrichn, nen kühlen vinho verde kann ich kredenzen lassn, der Bischof in Zivil, ein Mann von Würde, ich möchte lieber klares Wasser, so kenn ich Sie nich, sagt er, sag ich, weiß schon, warum ich lieber Wasser sauf, es dauert eine Weile, bis er mich versorgn läßt, er will das Mittagsgebet nich versäumen, da bleib ich sitzen in dem kahlen Raum, kein Prunk, kein Bild, nurn Riesenkreuz in dieser Audienz, in der Besucher schon die Kälte spürn, die Fátima umweht, im heißen Sommer auch, soviel Escudos ich mit meinen Andenken schon verdient, ich mocht es nie, das Fátima, Ort der Scheinheiligkeiten, Heiligenschein, Ort der Armen, die kein Glück gewinnen, Ort der Kranken, von denen wenige gesunden, enttäuschte Hoffnung, ich mocht es nie, doch wenn der Bischof ruft, mit großem Auftrag, dann muß ich hin, auch wenn das Herz stillsteht.

War zusammen mit den Großen, gelben Kardinälen, violetten Generälen, mit Präsident und PIDE-Chef, den grünen Reedern und deren kaffeebraunen Fraun, Höhe meines Ruhms, geschäftlicher Erfolg, hab doch das Leben schon genossn, geschwelgt im Wein und gutn Speisn, hab alles gehabt, vom Erdehackn bis hinauf zu Samtbordüren, hab Kitsch getrieben, künstlerische Büsten schön gehaun, nun sitz ich, matt, erledigt, im kahlen Raum vorm Kruzifix, als wenn das Blut hineingesunken in die unheilge Erde, der Bischof läßt mich warten warten, bin ich ein Meßdiener, will schon gehn, kommt er heran, mit schnellem Schritt, ohne Entschuldigung, jetzt kanns Gschäft beginnen.

Ne große Menge von dem edlen Stein, weißer Carrara, ob ich die liefern könnt, wieviel, wofür, das müßte ich schon wissen, er sagt, wir haben einen Plan, ich wüßte doch, die Pilger, die nach Fátima herkommen, würden die letzte Strecke stets auf Knien rutschen, ja, schlimm, sag ich und unterbreche ihn, ganz schlimm, sehn Sie, sagt er mit klarer Stimme, das wolln wir anders habn jetzt, wir brauchen eine Bahn, die von dem Ende des Platzes vor der Kirche reicht bis dann hinunter zu der Capelinha, wo die Jungfrau erschien, bis dort hinunter und um die Kapelle herum, ein Meter breit, vielleicht auch zwei, die ganze Strecke, in weißem Marmor oder Travertin, kommt auf den Preis an, den ich machen würd, natürlich auch das Legen inbegriffn, óptimo, und was soll da geschehn, frag ich, sagt er, sie werden diese Strecke rutschn, den kleinen Hügel runter in die Senke, bis zur Kapelle und wieder hinauf, die höchste Form der Buße, wenn sies geloben, muß es auch geschehn, ich spür mein Herz wieder, coraçao, wies aussetzt, jeder zehnte Schlag, schon der achte, bitt um ne Pause im Gespräch und frisches Wasser, sicher, der Bischof selbst ist unterwegs.

Die Buße, harte Strafe, auferlegte Pein, das lieben sie, die Kirchenfürsten, die Schäfchen gebückt, wenn blutig geschwitzt die Bauern kommen, die Fischer mit gebeugtem Haupt, die sonst ganz stolz das Meer befahrn, die Angestellten, Angetriebenen, wenn sie auf Knien sind, verstummt im Gebet, das ist die Geißel ihres Glaubens, die Macht, die andern hinzustreckn, und zahlen müssen sie auch, hinein in Opferstöcke, damit die Seel zum Himmel hopst, den Rosenkranz gebetet, Runde um Runde, blutig die Knie, Erniedrigung, nicht aufrecht glauben, sondern im Staube, das Pack wos hingehört, in'n Dreck, mit schmerzverzerrtem Glauben, sie lachen später, wenn die Qual vorüber, auch wenn sie matt und glücklich sich umarmen, geschafft den Bußgang, Leidensgang, Martyrium, auch wenn sie Hühner fressn, plattgeschlagen mit Salat und Brot, sie sind erniedrigt, weggestoßn, ein Nichts im Angesicht der weißen Kirche, des weißen reinen Glaubens, der weißen reinen lieblichen Madonna, sie sind der Abschaum.

Nein, sag ich, nein, machn wir nich, das is ja keine Arbeit für nen Kunstmetz, der Bischof rot, erstaunt, wieso, Senhor Lopez, versteh ich nich, Marmor ist Ihre Sache und verlegen kann nich schwer sein, wir haben immer gut gearbeitet, Hand in Hand, warum nun diese Geste, ich sag, der Stein ist dafür nicht geschaffn, das Blut der Knie wird sich einfressn, ne Blutspur wirds dann sein hinunter zur Madonna, ich mag das Knien nich und auch nich diese Art des Glaubens, ich will nicht, daß die Gläubigen leiden. Das gehört dazu, röter der Bischof, die Augen fett geschwolln, im kahlen Raum kommt Spannung auf, Wellen.

Der Haß auf diese Heuchler, wenn sie ihre Lügen färben, wenn sie sich winden, schwanken, drehn, wenn sie erfinden, was die Leute wolln, der Bischof in Zivil, der General im Mord, der PIDE-Chef in seiner Unschuld, sie foltern, demütigen, massakriern, sie lassn sichs nichts kostn, andre bezahln, Haß auf diese Herrn, den ich am Ende stets verspüre, wie sie sich laben, freun, sich sättigen, um dann Parolen rauszurülpsen von Zucht und Glaube, Harmonie und Hoffnung, wie sie verspeisn ganze Völker, die Hände falten, andächtig harrn, den Blick zum Vaterland gewendet, vor unsern Augen Opfer bringen lassn, Heucheln unabdingbar, Verlogenheit verstohlen.

Nein, sag ich, nein, die Leidensbahn werd ich nich machn, auch wenn Sie das Doppelte bezahln, der Bischof krebsrot, tobt, wütet, wer ich denn sei, was ich denn wolle, er könne alle Aufträge stoppen, jedes Gschäft unterbinden, mich wie ne Laus zertretn, er platzt ganz auf in seiner Wut, ein Lopez sei noch nie etwas geworn, er wüßt, daß ich ein simpler Leichenträger war, ein Helfershelfer, Nichtsnutz, ein Wort von ihm, und alles sei zerstobn, da würd niemand mehr ne Büste für die Nachwelt bestelln, entweder Auftrag oder Abstieg.

Es ist mein letztes Wort in dieser Sache, sag ich und nehme meinen Hut, der Bischof brüllt, als hätt ich ihn geschlagn, er schreit, wer keinen Glauben in die Kirche hat, hat keinen Gott, ich steige in den Wagen, sag dem Fahrer, bring mich hinunter, schnell, nach Nazaré, will an den Strand, will laufen, Wellen spüren, will meinen Tag beenden, er fährt mich ruhig hinunter, Kurven, Straßen, ein Herzschlag fehlt, ein Herzschlag, Stillstand, Pause, Einhalt, ein Herzschlag nur.

Ich hab gesehn, wie dies Marmorleiden da entstand, ein und einen halben Kilometer, ein und einen halben Meter breit, der weiße Marmor, eingelassen in den Boden, den kleinen Hügel lang hinunter und im Quadrat um die Capelinha, die Bahn des Leidens, Schmerzensweg, wo Pilger auf den Knien sich geißeln, sich vorwärts beten, Frauen in

Schwarz, verhärmte, harte Gesichter, mit Kopftuch, schwerem Rosenkranz, die Männer halten ihre Schultern, damit sie nicht vor Qual zusammenbrechn, ich habs gesehn, die Marmorbahn der Unterdrückung, die ein anderer erstellt, Spínola Sociedade Anónima, schlecht und auch kein richtiger Marmor, zu flach poliert, der Kreuzweg für die Armen, die auf Erlösung von dem Übel Leben hoffen, Gesundung von der Krankheit und dem Leiden, die sich beugen, um ihrem Herrn die Ehre zu erweisen, weil dieser Bischof es so fordert, das war der Haß, der meine letztn Tage nun bestimmte.

Ich spreche meinen Zorn, auch wenn die Stimme bald versagt.

34

Die festliche Tafel war mit blauen Jakarandablüten geschmückt, silberne, flache Schalen, dazwischen weiße Kerzen, deren Flammen rötlich flackerten, das Besteck lag auf kristallenen Bänkchen. John Lossenkian führte das Wort.

«Wir haben uns zu diesem Mahl zusammengefunden, weil unser Freund Augusto Benini, oder wie ich ihn nennen darf, Carlo, uns morgen eine Vorstellung ganz besonderer Art bieten möchte. Ich sage Ihnen im Vertrauen, nicht einmal ich weiß, was er vorhat.»

Die zwölf Gäste lächelten, einige hielten das feingeschliffene Champagnerglas für den Toast bereit.

«Benini hat Lissabon verzaubert, was sage ich, ganz Portugal. Er hat uns so viel Freude und Unterhaltung bereitet, daß wir nicht wissen, wie wir ihm dafür danken können. Und wenn ich an morgen denke und an die unübersehbare Menge von Zuschauern, die sich schon heute abend eingefunden haben, dann dürfen wir sicher sein, einem exquisiten Spektakel beizuwohnen. Ich erhebe mein Glas auf Sie, Carlo, Sie sind mit Ihrer Kunst noch lange nicht am Ende.»

Einer der Hotelangestellten näherte sich dem Magier. «Telephon, Senhor Benini.»

«Muß sich gedulden», gab Benini zurück.

Die Gläser sirrten.

«Ich bin kein großer Redner», begann der Magier, «ich kann mit Worten nicht so gut umgehen wie mein Vorredner, der uns diese Feier beschert hat, aber ich möchte mich beziehen auf den heutigen Tag und genau fünfundzwanzig Jahre zurückdenken. An jenem Abend spielte ich in Tomar, das heißt, ich wollte spielen, aber kein Zuschauer war erschienen, wenn ich dagegen daran denke...»

Das Gelächter im Hotel Fátima war riesengroß, die geladenen Gäste applaudierten.

«Darauf trinken wir. Salud.»

Benini wartete einen Augenblick, dann verließ er die Tafel.

Er wußte, daß kein Anrufer wartete. Dies war das verabredete Zeichen mit Brander, der ihm Vollzug melden wollte.

Er traf den deutschen Chemiker in einem kleinen Raum. Niemand sah ihn hineingehen.

«Die Feuerräder sind angebracht, der Blitz ist gelegt», begann Brander seinen Bericht. «Wir starten exakt um zehn Minuten nach eins, oder wollen Sie den Zeitpunkt noch einmal verändern? Das wäre möglich.» Brander hatte sich unter die Pilger gemischt, er wußte, wo sich die Menschenmengen versammelten. Sein Auftritt in Fátima war nicht bemerkt worden. Mit einem Blitz der Kategorie 3 wollte er die Aufmerksamkeit auf die Kathedrale richten, in diesem Augenblick sollten die beiden riesigen Feuerräder hochgezogen und gleichzeitig entzündet werden. Die Kastanien, in denen sie verborgen waren, gaben ausreichend Deckung.

«Brander, Sie wissen, daß nur mein Kommando gilt», sagte Benini freundlich.

«Aber wir müssen eine genaue Uhrzeit haben, wann die Effekte in Gang gesetzt werden!» erwiderte Brander sehr erregt.

«Nicht die Uhrzeit ist entscheidend, sondern mein Zeichen», räusperte sich Benini, «ich will die Aktion in der Hand behalten.»

«Aber warum diese Erschwernis? Die Effekte liegen mehr als fünfhundert Meter auseinander.»

Am Nachmittag hatte Benini zum erstenmal die Bühne besichtigt, die man für ihn gebaut hatte. Sie lag am anderen Ende des riesigen Platzes, nicht mehr auf dem Gelände der Kirche. Als Lossenkians Helfer anfragten, ob sie die Bühne in die Mitte des Platzes stellen durften, war ihnen ausdrücklich untersagt worden, das kirchliche Gelände zu betreten. So stand die ganz in Schwarz gehaltene Bühne auf weltlichem Boden.

Es half Benini nichts, er mußte Brander in seinen Plan einweihen.

«Ich will abwarten! Ich will wissen, was wirklich geschieht. Es sieht nach Regen aus. Vielleicht machen wir gar nichts, Herr Brander, verstehen Sie? Einfach nichts und sagen, wenn der Himmel mitspielt, das ist das Wunder. Oder wir lassen nur den gewaltigen Blitz krachen. Ein Zeichen, mehr nicht.»

«Aber warum habe ich die Feuerräder anbringen lassen, wenn Sie gar keinen Effekt wünschten?»

«Das ist die eiserne Reserve, so sagt ihr Deutschen doch, oder? Wenn strahlendes Wetter ist, wenn wir Dauerregen haben, wenn sich am Himmel keine Veränderung zeigt, dann...»

Benini hatte beim Bühnenbaumeister darauf bestanden, daß die Überdachung aus Glas war, so daß er die Wolken im Auge behalten konnte.

Der deutsche Chemiker wurde laut. «Sie hätten mir das sagen müssen, Benini. Das ist gegen unsere Abmachungen.»

«Sagen Sie mir lieber, wie viele Zuschauer werden von den Feuerrädern etwas mitbekommen?»

«Nicht alle, das geht gar nicht, so große Feuerwerkskörper hätten wir gar nicht bauen können.»

«Das ist gut. Es müssen gar nicht alle etwas sehen, so setzt die Mundpropaganda ein. Die Gerüchte sind wichtiger als die tatsächlichen Vorgänge.»

«Was soll ich nun tun?» fragte Brander.

«Ich bitte Sie um unserer langjährigen Zusammenarbeit willen, heute nacht die Anlage so zu verändern, daß wir nicht auf die exakte Uhrzeit starten, sondern auf mein Zeichen. Geht das?»

«Es muß gehen.»

«Danke.»

Benini öffnete die Tür einen Spalt, dann trat er hinaus. Brander mußte einige Minuten warten.

Als der Magier wieder an die Festtafel kam, rief Lossenkian: «Carlo, wo bleiben Sie, der Champagner wird warm und die Vorspeisen kalt.»

«Leider haben die Pilger erfahren, daß ich in diesem Hotel abgestiegen bin», erwiderte Benini. Das entsprach zwar nicht der Wahrheit, aber die Ausrede genügte für den Augenblick.

«Wie hat Brander es aufgenommen?» fragte Snow.

«Ich denke gut», flüsterte Benini.

Nach den beiden Effekten, die getreu einiger Darstellungen aus dem Jahre 1917 entworfen waren, sollte Alfred Beimel hinter der riesigen Bühne hochschweben, als Engel verkleidet, mit einer brennenden Kerze. Auch dies würden nur wenige tausend Zuschauer sehen können, aber gerade darauf setzte Benini. Die dünnen Stahlseile, an denen er gehalten wurde, waren mit einer Motorwinde verbunden. Sie hatten diesen Trick vor Ort nicht ausprobieren können, weil der Platz Tag und Nacht bewacht wurde, aber aus ihrer Bühnenerfahrung wußten sie, daß der Schwebevorgang ein Kinderspiel war. Im Dunkel der Nacht wurden die Motorwinden an die richtigen Stellen gebracht und mit Buschwerk getarnt.

Lossenkian verließ seinen Platz und kam mit langsamen Schritten ans Kopfende des Tisches, wo Benini saß.

«Carlo, ich denke, in diesem Rahmen sollte es möglich sein, daß Sie kundtun, was morgen geschehen wird. Ich habe mein Personal angewiesen, Punkt zehn den Raum zu verlassen und die Türen von außen zu schließen. Sind Sie einverstanden?»

Benini lächelte. Ein neuerlicher Versuch, das Rätsel vor der Zeit zu lösen.

«Nein, lieber John, das habe ich noch nie getan. Es verstößt gegen die Gesetze unserer Zunft. Aber ich mache einen Gegenvorschlag: Ich lade alle Anwesenden in meine Vorstellung morgen abend im ‹Coliseu› ein, dort werde ich das Geheimnis lüften und darüber hinaus preisgeben, wie das Projekt Fátima vor 25 Jahren gestartet wurde.»

Ohne die Antwort des Milliardärs abzuwarten, erhob sich Benini und wiederholte diesen Vorschlag laut.

Die Anwesenden applaudierten.

Auch Isabela, die ein wenig blaß aussah, klatschte in die Hände. Lossenkian gab sich geschlagen. Er erhob sein Glas. «Wer heute nacht ins Bett geht, ist selber schuld. Wir bleiben zusammen bis zur Vorstellung morgen. Salud.»

Er stieß mit seinem Glas an das von Benini. «Außerdem wollen wir doch wissen, was unser Magier in dieser entscheidenden Nacht treibt.» Sie tranken.

Es gab drei verschiedene Sorten Wild, dazu Kaninchen in Minzsauce. Der Milliardär hatte die gesamte Ausrüstung für das Mahl, alle Speisen und Getränke sowie das eigene Personal im Konvoi nach Fátima schaffen lassen. Das bescheidene Hotel am Platz wäre nicht in der Lage gewesen, ein solches Diner auszurichten.

Auch der Polizeipräsident von Lissabon war anwesend. Er zeigte dem Magier vor dem Essen eine verbesserte Variante der Augenbinde, durch die man sehen konnte. «Haben Sie den Mörder von António Vicario gefaßt?» fragte der Magier beiläufig, aber der Polizeipräsident antwortete nicht.

Der Hoteldirektor kam auf den Magier zu: «Im hinteren Zimmer wartet Kardinal Texeira. Er möchte Sie fünf Minuten sprechen.»

Benini überlegte, dann sagte er: «Ich werde kommen, aber später, würden Sie ihm das bitte ausrichten.»

Der Gnom hatte sich also die Mühe gemacht, ihn aufzusuchen. Benini ertappte sich dabei, wie sein Schalk aufblitzte. Sollte er dem Kardinal jetzt schon die Lektion erteilen? Immerhin hatte die nächtliche Erscheinung ein landesweites Echo. Selbst die römische Kurie nahm diese Marienerscheinung schon wohlwollend zur Kenntnis. So schnell reagierte Rom sonst nicht.

John Lossenkian forderte den Magier heraus.

«Schach? Oder ein Wettlauf um den Platz? Was wünschen Sie, Carlo?» Sie spielten Roulette, während die anderen Gäste zuschauten. Auch dafür hatte der Milliardär gesorgt. Sein Croupier war immer mit von der Partie.

Diesmal spielte Lossenkian hektisch, nervös, setzte, verrückte die gesetzten Jetons, vergaß Gewinne zu kassieren und nachzusetzen, verlor, ohne die Verluste wieder wettmachen zu können.

Benini spielte sparsam, wie ein Buchhalter, hielt seinen Einsatz zusammen, setzte nie auf einzelne Zahlen, ging nur bis zum Carree, nutzte den Wechsel vom ersten und letzten Drittel. Als Zero kam, beendete Lossenkian das Spiel abrupt.

«Sie haben gewonnen, Carlo. Aber ob Sie morgen auch gewinnen, das ist die Frage!»

Als Nachtisch gab es süße Eierspeisen, gelbe Mandelkuchen und weißen geschlagenen Eischnee, der auf Vanillesoße segelte. Dazu Vin santo mit Mandelbrot, eine italienische Spezialität, die Benini besonders liebte.

Kaum war das Essen beendet, sagte Benini: «Und wer von euch wird mich verraten?»

Er lachte, dann verließ er schnell den Festsaal. Nur Jeremy Snow hatte mit diesem Abgang gerechnet und konnte dem Magier folgen.

Die Nacht brachte etwas Kühlung.

«Laß uns nicht über morgen sprechen, Jeremy. Hier gibt es zu viele Lauscher.»

Sie gingen durch den kleinen Waldstreifen, bevor sie auf dem großen Platz standen.

Hunderttausende Kerzen brannten, Gesänge hallten während der nächtlichen Messe über den riesigen Platz. Obwohl sie Hunderte von Metern entfernt standen, konnten sie die Stimme des Priesters vernehmen.

Die unüberschaubare Menge mit den kleinen bunten Lichtern, die gewaltige Gemeinschaft der Pilger, die von fern angestrahlte Kathedrale, ein Bild der Harmonie.

«Avé, Avé, Avé Maria», der Refrain des Liedes, das immer wieder die Liturgie unterbrach. Ein einfaches Lied, langgezogene Terzen.

«Schön hier», sagte Benini, der einen solchen Lichterglanz noch nie gesehen hatte.

«Willst du mitsingen?» spottete Snow, «ich finde, das haben sie den Faschisten abgeschaut. Lichter und Gesang und dann in den Krieg, Carlo.»

«Hier ist alles friedlich. Spürst du das nicht?»

Benini wäre lieber allein gewesen, hätte diese Eintracht genossen, sich hineinbegeben in die ruhige Menge.

Jeremy Snow ließ es nicht dazu kommen. Er liebte den Spott, besonders wenn andere ihn nicht hören wollten.

Eine halbe Stunde später stand Benini dem Kardinal gegenüber. «Ich dachte, Sie würden nicht mehr kommen», krächzte er. Auf seinem Tisch eine Schale mit Brot, daneben ein Weinkrug. Ein frugales Mahl.

«Was möchten Sie mit mir besprechen?»

«Ich wollte Sie herausfordern, Senhor Benini. Morgen werden wir sehen, wer recht hat! Ob Ihr kleines Feuerwerk etwas ausrichtet oder ob die Muttergottes uns erscheint und Sie bloßstellt? Wir werden es erleben.»

Benini schwankte ein wenig, denn der weiße Wein tat seine Wirkung.

«Die Muttergottes wird meine Bemühungen zu schätzen wissen, denke ich.»

«Seien Sie nicht obszön, Benini! Sie vergessen, wo Sie sich befinden.»

«Das weiß ich genau, Eminenz. Hier befinde ich mich auf dem Gelände, auf dem die Kirche ihre Spektakel für die Armen inszeniert. Ich muß zugeben, was ich dort draußen erlebt habe, ist ein schönes, ein liebliches Spektakel, eine friedfertige Gemeinschaft, aber warum die Menschen hierherpilgern, das ist alles…»

«Schweigen Sie, Betrüger. Sie sind das Wunder nicht wert. Gehen Sie jetzt!»

Er sah, wie der Gnom rot anlief.

Benini schloß leise die Tür. Im Festsaal hingen einige betrunken in den Sesseln. Lossenkian tanzte mit seiner jungen Freundin, zwei Männer im Smoking spielten auf dem Boden mit Münzen.

«Brauchst du noch etwas?» flüsterte Beimel, der hinter Benini auftauchte.

«Ja, ich brauche Schlaf.»

«Oder, wie Hans Albers sagte: Jetzt legen wir einen anderen rein – den Arsch ins Bett.»

Beimel lachte.

Dann tranken sie einen Absacker, wie der Anarchist im Frack das letzte Getränk bezeichnete.

«Werd ich als Engel erscheinen, Carlo?»

«Hängt davon ab», erwiderte Benini lallend, «vielleicht schickt der Himmel selber welche.»

Sie stürzten den Bagaço hinunter. Auf dem Land schmeckte dieser Tresterschnaps wilder.

Beimel wollte nach der Vorführung seine Reise fortsetzen, Portugal sei ihm unheimlich, diese Stille mitten im Krieg. Er wisse noch nicht, wohin er sich begeben werde. Benini hatte ihm eine großzügige Gage in Aussicht gestellt.

«Bist du ein wenig aufgeregt?»

Benini lachte: «Ich bin ein Schweizer Uhrwerk. Kann das aufgeregt sein? Entweder ich bin pünktlich oder ich bleibe stehen.»

Der zweite Schnaps schmeckte schon lieblicher.

Benini zog es wieder nach draußen.

Sie nahmen die Flasche mit.

Die Gesänge waren etwas leiser geworden, auch das Lichtermeer ein wenig kleiner, aber die harmonische Stimmung hielt an.

«Schade, daß ich nie katholisch war», sagte Benini.

«Ich war es», erwiderte Beimel, «es hat mir gereicht, war froh, als ich den Laden verlassen hab.»

«Hast du denn so etwas schon erlebt? Ich meine, diese Ruhe, diese Gesänge...»

«Ich habe anderes erlebt. Ich sag dir, wenn du diesen Laden nicht kennst, weißt du nicht, wovon du sprichst. Das hier, das ist die Sonnenseite.»

«Mitten in der Nacht.»

Die beiden Männer standen am Rand des gewaltigen Platzes, jeder sein Schnapsglas in der Hand. Beimel schenkte nach.

Später mußte er den Magier stützen, damit er das Hotel nicht verfehlte.

Als Benini mühevoll sein Zimmer aufgeschlossen hatte, rief eine Stimme: «Kein Licht, bitte, kein Licht machen!»

35

Athanasios, der Mönch, kam um die Mittagszeit in Fátima an. Er war so erschöpft, daß er im Schatten eines Baumes ausruhen mußte. Nun war er zweiundsiebzig Jahre und immer noch nicht im Gelobten Land angekommen. Sollte er nicht eine Insel suchen für die letzten Lebenstage? Athanasios war auf Lesbos geboren. Oder einen Platz im weiten Schoß der Kirche, einen Winkel für die letzte Ruhe?

Er blieb auf Wanderschaft. Die Natur war sein Zuhause. Er hätte nicht in einer Zelle sitzen mögen, eingezwängt in Ordensregeln, Hierarchie und Männerwahn. Auch wenn ihn die Obrigkeiten hetzten. In Belgien hatte es Prügel von fanatischen Priestern gegeben. Auch wenn er neu aufkeimende Gemeinden wieder verlor, weil man ihn als Irren, Frevler, Lüstling beschimpfte. Er war besessen von der frohen Botschaft, die er überbringen mußte. Auch wenn in Luxemburg die Schäferhunde ihn verbellten, er in Frankreich zum Zeitungsgespött wurde. Journalisten vom «Echo de Paris» hatten ihn begleitet und Wunderdinge geschrieben: «Der Mönch, der keinen Sous besitzt, verspricht den Armen Reichtum. Der Mönch, der seinen Bart und seine Haare nicht schneiden läßt, bekommt Zulauf von Friseuren.» Zumeist verschwieg er, wessen Evangelium er auswendig zitierte, er hatte diesen Streit um den ältesten Bibeltext satt. Was nutzte es, den einen oder anderen zu überzeugen, daß die vier Evangelisten von Judas abgeschrieben und dessen Text verfälscht hatten? Athanasios lobte seinen Herrn und dessen Leben, er lobte Fröhlichkeit und Glück, er sprach von Freiheit, auch wenn er abends oft nicht wußte, ob er am nächsten Tag noch weiterziehen konnte. Seine Füße schmerzten.

In Fátima suchte er das rotfarbene Haus, von dem man ihm gesagt hatte, daß es dort für Kirchenmänner eine Mahlzeit und ein Lager gab.

Die Nonne, die ihm die Tür öffnete, schaute streng.

Ob er ein wenig ausruhen könne, er sei seit Tagen unterwegs, und Hunger habe er auch.

«Zu welchem Orden gehörst du?» Jeder Orden hatte in Fátima ein eigenes Haus.

Er sei ein Mönch aus Griechenland, der schon in vielen Orden gelebt habe.

«Das kann jeder sagen. Hier kommen Schurken her, zu faul zu arbeiten, verkleiden sich als Mönche, um sich vollzufressen.»

Er könne nicht beweisen, daß er ein echter Mönch sei. Wenn dies erforderlich würde, dann müsse er wieder gehen.

«Kannst du das Vaterunser und den Rosenkranz?»

Da fing er an zu beten, bis die Nonne ihn hereinbat. «Nur eine Mahlzeit, dann verschwindest du wieder. Hier ist kein Aufenthalt für Schmarotzer.»

Athanasios hatte wenig Lust, in diesem Ton mit sich sprechen zu lassen, aber der Hunger war zu groß. Und auf dem Weg nach Fátima hatte er nur ein paar kleine Häuser gesehen, die sicher nichts abzugeben hatten.

«Hier herrscht die Jungfrau Maria mit strenger Zucht.» Die Ordensschwester stellte ihm eine dünne Gemüsesuppe hin mit zwei Stück Weißbrot. «Wir müssen uns dem Ansturm erwehren. Seit die Portugiesen wissen, daß wir mildtätig sind, werden wir schamlos ausgenutzt. Wo kommst du her? Wie heißt du eigentlich?»

Athanasios löffelte die Suppe und ließ sich nicht stören. In seinem Kopf die üppigen Mahlzeiten seiner Heimat, die

Ohren verstopft mit den schönsten Vogelgesängen, in der Nase das wunderbare Bouquet eines schweren Weines. Nur manchmal sah er die Schwester an, die sich nicht von dem Tisch rührte, an dem er aß.

«Ich komme aus Irland, Tipperary, hartes Land. Wir sind gewohnt, uns nicht zu schonen. Die Iren wissen, was es heißt zu hungern. Und jetzt im Krieg ist alles noch viel schlimmer. Wir müssen beten, beten, beten, um bald den Frieden wiederzubekommen. Wir müssen büßen für das Leid der Welt. Schmeckt dir die Suppe?»

Athanasios schob ihr den leeren Teller hin und ließ ihn nachfüllen. Er spürte eine völlige Erschöpfung, die Füße würden keinen Schritt mehr gehen können, die Arme waren schwer wie Stein, der Rücken schmerzte. Er würde sich ein Lager suchen, um wenigstens ein paar Stunden zu schlafen. An diesem Ort sollen mal Wunder geschehen sein, dachte er, was für eine karge Landschaft! Konnte sich Maria nicht ein sanftes Tal aussuchen wie in Lourdes oder einen Berg mit einer schönen Aussicht wie in Le Puy?

Der zweite Teller schmeckte besser, es war auch mehr Gemüse drin. «Wir haben unseren Dienst zu tun, zu dienen, Fürbitte zu leisten. Die Sünden der Welt wiegen schwer. Wir schlafen jede Nacht kaum mehr als vier Stunden. Der Dienst ist hart und eine wahre Prüfung. Doch die Jungfrau Maria gibt Kraft.»

Athanasios spürte, wie sein Blut in Wallung geriet. Ein göttliches Wunder, und dann solche Peinigungen.

Die irische Nonne nahm ihm den Teller weg, obwohl noch einige Löffel übrigblieben.

«Du hast noch nichts von dir erzählt, Bruder!»

Er erhob sich, sprach ein kurzes Dankgebet und verließ das ungastliche Haus. Die Mahlzeit reichte für drei Tage. Aber er brauchte einen warmen Schlafplatz, denn in der Nacht würde es kühl werden. Mitte Oktober war auch in Portugal keine Zeit, um draußen zu übernachten.

Dann sah er die Pilgermenge, die bunte Schar, mit Holzstöcken und festen Schuhen, mit schwarzen Umhängen und großen Kerzen, die Armen marschierten heran. Sie rutschten auf den Knien, blutig, die Gesichter vom Schmerz verzerrt, sie geißelten sich. Die Prozession des Leidens, der bittere Geschmack der Reue, der Tag der Buße. Avé, Avé, Avé Maria, Avé, Avé, Avé Maria, Gesänge in Moll, Stimmen in Not.

Athanasios wollte sich die Ohren verstopfen, die Augen zuhalten, um nicht ansehen zu müssen, wie sich diese Pilger im Namen der Jungfrau Maria marterten.

Er fühlte sich müde, und doch mußte er reden. Er war ermattet von der langen Wanderschaft, doch er konnte nicht schweigen. Er wäre zu gerne weitergezogen. Aber nicht nur diese Pilger brauchten seinen Zuspruch, auch die Priester. Nicht nur das geistliche Personal, sondern auch die Jungfrau Maria, die an diesem Ort erschien, um ihre Herrlichkeit zu zeigen.

Er schrie laut, als er unter einem Baum mit der Predigt begann. Anfangs blieben nur wenige stehen. Er sah in seinem Leinengewand und seinem Haarberg ungewöhnlich aus.

«Du steckst Licht an und versteckst es unter dem Scheffel? Ich sage dir, halte das Licht hoch, denn es erhellt den Raum. Wir alle kennen diesen Satz, wir alle wissen, was der Herr uns damit sagen will. Wir sollen unsern Glauben zeigen, wir sollen der Welt zeigen, daß wir Christen sind, fröhliche Christen. Aber schaut euch an, ihr Pilger, soll euch die Welt so erblicken?»

Athanasios mußte sich auf zwei Kisten stellen, damit ihn alle sehen konnten. Pilger halfen ihm, das kleine Podest zu besteigen. Einer stützte ihn von hinten, damit er nicht umfiel.

«Unser Herr möchte, daß wir seine Botschaft hören, verstehen und verbreiten. Er möchte, daß wir Botschafter werden des Glaubens. Und diese Botschaft heißt: ‹Freuet euch!› Wir lesen bei Matthäus: ‹Schließt euch mir an, alle wie ihr seid, geduckt und gedrückt, ich will euch aufatmen lassen. Ihr sollt Luft bekommen, endlich leben. Ich packe euch nichts Hartes auf und mein Dienst beschwert euch nicht.› Erhebt euch! Nicht Pein ist unser Glaube, sondern Kraft, nicht Mühsal ist die Botschaft, sondern Leichtigkeit.»

Athanasios spürte, wie seine Zuhörer die Ohren spitzten, wie sie aufmerkten, sich näher an ihn drängten, wie sie zustimmend nickten, murmelnd, leise tuschelnd. Als seien seine Worte ein reiches Mahl.

«Es gibt ein Evangelium, das einer aufgeschrieben hat, der Jeschua, unseren Herrn, begleitete. Ein Evangelium, das keiner von euch kennt, drum will ich euch eine Stelle daraus sagen von der jungen Frau Maria. Denn in den bekannten Testamenten wird eine sonderbare Heilige aus ihr gemacht. Der Mann, der dieses aufschrieb, war Judas, den wir als den Verräter kennen. Aber war er wirklich ein Verräter? Sein Evangelium verheißt uns Menschen eine Zukunft, ein neues Leben, eine frohe Botschaft. Hier ist die Stimme des vermeintlichen Verräters. Hört mir zu.»

Athanasios sah die beiden Priester im weißen Gewand, die sich unter die Zuhörer mischten.

Maria aber fürchtete sich, denn bald würden die Kinder Israels von ihrer Schande erfahren, und Josef, dem sie sehr verbunden war, würde sie aus dem Hause jagen. Panthera hatte sie in seinen Bann geschlagen, sie umgarnt und dann verführt.

Sie war erst sechzehn, als die Tat geschah. Maria webte sich ein Tuch, um ihre Schande zu verbergen. Doch als sie auf Elisabeth traf, die vieler Künste mächtig war, entfuhr ihr das Geheimnis.

Denn auch Elisabeth, die Mutter des Johannes, war schwanger, und in ihrem Leib hüpfte das Kind, als Maria ihr Haus betrat.

Die Frauen waren glücklich und unglücklich zugleich, denn nur Elisabeth konnte den Vater ihres Kindes vorweisen. Es war der Engel Gabriel, der statt des altersschwachen Zacharias ihr einen Dienst erwiesen hatte. Maria beneidete sie darob.

Und als sie im sechsten Monat schwanger war, kehrte Josef von seiner Arbeit heim und fand Maria schwanger. Er schlug sich ins Gesicht und warf sich zu Boden. Wer hat mein Haus geschändet und die Jungfrau befleckt? Maria aber schwieg stille, wie ihr Elisabeth geraten. In dieser Nacht hatte Josef einen Traum. Der Engel Gabriel erschien ihm: Fürchte dich nicht wegen dieses Mägdleins, es ist kein Makel an ihr, und was in ihr ist, ist die Frucht des Heiligen Geistes. Da erhob sich Josef von seinem Lager und pries den Gott Israels, der ihm diese Gnade erwiesen hatte. Er glaubte fortan der Maria und auch den Hohepriester ließ er teilhaben an der frohen Botschaft. Doch dieser zürnte ihnen sehr, denn er war ungläubig. «Ich werde euch das bittere Wasser trinken lassen und eure Sünde offenbaren.» Und der Hohepriester nahm das bittere, verfluchte Wasser und gab es Josef zu trinken, schickte ihn in die Wüste, doch unversehrt kehrte er zurück. Da ließ er auch Maria von dem Wasser trinken und schickte sie in die Wüste, doch auch sie kehrte unversehrt zurück. Und alles Volk verwunderte sich, daß das verfluchte Wasser keine Sünde an ihnen offenbart hatte. Maria hütete ihr Geheimnis, und Josef blieb im Glauben, daß der Heilige Geist selbst sein Weib befruchtet habe.

Einmal bestürmten wir Maria, uns dieses Rätsel aufzulösen, denn viele glaubten, sie habe empfangen, ohne einem Mann beigelegen zu haben. Maria aber schwieg sieben Jahre, dann nochmals sieben Monate. Und als weitere sieben Tage vergangen waren, bat sie die Jünger zu sich: Lasset uns niedersitzen auf der Erde. Du, Petrus, Oberster der Apostel, zu meiner rechten, und du, Andreas, zu meiner linken Seite. Du aber, geliebter Johannes, halte meine Brust. Und du, Bartholomäus, drücke deine Knie an meine Schultern und presse meinen Rücken, damit sich die Glieder nicht lösen, wenn ich zu sprechen beginne.

Dann sprach sie zum erstenmal von jenem Panthera, mit dem sie Jeschua gezeugt, und Feuer trat aus ihrem Mund und Flammen züngelten in ihrem Haar. Die Welt wollte schier in dieser Glut zergehen. Sie schämte sich nicht, das Rätsel zu lösen, denn viele Jahre nach dem Tod des Herrn hielt nur der Glaube ihn noch lebendig. «Ihr aber hütet, was ich euch gesagt habe», beendete Maria ihre Rede, «denn die Welt bedarf eines Geheimnisses.»

Wir schwiegen alle, bis Maria von uns gegangen war.

Kaum hatte Athanasios den letzten Satz gesprochen, gab es einen Tumult in der Menge, die stark angewachsen war.

Er schwieg, den Blick zum Himmel gewandt. Die Zuhörer sollten sich beruhigen.

Wie oft war es schon geschehen, daß der Judas-Text die Gemüter stark bewegte, und wie oft war es ihm, dem Mönch, gelungen, einen neuen Glauben zu erwecken.

«Lästerer», drang eine spitze Stimme an sein Ohr. «Satanas», kam eine andere.

Dann flog der erste Stein.

Mit einemmal zog sich die Menge zurück, ließ einen Kreis entstehen, und auch die Männer hinter Athanasios verließen ihn, so daß er nun bar jeden Schutzes auf seiner Holzkiste stand. Er faltete die Hände.

«Judas, Judas», schrie die Menge, «du bist Judas! Jetzt erkennen wir dich!»

Und wieder flogen Steine. Doch Athanasios blieb stehen, so unsicher sein Stand auch war.

Der Zulauf wurde größer. Die Stimmung gereizter.

«Er will uns versuchen.»

«Da steht er, der Böse! Ein Abgesandter der Hölle», einer der beiden Priester, die nun in der ersten Reihe der Zuhörer auftauchten, hob die Faust. Der andere brüllte: «Wir kennen dich in vielen Gewändern. Du bist kein Mönch, du bist der Antichrist. Verschwinde von dem heiligen Gefilde!

Oder die Jungfrau Maria wird dich mit ihrem Blitzstrahl treffen.»

Athanasios wurde getroffen. Von einem Stein, der so schwer war, daß der Mönch das Gleichgewicht verlor. Er kippte wie ein Brett zur Seite.

Die Menge wich noch weiter zurück.

Nun prasselten die Hölzer, Steine, Wurfgeschosse. Doch Athanasios wehrte sie nicht ab.

Wie leicht diese Flüge in den nächtlichen Sternenwelten, diese leichten Drehungen zwischen den Kometen, Akropolis als Heimathafen, Andromeda als fernes Ziel.

Er spürte, wie sie ihm die Beine brachen, ein flaches Knacken nur. Zwei Männer schlugen hart mit Stöcken auf seinen Kopf, ein Pochen wie auf einen metallenen Eimer.

Und dann die dunklen Märchen, die man sich erzählte, aus jener Zeit, in der selbst Steine sprachen.

Athanasios, der Mönch, blieb stumm. Kein Laut drang mehr über seine Lippen, keine Predigt, keine Klage, kein Lobpreis und kein Stöhnen, er lag im Staub.

Als die Schläge aussetzten, spürte er nichts mehr.

Verkündiger des Judas.

Verräter des Verrats.

Verratener.

36

Benini eilte zum Ort des Verbrechens, aber er kam zu spät. «Aufhören, aufhören», schrie er, «laßt den Mann in Ruhe.»

An diesem Morgen war er gegen fünf Uhr wach geworden, hatte Isabela gebeten, sein Bett zu verlassen, da er die Stunden bis zum Auftritt allein verbringen wolle. Er war hinausgegangen auf den riesigen Platz, wo Pilgergruppen auf mitgebrachten Decken lagerten, hatte sich die Bühne angesehen, die Vorrichtung für die Schwebung überprüft. Gegen sieben kehrte er befriedigt zum Hotel zurück, um sein Frühstück einzunehmen. Der Saal war voller Kleriker. Schwarze Priestertracht, violette Kardinalshäubchen, rote Bischofsgewänder. Benini besah sich die Versammlung mit gemischten Gefühlen. Wie gut, daß niemand ihn erkannte.

«Ihr habt ihn umgebracht.» Der Magier beugte sich zu dem alten Mann hinunter, sah das zottelige lange Haar, das blutverschmiert war, die Augen weit aufgerissen. Benini schaute sich um, die wütende Menge, die haßerfüllten Blicke. «Ihr habt ihn umgebracht. Was hat er euch getan?»

Während des Frühstücks blätterte er die Zeitungen durch. Die ersten Berichte über das bevorstehende Ereignis. Selbst die ausländische Presse hatte Korrespondenten geschickt. In der englischen Zeitung «Daily Mirror» hatte die Schlagzeile gelautet: «Benini tanzt mit der Sonne». So jedenfalls zitierte «A Republica» das Blatt. Bis zum Mittag verschwand der Magier in seinem Zimmer. Nahm ein ausführliches Bad. Dachte an das verbotene Zusammensein mit Isabela. Nicht der Auftritt vor den hunderttausend Pilgern schreckte ihn, die waren gekommen, um zu glauben, sondern die abendliche Vorstellung im «Coliseu». Wieviel Worte würden nötig sein, um dem Publikum seine Sicht von Fátima zu vermitteln? Welche Rolle spielte er da? Wollten sie das überhaupt wissen? Wie lange konnte er seine Vorstellung unterbrechen? Wann sollte er diesen Teil einfügen? Lange überlegte Benini, ob es besser war, das Ganze ironisch zu betrachten, wie Jeremy es tat, oder mit Wut, wie Alfred es ihm nahelegte.

Der Magier fühlte dem alten Mann den Puls. Aber er spürte nur seinen eigenen Herzschlag. Das Leinengewand war schmutzig, die Sandalen gerissen, das linke Bein hing zur Seite. Jeremy war herangekommen. «Was machst du, Carlo? Du mußt auf die Bühne. Wir beginnen in zehn Minuten.» Der Magier hörte nur von ferne, was sein Manager von ihm verlangte. Vorsichtig schloß er dem alten Mann die Augen.

Benini hatte das Telephon klingeln lassen, nicht auf das mehrfache Pochen an seiner Tür reagiert, auch den Zettel, der unter der Hotelzimmertür durchgeschoben wurde, unbeachtet gelassen. Er dachte über den abendlichen Auftritt nach. Nicht länger als drei Minuten durfte es dauern. Er wollte sagen, wie er es gemacht hatte, dann ein paar Worte zum Kardinal Texeira und dessen Marienerscheinung und zum Schluß etwas über das Komplott im Jahre 1917. Benini holte sich ein Stück Papier und notierte sich die Sätze. Er wollte sie Julia geben, damit sie vor der Vorstellung den Text ins Portugiesische übersetzen konnte. Nicht mehr als drei Minuten. Das würde die Show nicht allzulange unterbrechen. Und auf jeden Fall erst im zweiten Teil der Vorstellung, kurz vor dem Ende. Das Publikum sollte gespannt bleiben, denn jeder ging davon aus, daß Benini etwas über seinen Auftritt in Fátima sagen würde.

«Jeremy, ich trete nicht auf.»

«Was?»

«Ich werde nicht auftreten. Nicht hier, nicht an diesem Ort.»

«Carlo, du kannst nicht...»

Der Manager beugte sich hinunter. «Wir haben Verträge...», zischte er.

«Ich will es nicht wiederholen, Jeremy. Sag alles ab, wir fahren zurück nach Lissabon. Sorg dafür, daß die Bühnenarbeiter den Mann hier beerdigen. Es sieht so aus, als würden sich diese Idioten noch an seinem toten Körper vergehen.»

Jeremy Snow war außer sich. «Carlo, das ist der größte Auftritt deines Lebens, wir reden seit Wochen von nichts anderem, die Werbung, diese riesige Menschenmenge... wenn du jetzt nicht auftrittst...»

Benini sah lächerlich aus, wie er in seinem schwarzen Smoking, mit dem wallenden roten Seidenumhang, neben dem toten Mann kniete. Er konnte den Blick nicht von dem durchfurchten Gesicht nehmen. Der Alte glich seinem sardischen Großvater.

«Was soll ich Lossenkian sagen? Und was den Zuschauern? Ich geh nicht da rauf und teile ihnen mit, daß das Spektakel leider ausfällt.»

Benini schwieg.

Sein Herz klopfte so laut, daß er glaubte, die Umstehenden müßten es hören. Er hatte gesehen, wie die Steine und Hölzer flogen, wie der Priester mit seinem ganzen Gewicht auf die Beine des schon am Boden liegenden Mannes gesprungen war. Jetzt sah er keinen mehr von den Mördern. Andere Schaulustige waren herangekommen, blieben aber auf Abstand, ein magischer Kreis.

«Carlo, ich will eine Antwort.»

Lossenkian kam, in seinem Arm die junge Freundin, die an diesem Tag ein schwarzes Taftkleid trug.

Snow berichtete sehr erregt.

«Carlo, Sie sind verrückt geworden. Wir wollen das Sonnenwunder sehen, das Sie uns versprochen haben.»

«Ich trete nicht auf», sagte Benini leise. «Nicht hier.»

Lossenkian wurde barsch: «Sie gehen auf die Bühne, wo Sie hingehören!»

Benini antwortete nicht. Die Bilder dieses brutalen Mords wirbelten durch seinen Kopf, wie der alte Mann von der Kiste fiel, wie sie ihn gesteinigt, geprügelt hatten, getötet.

«Carlo, ich muß Ihnen sagen, daß wir geschiedene Leute sind, wenn Sie nicht auftreten.»

Der Milliardär unterbrach sich, weil der Magier sich anschickte, den alten Mann hochzuheben. Er war nicht schwer, ein Gerippe, umhüllt von schmutzigem Leinen. Ohne ein Wort zu sagen, trug Benini den Toten aus der Menge. Snow und Lossenkian sahen sich an. Erst in dem kleinen Waldstück am Rande des Platzes legte Benini den Leichnam ab. «Jeremy, laß ihn hier begraben. Hier ist Schatten.»

Lossenkian blieb stehen. «Also gut, erst die Beerdigung, dann der Auftritt, Carlo.»

Benini schüttelte den Kopf.

«Ich fahre zurück nach Lissabon.»

«Carlo, Sie sind verrückt! Alles wartet auf Ihre Vorstellung!» Der Milliardär schrie jetzt.

Snow stand neben dem Toten wie ein Soldat, sein Gesicht unbewegt. Der Magier blickte ein letztes Mal auf den alten Mann, dessen friedlicher Gesichtsausdruck ihn kaum beruhigte.

Dann ließ er die beiden Männer und die junge Frau stehen und ging schnell zum Hotel.

«Es hat keinen Zweck, Mister Lossenkian», sagte der Manager, «wenn Benini eine Entscheidung getroffen hat, wird sie niemand umstoßen.»

Lossenkian lief hinter Benini her, winselte jetzt, bat ihn

aufzutreten, die Investition, der Vertrag, die große Show, sein Fátima, die einzigartige Chance.

Der Magier nahm den Milliardär nicht wahr. Er ließ sich nicht beirren.

Als er im Hotel ankam, ging er auf sein Zimmer, um diesen lächerlichen Aufzug abzulegen. In wenigen Minuten war er umgezogen. In seinem Kopf immer noch die Bilder. Die Knüppel, die Steine, der Mord. Ich habe nicht eingreifen können, dachte er.

An der Rezeption, wo Lossenkian wartete, sagte er, daß Mister Snow alles begleichen werde. Er gab seinen Zimmerschlüssel ab.

«Carlo, bitte.»

«John, Sie verstehen das nicht! Werden es nie verstehen! Das ist kein Ort, um ein Zauberkunststück vorzuführen. Ich kann es nicht.»

Auf der Fahrt in seinem Benz begann Benini darüber nachzudenken, ob er Fátima am Abend überhaupt erwähnen sollte. War es nicht sinnvoller, die Vorstellung ablaufen zu lassen und dann wie immer die Ovationen entgegenzunehmen? Er war sich nicht sicher. Auf jeden Fall brauchte er ausreichend Zeit, um sich auf den Abend zu konzentrieren.

Nur einmal hatte er in seinem Leben eine Vorstellung ausfallen lassen, damals in Brüssel, als er von einem Fieberanfall geplagt wurde. Abend für Abend ging er hochfiebrig auf die Bühne, bis er dann, nach dem letzten Vorhang, zusammenbrach. Einen Tag Pause verordnete er sich selbst, während der belgische Arzt ihn für zwei Wochen ins Krankenhaus schicken wollte.

Hinter Santarém unterbrach Benini seine Fahrt, um in einer kleinen Bar am Straßenrand zwei Bicas zu trinken. Der starke heiße Kaffee weckte ihn auf. Wie gerne hätte er gewußt, was Lossenkian jetzt in Fátima unternahm, um die Blamage abzuwenden.

Drei Stunden später erreichte er Lissabon.

«Dürfen wir Ihnen gratulieren, Senhor Benini», sagte der Portier des «Avenida Palace». Auch der Rezeptionist schüttelte seine Hand. Dann kam der Hoteldirektor aus seinem Büro: «Ganz Lissabon spricht von Ihrem Erfolg!»

«Was für ein Erfolg?» fragte der Magier. Die drei Herren lachten amüsiert.

Benini nahm seinen Schlüssel entgegen.

Er ging in seine Suite und schlief, bis Julia mit den Abendblättern kam. «Ein Sieg auf der ganzen Linie.» Sie las die Überschriften:

«Benini zeigt Hunderttausenden, wie er die Sonne tanzen läßt.»

«Benini kontra Maria: eins zu eins.»

«Der Schweizer und sein Sonnenwunder.»

Julia war begeistert, wollte wissen, was Benini in Fátima erlebt hatte.

Der Magier blieb wortkarg.

«Ich bin abgereist, bevor es zu meinem Auftritt kam.» Mehr sagte er nicht.

«Willst du allein sein?» fragte Julia, die bereits ihr weißes Abendkleid trug, die hellroten Haare frisch gewellt, das Gesicht geschminkt.

«Bitte. Wir können nachher reden.»

Julia drückte ihm einen flüchtigen Kuß auf die Wange und verließ die Suite.

Er starrte auf die Zeitungen. Ob sie etwas über den alten Mann berichteten, der vor seinen Augen ermordet worden war?

Diesmal gab es Bilder vom Tanz der Sonne. Das Feuerrad, der riesige Schweif. Brander schien ganze Arbeit geleistet zu haben.

Noch hundert Minuten bis zur Vorstellung.

Der Magier stand im marmornen Badezimmer und blickte in den Spiegel. Diese Vorstellung konnte er nicht ausfallen lassen. Aber eins stand fest, er würde Fátima nicht erwähnen.

Schon als er in die enge Gasse einbog, die zum Bühneneingang des «Coliseu» führte, sah er die Menschenansammlung. Er zog seinen Filzhut tief ins Gesicht. Fast wäre es ihm gelungen, die kleine, unscheinbare Eisenpforte zu erreichen. Aber als sie ihn erkannten, konnte er sich nicht wehren. Er mußte Autogramme auf Zeitungen geben, auf Tischtücher und Hemden, er malte sein Konterfei auf Visitenkarten und Handflächen. Es dauerte mehr als eine Viertelstunde, bis er endlich die Eisentür hinter sich schließen konnte.

Sein Manager erwartete ihn, er lehnte an der Garderobe. «Damit hast du nicht gerechnet, Carlo, was?»

Der Konvoi war gerade aus Fátima angekommen. Jeremy Snow war angetrunken.

«Wir haben es ohne dich gemacht.»

«Laß uns nach der Vorstellung darüber reden, Jeremy. Ich muß auf die Bühne.»

In der Artistenloge standen mehr als fünfzig Blumengebinde, auf dem Glastisch stapelten sich Glückwunschkarten. Offensichtlich waren die Gerüchte aus Fátima noch schneller als die Korrespondentenberichte.

Benini begann sich zu schminken. Mit dem Augenbrauenstift zog er die Linien nach, nahm etwas Puder, um die rötlichen Flecken im Gesicht zu überdecken.

Julia kam herein und fragte, wie weit er sei, damit sie das Signal an den Bühnenmeister geben könne.

«Gib mir zwei Minuten, bitte.»

Benini wollte sich auf sein Handwerk verlassen, keinen überflüssigen Scherz, keinen Ausflug ins Publikum, während er seine Wassertricks vorführte. Nur Routine, das mußte an diesem Abend genügen.

Kaum hatte er die Bühne betreten, setzte ein solcher Applaus ein, wie er ihn in dreißig Jahren nicht gehört hatte.

Mehrmals verbeugte er sich, ließ das Orchester sich verbeugen und dann die Ouvertüre spielen, aber auch das half nichts. Er schickte Julia hinaus, damit sie ansagen solle. Den Applaus hatte er sich erst nach der Show verdient.

Nur langsam beruhigte sich das Publikum.

Die Kartentricks liefen wie gewohnt. Auch die Zuschauerin, die ein Kreuz-As in ihrer Handtasche fand, spielte gut mit.

«Was sagen Sie zu Fátima?» kam eine Stimme aus dem ersten Rang.

Benini stockte. Wollte weitermachen.

Aber der Frager ließ nicht ab, wiederholte seine Frage, diesmal noch lauter.

Benini sah hinauf.

Im Scheinwerferlicht konnte er den Frager nicht ausmachen. Er wußte, wenn er nicht antwortete, würde der Mann die ganze Vorstellung stören. Benini bat Julia zu übersetzen.

«Ich kann nicht viel über Fátima sagen. Soviel ich weiß, handelt es sich um ein Betrugsmanöver größten Ausmaßes. Was die Priester in Fátima mit den armen Leuten veranstalten, ist schlimmer als alles, was ich in den USA an Schwindelei erlebt habe. An solchen Orten entstehen Kriege.»

Ein gellender Schrei.

Isabelas Stimme.

Benini erkannte sie sofort. Aus dem Parkett. Er ging in Deckung. Der erste Schuß traf ihn in die Schulter. Er konnte sich hinter den Eisenkäfig flüchten.

«Julia, verschwinde, nichts wie weg.»

Seine Assistentin sank zu Boden.

Die nächsten Schüsse trafen die Dekoration.

«Vorhang», rief Benini, «warum fällt denn der Vorhang nicht?» Er hielt seine blutende Schulter.

Endlich senkte sich der rote Samtvorhang.

«Was ist los?» Der Bühnenmeister rannte auf ihn zu.

«Man hat auf mich geschossen.»

Der Bühnenmeister wollte einen Arzt holen, aber Benini verlangte nach Jeremy.

Zwei Minuten später war sein Manager auf der Bühne.

Vor dem Vorhang tobte das Publikum.

«Jemand muß rausgehen und den Leuten sagen, daß sie ihr Eintrittsgeld zurückbekommen.»

Der Manager besah sich den Einschuß.

«Ich bin nicht lebensmüde», sagte er stockend, «wer da rausgeht, wird abgeknallt.»

Benini preßte die Hand auf die blutende Schulter. Die Patrone steckte noch im Fleisch.

«Hast du gesehen, woher der Schuß kam?» fragte Snow.

«Aus dem Rang», antwortete Benini. «Wo ist Julia?»

«Hier bin ich!» Sie stand hinter dem Klappgestell, aus dem im zweiten Akt das Aquarium auf die Bühne gerollt wurde.

«Bist du verletzt?» fragte Benini.

«Nein. Ich werde rausgehen und dem Publikum Bescheid sagen.»

«Auf keinen Fall», schrie Benini.

Aber Julia richtete ihr Kleid und verschwand durch den Vorhang.

«Morgen», sagte Benini schwach, «morgen spielen wir wieder.»

Anhang

Die Sprichwörter des Augusto Benini

S. 8 «*La gatta frettolosa...*» Die eilige Katze warf blinde Kätzchen.

S. 20 «*Il tempo tutto...*» Die Zeit löscht alles aus. Die Zeit wartet auf niemanden.

S. 34 «*Chi tiene la padella...*» Wer die Pfanne am Stiel hält, dreht sie, wie er will.

S. 40 «*Donne e bicchieri...*» Frauen und Gläser sind immer in Gefahren.

S. 65 «*Il primo amor...*» Die erste Liebe vergißt man nie.

S. 74 «*Le bugie hanno...*» Lügen haben kurze Flügel.

S. 90 «*Non c'è peggior sordo...*» Es gibt keinen dümmeren Tauben als den, der nicht hören will.

S. 109 «*Amante non sia...*» Wer keinen Mut hat, soll kein Liebhaber sein.

S. 152 «*È meglìo essere...*» Es ist besser, der Kopf eines Hundes zu sein, als der Schwanz eines Löwen.

S. 162 «*Fatti un buon nome...*» Mach dir einen guten Namen und pisse ins Bett: man wird sagen, du habest geschwitzt.

S. 169 «*Chi conosce il trucco...*» Wer den Trick kennt, soll ihn nicht weitersagen.

S. 177 «*Non tutti il salmi...*» Nicht alle Psalmen enden mit Lobgesang.

S. 202 «*La memoria più...*» Eine verliebte Frau hat das wundervollste Gedächtnis.

S. 211 «*Dove la voglia è pronta...*» Wenn die Lust bereit ist, werden die Beine leicht.

S. 220 «*L'amore di carnevale...*» Karnevalsliebe stirbt zur Fastenzeit.

S. 239 «*Chi fa di suo capo...*» Wer tut, was er will, den schmerzt sein Kopf nicht.

S. 249 «*Il lupo perde...*» Der Wolf verliert das Fell, aber nicht das Laster.

S. 265 «*Bisogna rompere la noce...*» Man muß die Nuß knacken, will man den Kern essen.

S. 279 «*Volvere è potere...*» Wollen ist Können. Wer durchhält, siegt.

S. 295 «*Del senno di poi...*» Die Gräber sind voll von verspäteten Einfällen.

Nachwort

Die Leser meiner Bücher wissen, daß an dieser Stelle Verweise auf Originalzitate und Quellen gegeben werden. Die Mischung von Fakten und Fiktion verlangt das.

In diesem Roman sind die kursiv gedruckten Passagen dokumentarisch. So im vierten Kapitel die Aussagen über den Sonnentanz, die ich nach der wohl vollständigsten Darstellung über Fátima zitiert habe: Luigi Gonzaga da Fonseca, «Le meraviglie di Fátima», die auch, allerdings in sehr bescheidener Übersetzung, in Deutsch unter dem Titel «Maria spricht zur Welt» erschien. Im zwölften Kapitel zitiere ich aus der Befragung des Visconde de Montelo (alias Dr. Formigão), wie sie im Buch von João de Marchi «Era uma Senhora mais brilliante que o Sol» wiedergegeben ist. Im einundzwanzigsten Kapitel habe ich drei Zeitungsartikel benutzt, die in den Zeitungen «A Ordem», «A Republica» und «O Seculo» zwischen dem 14. und 17. Oktober 1917 erschienen sind. Der «letzte Beweis», das am 13. Mai 1917 erschienene Gedicht zur Begrüßung der Marienerscheinung, stand in der in Porto herausgegebenen Zeitung «A Liberdade».

Während meine Frau und ich in der Nationalbibliothek Lissabons unter den mehr als dreihundert Büchern über Fátima auswählten, fiel uns ein Titel in die Hand, nach dem ich die Figur des António Vicario gestaltet habe. Es handelt sich um das Buch von João Ilharco, «Fátima desmascarada», eine gründliche Studie, 1971 zum erstenmal erschienen, die alle

Widersprüche des sogenannten Fátima-Wunders dokumentiert. Der Journalist Ilharco hat sämtliche Darstellungen aus den Anfängen bis in die Gegenwart studiert und kommt zu der Theorie, daß während der faschistischen Ära unter Salazar Fátima mit einer neuen, dem Regime genehmen Legende versehen wurde. Ausführlich wird dort berichtet, wie man sich der Stimme von Nossa Senhora de Fátima bediente. (Die gleichnamige Zeitung «Voz de Fátima» erscheint heute noch, ein Zentralorgan des fundamentalistischen Katholizismus.) Ich habe dem Buch von Ilharco viele Anregungen zu verdanken.

Die Figur des Augusto Benini hat eine Parallele, mancher Leser wird es bemerkt haben. In den zwanziger Jahren führte Harry Houdini in den USA falsche Medien, betrügerische Spiritualisten und andere billige Trickkünstler der Öffentlichkeit vor. Er berichtete darüber in seinem Buch «On Magic», das 1953 erschien. (Wie ich erst kürzlich erfuhr, spielte Hans-Gerhard Stumpf, der frühere Vorsitzende des Magischen Zirkels der DDR, über dreißig Jahre ein Programm unter dem Titel: «Gibt es Hellsehen?» Sein Buch «Entgeistert», das sich mit PSI-Effekten und historischen Fällen von «übernatürlichen Kräften» auseinandersetzt, kam für meinen Roman leider zu spät.)

Die Informationen über die katholische Geheimorganisation Opus Dei entnahm ich dem ausgezeichnet recherchierten Buch von Peter Hertel, «Ich verspreche Euch den Himmel». Wichtige Anregungen für das «Judasevangelium» bekam ich durch das Stück von Walter Jens, «Der Fall Judas».

Ich habe einigen Dank zu sagen: Franz Betuker für seine genauen Übersetzungen aus dem Portugiesischen, Klaus Podak für den Hinweis auf Houdini, der Biblioteca Nacional in Lisboa, insbesondere der Abteilung Microfilm, meiner Frau Marita für die Recherche und die anregende Kritik und Ursula Locke-Groß für ihr ausgezeichnetes Lektorat.

Ich könnte das Nachwort nicht besser enden lassen als mit einem Auszug aus der Radio-Botschaft von Papst Pius XII. über Fátima vom 31. Oktober 1942.

«In einer tragischen Stunde des Dunkels und der Verwirrung, als das Schiff des portugiesischen Staates vom Kurs seiner glorreichsten Traditionen abirrte und im Sturm antichristlichen und antinationalen Geistes unentrinnbar dem Untergang preisgegeben schien, griff der Himmel mitleidsvoll ein; und aus dem Dunkel brach das Licht hervor; aus dem Chaos erhob sich die Ordnung, dem Sturm folgte die Stille, und Portugal konnte den zerrissenen Faden der schönsten Traditionen dieser getreuesten Nation wiederfinden. Ehre den verdienstvollen Männern, die Instrumente der göttlichen Vorsehung bei diesem so großen Werke waren!»

März 1992 Jürgen Alberts